閻連科

硬きこと水のごとし

Yan Lianke
谷川毅＝訳

閻連科

河出書房新社

硬きこと水のごとし　目次

硬きこと水のごとし

第一章　革命との邂逅

1　革命の名のもとに

死んで、落ち着いたら、改めて俺《おれ》の一生、俺の言ったこと、やったこと、そして俺の進む姿勢、およびあの鳥のフン、犬のクソの愛情の真相についてまた考えをめぐらせることができるだろう。そこは温柔《おんじゅう》の郷《ごう》*1、振りかえるには最高の場所だ。そこで考えをめぐらせるのは、柳絮《りゅうじょ》が風に舞い上がるように軽やかで美しく、桃の花のように鮮やかなことだろう。しかし今や、彼らは革命の名のもと、銃殺刑を執行するための銃口を俺と紅梅《こうばい》の後頭部に向けている。死は俺の思考の喉元《のどもと》を押さえつけ、俺はただ雄々しく刑場に赴き、銃弾を受けるのみ。意気高らかに、生死を笑い飛ばし、陰陽の間に架かる橋を越えていくだけだ。〈刑に臨みて母が飲ませてくれた一杯の酒、全身の憂《うれ》い消え去りて、鳩山宴《はとやまうたげ》を催し我を友にせんとし、千杯万杯酒酌み交わす〉*2。革命はこうでなくてはならない、首を投げ捨てられようと、東へ西へ馳せ参じ、筋骨を断ち、熱き血潮を撒《ま》き散らし、その身が砕けようとも本望だ。三日後、あるいは一週間後には、俺と紅梅はあの山の麓《ふもと》、川沿いにある村の刑場で、二人ひとつの手錠に繋《つな》がれ、同じ穴のそばにひざまずかされ、温柔の郷に行くのだ。俺たちに残された時間はあとわずか、上甘嶺《じょうかんれい》戦役*3の水

*1　前漢十一代皇帝成帝は、美貌の妃の趙合徳を「温柔郷」と呼んで寵愛した（『趙飛燕外伝』）。

*2　革命現代京劇『紅灯記』、鳩山は日本軍の軍人。『紅灯記』は革命模範劇のひとつ。

筒の水の最後の貴重な一滴のようにきらきらと輝いている。俺の命の火はまもなく消えるが、それはかつて燎原《りょうげん》の炎のごとく山河、大地、渓流や谷間を焼き尽くしていった。空気や森、流れる水や女、動物や石ころ、雑草や足跡、農作物や男、季節や街道、さらに女の子宮、女の髪の毛、女の唇や目、女の服を焼いた。〈滔《とう》滔《とう》と水を湛えた春の川、東を指して流るる〉[*1]、東風西風、〈鏖殺《みなごろし》の戦い激し〉[*2]。母さん、母さん、息子が死んだら墓は東向きに作ってくれ、鎮や程崗《ていこう》がよく見えるように。

2　革命家の歴史を語ろう

どうか俺にも革命家の歴史についてとことん語らせてくれ――。

一九四二年の十二月、耙耬《はろう》山脈の程崗村で一晩中犬が鳴き叫んだあと、日本人が村の入口から入って笑いながら通り過ぎ、そのため男は減って、未亡人が増えた。俺のじいさんが死んで俺が生まれた。その夜は血の雨が降り、風はむっと生臭く、白骨が分厚く折り重なった。産婆を呼びに家を出た俺のじいさんは、村の入口で日本人に銃剣で腹を突き刺され、そのままえぐられ腸は滝のごとく流れ出し、日本軍の銃剣に熱くまとわりつき、生臭い匂いは祖国の大地に満ち広がり、民族の怨《うら》みは真っ赤に燃えさかった……。

同志よ、親愛なる同志諸君よ！　我々はかつてすべて深紅の革命者、すべて階級闘争の塹壕《ざんごう》の中の抵抗者だった、どうか俺の話を遮《さえぎ》らないでくれ。中国共産党党員の偉大なる身分をもって、諸君に俺の話を遮らないよう求めたい、どうか俺に一家の歴史をとことん語らせてくれないか。

語らせてくれるのなら、こんな風に話すしかない。いや、俺にはこんな風に話すしかないのだ。こんな風に話してこそ、グチャグチャの中から頭を整理することができる……龍は龍を産む、俺は革命の一本の根、鳳《おおとり》は鳳を産む、もちろん俺の苗は正統で赤く、幼いときから革命の力は無限大だった。俺は旧社会に生まれ、赤旗のもとで育ち、日光と雨露が俺を大きくしてくれた。一九六四年、二十二歳のとき、俺は革命に命を捧げた先人たちの遺志を受け継ぎ部隊に加わった。俺の所属部隊は基盤建設兵で、穴を掘り山や谷を貫き、鉄道建設で辛酸を舐め、雄心勃々《ゆうしんぼつぼつ》、天地と戦い、大志を抱き、我が山河を描いた。四年の間に部隊とともに三省九県をまたぎ、四度の三等功を立て、五度の中隊奨励賞と六度の大隊奨励賞をもらった。奨励賞の証書は我が檔案《とうあん》（個人調書）にびっしり書き込まれ、四方に光を放ち、汚れなど入り込む隙は微塵《みじん》もない。解放軍は大きな学校[*3]だった。俺はそもそも中隊・大隊が育てた幹部の苗で、もし昇進していたら今頃は大隊長か副大隊長、諸君に俺と紅梅の判決の掲示を村中に張り出させたりはしなかった。新しい延安《えんあん》のように赤い程崗村の大通りや細い路地、壁や木、井戸や製粉所など、人がいるところには必ず俺たち二人の死刑の掲示があることは知っている。張り紙は葬式でばらまく紙銭のように空一杯に雪のように舞い上がり、カサコソ音を立て大地は涙で覆われる。

ああ、天よ！　天！　これは本当に冗談だ！

ああ、地よ！　地！　とんでもない冗談だ！

まさかお日様が西からひょいと昇ってくるなんて、髪の毛の先ほども思っていなかった。どうあっても部隊に留まるべきだったのだ。もともと八〇九一一部隊は俺をほしがっていた。偉大なる一九六七年、全国津々浦々から集まってきた我が部隊は、みんなひとつになり、ひとつの目標ひとつの心、共産主義を実現して未来を作ろうという団結の緊張感のただなかでガタガタと解散し、一部は八〇九一一のまま縮小され残ることになったが、俺は復員することを要求した。指導員[*4]は言った。高愛軍《こうあいぐん》よ、おまえなら八〇九一一部隊に残って今まで通りやりさえすれば昇進できるんだがな。だが俺は家に帰って革命をやりたいと言った。部隊ではもう充分やった。四年続けて山や谷を掘り、山を爆破し、鉄道を作り、こっちの省からあっちの省へ、しかも我らの守備任務は交代するたび徒歩での強行軍だった。ある偉大にしてかつ雄大な国防鉄道建設のとき、俺は一年八か月のあいだ山の谷間に穴を掘っていた。

＊3　（9頁）朝鮮戦争停戦直前の一九五二年にあった戦役。一九五六年には中国で『上甘嶺』というタイトルで映画化された。

＊1　一九四七年に制作された抗日戦争を描いた映画のタイトル『一江春水向東流』より。もとは李煜《りいく》『虞美人《ぐびじん》』の中の一句の一部分。

＊2　毛沢東『菩薩蛮《ぼさつばん》・大柏地《だいはくち》』（一九三三年）より。原文「鏖戦急」。虐殺の戦いとは一九三〇年大柏地で行われた毛沢東率いる人民解放軍と国民党軍の戦闘。激戦の末、赤軍が勝利した。

＊3　毛沢東は一九六六年五月七日に林彪に宛てた手紙の中で「人民解放軍は大きな学校であるべきだ」と述べた（五・七指示）。

＊4　中国人民解放軍の中隊長級の政治工作員。中隊長とともに中隊の首長。

一年八か月人に会わず、一年八か月村や町の市場にも行かず、一年八か月女の匂いも嗅《か》がなかった。部隊が谷間から出てきたとき、たまたま結婚式の行列が目の前を通り過ぎ、全中隊一斉にピタッと立ち止まり、兵士たちの視線はピシパシ音を立てた。花嫁の美しい万丈の光芒《こうぼう》が千里を照らし、雲間から射《さ》し込《こ》む一万本の光は宇宙に映えた。花嫁の体の桃色の香りは毒気のように部隊を打ちのめした。目的地に着いてから指導員と中隊長は、全員を正気に戻し問題を探させ、気を引き締め革命させた。半月にわたる精神の整理整頓の結果、ついに兵士たちの心は最も新しく最も美しい真っ白な画用紙になった。俺はまさに心が真っ白な画用紙になったときに復員を決意したのだ。部隊はもう充分だった。家に帰って革命をしたかった。人としてどんな人になるべきか？　俺は誠実になるべきかな？　実を言うと、かみさんがちょっと恋しかったのだ。これっぽっちも恋しがるようなタマじゃなかったが、それでも恋しかったのだ。これが部隊という独特の生涯創作の、生活の悲喜劇であることは言うまでもない。俺のかみさんは程桂枝《ていけいし》という。桂枝は封建的で古くさかったが、それでも彼女は女で、女の体を持ち、女の顔を持ち、体や顔の皮膚は黒くても赤みがあり、使い古した『毛主席語録』のカバーのような色をして、背は中くらいで太っていて、歩くときには尻がプルプル揺れ、そのぶくぶくした肉は、毎日解放してくれと要求し、一面の青空を想い戦っているかのようだった。程崗村のことを早く知りたければ、俺のかみさんと知り合うことだ。彼女の父親が、新中国成立後最初の村の支部書記になったからだ。父親が村の支部書記だったからその娘を嫁にもらったのだ。入隊する前に桂枝は息子を一人産んでくれた。入隊して二年目、彼女は河南省と湖北省が接するなんとかという山まで俺に会いに来た。そのとき我々の部隊は二号峰の麓で穴を掘っていたが〈〈深く穴を掘れ、食料を備蓄せよ、覇を唱えるな〉〉*1、戦いに備え敵の攻撃を防ぐためだった。ある日、ちょうど穴の中で砂利をならしていたとき、一人の新入りがツルハシを振り回しながら穴の中に入ってきて叫んだ。「高愛軍——外に水がめみたいな女がおまえを訪ねてきてるぞ——」俺はそいつに蹴りを一発ぶちこんで言った。「団結！　緊張！　厳粛！　活発！」その兵隊は言った。「全国至るところ知己あり、世界の果ても近隣のごとし——その女はおまえが自分の旦那だと言ってるぞ」

俺は脳みそがドカンと爆発して一瞬我を失ったが、バタバタと穴の外へ出て行った。

穴の外にいたのは果たして我が妻、程桂枝だった。

夜、俺と桂枝は中隊の接待室で寝た。それは普通の小屋の半分ほどの大きさで、テントの布で作られていて、四面には煉瓦《れんが》が人の背丈ほどに積み上げられていて、頭上を軍用テントの布で覆い、壁には毛主席の写真が貼ってあり、机には毛主席の本が何冊か置かれていた。ベッドは毛主席の写真の下に置いてあった。桂枝はうちの長男の紅生《こうせい》を連れてこないで、ただ一人我らが建国記念施工決戦の数日前に部隊にやってきたのだ。「この、任務が差し迫っとるときに部隊までやってきて、どういうつもりじゃ？」「麦は刈り取ったし、種は蒔いたし、畑仕事が一段落したんじゃ、今しか来る時はないじゃろ？」「防戦工事の大事なときなんじゃ」「紅生ももう二歳になって、そこいら中かけまわっとるんよ」「おまえが来て俺のメンツは丸つぶれじゃ。おまえのそのなり見てみい」彼女はうつむいて自分で新しく縫《ぬ》った大きな襟《えり》のついた青い綿のシャツに目をやり、しばらく黙りこみ自分で縫い付けた布のボタンをはずしながら、「百姓女なんてこんなもんじゃろ？　紅生も二歳になったけえ、もう一人作らんとね、あたし、女の子がほしいんじゃ、じゃけえ汽車とバス乗り継いで来たんよ」彼女が言うには道中はとてもたいへんで、列車を乗り間違えて駅の床で一夜を寝て過ごしたが、幸い鼻の下に口があるごとく、ここを探し当てたのだという。あんた、あたしが不細工なの嫌いじゃないんじゃろ？　不細工なのが嫌いじゃったら、婚約して結婚してどうするつもりじゃった？　見てくれが悪いのが嫌じゃったら、なんで紅生を産ませたん？　そしてそう言いながら服を全部脱ぐと、尻をベッドの端に乗せた。部屋の灯りは四十五ワットで、とても明るく金色に輝き、その灯りが彼女の太った肉体を照らすと彼女の体は暗い赤色の光を放った。部屋の中に女の肉体があり、その香りは部屋中を桃色の霧で一杯にした。俺は彼女の裸の肉体をしっかり眺めていたかった。兵士になって二年、息子はあっという間に二歳になり、結婚してから彼女が俺に覚えこませた裸も突然すべてぼんやりしてしまい、すっかり忘れてし

＊1　一九七二年十二月十日中共中央が「食糧問題に関する報告」で伝えた毛沢東の指示。

まったかのような感じがした。俺がぎこちなくそっちの方へ目を向けると、なんと彼女はベッドの端にちょっと腰掛けていただけで、掛け布団をまくり上げその中に入ってしまっていた。彼女が布団の中に入り込んだその瞬間、俺の全身の血はたぎり、喉は三年日干しした薪《まき》の皮みたいにカラカラになった。思いも寄らなかったのは、桂枝の乳房が以前より大きくなっていたことで、二羽のウサギの頭のように真っ白だった。彼女が掛け布団をまくり上げて横になったとき、その一対の乳房は彼女の腕の中で揺れ躍ったが、その熱々の二本の赤い光は見えなくなってしまっていた。掛け布団が覆い隠してしまったのだ。小さいころ放牧していると、深い草の中を走る白いウサギが跳びはね、頭が元気よく空の下に飛び出てきて、落ちるとその白色があっという間に掛け布団のような草地のなかに消えていったのを思い出していた。あいつの乳房はもともとそんなに大きくなく、空気の抜けた二つの小さなゴムまりのようで、紅生が生まれてからも乳の出が良くないので俺はあいつのために川へ魚を捕りに行った。彼女の母親は言った。「愛軍、川へ行ってあの子のために魚を捕ってきてくれんか」クソ寒い日に俺は川へ入って彼女のために魚を捕った。あの時の彼女の乳房はどんなだったか？　昼隠れていて夜出てくるイタチの頭のようだった。それがなんで今こんなに大きくなったんだ？　しかも白く？　ウサギの頭みたいにでかくなるなんて？

「のう、紅生はまだお乳を飲んどるんか？」

彼女はこっちに顔を向けて言った。「飲まんわけがないじゃろ？　乳首に唐辛子を塗っても飲むいね」

こいつの乳房がどうしてそんなに大きくなって、ウサギの頭のように俺を惹きつけたのかわかったような気がした。「おまえ、まだ子供がほしいんか？」

「そうじゃなきゃ、こんな遠くまでわざわざ駆けつけてくるわけがないじゃろ？」

俺は服を脱ぎ始めた。軍服のボタンは下から一気に引っ張れば、五つのボタンがファスナーのように開く仕組になっていた。それは新兵訓練の課目の一つで、アメリカ帝国主義とソ連修正主義の急襲から守るため、急行軍では一瞬で寝ることができて、一瞬で起き上がることができるようにするのだ。俺はあっという間に素っ裸になった。急いで布団に潜り込もうとしたとき、桂枝がまた体を起こして灯りを消した。彼女が座ったその一瞬、あの二羽のウサギの頭がまた草地から飛び出した。俺の両手はウサギの頭をつかもうとあいつの乳房に伸びていった。しかし俺は事を急がなかった。俺は彼女の夫だし、彼女は俺のかみさんで、俺たちの結婚証明書は鮮やかな赤色で、その光は四方を照らし、俺たちが子供を産んで育てることと男女の間のすべてを守ってくれていた。俺は二年も女の体に触っていなかった。女がどんな形をしているかもほとんど忘れ、女の体全部の姿形を忘れてしまっていた。少しずつ、ほんのちょっとずつ、彼女の頭から下へと撫でていかなくてはならなかった。彼女の髪を撫で、顔を撫で、荷物担ぎでまめのできた肩を撫で、突然豊かになった乳房と柔らかく気持ちのいいおなかを撫でた。彼女はじっとして俺が上から下まで撫で、口づけするに任せていた。しかしまさにその時、俺の口と手が彼女の下半身に至ったとき、彼女は突然驚天動地、大爆発し、まるで自分の上にいるのが夫ではないかのように、俺の体の下から飛び出すと、灯りを点けた。

俺はベッドの中程に投げ出され、掛け布団の半分はベッドの上、半分は床に落ちていた。

「あんた！　あんたは解放軍、国中の人民が学ぶ模範なんじゃろ、二年会わんうちになんでこんなチンピラに成り下がってしもうたん？」

俺はあっけにとられて彼女を見ていた。

「子供を授かるためにしとるんよ、なのにチンピラがやるみたいに撫でて？　頭や顔じゃったらまだ我慢できる、でもあんたはあたしの上半分だけじゃなくて、下も撫でようとしたんよ、あんた、あんたはチンピラなん？　解放軍なん？　どっちなん？」

部屋の灯りは昼間のようだった。彼女は床に立ち、顔は青菜色で、辱められたという気は湖か海の水のようにあふれ、部屋はその中に沈められてしまった。しばらく見ていると、突然床に降りて彼女を蹴りたいと思った。彼女の跳びはね揺れ動く乳房を蹴り、柔らかく気持ちの良さそうな腹を蹴りたかった。しかし俺は蹴らず、彼女をじっと長い間見つめていた。俺の喉には何か詰まっているようで、舌ごと吐き出したい気分だった。少し涼しくなってきた。夏、九月だったが、深い山奥なので、酷暑の夜でも凍えて目が覚めるほどなのだ。建設中隊の戦友たちは十数メートル向こうの建物で寝ていた。歩哨《ほしょう》の足音が川面に揺れる船の櫂《かい》の音のように響いてきた。交代の合い言葉が聞こえた。

一人がきく。「合い言葉は？」もう片方がこたえる。「打倒アメリカ帝国主義！」きいた方はほっと息をついて言う。「祖国防衛」そして交代する。足音は近くから遠くへ消えていき、夜もまた深い静けさを取り戻した。自分のかみさんをじっと見つめているとと、たぶんその時から、チャンスがあれば彼女を殺したいという思いが心の底に湧き上がってきていたのかもしれない。しかしフワフワしていて少しもはっきりしなかったので、そのとき本当にそう思ったのかどうかはわからない。だが結局俺は一人の革命的人道主義者であり、それ以後の長い日々もそんな邪念を起こすことはなかった。その夜、俺は彼女を見つめるのに疲れ、飽き、彼女も俺を見るのに飽き、げんなりしたところで、俺はやっと掛け布団をベッドの下から引っ張り上げ、彼女に向かって淡々と言った。「寝るんだ、桂枝、明日おまえが程崗に帰るのを見送るよ」

二人は二年も会っていなかったにもかかわらず、俺はその夜、彼女の足にも触れずに終わった。しかし問題は、この俺のクソバカタレが翌日彼女を送っていかず、彼女の気持ちを汲《く》んで、子供を妊娠したいという彼女のために望み通りにしてやったということだ。俺は彼女を妊娠させ、紅花《こうか》という娘が生まれた。ここまでの話を聞いて、俺の家の雰囲気がわかっただろう？　俺は高愛軍、長男は紅生、長女は紅花、まさに革命一家なんだ！　当然のこと、赤き革命家の一家なんだ。俺の家の政治的栄光はその輝きで大勢の人の目をくらませるほどだ、なんと言っても子供たちのじいさんは日本軍の鬼の銃剣に倒れ、子供たちの父親は中国人民解放軍で、赤旗のもとに生まれ、赤旗のもとで育ち、その日光と雨露が子供たちに栄養を与え育て上げ、子供たちは最も優秀な革命の継承者になるはずだった。しかし運命は彼らの父親を夏紅梅《か》に引き合わせた。愛と革命が彼らと彼らの母親の命を抹殺したのだ、まるで日本人が俺の父親の頭をかち割って程崗村の砦の上にぶら下げたように。

3　赤色音楽

白雲県駅《はくうんけん》は二階建ての小さな建物で、一日たった一本の列車がホームに一分停車するだけだったが、二本の線路は休むことなく遠方へと延び、さらにまたもっと先へと止まることなく延びていた。我らが部隊は政治的な要因で臨時に全師団が解散させられ再編されたため、その年の三月半ばに俺は前倒しで復員した。程崗村は県城（県人民政府の所在地）から七十九里（一里＝五百メートル）あって、日が西に傾いたころ俺は列車を降り、翌日人民武装部で復員除隊の手続きをするため、県城で一夜を過ごすしかなかった。その夜、社会の政治情勢は、〈天地を顚覆《てんぷく》し、我々人民の意気はすこぶる高い〉[*1]、俺の愛情生活は、〈行き止まりかと思いきや、柳が茂りほの暗いなか、桃の花が明るく咲いているところに、またひとつ村が現れた〉[*2]となったのだ。俺は愛の偉大な曙光《しょこう》に照らされた——諸君これは運命じゃないか？　よく言う革命が人生の十字路に到達したということじゃないのか？

俺は人民武装部の招待所に宿泊したが、二元《ユエン》二毛でシングル、五毛五分《フエン》なら四人部屋だった。革命の高潮が巻き上がれば、物価もとことん落ちる——これは歴史の法則だ。俺は復員除隊の手続きをしに来たので、規則に照らしてタダで泊まった。通りの国営食堂で、四毛五分で久しぶりに故郷の味の羊腸スープと、牛肉スープを飲み、丸い焼餅《シャオピン》を二つ食べた。おなか一杯になって、まだ日が落ちていなかったし、何もやることがなかったので、県城をのんびりぶらぶらと歩いていた。このとき県城には、俺が兵隊になる前のような賑わいはなくなっていた。日が西に傾き、商店はちょうど店を閉めるところで、ギイギイいう音が道の両側にずっと響いていた。ときたま出くわす藁縄《わらなわ》工場やコルク工場、九都《きゅうと》市の国営工場の労働者のために手袋を製造している紡織工場は、どの入口も閑散として人通りもなく、難産で死んだ女が横たわっているかのように、材木や錆《さ》びた鉄が積み上げられていた。しかし県城は県城、通りは広く、道はほとんどが煉瓦で舗装され、お年寄りが買い物籠を提げ道端をのんびり歩いて自分の家に向かっていた。違うのは、道の両側に何層にも積み重なるように大字報（壁新聞）が貼ってあって、それらのほとんどには人の名前の上に赤い色でバツが付けられているということだった。これは俺にとっては別に珍しいことでもなんでもなく、革命が県城でも風雲を巻き起こしていることを意味しているに過ぎな

*1　毛沢東『七律《しちりつ》・人民解放軍南京を占領す』（一九四九年）より。原文「天翻地覆慨而慷」。人民解放軍は一九四九年の南京の解放を皮切りに、次々に中国各地を解放していく。資本主義・帝国主義勢力を打ち負かした気概を表現したもの。

*2　陸游《りくゆう》『山西の村に遊ぶ』より。原文「柳暗花明又一村」。

かった。俺と同い年くらいか少し下の多くの若者が、腕章をつけ俺の横を急いで通り過ぎていったが、どうやらどこかの集会に行くらしかった。俺は街の人間が少し羨《うらや》ましく、自分がその中の一人でないのが残念だった。俺は、もし俺が彼らを束ねるトップだったら、彼らの急ぎ足が、俺が説く革命の道理を聴きに行くためのものだったらよかったのにと思った。彼らが一人また一人とそばを通り過ぎていくのを見ていると、彼らも通り過ぎるときには俺の体に目を止めていた。彼らが俺のアーミーグリーンの軍服を羨ましがっているのだとわかった――諸君は知らないかもしれないが、あの年月、軍服は皇帝の御衣のように貴重なものだったんだ。俺は突然誰かが俺の軍服を剝《は》がしに来るんじゃないか、軍帽を取りに来るんじゃないかと不安になって、大通りには長居せずに、街の外へと向かって行った。

　線路に沿って歩いていると、まるで革命の詩篇の中を歩いているようだった。ここの風景はすばらしく、〈天高く晴れ渡り雲淡く〉[*1]南へ飛ぶ雁《かり》なく、夕陽西に沈み、牛飼い葉桶に向かう。一人のお年寄りが羊を引っ張って線路を横切っていき、果てしなく広い麦畑は黄金色で村まで続き、残っている羊の鳴き声は歌のように耳元に響く。街が遠くなればなるほど、落日は近くなり、その赤々とした日の光は線路に落ちて光り輝き、シワシワという音を響かせ、水流が涸《か》れた砂地を浸すようだった。そのまま線路に沿って歩き、原っぱの静寂のただ中までやってきて、静けさそのものの音がますます大きくなってきたとき、俺は足を止めた。

　目の前の線路に人が一人座っていて、顔色はツヤツヤと赤く雲間から射し込む光のようで、黒く艶やかな髪は瀑布《ばくふ》となって彼女の桃色のブラウスへと流れ落ちていた。遠く背後には緩やかな起伏の山脈が広がり、その木々や農作物は薄い青や深い黒色で、山脈の麓の原っぱからは、土と草と麦の苗のむっとした新鮮な香りが俺に向かって押し寄せていた。最初は人がいるとわかっただけだったが、何歩か近づいたときに彼女の髪や着ているものがはっきり見えた。女だとわかると、そこに立ってしばらく戸惑い、激烈な思想闘争を経て、彼女の方へ歩いて行くことに決めた。毛主席はおっしゃった、女性は天の半分を支える、と。今、俺には彼女が俺というこの天の半分を待っていたのだとわかった。俺を待つために半日そこに座っていたのだ。俺は彼女に近づいていった。彼女が俺の方を向いたときその顔にビクンと驚かされた。彼女の顔は、成熟したのに長いあいだ誰にも注目されなかった娘の憂いに染まっていた。まるで数日前はまだ蔓《つる》にぶら下がって熟していた果物のように白く艶やかで美しかったのに、昨日人に摘まれて手で揉《も》まれ、艶やかさやみずみずしさを失ったような、疲れた浅黄色がその顔に浮かんでいたのだ。県城、あるいは県城の近くに住んでいるらしく、彼女の着ている桃色のブラウスは間違いなくダクロン（ポリエステル系繊維）だった。県城か、県城の近くでないと、あの頃ダクロンのブラウスなんて着ることはできなかった。彼女まであと数歩のところに立って見つめると、彼女も俺を見つめた。

　彼女が見ていたのは俺が着ていた真新しい軍服だった。

　彼女が下半身に穿いていたのは偽の軍服だった。

　彼女は言った。「解放軍の同志に学ぼう」

「解放軍は全国人民に学ぶ――俺はもう復員したんだ、まだ手続きは終わってないけどね」

「手続きが済んでないのならまだ解放軍でしょ」

俺は彼女が全身全霊で俺を尊敬し、俺を全国人民学習の模範にしようとは思いも寄らなかった。俺は彼女の向かいの線路に座り、部隊の指導員が我々を呼んで話を聴く時のように向かい合うと言った。見える敵は消滅したが、見えない敵は依然生きているのに、君は一人でこんなところにいて怖くないのかい？　天は人民の天、地も人民の地なんでしょ、何を恐れるって言うの？　アメリカ帝国主義もソ連修正主義も入って来さえしなければ、何を恐れるって言うの？　彼女はそう言った。俺は言った。アメリカ帝国主義やソ連修正主義が入って来たとしても怖くはない、我ら人民解放軍がいるし、彼らはすべて張り子の虎なんだから。それから、俺は彼女が俺の名前は何で、故郷はどこで、部隊はどこかときいてくるのを待った。そしたら彼女に名前と仕事をきくのだ。しかし彼女はしばらく俺をためつすがめつして見てから、ドキッとするようなことを言った。

「あなたの軍服をあたしにくれない？　ただでとは言わない、五元のお金と四尺（三尺＝一メートル）分の布の配給切

＊1　毛沢東『清平楽《せいへいがく》・六盤山《ろくばんざん》』（一九三五年）より。原文「天高雲淡」。秋の空の形容。続きは、「望断南飛雁」（遥か遠く南へ向かって雁が飛んでいくのを見る）。

符をあげる」

俺は勝手に顔を赤くほてらせ口をモゴモゴさせて言った。「我が階級同胞よ、本当に申し訳ないが、除隊したら手元には二着あるだけで、一着は自分が着るし、一着は除隊したら民兵の大隊長に返すと兵隊になる前に約束しているんだ」

彼女はおおらかに笑った。「〈革命は客を招いてごちそうすることではない〉[*1]。ないんならいいわ。そんな貴重なものを、よく知りもしない人間にあげるなんてできないわよね」

今度は俺が天地に恥じ入る番で、彼女に譲らないことが毛主席に申し訳なく、党中央に申し訳ないかのように思えた。俺はガックリうなだれて、枕木の間の砂利の隙間から生えている草を見た。エノコログサとヨモギばかりで、青臭く濁った、青く黄色い感じが俺と彼女の間を漂っていた。落日の中それが流れる音がチョロチョロ聞こえた。県城は遠くぼやけ、反対側の村も山の斜面の下、遠くかすんでいた。世界にたった二人、俺と彼女だけ、そのほかは草と作物、空気と静けさだった。俺たちの間を時間が車輪の音をゴロゴロ響かせながら通り過ぎていき、歴史の足跡が大きく丸く枕木の上に残った。彼女は洋風の角張った黒い靴を履いていて、靴ひもの穴は金色にメッキしたアルミ金具で、日の光の下、北斗星の光のようにキラキラ輝いていた。

〈山よ。海を覆し川をひっくり返したように、巨大な波が逆巻き押し寄せて来る。その凄まじい勢いは、馬が猛然と駆け登っていくかのようだ〉[*2]。内は燃えさかる火炎のごとく戦い急を告げ、外は軍勢心を一つにして静穏なこと水のごとしだった。俺はただじっと彼女の足を見ていた。彼女は俺にきいた。「あたしの足の何を見てるの？」それから彼女は足を思いっきり前に伸ばすと、つま先を振り、動きを止めると足の親指を靴の表に浮き出させた。そんな仕草をしながら、彼女の美しい顔はうっすら赤く染まり、まるで初恋の相手に手を引かれたかのようだった。

「足なんか見てない」俺は言った。「ほら、鉄道用に敷く石にはひとつも丸いのがない」

「あたしの足を見てたのよ、あたし、あなたがずっとあたしの足のつま先を見てたの見てたんだから」

「つま先のどこがきれいなんだ？」

そしてこの時、驚天動地、鬼神を泣かせ、天と争うも風雨を恐れず、地と争うも谷の深さを恐れず、人と争うも闇討ちを恐れぬ事態が出現したのだ。

　彼女が突然靴ひもをほどき靴を脱ぎ、両足の十本の指の爪がすべてその姿を現したのだ。コンチクショウめの、オオバカヤロウが、その十個の爪ときたら目も奪わんばかりに赤く輝き、小さなお天道様が彼女の十本の指の先に乗っかってるみたいで、そのうえ爪はどれも丹精こめてきれいに切りそろえられ、彼女の年齢くらいの女性らしくぷっくり赤い手の指の腹のように半月形で穏やかで柔らかそうだった。俺は震えた。俺にはそれが赤い花をつぶして染めたものだとわかった。俺は女の桃色の濃厚な肉の匂いが流れているのを嗅ぎ、そしてその桃色の艶っぽい匂いのなかには、青く生臭い草や土の匂いが散っていた。人はよく言う、天がいくら大きくても愛を包むことはできず、地がどれほど広くても情《じょう》を全部入れることはできない、だがしかし、この世に革命の深き情がありさえすれば、その革命者の情は山より高く、海より深く、山や海がどれほど深かろうが革命者の一目惚れの広さと深さにかないはしない。人としてどんな人になりたいか？　人として誠実でなくてはならない。本当だ、あの時は言葉にできない色形をしたみずみずしい花が俺の心の中で一輪また一輪と咲いて、その花びらが開く音が響いてきて、それは車に轢《ひ》きつぶされそうな心臓の音だった。彼女は唇をキュッと引き締めたまま俺を見つめ、まるでもう一度試すかのように、レールの上で体をスッと滑らせると、また両足をズンと前に伸ばしてきた。コンチクショウめのクソバカタレが、あの十個のお天道様の光がまた俺の心を焼き焦がした……。

　俺は神の力のようなものに屈服させられた。彼女の美しい足の甲にははっきりと靴の跡がついていて、いつも日に当たっているところは白い中にも黒がにじみ、紫色が混じり、靴の中に入っている部分は両足とも血が通っていないのではないかと言うくらい真っ白だった。白いから、赤はよけいに深く厚く、赤いから、白

＊1　一九二七年三月の「毛沢東湖南農民運動視察報告」の中の有名な一節。「革命とは客を招いてごちそうするものでもなければ、文章を練ったり、絵を描いたり、刺繡をしたりすることでもない。そんなお上品でおっとりした雅やかなものではない。革命とは暴力である。一つの階級が他の階級をうち倒す、激烈な行動なのである」。
＊2　毛沢東『十六字令　その二』（一九三四年から三五年）より。原文「山／倒海翻江捲巨瀾」。長征の途中の山の姿をうたったもの。

はよけいに細く柔らかかった。これが彼女の足？　だったらふくらはぎ、太もも、体は？　まさかこれよりもっと白く柔らかいのか？　俺はさも誘惑されたかのように体をレールの上に滑らせ、両足を開いてまっすぐ伸ばし、彼女の両足をちょうど俺の両足の間、胸元に来るようにした。その時の俺の顔がどうだったか知らないが、ただ心臓は天地も裂けんばかりにバクバクし、血液は黄河の激流のごとくドクドク流れていた。俺に暗に指示する敵もいなければ、一方から俺を誘導する敵もいなかったので、俺の手はブルブル震えながら、ギクシャクと長征のごとく彼女の両足に向かって伸びていった。その偉大で神聖な、彼女の真っ赤な足の爪を撫でようとしたまさにその時、彼女はさっと足を引っ込めてしまった。空気は一瞬で二人の間で凍りつき、天地はグルグル回り続けた。しかしただちょっと凍りついただけで、すぐに溶け、春、三月のように緑が萌《も》え花が咲いた。彼女はただちょっと引っ込めただけで、また恥ずかしそうに笑いながら月夜に花が開いていくように両足をゆっくりと伸ばしてきたのだ。その時、レールの果てしない冷たさは俺たちを暖め、街の郊外の果てしない重苦しさは俺たちを沸騰、気化させた。日の光は透明でキラキラ輝き、巨大な赤いじゅうたんが大地を覆うかのように野原に敷き詰められた。スズメとツバメが俺たちのレールのそばに降りてきてチチチ鳴いた。俺は彼女の両足を、口で花をくわえるようにやさしく持ち上げ、俺のくっつけた両足の上に置き、手を震わせながら彼女の赤い足の爪を撫でた。彼女の左足から右足へと撫で、小指から親指へと撫でていった。俺は彼女の足の指が手の中でピクピク跳びはねているのを感じ、彼女の血が足の中で川の奔流《ほんりゅう》のように流れているのを感じた。俺は彼女の足の爪を一回、二回、十数回、何十回、百回と撫で、その赤色が一枚の紙くらいの厚みがあることに気がつき、爪の草の生臭い匂いが、俺の指先からほのかに発散されていた。その淡い草の匂いのあと、濃厚な桃色の女の香りが機関銃の弾幕のように襲ってきた。俺は完全にその赤い足の爪の匂いにやられ、天地は崩れ落ち、天地は回り、幸せのあまり頭は眩《くら》み脳みそは破裂し、唇はブルブル震え、歯の根も合わずガチガチ音を立てていた。俺は彼女の両足を持ち上げると狂ったように唇を押しつけた、小指の爪から親指の爪に、足の指の骨の上から甲へと唇を這《は》わしたが、這わせれば這わせるほど、彼女は両足を俺の手から引き抜くのだった。

突如、村の拡声器から歌が流れてきた。まず一つの拡声器から大いなる革命歌が流れ、続いて精神病院から聞こえてくる叫び声のように、四方八方から放送が流れ、どれもスローガンと歌だった。その中で俺たちに最も近い村の拡声器から流れている歌は、大きく明るく、新しく赤く、歌詞は明るく光を放ち、一言一言すべて崖の上から崖下の水に落ちる落石のよう、音符はシルクの糸のようで、キラキラ光を放ち、まぶしいほどで、どれも歌詞にぶつかって跳ね上がった水玉や滴《しずく》のようだった。俺はその歌詞や音符をよく知っているのに曲名が出てこなかったが、彼女はその歌を聴きながら、顔は興奮して赤く艶やかになり、その歌の旋律が水流のように、彼女の血管の中に流れ込み、ドクンドクンと脈打ち、顔に上がってきているかのようだった。彼女はその歌で固まり、そのあたり一面の放送の中、視線をギクシャクさせながら俺の体に向け、俺の背後の村の方へやり、あっちこっちから流れる放送のグチャグチャの音の響きの中で顔は強《こわ》ばり、冬に水で濡《ぬ》らして平らに広げて干して凍った赤いシルクのようだった。そして彼女の両手は、いつの間にか胸元の第一ボタンのところに持ち上げられていて、うっとうしくてボタンをはずしたいのに、俺が彼女の前にいるからはずせなくて、ただ手をそのボタンにかけているという感じだった。何本かの指先は熱く焼けた鉄の表面を触ったかのように震え、オレンジ色のボタンが微《かす》かな銅の音を響かせていた。俺は一番よく聞こえる歌が何かはっきりさせたくて、耳を宙にそばだて、そしてわかった。東の拡声器から伝わってくる革命歌は、鉄の黒、鋼《はがね》の白の『革命を徹底的に進めよう』で、西から伝わってくる革命歌はパワー全開の『アメリカ帝国主義とソ連修正主義の反動派をやっつけろ』で、南から伝わってくるのは『龍虎躍動するがごとく高みを目指せ』で、北から伝わってくるのは真っ赤な中にも香り高い『バター茶を一杯どうぞ』と汗が目にしみ涙がにじむ『悪の権化の旧社会を告発せよ』で、頭の上から降ってくる歌は泥臭さ満点の『大寨《だいさい》に学び大寨《だいさい》に追いつこう』で、地面から響いてくる歌は跳びはね笑い、絹が舞い飛ぶ『銅鑼《どら》を鳴らせ舞い踊れ』だった。どの歌も耳によくなじんだもので、どの歌詞も歌えるし、前半分を聴けば後の半分はすぐわかる、一語聴けば残り全部が出てくるものだった。しかし俺は頭の上、頭の後ろ、胸元、両側で一番鳴り響き、一番大きく明るい、一番心臓を高鳴らせ、胸を躍らせる、聴けば激情が胸にあふれ、座ってなどいられない、血流を加速させるその曲名が何だったか、どうにもこうにも思い出せなかった。言うまでもなく彼女も俺と同じようにそれらの歌に興奮していた。最初に彼女が興奮し俺はその後興奮した。彼女の興奮が俺に感染した。彼女にその一番響き渡って耳にもなじんでいる曲名が何だったかきこうと思ったが、その時彼女の目は俺をじっと見つめ唇は少し紫がかっていた。コンチクショウめの、クソッタレ……いつの間にか彼女は一番上のボタンをはずし、両手は二番目のボタンのところで震えているじゃないか。

そういうことだったんだ。

そういうそういう、そういうことだったんだ！

天高く雲淡し、南へ飛ぶ雁はなく、残った日の光は血のように赤く、まわりは赤一色だった。彼女は二つ目のボタンもはずし、両手は三つ目のボタンで止まった。間違いない、彼女の二つのボタンは革命歌を聴いたことではずされたのだ。二つのボタンは俺のために白く柔らかな三角形を開いて見せ、光ってなめらかな桃色のブラウスは両側に開いた大きな幕のように胸の両側に垂れ下がり、その開かれた幕の向こうに乳房がツンと上を向いて聳《そび》え、日の光の下で気持ちを高ぶらせ、山の上の雪のように白く、大きく、魂を揺する二羽のウサギのように俺を惹きつけるのを、もうすでに見てしまったかのようだった。

暖かい日の光は凍りつき、空気は固まり流れを止めた。俺たちはお互い見つめ合い、どちらも一言も声を出さなかったが、俺は彼女がダクロンのブラウスをもう脱いだのを見たかのようだった。ブラウスは体のそばのレールの上に置き、元通りレールの下の草の上に座り、裸の上半身を宙に押し上げ、まるで裸の女神のようだった。〈空が晴れるのを待ち、赤い装いと白い衣を見れば、とりわけ妖しく艶めかしいだろう。すべては過ぎたことだ。優れた人物を数えようとするなら、今この時を見よ〉[*1]。俺は震え上がり、恐れをなし、全身の血は大河のごとく流れ、気は大風のごとく吹き、その瞬間、彼女を見つめる俺は木偶《でく》のごとく呆け、棍《こん》棒《ぼう》のごとく愚かだった。視線は彼女の服を突き抜け、手は彼女の体を触っているかのようだった。俺は想像した、彼女が裸になり、一糸まとわぬ姿となったとき、女性の美しさは天下に明らかになるのだ。想像してみてくれ、彼女の髪はあんなにも黒く、シルクの布のようにうなじにかかり、体はあんなにも白く、その白を際立たせるかのように、落日のなかカラスの濡れ羽色の黒々とした光を放ち、その黒を際立たせるために、首の下の白い肌を露出させているかのようで、肩までなめらかに流れ、一部は首に巻き付いていた。そのとき、首はなんとも美しく、諸君には永遠にわからないだろうが、ふっくらして、長く、白くきれいな中に暗い赤が透けて、歳月を経て長い間手で揉まれた玉のようにほのかな赤みが差し、微かに恥じらいを帯び、男をメロメロにする顔をその上に載せ、落日のなか、玉で作った柱が昇ろうとしている大きな満月を押し上げているようだった。しかし、俺と同じように目を下に移せば、すぐにわかる、彼女の髪、彼女の顔、彼女の玉の首も、彼女が隠して見せていない白い胸に比べたらどれほどのこともないと。一瞬で、俺は彼女のそびえ立っている乳房の柔らかさと堅さを捉える、少しも下に垂れ下がってはいない。そして豊かで張りのある丸い乳房の上の、二粒の紫色の乳首は二つのちっちゃい丸いナツメみたいなんじゃないか？　俺はまるで、もうそのナツメの上のわずかのへこみを見ているかのようで、それは乳の出口で、そこからあふれ出す汁は生臭く甘く、男を酔わせる。乳房を見ると、乳の出口からその香りが四方にまきちらされ、乳首のそばにはでこぼこがあって、その紫色は乳首の周囲に、パラパラ散らばり、深い赤を薄い赤が取り巻き乳暈《にゅううん》となり、まるで俺を迎えに来た二本の赤い傘のようだった。俺の心は乳房の上に留まり、俺にはその乳暈と柔らかい乳房の境界線で、赤と白が混じり合う歯車のような境界線が見えた。そして、張りのある豊かな乳房の山、乳房の山の麓が平原と接しているところは柔らかな曲線を描き、二つの乳房の間は狭く深くなめらかな胸の谷間だ。俺はレールから体を滑らせ、彼女の足を俺の足の上に置いて、その十粒の赤い爪が俺の太ももの上で光り輝くようにしようとした。彼女は俺を拒絶しなかった。彼女は俺が足を握り、その十粒の足の爪を撫で、彼女の白くふっくらとした、深い谷間を作ってい

＊1　毛沢東『沁園春《しんえんしゅん》・雪』（一九三六年）より。原文「須晴日／看紅衣装素裹／分外妖嬈。倶往矣／数風流人物／還看今朝」。この詞では北国の風光のすばらしさをうたい、数々の英雄をうたい、そして今、英雄は誰かと言うなら、革命的な人民大衆を見よ、とうたっている。

る胸を見ているのに任せた。俺たちの距離は足の長さしかなかった。二本のレールの間の距離はちょうど俺たちが足を伸ばした長さだった。二羽のスズメとツバメがいつの間にか俺たちのそばに来ていた。いつの間にやらスズメとツバメがカラスとコウライウグイスを呼び寄せ、スズメとキジバトは数尺離れたところから彼女の美しい白い首を見つめ、跳びはねもせず、鳴きもせず、餌《えさ》をついばみもせず、ただおそるおそる彼女の方へ寄っていくのだった。スズメたちの羽は、黒、白、灰色で、それにコウライウグイスの金と赤があって、落日の下でまぶしいほど光り輝いていた。空気にはねっとりと緑色をした麦の香り、柔らかい黄色の青草の匂い、黒く硬いレールの匂いと暖かく赤い夕陽の匂いのほかには、彼女の美しい爽やかな肉の香りがあった。それは女ならみんな持っている、粉のように細かく濃密な匂いとは違っていた。俺のかみさんの桂枝の体にそんな匂いは嗅いだことはなかった。新婚初夜の晩、俺の彼女に対する感情は海より深かったが、こんな匂いは嗅がせてはくれなかった。だがあのとき、鉄道の落日の中、彼女は俺に桃の花が初めて開いたときのような、梨の花が初めて開いた時のような女の香りを嗅がせてくれたのだ。俺は彼女の体を身じろぎもせず見つめ、視線は彼女の体に貼り付いていた。目がゴロゴロ痛くなり、両目に何か小さな球でも入ったかのようだった。頭がクラクラし、目もチカチカした。しかし眩暈《めまい》の中で、俺ははっきりと彼女の乳房の盛り上がりと胸の谷間とツルツルの雪のような白いおなかの表面に、産毛《うぶげ》のように弱々しい、ほのかに灰色がかった白い毛が、針の先のように細く、針のように短く、野原の風の中で微かに揺れ、その一本一本が微粒の光の点となって輝き、俺の目をユラユラと誘った。俺には彼女の体の産毛が風の中を揺れる羽毛が静かに降りていくような音を立てるのが聞こえ、体をピンと伸ばしているのに疲れた彼女が、俺の方に体を少し曲げたときの、おなかにできる二本の平行線が見えたような気がした。時間はゆっくり過ぎるべきなのに、そそくさと俺たちのそばをタッタカタッと通り過ぎていった。日はもうすぐ山に沈みそうで、県城の東の山の頂きには赤い水たまりができていた。天高く雲淡し、南へ飛ぶ雁はない。風に乗って雲は形を自在に変え、美しさの余韻を残す。——落日前の涼しさが野原の方からゆっくりやってきた。彼女の指は依然三つ目のボタンの上だったが、俺には彼女が身じろぎもせず俺の目の前で一日中、いや数百年も裸を曝《さら》しているような感じがした。寒くないかと彼女の体を撫でてやり、俺の体の温もりを送ってやらなければ。風声鶴唳《ふうせいかくれい》（ちょっとしたことにおののき）、驚くは槍《やり》、刀《かたな》、剣《つるぎ》、戟《ほこ》、十面埋伏（周囲をすべて取り囲まれ）、これで魂を抜かれない奴がいるか？　同志諸君、この言い方はここで使うには不適当だろうか？　何を使えば俺の気持ちを表現できる？　俺がちょうど行動を起こそう、さあ動こうとしたその際《きわ》に、コンチクショウめのコンチキチン、クソッタレのバカタレめ、体の前後で鳴り響いていた放送が唐突に止み、歌の奔流は突然干上がり、日の光が激しく射しているところに忽ち雲が飛んできて光を遮《さえぎ》り、燃え上がるような熱気に水を浴びせかけて消してしまったかのようだった。

　彼女はまるで夢から覚めたようにいきなり俺の両手を自分の両足から横に投げた。

　俺はまるで洞房《ドンファン》（新婚夫婦の部屋）を間違え追い出されたみたいだった。

　俺は言った。「ひまわりは朝日に向かって開き、一輪また一輪、次から次へと咲き誇る」（朝日は毛沢東の象徴）。

　彼女は俺に構わず、突然サッと立ち上がって向こうを向くと、大慌てで二つのボタンを留めた。

　俺は言った。「今朝友情の種を蒔けば、革命の情誼《じょうぎ》は万年育つ」

　依然彼女は俺に構わず、ボタンを留めながら大慌てで立ち去り、鉄道に沿った落日の血のような赤の中、漂う影のようにあっという間に消えてしまった。

　なんてこった、行ってしまうなんて。

　だが行ってしまったものは行ってしまったのだ。情もクソもなく行ってしまったのだ。

4　革命の奔流がすっかり洗い流す

　俺が県城に戻って来たとき、夜のとばりはすでにしっかり下りて、通りには設置したばかりの街灯に片輪のような灯りがともっていた。落日の時分に、県城で驚天動地のことが発生していようとは思いも寄らなかった。大通りは人もまばらで、俺が歩いていた南北の通りにはほとんど人影がなかった。もともと壁に貼ってあった赤いバツの付いた大字報はビリビリに引き裂かれ、風の中で悲しそうに、喘ぎ声をあげて揺れていた。古い煉瓦を敷き詰めた大通りの地面には、たくさんの瓦礫《がれき》が投げ捨てられ、天地がひっくり返ったような狼藉《ろうぜき》ぶりで、どこが目かどこが鼻かもわからなかった。革命の奔流がすっかり洗い流し、大河は東方に流れ木《こ》っ端《ぱ》微塵《みじん》となっていた。へし折られた鋤《すき》が下水道の入口のところに捨てられていた。電信柱がへし折られ道端の庭の壁に倒され、電線は切れて引っかかっていたが、電灯はまだ光っていた。まだまっすぐ立っている街路灯にも、明るく光っているものはほとんどなく、あるいは電球さえなかった。道端には真っ赤な血が点々としていて、路面の血腥《なまぐさ》い匂いが俺の鼻をついた。俺には革命がここに来て次の段階に上がったとわかり、心はざわめき、まるで夢の中を歩いていて、夢が一層また一層と俺を取り巻いているかのようだった。〈天にもし情があるなら、天も老いるだろう〉[*1]。本当に身の回りで一体何が起こったのか俺にはわからなかった。彼女、あの美しい二十歳くらいの娘なのか誰かの奥さんなのか、彼女の名前は？　年は一体いくつ？　都会の女《ひと》、それとも郊外の女？　仕事はどこ？　彼女は一人で郊外の線路に座って一体何をしていたんだ？　七割八割、九分九厘、何にもわからなかった。その上、街の戦いの後の光景を見たとき、彼女は俺の頭の中でほとんどぼやけてしまったかのようだった。髪はどれくらい黒かったか、体はどれくらい白かったか、顔はどんなにきれいだったか、胸はどれくらい美しかったか、何ひとつ正確に言えなかった。雲霧のようにモヤモヤで、まったく見当が付かなかった。太陽に近い西の山が、残照で血のようになるまでのほんの短い時間に、俺たちはほとんど言葉も交わさず、あんなに魂が揺さぶられるような一場を演じたのに、これは本当のことだったのだろうか？　言ったところで誰が信じる？　しかし俺と彼女が、腐って堕落した、魂が揺さぶられるような反革命の一幕を演じているときに、この街では革命のもう一幕が演じられていたのであり、県城の半分がやられて片輪のようになってしまっていたのだ。

後になって俺は、彼女の足の爪を撫でていたあの時、放送局は占領され、メディアは再び革命者の手に渡っていたのだという話をきいた。

*1　毛沢東『七律・人民解放軍南京を占領す』（一九四九年）より。原文「天若有情天亦老」。この一句はもともと李賀の『金銅仙人　漢を辞する歌』の中の一句。この句の解釈には以下のようにさまざまな説がある。「もしも天に感情があるならば、

天もきっと人の世の変化に感慨を催して老けたことだろう」、「もしも天に感情があるならば、天も人民の勝利を喜ぶだろう」、「もしも天に感情があるならば、変化を推し進めるだろう」。

第二章　風雲のはじまり

1　程崗鎮の雰囲気

俺は三日後に俺の故郷の程崗鎮へ帰ってきた。

狂愛と革命はこうして暴風、驟雨《しゅうう》のように始まった。愛情と腐敗、階級と肉親の情、憎しみと闘争、理学と程家、法律と革命、革命と生産、忠義と愚昧《ぐまい》、男と女、チンチンと乳房、美しさと醜さ、食料と飢え、父親と子供、子供と母親、男と妻、支部書記と書記、手錠と縄、藁と黄金、これらのものは、言ってしまえばすべて殺虫剤のジクロルボスだ。〈天下はかき乱され、風雲激しく変幻し、世界は揺さぶられ震えあがり、狂風吹き荒れ雷鳴轟《とどろ》[*1]き〉、俺は本当に全部をひっくり返して、踏みにじり、永遠に立ち直れないようにして、その上にションベンをかけてやりたかった。

諸君がもし俺に生きてここを離れさせてくれたら、俺が程崗鎮に戻って最初にやることは、チンチンをまさぐりだしてそれらにションベンをかけ、程崗鎮の革命の頭の上にクソを垂れることだ。

まず悠久の歴史のある、光を四方に放つ耙耬山脈と程崗鎮について話そうか。耙耬山脈は伏牛山系のひとつで、東は程家崗にはじまり、西は白果山に至り、クネクネ八十里、低い山と丘陵が続く。この山脈の間は、山と谷が融け合い、山の尾根と川の谷が集まり、海抜は二百五十から四百里で、土地は険しい斜面、棚田、川の流れる台地、用水路のある平地、全部合わせて三・四万畝《ムー》（一畝＝十五分の一ヘクタール）だ。中でも陸渾嶺《りくこんれい》は、春秋時代に陸渾戎地《じゅうち》となり、漢代に陸渾県が置かれ、弘農郡に属し、それは県志にはっきり書いてある。もちろん、耙耧山脈で最も名声を博すのは陸渾嶺ではなく、陸渾嶺とは川一本隔てた程崗鎮だ。程崗鎮はもともと程村と呼ばれていた、何の変哲もない村だった。しかし今では程崗鎮と呼ばれ、耙耧山脈のちっぽけな小さな集落ではない。宋代の〈程二夫子《ふうし》〉と呼ばれる程顥《ていこう》・程《てい》頤《い》、二人の故郷なのだ。元代の仁宗の時、祖先の聖人を記念するために、程村に祠《ほこら》を建て、明代の景泰六年、その祠を改修し、誰もがみな封建階級のために瓦と煉瓦を積み、それは三つの大きな院子《ユアンズ》（塀や垣根で囲った住宅）となった。手前には欞星門《れいせいもん》、承敬門、春風亭、立雪閣、中程には道学堂大殿と「和風甘雨」と「烈日秋霜」の二棟があり、奥には、啓賢堂大殿と両側には講堂が四つ向かい合って建っている。この三つの大きな院子、数十畝を占め、その梁や棟木には彫刻が施され、龍が飛び鳳凰が舞い、石碑は林のごとく立ち並び、松や柏は空に聳え、封建主義の生きた教材だった。

　明代の天順年間に、程村は「両程故里」に封ぜられ、村の東一里外に、石で牌坊《はいぼう》を建て、その上には「聖旨」の二文字、下には「二程故里」の四文字が刻まれた。それはクソッタレの皇帝の直筆で、道に直立していたので、出るときにもこれを必ずくぐり、入るときにもこれを通るしかなく、文官は牌坊の下を通るときは車から降り、武官が牌坊の下を通るときは馬から降りなくてはならず、これで程村はその名を天下に轟かせ、まるで河南省西部耙耧山脈の天安門のようだった。程村の後ろは黄土の丘で、耙耧山脈の東の端だったので、その関連で程家崗と呼ばれ、のちに程村の人口が増え、丘の上には家が建ち並び、村を鎮に改めるとき、二つの村を一つにし、程崗鎮としたのだ。

　程崗鎮の人たちの八、九割は程姓を名乗り、みな程顥・程頤の後代か子孫で、我々のような高を名乗る者はそこでは半端もの、俺のような人物が、天下に躍り出て、光り輝き、熱く燃えたこの数年は、この程崗鎮、程家の歴史の中でも空前絶後、あったためしがなかった。すべては、あの赤くすべてが光り輝いた大革命に感謝しなくてはならない。搾取され抑圧された人々は革命だけが活路であり、革命がなければ暗闇の中で生きるしかない。〈険しい関所を、まさに鉄のようなど

＊1　毛沢東『満江紅《まんこうこう》・郭沫若《かくまつじゃく》同志に和す』（一九六三年）より。原文「四海翻騰雲水怒／五洲震盪風雷激」。革命勢力が世界各地を揺さぶっていることを表現している。

と言うな。今、我々は前進してその頂きを越えていく〉[*1]。諸君、俺の話を遮るな、俺は話を東の山から西の山へ飛ばしたりしやしない。

　県の人民武装部の部長は軍分区へ会議に行っていて留守だったので、復員・退役の手続きをするのに丸三日かかった。その三日間俺は県城の凄まじい大革命を目にした。革命の強大な波は千軍万馬、山を押しのけ海を覆す勢いで、全国各地で逆巻き、突き進んでいたのだ。

　俺は県城でじっとしていられなかった。

　程崗鎮の革命と愛は俺をずっと待っていたんだ。復員・退役の手続きがすむと俺は程崗鎮へ飛んで帰った。バスが七十九里走って「両程故里」の牌坊の下をくぐるとき、俺の血は熱くたぎり、手のひらには汗が吹き出し、心の激情は三日前の街の郊外の線路での訳のわからない狂ったような愛と同じだった。俺が家に帰ってから最初にやりたかったことはこの「両程故里」の石の牌坊をたたき壊すことだった。封建王朝が建てたこの古い牌坊は、数百年後の程崗人民が結婚や葬式でそこを通るとき人は車から降りなければならず、楽隊は演奏を止めなくてはならず、長距離バスが牌坊の下をくぐるときは、三回クラクションを鳴らし、程夫子に尊敬と敬愛を示さなくてはならなかった。革命が中国の大地、全国土を席巻しているのに、九都から来た長距離バスが牌坊の下を通るとき、まだそのクソバカタレのクラクションを鳴らしているとは思いもしなかった。運転手に何も言わなかったのは、バスにはいろんな連中が乗っていたからだ。あの牌坊をたたき壊せばすむことだ、革命の大きな幕は開いたのだから。

　程崗鎮の駅でバスから降りると、俺の鼻に最初に入り込んできたのは鎮の臭気と土の匂いだった。鎮の人民公社社員たちはちょうど肥《こえ》を担いで小麦に追肥しに行くところで、一列に並び、老いも若きも顔はのんびりした赤黄色をしていた。彼らが行ってしまうと、通りには静けさが残り、鶏の親子が通りで土を突いて餌をついばみ、鴨が太った尻を振りながら通りのこっちからあっちへと歩いて行った。同級生の程慶東《ていけいとう》の家の壁ぎわの日の当たっているところでは、雌豚が居眠りし、犬が一匹その横に伏せ、雌豚の後ろ足を枕にしていた。もっと変だったのは、スズメが一羽、雌豚の腹の上をちょこまか動きシラミをとっていたことで、その光景はここが革命からはるか遠く、延安から海南島ほども離れていることを感じさせた。俺は言いようのない失望感をおぼえ、まるで真夏から冬に踏み込んだみたいだった。もちろん暖かい親近感はあった。故郷のすべては俺にとって熟知したものばかりで、それは人が自分の服や手足のことをよく知っているようなものだった。

俺は何か新鮮な見慣れないものが見られるんじゃないかと期待していたのだ、通りに大字報が貼ってあるとか、腕章を付けて通りを急いで走り回っている者がいるとか。

しかし何もなかった。何もかもが元のままだった。流れる水は腐らず、腐った水は動かず、ここはまさに死んだ水だった。

俺は死んだ水を踏みながら程崗鎮に戻っていった。程崗鎮には全部で四本の大通りがあり、程前街、程中街、程後街、程廟の裏の雑姓街だ。いうまでもなく俺の家は廟の裏の雑姓街にあって、雑姓街の西のあの三部屋の土瓦の家で、塀で囲まれた院子があって、南に入口のある、ごくごく普通の我が高家だった。ちょうど門に着いたとき、隣の子供が俺と出くわし、俺を見ると笑って、突然家の門に向かって叫んだ。「桂枝おばちゃん――おじちゃん帰ってきたよ――」そして程中街に向かって走って行った。

桂枝は迎えに出てこなかった。鍵のかかっていない門を開けると、かみさんはちょうど庭で麦を研《と》いでいた。息子の紅生が彼女のそばで柳の枝を持って麦の入った籠を取り囲んで突つこうとする鶏や豚やスズメを追っ払っていて、生まれて半年の娘の紅花は母親の膝の上でウトウトしていて、この光景は俺が通りで見た鶏、鴨、豚、犬と同じだった。山には死んだように重い気配が漂い、村はどんよりした気配に覆われていた。俺は荷物を持ったまま庭に立っていた。

桂枝と子供たちは門が開く音を聞いて振りかえったが、彼女は立ち上がって俺の荷物を取ろうとはしなかった。彼女には目の前に立っているのが未来の革命家であり村の政治家であるとわかっていないようだった。彼女はちょっと驚き、俺に向かってちょっと笑うと、「帰っとったん？　何日か前に戻るって言うとらんか

＊1　毛沢東『憶秦娥《おくしんが》・婁山関《ろうざんかん》』（一九三五年）より。原文「雄関漫道真如鉄／而今邁歩従頭越」。婁山関は貴州省遵義の北にある要衝。婁山関での戦闘で赤軍は長征出発後初めて勝利した。遵義会議で中国共産党の最高指導者となり、赤軍の指揮権も得た毛沢東の高揚した気分が表現されている。

った？」

俺は街の革命と郊外の線路での一幕を思い出していた。「県城での手続きにちょいと手間取ってな」

「家に入ったら？　そんなとこに突っ立っとってどうするん？」

そしてまた言った。「紅生、父ちゃんよ――ほら、父ちゃんって呼んであげて」

もう五歳の紅生は父ちゃんとは呼んでくれなかった。紅生と紅花は怖々とした様子で俺を見ていて、まるで俺が家族じゃないみたいだった。この瞬間俺は復員・退役したことを後悔し始めていた。俺は部隊のリーダーがよく言っていた言葉を思い出した。革命未だ成らず、同志諸君は引き続き努力しなくてはならない（孫文の言葉）。荷物を部屋に置いて、ついでに部屋の中央のいくつかの椅子を壁ぎわにきれいに並べ、もう二つの部屋の扉を開けて中を見て、出てきて言った。「母さんは？」桂枝は振り向きもせず、相変わらず麦を研ぎながら言った。「静かにしたいとおっしゃって、また丘の上にお戻りになったんじゃが」

俺の心は一瞬で爆発、手榴弾が胸の中に投げこまれたようだった。しかし俺は何も言わず、つま先で地面をねじり、門の外の軒の下に立ち、鎮の裏の丘を見上げたが、見ていたのは大きな程廟後院の啓賢堂大殿と中節院にある道学堂の一角だった。大殿の四隅の軒につり下げられた風鈴が、チリンチリンと、清く冷たい音を壁の向こうから響かせていた。程家の大きな廟を見ていると、俺の心はだんだん静まっていき、いつか「両程故里」の石の牌坊をたたき壊し、さらに廟を焼く決心をした、俺は程家崗の上から下へ引っ越してすぐ廟を焼き打ちし壊したいと思った。特に理由はない。紅生が突然足下にやってきて俺を仰ぎ見ると「父ちゃん」と呼んだので、俺の心はトロトロになり、彼の頭を撫でた。

「パパって呼ぶんだ、町の人はみんなパパって呼ぶんだよ」

紅生は首を振った。

「それじゃ父ちゃんでいいよ……行こう、鞄に飴《あめ》があるから、お家《うち》の中で食べよう」

飴があると、紅生と紅花は続けて何度でも父ちゃんと呼んでくれる、世界で息子や娘に飴を食べさせてくれるのは父ちゃんだけとでもいうかのように。あの頃、飴はみな薄い赤いツルツルした油紙で包んであって、包み紙にはどれも「私心と戦い修正主義を批判せよ」といったたぐいの言葉が書いてあって、子供たちが包み紙を庭の豚や鶏の糞の上に捨てたときには、俺は大慌てでそれを拾い上げ、捨てちゃだめだ、原則的には反動になるぞ、と言った。子供たちには俺が言っていることがわからず、桂枝は俺の方に顔を向けると言った。「ここは田舎じゃ、あんたたちの部隊とは違うんじゃから」俺は彼女に、県城では革命が天地を覆い、俺が退役して戻ってきたのは革命のためなんだと言いたかったが、振り向いた彼女の顔には軽蔑《けいべつ》したような表情が程廟の壁ほども分厚く覆っていたので、俺はその言葉を吞み込むしかなかった。それに、彼女の顔は赤黒く土色で、まるで全然洗っていないんじゃないかというほどで、それはそれでまたあの街の郊外の線路での一幕を思い出させ、俺が言いたいと思っていたことを全部押し込めさせ、突然彼女の顔を見るのも嫌になった。

俺はまた宙に高くそびえ立つ程廟の軒の先に視線をやった。

その時、ちょうど横町の角を走っていた子供が突然うちに駆け込んできて叫んだ。「愛軍おじちゃん――支部書記のおじいちゃんが早《はよ》う来るようにって言うとったよ」

桂枝はたらいから研いだ小麦をザルに上げると、まるで忘れていたとんでもない大きなことに、突然入ってきた子供が気づかせてくれたかのように、彼女の顔には活き活きとした元気な感じがあふれ、大声で俺に言った。

「早く行って、うちの父ちゃんがあんたが帰ってきたら、すぐに会いに来いって言うとったわ、麦を研いどって、すっかり忘れとったわ」そしてまたきいた。「あんたうちの父ちゃんに何を持ってってくれるん？父ちゃんは街のお菓子や缶詰が好きじゃけえね」さらに言った。「紅生、紅花、父ちゃんと一緒におじいちゃんに会いに行って、卵麵《たまごめん》食べるかどうかきいとくれ、食べるんならお昼に母ちゃんが持って行くけえ」

2　革命外の婚姻史

俺はまだ諸君に、かみさんの父親も程崗鎮の革命家の一人だと話していなかったな、昔のことになるが、彼はある日、八路軍のために手紙を送ったことで、新中国成立後は村の支部書記になったのだ。程家崗の十数戸はもともと独立した一つの生産隊で、五里外の趙《ちょう》庄《しょう》大隊の管轄だった。そのころ程村はひとつの集落に過ぎず、郷《ごう》の役場の所在地だった。郷長は程家二十数代目の末裔《まつえい》の程天民だった。しかし一九六四年、政府が程村を鎮にするとき、鎮にするなら村をパリパリ大きくしなくてはと、郷長の程天民と俺のかみさんの父親の程天青が会議を開き、程家崗の十数戸に雑姓を入れて、郷を鎮に変えるという上層部の政策に合致させたというわけだ。程家崗の人は丘の上から下へ移り、程廟の裏の野原には家が一列建ち、雑姓街が一本増え、みんな程村の人間になったのだ。

　程村の人間になってから、俺はすぐに村の支部書記の娘婿となった。その日、俺の母親と新しく建てた瓦屋根の家の後片付けをしていたら、老支部書記がゆっくり入ってきた。彼は俺が持って行った椅子に座らず、母親が入れた水も飲まなかった。彼は両手を後ろ手にして、新しい家の中で壁を見、地面を見、柱や梁《はり》を見、庭に元からあった二本の太い桐の木を手で撫でて言った。「理屈から言うたらこの木は公のもんじゃが、いまやおたく高家のもんというわけだ」

俺の母親は思いがけない喜びで老支部書記を見ながら言った。「ええんですか？　支部書記さん」

　支部書記は言った。「わしがええと言うたらええんじゃ、村の支部書記なんじゃから、それにその子の父親のことは昔からよう知っとるし、兄弟はもうおらんのじゃし、おまえら母子の面倒を誰がみると言うんじゃ？」

　母親はせかせかと彼が飲まなかった水を片付け、台所に入って目玉焼きを焼き、黒砂糖までかけた。支部書記は目玉焼きを食べ終わると、目を俺の方に向け、上から下まで見て言った。「十八になったんじゃろ？　県城の高校で勉強しとるんじゃろ？　それにクラスの中でもようできるらしいじゃないか？」あのとき俺はまだ幼稚で無知で、支部書記が俺を娘婿にしようとしているなどとは知らず、恥ずかしくて顔を真っ赤にしながら返事をしたが、なんとその日の夜に仲人がうちにやってきたのだ。

　仲人は俺の母親に言った。「良かったわねえ、老支部書記があんたの愛軍を気に入ったって」

　高校を卒業して俺は結婚した。桂枝は支部書記の家の三人娘の一人で二番目、緑じゃない松、松なのに青くない、黄土にまみれたような風采で、俺よりひとつ下だったが、見た目は俺より四つか五つは上のように見えた。俺には彼女がどうして俺より四つも五つも年上に見えるのか、背が低いからなのか、肌が黒いからなのか、わからなかった。父親が支部書記だからか、太っていて、髪の毛は梳《す》いたことのないようにボサボサで、顔には黒い点がぽつぽつとあった。彼女と最初に会ったその日、俺は仲人に支部書記の家の母屋の横の部屋に引っ張りこまれた。それは彼女の部屋で、壁一面に古新聞が貼ってあり、花柄の掛け布団が細長くたたまれ、大きな堤のように壁ぎわに置いてあった。彼女を見たとき、喉が綿花で塞がったようで吐きそうになったが、吐き出すことはできなかった。支部書記が娘の後から入ってきて、「まあ話してみい、わしは党員で、幹部じゃから、結婚の自由については人民公社の社員大会の時にもいつも話しとるから。愛軍、おまえの父親は早くに死んでしもうたが、おまえは間違いなく革命の次の世代じゃ、高校での成績も優秀で、桂枝との婚約を承諾してくれて、結婚して子供が生まれたら、わしはおまえを部隊に送り、部隊で入党させ、戻って来たら村の幹部として育ててあげるつもりじゃ」

「なんでなんも言わんの？」

俺は顔を上げて彼女を見た。

「不細工なんがイヤなん？　イヤならはっきり言うてよ、あたしはあんたの家がカランコロンの貧乏じゃけえ、イヤ」

「どうして学校へ行かんのじゃ？」

「本を見ると黒い字が蚊みたいに飛んで、読んだらブンブン頭の中でうるさいんじゃ」

「お父さん、俺を幹部に育てたいんかの？」

「さっき聞いたじゃろ？　結婚して一年たったら、子供を作ってあんたを部隊に行かせるつもりなんよ」

「なんで子供ができんと兵隊になれんのじゃ？」

「子供ができんかったら、うちがあんたを離さんじゃろ？」

「いつ結婚する？」

「日取りはこっちで決める、今度の正月じゃ」

「正月じゃ、うちの豚がまだ大きくなっとらん、それじゃ金がないのに結婚いうことになるが」

「うちの方で全部やるけえ、あんたのとこで足りんもんはうちで出してあげる、じゃが一つ約束じゃ、結婚したらうちの言うことをきくこと、あんたのお母さんがうちを怒らしたら、あんたに茶碗《ちゃわん》を投げつけるけぇね、あんたがうちを怒らしたら、あんたの目の前で首吊るけぇね」

その正月、俺は結婚した。

3　初めて程寺に入る

俺はすぐに子供を連れて家の中から出てきた。義父は日当たりのいいところで揺り椅子に座り、煙草を吸いながら足で犬と戯れていて（旧社会の地主ってこうじゃなかったか？）、俺がお菓子や缶詰を持って来たのを見るときいた。「九都のかそれともうちの県のか？」

「九都の百貨店で買《こ》うたもんで、産地は鄭州《ていしゅう》です」

彼は俺の手から品物を受け取ると、お菓子を鼻先に持って行って匂いを嗅いだ。「悪くない、美味《うま》そうじゃ」そしてまた言った。「これをお寺に持って行って、天民おじさんに見せてやってくれ、あいつは鎮長を退いてから、なんもしとらん、廟の中で毎日静かに古い本と向きおうとる」

俺は義父の家から出た。義父は俺を村の幹部として育てることについて持ち出さず、死んだ水のような村の情勢と革命についても持ち出さず、俺を椅子に座らせることもせず、孫の紅生に何か食べさせることもせず、俺が部隊でどんなにがんばってどんな結果を出したかきくこともせず、俺を家から追い出し、俺と子供を程家の廟へ行かせたのだ。〈革命はお客を呼んでごちそうすることではなく、贈り物をするものでもなく、おしゃべりをすることでも、絵を描いたり刺繍《ししゅう》をしたりすることでもない〉。しかし俺は程天民を訪ねていくしかなかった。老鎮長だし、程顥の血筋の頭と顔で、先祖は進士を出し、祖父の代は大清帝国の秀才を出し、彼に至って、新中国成立前は県の民間学校の校長だった。解放のあの年、彼は政府によって党外の著名な民主人士として県の初めての教育局長に任命された。政府によると、彼を県長にしようとしたとき、革命が困難が大きく複雑であると感じた彼は、一歩退いて郷長になったということだ。今や、内モンゴルの大草原から、海南島の小さな漁村に至るまで、西北のゴビ灘《タン》から、農産物、海産物の里の渤海湾《ぼっかいわん》まで、革命はどこでも風雲巻き起こり、赤旗はたなびき、ラッパは吹き鳴らされているというのに、この時期に自ら鎮長の地位から退くとは、革命の風波が恐ろしいのか、それとも前進するためにまず後退したのか、ずるいウサギは三つの巣を持っているのか？　昔（そのとき俺は蟻《あり》のように小さかった）、母親について程村の市《いち》に行って、通りで彼に会ったとき、母親は俺を道端に引き寄せて、彼が通り過ぎるのを待って、後ろ指を指して俺に言った。「ほら、あれが郷長さんじゃ、もしおまえがあの人の半分も勉強して村の幹部になれたら、母さんが独《ひと》り身を守ってきたのも無駄じゃないんじゃが」どうして俺が村の幹部になれないと？　どうして俺には村長、鎮長、県長、地区の責任者になれないとわかったんだ？　部隊での革命教育と伝統教育の科目で、指導員・教導員[*1]と団長はいつも、林彪は二十歳過ぎで師団長になったと言っていなかったか？〈世界は諸君らのものであり、我々のものでもある。俺たちは朝八時九時の太陽なのだ〉[*2]、とするとあんたらは落日、真南を過ぎた斜陽ではないのか？

　程廟は程後街中央の端にある。息子の紅生は二箱のお菓子を持って、俺は四つの缶詰を持って、程中街の二道横町から程後街へ入った。道で会う人は誰もが口をそろえてきく。「愛軍、退役したんか？」俺はみんなに同じように作り笑いをし、うなずいて、ポケットから「黄金葉」を一本探り出しては投げ渡した。するとまたきいてくる。「どこ行くんじゃ？」俺はこたえる。「鎮長のじいさんが廟で俺を待ってるんで、挨拶《あいさつ》じゃ」で、また言う。「愛軍、村の幹部になったら、おまえの兄弟のことを忘れんとってくれよ」「この村の死んだようなザマを見てみい、俺が村の幹部になれると思うか？」そのとき、たまたま会った字を知っている賢いやつが、俺に向かって言った。「革命の三結合[*3]を実行しさえすりゃ、おまえは間違いなく青年幹部じゃ」俺は思った、もし俺が政権を握ったらこういう連中によくしてやるのだ、政治的に問題さえなければ、畑に水を入れるときには彼らのところから先に入れてやるし、化学肥料を買うときには彼らに数十斤（一斤は五百グラム）多めに買ってもらう。きっとそうできるし、そ

＊1　中国人民解放軍の大隊長級の政治工作員。大隊長とともに大隊の首長。
＊2　毛沢東「世界は君たちのものであり、私たちのものでもある。しかし結局君たちのものだ。君たち青年は元気潑剌としていて、朝八時九時の太陽のようだ。希望は君たちに託されている。中国の前途は君たちのものだ、世界の前途は君たちのものだ」。
＊3　三つの異なった世代・階層などが一つの目的達成のために団結することを示すスローガン。

うでなきゃならない。なぜか？　この高愛軍は良知に満ちた革命者だからだ。

昼御飯前で、男どもはほとんど畑からまだ帰ってきていないし、女どもは家で食事の支度中だった。程後街を歩いていると、家々からきこえるふいごの音がネズミが扉の隙間からコソコソ出ていくみたいで、煙突の煙は青い空を覆う白い雲のようで、憂い一杯の顔のようだった（誰の顔だ？）。俺は紅生の手を引いていたが、紅生は手に持った二箱のお菓子ばっかり見て、お菓子の油紙の包装紙は横町を漂う二つの火の固まりのようだった。俺には息子がそのお菓子を食べたくてしかたがないのだとわかっていたので、誰もいないときにお菓子の箱を開けて、それぞれの箱からいくつかずつ取って渡してやった。お菓子を食べるとき、二人の顔は幸せの光で輝き、モグモグやるたびに黄色く輝き、その光は程後街の地面に落ちていくのだった。程後街の道の両側の家の庭壁や建物の壁は迫って狭くなり、用水路のようだった。剝がれた壁は地面に落ちていて、壁土や泥が地面に絶え間なく落ちる音を聞きながら、息子が食べるときの山でも川でも呑み込まんばかりの様子を見ながら、俺は言った。

「紅生、美味しいか？」

「美味しいよ、お肉よりおいしい」

「父ちゃんは革命をやるんじゃ、革命が成功したら、父ちゃんが毎日お菓子を食べさしたるけえの」

息子は訳がわからないような顔をして俺を見上げた。俺は自分が大人物ででもあるかのように息子の頭をポンポンたたいた。そのとき、程家の夫子廟が目の前に姿を現した。古い煉瓦と青い瓦の高い屋根が聳え、屋根の下には大きな字で「程寺」の金色に塗られた二文字があり、字の下は赤漆《あかうるし》の大きな扉で、それらは自分たちが俺の手で壊されるとも知らず、相変わらず俺たちに向かって微塵の慎ましさもなく冷たい気を放っていた。そのとき、俺は俺の愛がその廟の中で待っているとは知らず、廟の前まで来たときも服もボタンもちゃんとせず、お菓子の包みを折ったときの、その油がまだ手にべとついていた。まったく何の準備もしていなかったが、運命の塔は、それを積み上げる煉瓦も瓦も、すでにそこに並べてあったのだ。俺が廟の庭を囲んでいる壁から前に歩いていくと、あの糸のようにまっすぐな煉瓦の隙間が、十数斤の重さの四角い煉瓦の間を縫って俺の体の後ろへと流れていき、程寺の正門まで来ると門の入口に座っている二匹の狛犬《こまいぬ》が俺を迎える。俺は手の油をその狛犬の頭でぬぐい、息子は俺の手を引いて、おどおどと後ろを見た。

「紅生、拭くんじゃ、怖がらんでええ、父ちゃんが革命したるから」

息子は首を振って、ズボンで手をきれいに拭いた。

「何が怖いんじゃ？　父ちゃんが革命する言うとるじゃろが」

俺たち親子は程寺の前の大きな庭に入った。前庭の足下の路面は四角い八寸の煉瓦で、櫺星門から承敬門まで続いていて、程家の後裔が焼香しひざまずいたときに付いた足跡が深く残っていて、その道の両側には天をつくほどの古いコノテガシワの木が何本かあって緑を生い茂らせ、庭に木漏《こも》れ日《び》を作っていた。木の根元では根が煉瓦を押し上げていて、木陰では、煉瓦は湿った黒だったが、苔が表面に緑の層を成し、煉瓦の隙間からはたくさんの雑草が伸び、見たところ年は経ても弱ってはおらず、封建統治階級の色あいや味わいに充ち満ちて、静かで神秘的な圧迫と搾取を感じさせた。俺は息子の手を引いて煉瓦の上を歩いて行ったが、息子はキョロキョロあたりを見回し、廟の雰囲気に圧されたのか小さな手は汗ばんでいた。庭の東西両側には春風亭と立雪閣の屋根と柱があって、色あせた龍と神、黄色い下地に描かれた虎と獅子が、牙《きば》を剝き爪を躍らせ俺たちを見ていた。

「紅生、怖いか？」

息子は首を振ったが、手は俺の指をギュッと握った。

「怖がるんじゃない、いつか父ちゃんがこいつらをぶっ壊してやるから」

息子は信じられない様子で俺を見ていた。

「古いものをやっつけなきゃ新しいものはできない。大きくなったらおまえにも父ちゃんの言ってることがわかるよ」

息子はさらに戸惑った顔をして俺を見ていた。

この時が――何年も経ってから思い出しても、この時が俺の一生で最も神秘的なひととき、最も心を動かされた、永遠のひとときだった。後に、何年にもわたる、彼女との驚天動地の愛、天地をひっくり返す怨みがあったが、それらもみなこの時ほど、奇妙で忘れがたいものはなかったし、神秘的で予測できない、心震わせ暖かく美しいものはなく、まるで神の水のように、俺の心の中をポタポタとしたたり落ち流れていったのだ。俺は生きているうちに偉大な指導者、毛主席に会えなかったが、たとえ本当に毛主席に会って、毛主席が自ら水を汲んでくれ、江青同志が俺のために目玉焼きを作ってくれたとしても、その時の感覚ほど深く感動することはなかっただろう。毛主席が汲んでくれた水はあくまでも水でしかないし、江青が焼いた目玉焼きもやはり目玉焼きでしかない。しかしあのひととき、あの不思議な美しさは、何とも比べられない。天地がどんなに大きくても共産党の温情ほど大きくはないように、海がどんなに深くてもあのひとときの印象ほど深くはない。

足音が響くのが聞こえた。足音は苔が寺院を漂うように、しっとり、重く、しかし宙をゆっくりゆったりと漂っていた。というのは程寺にはがらんとした静けさと、廟に老鎮長が静かに暮らしている以外に、ほかには誰もいなかったからだ。年越しや、程顥・程頤の誕生日でもない限り、この廟に入って行く者はほとんどいないし、権力を与えられたほんの少しの者しか入って行かなかった。その足音は一人ではないようで、ごちゃごちゃ混ざっているようで、少なくとも二人はいるようだった。頭を上げて承敬門の方を見ると、その足音の間には深い黒色の、カビ臭い感じが混じり、高く低く、それにまるで歌っているような話し声が混じっていた。

俺は頭を上げた。

彼女が見えた。彼女は片方の手で三歳の娘の手を引き、もう片方の手には三段重ねのアルミの弁当箱を提げ、服はやはりあの桃色のダクロンのブラウスで、靴もやはりあの金色にメッキしたアルミの金具の四角い布靴で、ズボンもやはりあの自分で仕立て直した軍服のズボンだった。すべてが三日前の郊外の線路で初めて会ったときとまったく同じで、端正な顔にはうっすら疲れと憂いがあって、彼女のきめ細かい肌がほんのり黄色みがかっていた。承敬門は程寺大門ほど大きくはなかったが、門を三方取り囲んでいる煉瓦にはひとつひとつに蓮《はす》の花の紋が入っていて、蓮の蔓が承敬門に掛かっているようだった。彼女はその下に立って、口を半開きにして、一方の足は門の中に、もう一方の足は門の外にあった。彼女の頭越しに中を見ると、中節院の葡萄棚《ぶどうだな》の葉っぱはまだまだだったが、それでも日の光をしっかり遮って、それが彼女を、門に嵌《は》めこまれた背景が暗い一枚の絵のようにしていた。彼女は本当に一枚の絵のようだった。誰がどうすばらしいと言おうが、誰がどう美しいと言おうが、俺には彼女を一枚の絵のようだと喩えるしかなく、他の比喩ではあの時の垢抜けた美しさを喩えることはできなかった。

言うまでもなく、俺が彼女を見たとき彼女も俺を見た。

俺たち二人の視線は前節院の空中でカチンとぶつかり、火花がアーク溶接のように廟の中で光を放った。そして廟の空気は固まり、古いコノテガシワの木漏れ日さえ揺れることはなかった。彼女の提げていたアルミの弁当箱が左の柱にあたり、柱の古い漆がすこし剥げて、細かい粉がパラパラと彼女の頭と足下に降った。彼女の顔色は強ばって黄色になり、唇はキュッと結ばれて赤い中に白い線が現れていた。俺の心臓は止まりそうになり、両手は汗だくで汗の中に船を漕ぎ出せそうだった。それから俺たちはお互い見つめ合い、頭上の古いコノテガシワでカラスが巣の中でゴソゴソ動き、小枝の立てる音とカラスの鳴き声が家の梁のようにまっすぐ落ちてきた。

俺が頭を上げて木の上を見て、視線を下に戻したとき彼女は娘を引っ張りながら(彼女に娘がいるなんて、三日前彼女には少しもそんな感じはしなかった)、俺の横をすり抜けていき、足音はさっきよりも小刻みだった。弁当箱がユラユラ揺れて、カタカタ音を立てた。その時、俺は振りかえって彼女を見て、体中の固まった血はゆっくり溶け、洪水となって頭に押し寄せてきた。俺は彼女が承敬門から欞星門まで歩いていくのを目で追い、慌てて紅生をほったらかしにして追いかけた。

「おーい――ちょっと――」

彼女は振り向くと言った。「三日前は気の迷いだったの。今からあなたはあたしに会ったことはないし、あたしもあなたに会ったことはないの。これまで二人とも全然会ったこともないし、まったく知り合いでもないの」

そう言い終わると彼女は娘を胸に抱きかかえて、程寺の大門を跨《また》いで、程後街へ歩いて行った。賊から逃れるかのように行ってしまった。ヒマワリは太陽に向かって花開き、花は一輪一輪、次から次へと咲き誇り、今朝友情の種を蒔けば、革命の情誼は万代に育つ。俺はずっと廟の大門の外に立ったまま、彼女が俺が来たときに通った横町を横切って、程中街へと入っていくのを見ていた。

これが俺の革命の愛だったのだ、俺の熱烈な愛の生活だったのだ、それは程家廟で出くわしたとき始まったのではなくて、三日前にすでに幕は上がっていたのだ。俺にはわかっていた、俺たちの革命の愛はまだ本当に始まっていないんだと。俺たちの愛情生活は程家廟で知らぬ間に新しい一頁をめくられていたのだ。万里の長征は第一歩を踏み出したばかり、雪山も草原もまだ出現していない。革命未だ成らず、同志諸君は引き続き努力せよ。困難、紆余曲折《うよきよくせつ》はまだ先で待っている。

俺の息子が後ろで俺を呼んだ。「父ちゃん——父ちゃん」

4　革命者の思い

蜜を味わってサツマイモは甘くないのだと知ると、蜜を知らなかったときの味をなくしてしまう。サツマイモはサツマイモで、サツマイモは永遠に蜜ではないのだ。

彼女は夏紅梅といい、老鎮長程天民の息子の嫁で、実家は県城東関の人であるとわかった。彼女の旦那は程慶東で、俺の中学の同級生、俺は県城の高校に行ったが、彼は地区の師範大学に行った。さらにそれから、俺は国家を守るために兵士になって兵営に行ったが、彼は卒業してから程崗鎮にもどり中学の先生になった。俺たち革命と反革命の人生はここでそれぞれの道を歩むことになったわけだ。

彼女のことは母親のところで知った。程家崗に母親に会いに行ったのだ。その丘にもともとあった十数戸の家は丘の下に引っ越して、藁葺きの家が今にも倒れそうだったが、なんとか堪え忍んで立っていて、お年寄りが何人か、なんやかやの理由でまだそこにいるのだった。俺が実家のボロ屋に着いたとき、頭の白くなった母親はちょうどトウモロコシの実を取って鶏にやっているところで、俺を見るとトウモロコシを地面に放り出して、慌てて俺の方に歩いてくると、一本の木に寄りかかり俺の様子を見ながら目に涙を浮かべていた。

「母ちゃん、迎えに来たよ」

母親は俺を見て首を振った。

「桂枝が母ちゃんに辛く当たるんじゃったら、あいつと離縁するが」

母親は俺をじっと見た。

「俺は党員じゃ、革命せんといけん、これからは支部書記の程天青も、このわしの言うことをきかんといけんのじゃ」

母親は訳がわからず恐ろしそうな目で俺を見ていたが、おそらく自分の息子が精神病になったとでも思ったんだろう。革命が成功する前は、当然わかってもらえなかったり非難されたりするが、これは歴史がすでに証明している経験と教訓だ。俺はそれ以上母親には何も言わなかった。俺の母親にも遅れた愚かなところはあるのだ。

母親とボロ屋の庭の入口に座っていると、落日のなか程崗鎮の全景とその風貌を眺めることができた。十三里河から掘削した大きな用水がまっすぐ延び、水は四季を通じて音を立てて流れ、鎮の裏の丘から流れ下っていき、永遠に曲がることのない絹の帯が山脈の麓でピンと張っているかのようだった。この時、水面をしばらく見て、目を洗うようにし、心と目がはっきりしてから、視線を程寺の前節院に向けると、紅梅のあのアルミの弁当箱が門の柱にぶつかって剝げた赤い漆が足下の石の上で光っているのが見えた。

「彼女は何ちゅう名前じゃ？」

「夏紅梅じゃが」

「どこの者《もん》じゃ？」

「街の者じゃ、実家は城関のあたりじゃ」

俺はちょっと考えて、問いかけるように、また独り言のように言った。「なんで程崗に嫁いできたんじゃろ？　街の娘がなんでこんな辺鄙《へんぴ》な小さな鎮に嫁いできたんじゃ？　人は高みに向かっていき、水は低いところに向かって流れるもんじゃ、彼女の器量なら九都に嫁いだってええぐらいなんじゃが」

婆さんは俺を見て、俺の心を見透かしたかのように、謎解《なぞと》きするみたいにゆっくり言った、それほどのもんでもあるまい。程崗も鎮じゃ、毎月五のつく日の市《いち》には、四方八方から集まってものすごい人だかりじゃ、県城のそばの彼女の城関の市と比べても見劣りはせんわい。それからさらに言った。慶東は地区の大学で勉強して、先生やって、給料もろうて、父ちゃんは元鎮長じゃ。その父ちゃんが城関鎮で鎮長しとったとき、あの娘の父親はどこにおった？　城関鎮で庭を掃き、食事を作り、鎮長に仕えとったんじゃ、あの娘が程崗鎮に嫁いでなにがおかしい？　慶東に嫁がんわけがなかろうが？

革命とはこんなもんだ、貢献がなければ基礎もない、犠牲なしに成功はない。嫁いだとき彼女はまだ二十歳にもなっておらず、たおやかでみずみずしい、この百里四方にたった一本の花だったのだ。話し方はこだわりがなくおおらかで、仕事はきびきび要領がいいから、都会の人が着る西洋風のセーターでも一日で編み上げ、もし村に娘や奥さんがいたら彼女を取り囲んで、いろいろねだり、彼女はみんなのために都会の人が歌う歌を歌ってやったり、学校で習ったダンスを披露するだろう。そう、そういうことだ、豆に水をやれば芽を出すようなもの、枯れ木が春になれば花を咲かせるようなもの、彼女の欲望や旺盛な虚栄心は彼女の人生や運命を支配し、彼女と俺の一生の運命が光り輝き悲哀に満ちるように誘った。実際悲愴だったが。

母親は言った。残念なことにあの娘は革命瘋魔病《かくめいふうまびょう》を患うての。症状が出たら老鎮長の食事の世話も、洗濯もせんし、鎮長が使ったお茶碗や箸《はし》をそこら中に投げ捨てるんじゃ。老鎮長さんも怒ってしもうて廟に住むようになったんじゃ。数日前、あの娘は息子と旦那を捨てて出ていってしもうて、街の実家に何日かおって、戻ってきたか思うたら家には帰らんかった、北京に行って毛主席に会《お》うた、毛主席が握手して下さったっちゅうんじゃ。北京てどこにあるんじゃ？　母親は俺にきいたが、自分でこたえて言った、北京は北の方にあるんじゃろ、千里も万里も向こうじゃ、あの娘に行けるかい？　さらに言った。毛主席って何じゃ？　皇帝様じゃろうが？　あの娘が会えるかい？　握手できるかい？　あの娘は鎮に戻って来てから、誰彼なしに手を伸ばして見せては、毛主席が握手して下さったのはこの手じゃいうて言うんじゃ。それであの娘はその手では箸も持たんし、手は水で洗わんで、毛主席の手の温《ぬく》もりがまだ残っとるいうて言うんじゃ。何かが取り憑いたとは思わんか？　母親は俺にきいた。あの娘は気が違《ちご》うたんじゃなかろうかいうて、鎮長さんは程天青に言うて漢方医に診させたんじゃが、三人の若いのがあの娘《こ》をベッドに押さえつけて、医者が頭と手に二十本以上の鍼《はり》を打って、あの娘はしばらく体をブルブル震わせとったんじゃが、鍼を抜いたら、おかしいのはなくなって、もう変にはならんと、食事の支度をせんといけんときは食事の支度をするし、豚に餌をやらんといけんときは餌をやるし、廟へ食事を届けに行かんといけんときには行くようになったんじゃ。

たぶん俺も瘋魔病にかかったのだ、革命が俺を魔物にし、夏紅梅が俺を魔物にしたんだ。俺がかかったのは革命と愛の二重の瘋魔病だった。あの日、程寺で夏紅梅と会ってから、俺の頭の中にはいつも彼女の声と影が途切れることなく現れた。鎮の通りで拡声器から放送が流れると、歌だろうが模範劇だろうが、俺の体はムズムズして落ち着かず、靴底、ズボン、パンツ、シャツと、全身上から下まで火が付いたようだった。その時には郊外の鉄道でのあの一幕がはっきりと頭の中に蘇り、長い夜を悶々とし、体はぐったりし、夜は寝ることができず、何を食べても味がせず、革命の闘志に俺はバッサリと切り捨てられた。ある夜、俺は体の燃えさかる炎を消そうと、手で腿をつねりあげ、体中をつねりあげ、俺の体の陽のものをひねり出そうとしたが、それでも紅梅を頭の中から駆逐することはできず、鉄道でのあの一幕の幕を下ろすこともできなかった。病膏肓《やまいこうこう》に入り、俺の病気は治しようがなくなった。俺にはこの世には救世主も、神仙も皇帝もおらず、自分で自分を救うしかないとわかっていた。昼間、俺は村を東に西に歩き回り、程家街の夏紅梅の家の戸口をフラフラさまよい、ふいに彼女に会えるんじゃないかと期待し、彼女に会えないとわざと程崗鎮を遠く離れた。ある月など、朝早く父親の親戚回りに行き、暗くなるまで程崗鎮には戻らなかった。俺はその上おじさんの家で二日間力仕事を手伝い、おじさんの家では家を建てていたので、職人と一緒に壁作りをした。鎮に戻ると、〈赤県（中国）の長い夜はなかなか明けない〉*1、夜中になるとかみさんである桂枝の体にのしかかっていくしかなかった。桂枝の体にのしかかっていくのは彼女を夏紅梅と見なして、頭を撫で、顔を撫で、太くて短い足と臭い足の爪を撫でるためだった。すると彼女は部屋の灯りを消して、寝ぼけ眼で俺を見ながらきいた。「あんた、またあたしに子供を産んで欲しい

*1　毛沢東『浣溪沙《かんけいさ》・柳亜子《りゅうあし》先生に和す』（一九五〇年）より。原文「長夜難明赤県天」。戦国時代の騶衍が世界を九つに分け、そのうちの一つが赤県神州で、中国であるとした。詞は長いあいだ帝国主義・封建主義に支配されていた中国が共産党によって解放されたことをうたっている。

の？」

「もう一人ほしいんじゃ」

「それなら来《き》んさい、じゃがあたしの体を撫で回しちゃいけんよ、撫でても子供はできんのじゃけ」

彼女には俺が話をしたとたん後悔したとわからず、彼女の言葉が体の火をフッと消してしまったことがわかっていなかった。俺が程崗鎮に戻ってからもう二か月目に入っていたが、桂枝に対する興味はとっくの昔に消え失せていた。しかしこの時は俺は豚、あるいは犬であり、意志堅固な革命者ではなく、彼女とやるしかなく、目をつぶって彼女の体にのしかかっていくしかなかった。彼女はランプの灯を吹き消したが、やるときにはいつもランプの灯を吹き消すのだった。月の光が窓から入ってきて、冷たい空気も一緒に入ってきた。部屋の中は灯りを吹き消した後の黄色い焦げ臭さが残っていて、春の密かに香る緑の匂い、それから埃と干していない布団のカビ臭い匂いがあった。紅生と紅花はベッドの上の方で寝ていて、紅花の腕が紅生の胸の上に乗っかっていた。桂枝は二人のところまでいって布団を掛けてやると、いつものようにベッドの縁に腰掛けてズボンを脱ぐと枕元に置いて、布団を広げると横になって言った。来てええよ、今度は男の子と女の子とどっちがほしい？　俺はどっちでもいいと言った。早《は》よ来《き》んさい、そんなとこに突っ立ってどうしたん？　俺は窓から冷たい風が入ってくるからと言って、窓を閉めた。それからごそごそと服を脱いで窓に掛けて、月の光を遮り、窓紙（窓の格子に張る紙）の破れたところを覆った。彼女は言った。早《は》よ来《き》んさい、あんた子供がほしいんじゃろ？　紅花は駆け回るようになってきたし、うちももう一人ほしいんよ。俺はゆっくりベッドへ向かって行くしかなく、まるで彼女の目から逃げないと彼女の目がすべてを乗り越えて、俺の心の中に入ってきて、郊外での俺と紅梅のあの驚天動地の一幕を見透かされるかのようだった。紅梅の花が開き、一輪一輪が光を放った。しかしそのとき、俺の欲望は急激に減退していき、体は冷たく寒くなっていき頭から井戸水でもかぶったようで、あれも霜の降りた草みたいに萎《しな》びてしまった。俺は彼女にだめだ、また今度にしようと言いたかった。病気になったみたいだ、さっきまで硬かったんだが、急に風が吹いて、木が倒れ、鳥も飛んで行ってしまったと言いたかった。俺はへたってだめになったのを喜んだ。夏紅梅のことを考えながら、夏紅梅の白い肌と体つきを考えながら、夏紅梅のツンと上を向いた乳房と胸の谷間を考えながら、夏紅梅のきれいな顔と髪を考えながら、それに赤い柿のような十個の赤い足の爪のことを考えながら、彼女にのしかからなくてよくなって喜んだ。木が倒れれば猿はすみかに戻るしかない、今晩俺はゆっくり休むことができる。と、そのとき、さあ寝ようというそのとき、どこからか拡声器の高い音が響き始めた。

拡声器から響いてきた音楽は『戦闘行進曲』だった。その音がどこから伝わってくるのかわからなかったが、放送を流している拡声器に割れ目があるか、木の上に長い間吊《つる》されていたので、雨風に打たれて錆び付いて穴が空いてしまっているようで、音は途切れ途切れで、割れた竹筒から豆がこぼれ落ちるみたいだった。耳を刺すようではあったが、曲は言いようもなく軽やかで、リズムと音程は明るく、五色に煌《きら》めく雲のようで、我が家の戸の隙間から入ってきて、その柳の戸板がギチギチ音を立てた。そして窓に空いた穴から入り込んできて、窓を塞いでいた服をめくり上げた。そして後ろの壁のひび割れから入り込んできて、ベッドの掛け布団に吹きつけサワサワ音を立てた。屋根の瓦や草の隙間から流れ込んできて、俺の全身の筋肉に当たってボンボン音を立てた。俺はその歌と音楽に揺り動かされ、まるで蟻の一群が俺の血管の中をゴソゴソ動いているかのようにムズムズしてきて、血が熱くなり、手、足、髪、喉そして陰部のありとあらゆるところがねっとりと汗ばんだ。俺にはまた自分がおかしくなったとわかった。四肢から俺の股間に無数の力が駆け足で集合してきて、俺のモノはまた雄々しく勃起し、無限の青春、それは一本の棍棒のように硬くなり、曲が「一人倒せば、一人捕虜、アメリカの銃をぶんどって」のところまでくると、二本のレールが遠くから延びてきて、レールのそばは見渡す限りの畑で、紅梅が全身素っ裸で踏み倒された作物の苗の上で俺に向かって手を振っているのが見えた。桂枝はベッドの上でこちらに寝返ってきいた。「やっぱりやるん？　やらんのじゃったらうちは寝るよ」俺は桂枝に向かってうなずくと、体を横たえている紅梅に向かっていった。紅梅は日の光の中で全身光り輝いていて、濃厚な麦の苗と紅梅の体の香りが渾然《こんぜん》となって新鮮な肌の匂いがした。俺はベッドの横に来た。靴を脱ぎ、軍用ベルトをはずし、ズボンを脱いだ。

しかし、拡声器の放送の曲はパタリと止まり、弦が切れたように音がしなくなってしまった。

桂枝はゆっくりベッドの上に起き上がり、パンティをはくと灯りを点けた。

「あんた、役に立たんのじゃったら起こさんとってくれる？　うちは明日も朝早《はよ》うから起きてごはんの支度をせんといけんのじゃ、いっつもいっつも、こうはしとられんのじゃけ。あれをしたけえ言うてごはんが食べられる？　服が着れる？　部隊から戻ってきてから何回かさせてあげたけど、あんたっちゅうたら、どうにもならんで、役に立たんいうのにまだあのこと考えとる！　もう鎮に戻って来て一か月じゃろ？　畑仕事せんといけんじゃろ？　軍属じゃなくなったんじゃけ、ちゃんとうちの面倒見てくれんと、お金も稼がんで家のもんに北西の風でも食えっちゅうの？」

5　再び革命音楽が鳴り響く

もちろん北西の風を食うわけにはいかない。畑仕事をしてこそ食べものがあり、革命してこそ同じように食べものがある。すなわち食べものがないからこそ革命しなくてはならないのだ。入隊する前、程天青が、退役したら俺を村の幹部にしてやると言ったのは、俺を幹部にするから娘の桂枝と結婚させるということなのだ。幹部になることが結婚の条件というわけだが、しかし今や、俺は桂枝に二人の子供を産ませ、すでに退役して戻って来ているのだから、借りを返してもらう時だ。村の幹部にならずしてどうやって村に革命の嵐を呼べるというのだ？　嵐を呼び、社員を引き連れることができなくて、どうやって革命を引っ張って行くことができる？

俺はもう一度義父に会いに行くことに決めた。清算してもらわなくてはならない。

朝御飯を食べ終わると桂枝が言った。「どこへ行くん？　今日は大隊で村の前の用水を作りに行くんよ」

俺は彼女の相手をしなかった。チラリとも見なかった。しかし俺が家を出るとき、彼女は追いかけてきて、スコップを俺の手に押し込んだ。

「半日さぼったら労働点数[*1]四点もらえんのよ」

俺はスコップを地面に放り出した。

俺は立ち去った。

桂枝は呆然としてそこに立っていた。

村の横町の日の光はガラスのように輝き、革命者の心のようにキラキラしていた。近所の連中も食事は終わっていて、スコップや鋤にもたれかかり家の入口に立っていて生産隊の鐘の音が鳴るのを待っていた。俺は彼らの前を通り過ぎていったが、革命の勇気は足の下から足の底を突き上げ俺を宙に押し上げていた。村の連中がきいた。「愛軍、メシはすんだんか？」俺は言った。「すんだよ、村の支部書記の所に行くんだ」連中は笑って言った。「支部書記って、おまえの義理のおやじさんじゃろが？」「家では義父だが、村では支部書記の仕事をしとるんじゃから」連中は俺の後ろでプッと吹き出して黄色く光る声で笑った。革命が始まったら、俺が笑っていいと言ったら笑えるようにいつかしてやる、笑わせないように泣くしかないようにしてやる。

　連中の笑い声は俺を程後街から程中街へと送ってくれた。

　横町を曲がって程中街に入ったとき、赤い光が突然射し込んできた。紅梅が別の横町から現れ、桂枝の姉さんの愛菊と肩を並べ、手にはやはりアルミの弁当箱をぶら下げ、言うまでもなくまた程廟の父親の所に食事を持って行ったのだ。このとき、第二生産大隊の出発の鐘の音が響きはじめ、たくさんの社員たちが道具を担いで村の外へと歩き出し、彼女は数人の若い女性社員の真中に挟まった。俺の心はドクンドクン跳びはね、昨日の晩の拡声器から突然響いた『戦闘行進曲』を思い出し、ものが硬くなったこと、萎れたことを思い出し、彼女をどう迎えに行ったらいいのかわからず、足は微かに震えたが、足下の力は大きくなっていった。あの明るい光の中でおしゃべりしながら笑っている社員たちには本当に感謝した、それが俺の心の燃え上がる炎を抑えてくれなければ、紅梅の前で何をしでかすかわからなかった。

　これが村に帰ってから彼女に会った二度目だった。彼女の服は全部換わっていて、上は平織りの青いシャツで、ズボンはあのころ都会で流行《はや》っていたデニムのもの、足にも流行の軍用解放靴を履いていた。しかし俺はといえば相変わらずあの四方に光を放つ緑色の軍服だった。彼女たちの一群が近づいてきて、俺は両手をズボンのポケットに入れたまま、わざと拳でズボンを両側に引っ張った（諸君にはわからんだろうが、あ

＊1　かつて人民公社などで労働量とその報酬を計算する単位。

の頃そういうのが流行で、洋風だったんだ)。すべての若者が両手をズボンに入れて道を歩けるわけでなく、ましてやつっこんだ手の拳でズボンのポケットを高々と突き上げることができるわけではなかった。そうするのが、学校へ行ったことがあり、兵士だったことがあり、広い世の中を見てきて、胸に理想があり、体に力がみなぎっていることの証明だった。これは紅梅が労働布のズボンと黒い解放靴を履いているのと同じ道理で、一つの階層ということだ。俺は道の真中を占領して彼女たちを迎え、視線を車のようにまっすぐ彼女たちの体にぶつけ、彼女と愛菊の体にぶつけた。誰かが道の真中から両側に避けたら、彼女もそれにつれて道端に寄り、俺とは面識がないような顔をして他の女の子と話をしながら俺の横を擦《す》れちがおうとした。

「なあ、俺が革命組織を作ったらおまえら参加するか？」

　彼女たちはみんな立ち止まり、まるで俺がとんでもない法螺《ほら》でも吹いているかのように、俺を見た。革命を始めるときの最大の敵は人々の麻痺《まひ》と愚昧であり、啓蒙が唯一の活路で武器であるということは俺にはわかっていた。「全国上から下まで、各民族の革命がみな嵐のように湧き起こり、県城でも天地がひっくり返るようなことになっているのに、我らが程崗鎮はまるで澱《よど》んだ死んだ水のようだ」この時、紅梅は頭を下に向け、俺のことを目を細めて見ていて、まるで見知らぬ者を見るようだった。その知らない人と知り合いになりたいかのように装って、俺は紅梅を指さして愛菊にきいた。「愛菊、これ誰？」愛菊は驚いて言った。「知り合いじゃなかったん？　この子は老鎮長のところのお嫁さんで、旦那は学校の先生じゃが」「ああ、紅梅とかいう人か、学があって、都会の人じゃのに、なんで革命に熱心になれんのか俺にはわからんが」

　紅梅は決まりが悪そうに道端に立っていたが、顔には桃色と強ばった黄色がうっすらかかっていた。「あなたは支部書記のお宅のお婿さんなんでしょう？　党員で、りっぱな覚悟をお持ちだとか」

「覚悟があるのはいうまでもない、しかし革命をしなければ、党組織に顔向けできるか？」

　愛菊が言った。「ねえ、あんたの組織は労働点数出してくれるん？」

「革命に損得があるわけがないじゃろ？　そんなこと言うとったら場所が違えば批判闘争にかけられるとこ

ろじゃ」

　年長の社員が言った、労働点数がなけりゃ飢え死にじゃ。それからまたもう一人が話を継いで、彼女たちはケラケラ笑いながら前の社員を追いかけていった。

　道には俺と紅梅二人だけが残った。俺は彼女も他の連中と一緒に、前の横町を曲がって家に帰るものだとばかり思っていたが、彼女は立ったまま動かず、顔の桃色と強ばった黄色が濃くなり、額にはうっすら汗が滲《にじ》み、口角がピクピク動きチリンチリン音を立てていた。前を見ると、通りはガランとしていて静かで、通りにいるのは俺と彼女だけだった。日の光はこの上なく明るく、四月の暖かさの中にも初夏の暑さのジリジリした感じがあった。俺と彼女はその暑さのチリチリした感じの中で固まり、一瞬何を話したらいいのか、革命について話せばいいのか、思いについて話せばいいのかわからなかった。そのとき、程後街から畑に行く人たちの声が聞こえてきて、俺たちの頭の上を濁り水のようにゆっくり過ぎていった。続いて、村の拡声器が鳴り始め、幹部が拡声器で叫んだ。「村の前の用水掘削大会戦《だいかいせん》に参加の社員諸君、早く行くんだ、遅れたら労働点数が下がるぞ！」それは三回くりかえされ、拡声器からは『東方紅』の曲が流れてきた。言うまでもなく、その曲は誰もが知っている、誰でも歌える、自分の父母のようによく知っているものだが、その黄土色の曲が俺たち二人に降り注いできたとき、俺の体はビクンと震え、手には汗が滲んだ。彼女の顔も桃色と強ばった黄色がクリーム色に変わった。どうして俺たち二人の状況はこうなるのかわからなかった。『東方紅』の明るく勇ましい歌は金色の光を放ちながら程崗鎮に響き渡り、村の通りを隅々までわたっていき、まるで蒸気機関車が俺の血管の中に入ってきたかのようだった。曲の音符が葡萄や柿のように空から落ちてきて、俺たちの足下に転がった。〈赤橙黄緑〉[*1]の音楽のその人を誘う香りが俺たち二人のまわりに流れているのを感じ、彼女の平織りのブラウスの布の隙間から彼女の肌の香りが出て、うっすら光沢を放って俺に迫ってくるようだった。俺はその中に彼女の暖かく柔らかく美しい汗の匂いが、白いビロードのようにその肌の匂いの中に挟まっているのを嗅いだ。その布の

＊1　毛沢東『菩薩蛮・大柏地』（一九三三年）より。原文「赤橙黄緑青藍紫」。虹の架かった山の風景を美しくうたいあげている。

文様を突き抜け、俺にはまた、狭く深い美しい胸の谷間を、汗が急流のように彼女の白い腹へと流れ落ち、また布に吸い込まれるのが見えた。その布は綿ほど吸水性が良くなく、彼女のブラウスにはすでにたくさんの汗の滲んだ跡があった。汗の跡は青い布の上で深い黒い色をしていて、まるで墨汁が彼女のブラウスにしたたり落ちたかのようだった。彼女のその様子を見、彼女が俺と一緒に拡声器の放送を聞いて不安になっているのを見て、俺は逆に平静になり、光は前にあり勝利の望みありといった感じだった。革命の曙《あけぼの》はすでに窓から俺のベッドに射し込んでいた。

俺は手の汗をズボンのポケットで拭いて言った。

「紅梅、俺たち一緒に革命しよう」

彼女は俺をしばらく見て、戸惑いながらきいた。

「この数日……あなた、廟であたしを待っていなかったわよね」

俺は平静を保って言った。

「君が、今後俺たちはお互いどちらも知らない、会ったこともないことにしようって言ったんだ」

「あなたがこんなにあっさりした人だったなんて」それから彼女は何か忘れ物でもしたかのように頭を向こうに向け、またこちらに向けたとき、村の放送は止んだ。彼女の顔も落ち着き、突然思い出したことがすべてを覆ったかのようだった。

「あなた本当に革命組織を作るつもりなの？」

「名前もちゃんと考えてあるんだ、『赤旗翩翻《へんぽん》戦闘隊』っていうんだ」

「あなた自分で用心しないと、支部書記が人を呼んであなたの頭と手に鍼を打たせないようにね」

俺は笑った。

「俺はまず彼を引きずり下ろさなくちゃならない。彼を程崗鎮から引きずり下ろさない限り永遠に革命なんてできやしない」

このとき、横町から足音が聞こえて来た。紅梅の顔色は血の気が引いて白くなり、きびすを返すと行ってしまった。俺は彼女を追いかけて、おまえの手を見せてくれと声をかけた。彼女が不思議そうに手を伸ばすと、俺はすばやく彼女のつるんと光っている爪を撫でて言った、誰か来た、行くんだ、三日後俺は程崗での大革命を成功させる。

彼女は行き、手に持っていた弁当箱がユラユラ揺れた。

その横町から出てきたのは、なんと本を脇に挟んで学校へ行こうとしている彼女の旦那の程慶東で、もう何年も会っていなかったが、鼻に黒眼鏡を掛け、学者臭プンプンで、これはもう革命の嵐に巻き込んで下さいと言わんばかりの感じだった。

第三章　硬いと柔らかい

1　俺と義父の程天青

「お義父《とう》さん、ちょっと話したいことがありまして」

「まあ座れ、飯《めし》は？」

「いえ。ちょっと話したいことが」

「まあ座れ。何じゃ？」

「ちょっと欲しいものがありまして、昔お義父さんが私にくれると言って約束してくれたものなんですが」

「何なんじゃ？」

「村の幹部の地位です」

「村の幹部がどうしたんじゃ？」

「桂枝と婚約したときにお父さんは私を部隊に何年か送って、退役して帰ってきたら程崗鎮の幹部にしてやると」

義父は驚いて俺を見た。

「お義父さん、忘れましたか？」

「忘れちゃおらん。じゃが今、村の委員会の席には空きがなくての、副支部書記、大隊長、民兵の大隊長、一本のダイコンにひとつずつの穴で、大隊の会計までみな誰かおる、誰を辞めさせるっちゅうんじゃ？」

「お義父さん、村委員会の中であなたは一番お年で、支部書記をもう何十年もしています、誰もだめだということならあなたが辞めてください。あなたが辞めて私が村の支部書記をすれば、お義父さんの家は子供も孫もたくさんでお幸せでしょう」

彼の視線がピカリと光った。

「何じゃと？」

「お義父さんが辞めるんです、長江も後の波が前の波を押しています」

「バカタレ！」

「お義父さん、お義父さんは革命の奔流が怖くないのですか？」

「おまえはきっと、天民のとこの嫁の紅梅がわずらった瘋魔病じゃ！」

「私は単に革命症なだけですよ。お義父さんが権力の座を譲らないのなら程崗で革命を発動するしかありません」

彼は冷たく笑って言った。「バカが、わしが革命に参加していたときおまえはどこにおった？　わしが八路軍に手紙を送ったときおまえはどこにおった？　このわしがおらんかったら、おまえら高家のものが軍属になることも、おまえの家が一男一女授かってまともな家族になることもなかったんじゃ。今おまえは天をひっくり返そうとしとる。革命しようとしている。おまえは革命症じゃ。言っとくがな、わしはおまえが瘋魔病じゃと思うたから、おまえに村の委員会の仕事を渡さんかったんじゃ、瘋魔病なしに戻って来たんじゃったら次の日にはおまえを村長にしたんじゃ」

「お義父さん、昔のことを自慢しても——今あなたはすでに革命の足手まといになっています。革命の奔流はすぐにあなたを押し流してしまいますよ。賢いのは程天民のように潔く勇退し、権力を渡すことですよ、賢くなければ革命の奔流に洗い流されるだけです」

彼は叫んだ。「出てけ！」

俺はすぐに彼の家から出て行った。

2　本当に始まった革命闘争

革命は順風満帆に進むわけがなく、道もまっすぐ平坦なわけではないことくらい、先刻承知、農民が牛を育てても、旱魃《かんばつ》で草がなくなって牛が死んでしまうことがあるような、木を育てても、暴風雨に遭って、植えたかと思ったらなぎ倒されることがあるようなものだ。だが雨風が少なくても怖くないし、暴風雨も怖くない。すべての反動派のもくろみは抹殺という方法で革命を葬ろうとすることであり、革命が揺りかごの中にいる時、革命が芽を出し始めたその時点で扼殺《やくさつ》することだ。彼らは殺せば殺すほど革命の勢力は小さくなる、殺し尽くし根絶やしにすれば革命闘争の炎は消し去られると思っているようだ。しかし、そういう反動派の主観的願望とは相反して、実際は反動派が殺せば殺すほど、革命の勢力は大きくなり、反動派は滅亡に近づいていくのだ。これは決してあらがうことのできない法則なのだ。我々の程崗鎮で、当面人を殺すことなど問題外であるが、しかし反革命勢力が革命を扼殺しようという願望は世間に広く知れ渡っている。誰が我々の敵か？　誰が我々の友人か？　今この問題はすでに基本的にはっきりしており、始まりを見れば結果は明らか、残っているのはいかに敵を水面に浮かび上がらせ、その端を露出させ、水に落ちた犬を叩きのめすかなのだ。

　犬は水に落ちても、死んでいるわけでない。水に落ちた犬は岸に上がってきたら、よけいに狂ったように人間に噛《か》みつき、場合によっては狂犬病という武器で、まわりに反撃、報復するが、これも革命の中で注意しなくてはならない原則だ。狂った犬にどう対処するか？　唯一の方法は、群衆を立ち上がらせ、街に出たネズミは袋だたきに遭う状況を作り出し、水に落ちた狂犬の入る隙を微塵も与えないようにすることだ。

　数日後のある夜、俺は名前に慶の字の付く、兵士になったことのある退役軍人の程慶林《ていけいりん》、程慶森《ていけいしん》、程慶石《ていけいせき》、程慶旺《ていけいおう》、さらにもう少し若く賢の字の付く程賢樁《ていけんしょう》、程《てい》賢敏《けんびん》、程賢粉《ていけんふん》、今ちょうど中高生の程慶安《ていけいあん》、程慶連《ていけいれん》、程賢立《ていけんりつ》、程賢清《ていけんせい》、程賢翠《ていけんすい》、それからその他の姓の田壮《でんそう》壮《そう》、任賢柱《にんけんちゅう》、石大狗《せきだいく》、石二《せきじ》狗《く》、張小淑《ちょうしょうしゅく》など、男も女も、背の高いのも低いのも、三十数人を集めた。彼らの中で最も上は三十二歳で、まだ結婚しておらず、一番下は十四歳で中学に上がったばかりだった。集合場所はうちの家の中庭。彼らは座ったり立ったり、足を抱いてうずくまっているもの、長いすの上に数人で押し合いへし合い座っているもの、自分の靴の片方に座っているものもいた。煙草を吸うものは俺が部隊から持って帰った最後の二箱を吸い、吸えないものは俺が特別に鎮の百貨店で買ってきた二斤の飴を舐めていた。月の光は水のようで、庭は清らか、そよ風がそよそよ吹いて、舞台はバッチリ整っていた。俺は桂枝に言って、紅生と紅花を連れてよその家に行かせた。みんな煙草を吸ったり飴を食べたりしながら、俺の程崗鎮の革命情勢の分析と見方に耳を傾け、俺が世界革命に対していかに厳粛かということ、そして偉大な祖国のすばらしい情勢に対する宣伝と煽動《せんどう》に耳を傾けていた。

彼らはたいして世間を見たことのない連中ばかりで、革命の熱き血と願望を抱いていて、みな理想と抱負をまだ実現していない連中だ。彼らに今日のことを知らせるときには、家の中だろうが、通りだろうが、声を掛けると、彼らを人のいない方へ引っ張って行って、今晩七時俺の家に来ること、相談したい大事なことがあるから、このことは決して他の人には話さないようにと言った。村の集会ではこれまで何時なんて言わず、ごはんの前とか後とか、日が落ちてからとか月が出てからとか言うのだったが、俺は七時と言っただけでなく、七時に大事な相談があるからと言って彼らを驚かせた。何ごとじゃ？　来ればわかるよ。俺はそう言って立ち去り、何なんだろうという疑念を残した。半分は七時にうちに来て、残りの半分が来たのは八時近くで、月の光が頭の上から射し込む頃にやっと中庭の門を開けた。

もちろん夏紅梅に伝えるのを忘れるはずがなかった。

俺が真っ先に通知したのは夏紅梅で、廟の前で食事時に待ち伏せて、食事を運んできた彼女に、小さな囁《ささや》くような声で程崗鎮の革命動員大会を開くこと、目的、手順、方法を詳しく説明すると、彼女は興奮して顔は充血したように光り輝き、死んでも参加すると言った。この会は程崗鎮の遵義《じゅんぎ》会議*1、古田会議*2、一九二一年の上海の小さな船の上で開かれた共産党の第一回党大会ともいうべきもので、その意義は深く、思想の重要性は大きく、画期的な内容と価値を持っているのだ。

残念だったのはこの日の夜、俺が通知した連中はみんな来たのに、唯一人彼女だけが会場に現れなかったことだ。革命が彼女の参加なしにありえるか？　どうしてこの意義深い動員大会に彼女は来なかったのか？　まさか俺が誠心誠意準備した大長篇の発言は彼女のためではないとでも？　しかし彼女は来なかった。彼女が来ないのは俺が心をこめて準備した食事のテーブルに最も大事な客が来ていないようなもの、贈り物を提げて親戚を訪ねていったのに肝心の贈り物を受け取るべき主人が不在だったようなものだ。どうする？　食事の準備はできている、主賓が来ていなくても客人には食べさせるべきだ。贈り物を届けに行ったら、その

＊1　一九三五年一月十五日から貴州省遵義県で開かれた中国共産党中央政治局拡大会議。毛沢東の軍事指導権が高まった。

＊2　一九二九年十二月二十八日、福建省にある古田で招集された紅軍第四軍第九回党代表大会。

贈り物を受け取る主人がいないからといって渡さないわけにはいかない。それに、すべては革命を発動するためにあり、すべては革命に服従する必要がある。愛情は革命の中に含まれるべきだ。革命は基礎であり、愛情は基礎の上の一軒の家、革命は根本であり、愛情は根本の上の一輪の花である。彼女がいなくても俺は革命しなくてはならない、彼女がいなくても程崗鎮で革命を激しく燃え上がらせ発動させなくてはならない。その一軒の家の扉は閉めよう！　一輪の花には当面萎れてもらおう！　風波はすでに来ている、革命の船は錨《いかり》を上げて進むしかない。海燕はすでに翼を広げているのだ、波のしぶきがないからといって再び落ちてくることはないのだ……。

八時ちょうど、俺は飴を食べたり煙草を吸ったりしている若い連中を、正式に静かにさせた。級友、友人、戦友の諸君、みんな静かにしてくれ！　連中は俺にこんな風に呼ばれて最初は珍しそうに笑っていたが、すぐに静まりかえった。

続いて俺は、世界と国家の情勢について分析した。「千鈞《せんきん》の霹靂《へきれき》、新しき宇宙を開き、万里東風、残雲を一掃す。今日の世界は、今まさに毛沢東思想を偉大な旗印とする新しい歴史の時代に入っている。毛沢東思想の輝かしい光の下、世界億万の革命の大群は、今まさに反帝国主義、反修正主義に向かい、すべての旧世界が、猛烈な侵攻を展開している。四海は怒濤《どとう》に荒れ狂い、五洲は激しい雷鳴に揺さぶられている。地球全体をぐるりと見渡せば、毛沢東思想の戦旗は風を受けてたなびき、革命の奔流は沸き立ち波打っている。

一面、空前絶好の情勢のもと、数匹の蠅《はえ》がまだブンブン飛び回って壁にぶつかっている。アメリカを中心とする帝国主義と、ソ連を中心とする現代修正主義各国の反動派は、強く結びつき、反中国、反共、反人民、反革命の新しい神聖同盟となり、革命勢力に狂ったような反撃を進め、世界中に大小様々な反中国の逆流が起こっている。

国内では、社会主義のこの歴史的段階の中、まだ階級、階級矛盾そして階級闘争が存在しており、社会主義と資本主義の二本の道の闘争が存在しており、資本主義復活の危険性が存在している。この闘争の長期性と複雑性を理解し、警戒を高め、社会主義教育を進め、階級矛盾と階級闘争の問題を正しく理解し処理し、敵味方の矛盾と人民内部の矛盾を正確に区別し処理しなくてはならない。そうでなければ、我々のこの社会主義国家は、反対方向に進んでしまい、すぐに変質し、復辟《ふくへき》が現れることになる。そうなると、人民は二度の苦しみを受け、二つの罪を負い、歴史は旧社会に逆戻りしてしまう。

　今や、内モンゴルの大草原から、渤海湾の漁村の港まで、北西の果てのゴビ灘《タン》から、海南島の岩礁まで、修正主義が党の指導者の地位を簒奪《さんだつ》するのを防ぐため、社会主義教育運動を展開し、今まさに再び革命の隊列を組織し、資本主義と封建主義の狂気じみた侵攻を撃退し、階級闘争のこの大風、大波の先端で、都市から村まで、外は敵を防ぎ、内はプロレタリアートを守る革命の後継者を養成し、プロレタリアートの陣営をより堅固、より強大にするのだ！

　目下、緊迫するも、世界と祖国が一面有利な情勢の中、我々の辺鄙な県城でさえも、革命は他の場所に比べていささか遅れてはいるものの、ついに轟音とともに展開し始めたのだ。すでに県委員会、県政府、党内のほんの一握りの反動派の代理人をつまみ出し、政権はすでにプロレタリアート人民の手の中にある。しかし我々の程崗鎮、封建勢力がかなり根強いこの古い程村では、革命の曙の光はいまだ東方から昇ってきてはおらず、黒い壁が高くそびえ立ち、一縷《いちる》の光明すら残酷にも遮られ、断たれ、封じられ、覆われてしまっている。我らが程崗村の革命は、赤県神州（中国のこと。47頁＊1参照）の闇夜のごとし、ブルジョア階級の壁は高い、しかし曙の光は見えた、封建階級の山は大きいが、ついにプロレタリアートが目覚めはじめ、封建階級に向かって怒りの拳を振り上げはじめたのだ。

　聞くところによると、我らが程崗鎮の夏紅梅同志、残念ながら今夜は故あってこの会に参加していないが、夏紅梅同志は単身北京に入り、村に戻ってきてからこう言った。毛主席は億万の青年と接見し、たくさんの青年たちと握手をし、彼女は前の方に並んでいたが、毛主席と握手するところまではいかなかった、しかし毛主席が他の青年と握手するとき彼女の手とぶつかった。彼女の手とぶつかったということは、毛主席が彼の思想の雨露を我ら河南省の山間地区に、この地図の上ではほんの小さい点に過ぎない程崗鎮に降らせて下さったということなのだ。毛沢東思想を程崗に持ち帰るため、毛主席の温情を程崗に持ち帰るため、程崗の群衆に持ち帰るため、夏紅梅同志は三日間その手では箸も持たず、その手では顔も洗わなかった。しかし彼女の毛主席に対する深い思いは、我らが程崗でどんな仕打ちを受けただろうか？　党支部書記の程天青、すなわち私の義理の父親であるが、彼は三人の民兵と漢方医を連れてきて、夏紅梅が瘋魔病を患ったと言ってベッドに押さえつけ、彼女の頭、手に二十七本もの鍼を打ち、それは三十分以上も続いた。これはなんたる行為か？　これはブルジョア階級、封建勢力が新社会において革命と革命的プロレタリアートに向かって狂ったように反撃したという鉄の事実であり、国際的反動勢力と国内のほんの一握りの反動派が呼応し、結託した卑劣な行為である。

みんな考えてみい、遠いところのことは言わん、県の革命の波はみんなもその目で見たし、その耳で聞いたじゃろう、革命者は県委員会、県政府を壊しただけじゃのうて、烈士の霊園に埋められとったエセ八路軍、エセ英雄の骨まで掘り返して通りにばらまいたんじゃ、じゃがわしらの程崗鎮の状況はどうじゃ？　もう少し近いところのことで言おうか、わしらの東隣の趙庄大隊は、もう大隊の廟の建物を全部打ち壊し、家々の神像を全部十字路に集めて焼き払《はろ》うたし、西に三里の小頭大隊じゃ、大字報を村支部書記の門の扉、窓、水がめ、タンス、小麦粉の缶にまで貼り付け、家の梁の獅子は剝ぎ取り、大隊の帳簿は焼き、南の大頭大隊じゃ、村の委員会の権利と公印をすでに没収、北の張家営大隊では、地主の妾を自分の妻にした村長とその妻の服を剝ぎ取り、二人を丸裸のまま縄で縛って通りを引き回したんじゃ。よその大隊の革命青年はすでに程崗鎮政府の公印を奪おうと、机を壊し始めとるが、まだ鎮長を捕まえるところまではいっとらん、ともかく革命の奔流は鎮政府のあの院子まで入り込んどるんじゃ。じゃが、我々程崗大隊はどうじゃ？　まさか我々は、ここに座っているのは革命隊列のなかの臆病者なのか？　まさか我々は旧社会に生まれ赤旗の下に育った目覚めた革命世代ではないというのか？　赤旗の下に生まれ、新社会で育った青年でないというのか？　まさか我々はこの四か所の革命の烈火が赤々と燃えさかっているのを見ながら、ただ程崗に日の光が射さない日々をこのまま続けていくのか？　まさか程崗村のブルジョア階級、封建勢力が本当に鉄板で、水も漏らさないし針も通さないとでもいうのか？　まさか我々は目を見開いたままブルジョアが我らが程崗を狂ったように侵攻するのを、ただ座して何も言わずにいるのか？　封建主義が我々の村で徐々に復辟していくのを見て見ぬ振りをするというのか？

赤い太陽が東の海から昇り、地球は光を放つ、万水千山が一斉に歓喜の声を上げる、我らが程崗が毛沢東思想の新しい時代に入ることを渇望する。天の北斗はキラキラ光り、伏牛山は青い天を突き刺し、毛主席が頂きに立ち、我々の壮大な計略は胸の内にある。〈大海を行くときは舵手に頼り、万物の成長は太陽に頼る。雨露は苗を潤し育て、革命をする者が頼るのは毛沢東思想だ〉[*1]。同志諸君、戦友諸君、我々はこの最も美しい賛歌を歌いながら、大空に広がる朝焼けを迎え、程崗鎮の暗闇を踏破し、我々みんなの革命の道に光を迎え入れようではないか。〈梅は満天の雪を喜んでいる。凍死する蠅がいてもなんでもない〉[*2]。我々は偉大で、負け知らずの、攻めて落ちざるはなしの毛沢東思想で武装し、中国七億の人民の堅固な団結を後ろ盾とし、大隊兄弟の革命青年を模範とするのだ。長城の内外を見れば怒号の拳が林のように挙がり、大河の南北を見れば革命の激流は海洋のごとしだ。我々の怒号の中に、激流の波の上に、我々の拳を振り上げ、我々の歩を進め、程崗革命の新しい世紀、新しい道を切り開くのだ！

戦友諸君、同志諸君、学友諸君！　我々がやらねばならぬ最初のことは、明日の朝が来る前に、まず程崗反動階級思想と勢力を代表する『両程故里』の石の牌坊をたたき壊すことだ。今や、『文革』の勝利の輝きは、偉大な祖国の万里四方、山河を照らしている。しかし我らが程崗鎮で毎朝最も早く朝の光が当たる場所は、そびえ立っている封建主義の牌坊で、そこを通る車や、くぐる者が、最初に見るのは『毛主席万歳』の五文字ではなく、封建皇帝直筆の『両程故里』と『聖旨』の六文字だ。さらにその六文字には金粉が施してあり、金色に光り輝いている。これは何を示しているか？　これは今日に至るまで、我々のところでは封建主義が社会主義に向かって示威し、我々に向かって雌雄を決する戦場を用意しているということなのだ。

*1　『大海の航行は舵手を頼り』。革命歌。
*2　毛沢東『七律・冬雲《とううん》』（一九六二年）より。原文「梅花歓喜漫天雪／凍死蒼蠅未足奇」。十二月二十六日、毛沢東六十九歳の誕生日の作品。対外的にはソ連との関係が悪化し、国内では大躍進政策について批判された年で、その情勢をふまえてうたわれた。

戦友諸君、同志諸君、〈当然余った兵で追い詰めた敵を追いかけるべきだ。名声を求め覇王項羽を手本としてはならない〉[*1]。団結し、連合し、腐った悪をたたき、極悪人を縛り上げ、虎豹を駆逐し、逃げ場を失った敵を追い詰めよう。石の牌坊をたたき壊し、党支部を粉砕し、程崗大隊の政権を奪い返すのだ！

政権奪回後、我々は諸君が革命において発揮した能力にもとづいて、新たに村の幹部を選抜し、新たに村の委員会を組織し直し、村長になる能力のあるものに村長になってもらい、大隊長になる能力のあるものに大隊長になってもらい、民兵長になる能力のあるものに民兵長になってもらう。大隊の会計、各小隊の生産隊長、水分配を担う分水員から、生産隊の労働点数記録係まで、我々は一律に新しい者に入れ替える。すべての政権を革命者の手中に収めなくてはならず、畑の作物監視員、山の上の森林保護員も我々革命者か革命者の親族にやってもらわなければならない。我らが程崗村の革命が成功し、政権が固まり、革命の経験を積み重ねたら、次の一歩は戦果を拡大し、さらに程崗鎮政府の政権を奪取しにいくのだ。鎮政府は我らが程崗村を縛りつけているが、我々は決して外の大隊の革命青年に先を越され、鎮政府の印章を奪取されてはならない。劉荘、趙庄、大頭、小頭、どの大隊の青年も我々の上に立たせてはならない。我々は自分たちで自分たちの国家幹部を養成し、赤色革命の後継者を養成し、程崗鎮十七の大隊の社員と群衆と、行政とすべてを管理し指導するのだ。

同志諸君、戦友諸君、学友諸君、革命では損もするし犠牲もつきものだ、我々は個人の利益、家庭の利益を捨て、永遠に私心と戦い修正主義を批判し、『公』の字を打ち立て、『私』の字と断固戦わなくてはならない、しかし革命も諸君の家庭と個人の利益も考えるのが妥当である。

今晩から、正しい革命活動家には、半日で一日分の労働点数を、今晩のみんなには十点を、特殊な革命活動、たとえば明日の朝の石の牌坊を打ち壊しにいくような活動に参加した者には、各自二十点を、ツルハシ、ハンマー、何かしらの工具を持って来たものにはそれぞれ二点、鋤や鍬《くわ》などの農機具を持って来たものにはそれぞれ一点を与えよう。これらの点数は私、高愛軍がまずノートに記録し、二、三日後大隊の要員がすっかり交代したら、すぐに各生産大隊に連絡してみんなの点数を確実に各隊の労働点数に加えてもらおう。戦友諸君、同志諸君、本日の程崗大隊革命動員大会はここまでにしよう、我々はできるだけ速《すみ》やかに自らをプロレタリアート革命事業の赤色後継者に鍛え上げ、それぞれ階級闘争の中で徹底的に鍛え上げるのだ。散会して家に帰ってから大切なのは、警戒心を高め、我々のこの会議の精神と行動計画を誰にも漏らさないようにすることだ。大切なのは明日の夜明け、誰も寝坊してはならない、寝ても革命行動を心に置くのだ、六時ちょうど、みんな時間通りに村の入口に集合してくれ、すべて私の指示通りに。みんな帰るんだ、通りでは足取りを軽く、コソコソ、ひそひそ話をしてはならない、敵の注意を我々の行動に向けさせせないようにするのだ」

この動員大会で、俺は中隊が行う講習会のように、半分土地の言葉、半分軍隊の標準語の調子で、精神を高揚させ正義感たっぷりに、暗誦のごとく一気に一時間半彼らに話した。三日間新聞を読んで勉強して準備し、俺はそれを一時間半で徹底的に出し尽くし、立て板に水で澱むところなしだった。自分には喋る才能があるとはわかっていたが、自分の喋りがこんなにすばらしいとは知らなかった。部隊にいるとき指導員が俺には指導員になる素質があると言い、教導員は俺には教導員になる素質があると言ったが、中隊の政治委員は俺に政治委員の素質があるとは言わなかった。今回の俺の話はみんなを啞然とさせ、みんなに俺の才能と能力を感じさせ、俺が、毛主席が安源へ行ったときのように、上層部から派遣された立派な程崗鎮の革命者だと感じさせた。[*2] 彼らはこれまで俺の義父のあの方言べったりの、怒鳴り喚き散らし、くどくど並べ立てるのを、一日中拡声器からゴホンエヘンと聞かされていたが、しかし今晩の俺の話は、泥臭い雑穀を食べていた口の中へ突然米と砂糖と水が入ったようなもので、彼らを奮い立たせ、感情を沸き立たせた。

「愛軍、えらい見事な話しっぷりじゃが、どこで習《なろ》う

*1　毛沢東『七律・人民解放軍南京を占領す』（一九四九年）より。原文「宜将剰勇追窮寇／不可沽名学覇王」。革命を徹底的に推し進めるためには、項羽が劉邦を許したがゆえに劉邦のために滅ぼされるようなことになってはならない、敵はすべて消滅させなくてはならないという強い気持ちがうたわれている。

*2　一九二一年秋、毛沢東は江西省西部にある安源炭鉱に赴き、労働運動の組織化を行い、翌年九月、労働者たちは大規模なストライキを起こし、賃金の増額や労働組合の承認など多くの要求を勝ち取った。

たんじゃ?」

「常に本を読み新聞を見て、熱き生活の中で実践しているんだ」

「ほんまにお義父さんから奪権するんか?」

「俺が彼の権利を奪うのではない、革命が彼の権利を奪うのだ」

「今までずっと、おまえのお義父さんは家を建てるところをうちに割り当ててくれとらんのじゃが、おまえが権力を握ったら一番にわしの家を建てる土地のことを解決してくれんと」

「土地はすべてプロレタリアートによって管理されるべきで、家を建てる土地はまず革命者に割り当てなければ」

「わしは革命者じゃ、今後はあんたに革命のために死ねと言われりゃ死ぬ」

「革命に参加したらほんまに労働点数を付けてくれるんか?」

「革命者は損を覚悟しなくてはならないが、革命者は決して無駄に革命してはならない。労働点数、食料、土地は、奪権したらたいした問題じゃない」

「じゃ今点数をつけてくれ」

「安心してくれ。三十人、一人も欠けることなく」

「愛軍、おまえは話がうまいけえ、これからはわしらをまとめて、新聞を読んで勉強して、その勉強も労働点数に付けてもらわんと」

「もちろん組織し、新聞を読み、『毛主席語録』を暗誦し、毛主席の本を読まなくてはならない。革命は諸君に損することを求めるかもしれないが、革命は諸君に損はさせない。これからは、労働点数を付けてくれたら革命するなどと言っていると、注意しないと最終的には革命が諸君の頭上に来ることになる」

そして全員解散した。

月は程寺の後ろの丘から昇り、音も立てずひっそりと村の向こうに移り、水に溶けたような青い光が一面に広がり、白く輝く風景は無限に広がっていた。村の通りはきわめて静かで、なんの動きもなかった。みんなが帰って行く足音が、水面を滑る石のように、近くから遠くへ移っていき、ゆっくり扉を開け、扉を閉める音の中に消えていった。

俺は最後のあれこれ質問してくる数人の若者たちを門まで見送り、彼らが道に出て、木の陰や壁の向こうに消えていくのを見ながら、程崗鎮の静かな月明かりの景色を見渡した。革命はすでに始まり、まもなく勝利するだろうという喜びに浸り、心臓はドキドキ高鳴り、まるで暴風雨がまもなくやってくる海辺の埠頭に立っている映画の主人公のようで、今まさにここで、髪は風になびき、服は風にあおられていてほしかったが、残念なことにそのとき風はなく、ただうっすら涼しい気配が夜の中をやさしく漂っているだけだった。風と海があったら良かったのに。髪が長くて海辺に立っていたら良かったのに。俺はちょっと残念な気持ちで自分の角刈りの頭に手を持って行って撫で、革命のために髪を伸ばすべきかどうか迷っていた。ちょうどその、俺がきびすを返して家に戻ろうとした時、俺の庭の壁の角の暗がりから一人飛び出してきた。

暴風雨が果たして降臨した。

驚天動地、青天の霹靂のようにやってきた。

「誰だ！」

彼女は何も言わず、まっすぐ俺に向かってやってきた。

俺はまた言った。「誰だ！」

彼女は俺の目の前に来た。

「どうして今ごろ来たんだ？　集会はもう解散してしまったんだぞ」

彼女は突然俺の胸に飛び込んでくると全身ブルブル震えていて、両手を俺の首に回すと、冷たく熱烈な唇を俺の口に押しつけ、それは扉を閉めるように俺の質問と疑念を塞いだ。俺は何が起こったのかわからず、彼女がどうして突然自分が抑えきれないほど興奮して大胆不敵、勇猛果敢になったのかわからなかった。通りから足音が響いてきたので、俺は半分彼女を抱きかかえ半分引きずりながら、通りの中央からうちの門の黒い影の中へ移動させ、それから彼女を俺の胸から引き離し、どうして参加してくれなかったんだと言った。今回の集会は画期的な意義があったんだぞとも言った。

彼女は月明かりで俺の顔を見ながら、彼女を押した俺の手を両手でつかんで言った。

「あなた、なんであたしが来てないと思ったの？　あたしたちが開く最初の革命動員大会に、来ないはずないでしょ？」彼女は万が一会議を途中で頓挫《とんざ》させてはと、晩御飯のあと、暑いことを口実に廟に行き、義父にうちわを渡して彼に動きがないのを見て、それから俺の義父のところへ行き、彼が連れてきて彼女に鍼を打った医者が忘れていった薬瓶を持っていき、彼が

「七縦七擒《しちしょうしちきん》」[*1]の芝居を聞いているのを確かめ、それから出てきたのだと言った。そして副支部書記と大隊長の家の門の前を通って、いつもの所でいつも通り社員たちがたむろしている横を通り、すべてが変わりないことを確認して、あの大門の外に立って、俺がみんなを説得しているのを聴きながら、通りの様子をうかがっていたのだと言った。

「我々のこの行動が漏れるのが怖くないの？」

　俺は言葉もなく、まるでお互い愛し合い、革命家として尊敬し合っている二人が、お互い会うことができず、ある月夜の荒野の小道で偶然会ったかのように彼女のことを見ていた。俺は彼女を胸に抱きしめた。抱きしめずにはいられなかった。俺は彼女が美しく情熱的で、その情熱は炎のような都会の女性だとは思っていたが、それだけでなく、能力のある、覚悟を持った、経験豊かな、見識を持った郷村革命家でもあるとは思いもしなかった。俺は片手で彼女の腰の後ろを支え、もう片方の手を彼女の髪の間に入れ、彼女をしばらくじっと食い入るように見つめていたが、ついに彼女の額に、眉《まゆ》に、耳に、目に、鼻に、唇に雨あられのようにキスを浴びせかけたが、俺が唇で彼女の耳たぶをくわえたとき、彼女はクギを刺すようにあの言葉を繰り返した。

「我々のこの行動が漏れるのが怖くないの？」

「怖くないよ。俺が考えつかないことは君が全部考えてくれている」

　どうだい、このセリフ、たいしたもんだろう、俺のセリフは完全に彼女の心を潤していた。

「愛軍兄さん、兄さんはほんと話が上手ね、生まれつき革命の素質があるわ。兄さんがあと一年早く戻って来てたらこの程崗大隊の革命もとっくに成功してたのに」

「〈険しい関所を鉄のようだなどと言うな。今我々は前進してその頂きを越えていく〉[*2]。我々は早馬に鞭当て、必ずや程崗の革命の車輪を昼夜分かたず走らせ、飛ぶように走らせるのだ。二、三日して、程崗大隊の革命が終わり、陣頭が落ち着けば、程崗鎮政府もなくなってしまい、その時には俺は鎮の党委員会書記、君は副書記だ」

「ああ……、あたしまだ党員じゃないの」

「君は党には属していないが、心はもはや党にある。義父を引きずり下ろしたら、程崗党支部は君を必ずや入党させるだろう」

　彼女は俺の話に完全に感動させられていた。俺が彼女に贈った革命の贈り物が命中し、それはまるで腹をペコペコに空《す》かせた餓鬼が真っ白でふかふかの蒸しパンをもらったかのようで、その泰山《たいざん》のような情のこもった贈り物に、呆然としてなすすべを知らなかった。村は異様なほど静まりかえっていて、月の光が彼女の上半身を流れ、水が砂地に染みていくようだった。彼女の顔はちょうど門の黒い影に遮られ、そのとき彼女の顔がほんのり赤く染まっているのかそれとも赤く金色に燃え上がっているのかはっきり見えなかったが、彼女の心臓の鼓動が時計のように響き、呼吸が家の梁のように太いのが聞こえるだけだった。言うまでもなく、革命は二人のお互いの愛の水路をうがち、感情の激流がその水路で狂ったように暴れていた。「愛軍、あたしちょっとドキドキしてる」彼女はそう言うと自分から俺の手を引っ張って自分の胸元に引き寄せると、俺の胸にぐんなりと倒れ込み、俺の手が彼女の体の上で水の中を泳ぐ魚のように動けるようにしてくれた。

　たぶん、俺はやはり高尚な人間なんかじゃない。たぶん、あのとき俺は百パーセント純粋な革命者でもなかった。たぶん、「革命は革命者とともにあり、彼らのすべてはみな革命のためにこそそれをなさざるなし」の言葉の効き目が現れたんだと思うが、俺の手は大胆不敵に恥も外聞もなく、ヘビのように彼女の下半身へと迫っていき、彼女の下半身の隠されたところはぐっしょりしていて、ちょうど大雨に遭ってずぶ濡れになったばかりみたいだった。俺の手はその草地で休んだ。

　あの郊外で革命音楽が止んだことが、彼女を全身全霊で見、味わえなくさせたことを思い出した。彼女は頭から足の先までどこもかしこも桂枝とは違うはずだ。どこもかしこも男を誘う美しさがあり、男を惑わす香りを体のどこからも、髪の毛、皮膚、鼻筋、口角、乳房や胸の谷間からふりまいていて、きつく締めたベルトの当たっていたおなかにはヘビの皮のような模様が残っているのだ。俺は彼女の隠されたところを詳細に眺め、飽きるまで見て、満足してから、最後に最後の

＊1　三国時代、蜀の諸葛孔明が敵の孟獲を捕らえては逃がすことを七回繰り返し、孟獲を心服させたという故事。
＊2　毛沢東『憶秦娥・婁山関』（一九三五年）より。前出。原文「雄関漫道真如鉄／而今邁歩従頭越」。

ことをしようと思った。しかし暗い夜の中ではあの城外のように彼女を詳細に眺め、楽しむことはできやしない。俺はただその林、草地の上でゆっくり彼女を手で味わうしかなく、浅瀬に裸足で入って水草の中で花をそっと摘み魚を探るような感じで、花を摘むためだけでなく、花の下の水を楽しむためでもあるように、自分が水の中を背を丸めて歩く様子を見、自分がズボンの裾《すそ》を持ち上げて、おそるおそる進んでいく様子を見、自分の裸足が緑の草の間の泥を踏んでヌルッと滑るのを見れば、驚いたドジョウが泥の中に潜りこむようだった。言うまでもなく、浅瀬をゆっくり歩くのは、慌ててドタバタと突然深みに入っていくよりずっといい。

突然深みに入っていっては眺めもなにもない、小魚が水草の中を泳ぐのも見えないし、日の光の丸い点々が草の間や林の間からこぼれ落ちてきて、水面を光らせ、水底に沈んだ丸い金貨がキラキラ輝き、水底にあるすべての草の根や花の根や木の根や魚の潜り込んだ穴やエビの穴を明るく照らすのも見えない。

俺はずっと城外の日の光の下で彼女の裸の詳細を想像した一幕を忘れなかった。俺の手は彼女のぐっしょり濡れた両足の間で、動いているようで休んでいるような、休んでいるようで動いているような感じだった。俺は手で月の光の下の水草の感じを味わっていた、その水の中にどれほどの草と花があるのか一本一本数えるかのように、人差し指と中指を湿らせると草や花をより分けるように動かしていた。月はさらに東南へ移っていき、影が俺たちのそばを過ぎるとき、絹糸が落ちるような微かな音をたてた。

「紅梅、俺をチンピラって怒鳴るかい？」

「愛軍、あなた、あたしが好きだからこうしてるんでしょ？」

俺の心は彼女のこの一言でとろけてしまい、何かが温かい水の中に消えてしまったようで、舞い上がっていってしまいそうだった。しかしそのとき程中街の方から足音が響いてきて、はっきりと話し声もした。俺と紅梅には、桂枝が子供たちを連れて実家から帰ってきたものだとはっきりわかった。俺たち二人はブルッと体を震わせると凍り付いた。

程桂枝のクソッタレが！

「俺たち廟の裏の丘へ行こう」

「辛抱して。明日の朝、牌坊をたたき壊して、革命が成功したら、村のはずれの十三里河の砂州へ行きましょう、あそこは長いこと誰も行かないとこだから」

そう言い終わると、彼女は俺を振り切って、桂枝たちとは反対方向へ、映画に出てくる地下工作員が尾行をまくように横町へと入っていき、俺はただ一人ポツンとそこに残され、桂枝の足音が冷たく迫ってくるままにするしかなかった。

ほんとくたばっちまえ、桂枝のクソババアめが！

3　牌坊の戦い

もちろん思いもしなかった。誰もそんなことは考えなかった。誰も考えることができなかった。我々の程崗鎮での初めての革命は失敗したのだ。

我々は考えるべきだったが、しかし俺は考えなかった。

その日の早朝、鶏が三回鳴いてから、俺はそっと起き出すと、誰も起こさないように、あらかじめ扉の後ろに準備しておいた八ポンドのハンマーを手に持ち、最後にまだぐっすり眠っている桂枝と子供たちを見てから、門を出た。

我々の集合地点は村の北にある第三生産隊の麦打ち場だった。俺が到着したときには、すでに五、六人の熱血青年がそこで待っており、みんな手にタガネやハンマー、シャベルやツルハシなどを持っていた。誰かがきいた。「道具もほんまに点数になるんじゃな？」

「昨日そう言ったじゃないか」そいつは安心して離れた。それから程慶林、程慶森、程賢柱、程賢粉、程慶安、程賢清、田壮壮、任賢柱、張小淑、石二狗らが続々とやってきた。紅梅も当然やってきて、俺より少し遅かった。俺は彼女に用意してきた名簿を出させ、懐中電灯で照らし、全員の名前、道具と労働点数をその名簿に記載し、それから軍隊式に、背の高いものを前に、低いものを後ろに、男を前に、女を後ろに並ばせ、歌とスローガンで隊伍の乱れを消し去り、東の空が明るくなると、この三十六人の隊伍を連れて程後街から程前街へ村の南へと進んでいった。

歌声は乱れていたのが揃って勇ましくなっていった。我々の足並みも乱れていたが、麦打ち場から程寺までの間に、足音はザッザッザッザッと、夏に熟した豆のサヤがはじけるような音になり、それから俺がイチ、ニ、イチ、ニ、の号令を出すと、その足並みはリズムに乗り始め、さらに紅梅が隊列の中で『造反有理』の歌でリードすると、その足並みはさらに徹底的にリズムに乗ってきた。さすがにみな学生、青年と退役軍人たち、歌声は全員の布団の中から持って来た寝ぼけ眼《まなこ》を跡形もなく消し去り、大きながなり声もすっかり抹殺されてしまった。

紅梅が隊列に向かって叫んだ。「歌わないでおしゃべりばかりしているものは出てきなさい、労働点数が減ってもいいの？」

すると隊列は静かになった。

紅梅は叫んだ。「みんな歌うのよ、今日は点数二倍でしょ？　歌えないなら叫びなさい」

歌声は程寺前で轟然と響き渡り、一人一人声を極限まで張り上げた。夜明け前のぼんやりした中、我々の隊列は東を向き、東の山に昇る赤い太陽を見ながら、雄々しく程後街から程中街へ、そしてまた程中街から程前街へと進んでいった。迂闊《うかつ》にも、我々は革命が初戦で勝利するとのぼせ上がっていた。我々はもし夢の中にいる村人たちが騒々しさに起き出してきて門を開け、目を擦《こす》りながら「何しとるんじゃ？」ときけば、隊列の誰かが得意げに「革命じゃ」とこたえ、「まだ夜も明けとらんのに何を革命するんじゃ？」ときかれれば、「夜が明けるまでに『両程故里』の石の牌坊をたたき壊すんじゃ」とこたえればいいと思っていた。答えを聞いた村人は目を擦りながらあっけにとられ、顔は青ざめ、程崗鎮が他の村と同じように天地がひっくり返り、乾坤《けんこん》が入れ替わることを知るのだ。しかし我々は他の村人たちが驚くのを見、戸口であっけにとられている村人たちを見たが、それ以上に多くの門が我々が麦打ち場を出発する前にはもう開いていたことに気づかず、たくさんの村人たちがその日の朝は我々よりもずっと早く起きていることに気づかなかったし、いつもは夜が明けてから開けられる程寺の赤漆の門が、その日は閉められていなかったことにさえ、気がつかなかった。

我々が程前街から西に向かったとき、東はすっかり明るくなって、血のように赤い太陽がいつの間にか山の頂きを越え、大地と山川を照らしていた。村々や谷間を明るく照らしていた。石の牌坊に燦々《さんさん》と降り注いでいた。その巨大な牌坊の下に、黒山の人だかりが見え、どうやら村中の家々の誰かがその中にいるようだった。彼らは天秤棒《てんびんぼう》、三つ叉《みまた》、包丁、斧《おの》、押し切りや棍棒を手にしていて、その様子は明らかに我々、我々革命者を敵対視していた。さらに重要だったのは、その百人を超える群れの中には、若者はおらず、ほとんどが村の壮年と年寄りたちだったということだ。彼らの白い髭が日の光の中で炎のようだった。彼らは我々の隊列のメンバーの父親や祖父であり、数人の女は、我々の隊列の父親がいない隊員の母親たちだった。こんなにも大勢がそこに集まっているとは思わず、俺の義父の程天青がその群衆の前の、牌坊の下にある馬を乗り降りするための石の上で我々の隊列、足音そして歌声を脅すように睨みつけていようとは思わず、我々の歌と足音は彼に睨まれてバラバラになった。

隊列は彼の視線の中で止まった。足音と歌声は彼に抹殺された。みな死んだような静けさのなかひと固まりになると、大きく見開いた目を俺の方に向けた。紅梅は少し慌てていて額に汗が滲み、汗の球が日の光に光っていた。

俺は大義凛然《りんぜん》として隊列の前に出ると、両手を腰に当て義父に向かって叫んだ。

「毛主席は我々に教えて下さった。〈我々の前には二つの社会的矛盾があり、それは敵と自分の間の矛盾と人民内部の矛盾である。これは二種類のまったく違う矛盾である〉[*1]。〈誰が我々の敵なのだろうか？　誰が我々の友人なのだろうか？　この問題は革命の最重要問題である〉[*2]と。程天青――」俺は義父まで十数歩の所まで進み出ると、彼に向かって大声で問い質した。「程天青、今日程崗大隊の革命青年が封建王朝の残した石の牌坊を打ち壊しに来たというのに、おまえは真相のわからない群衆を引き連れこれを阻止しようとしている――今、私はこうたずねるだけだ、おまえは結局のところ共産党員なのかそれとも封建ブルジョア階級の代理人なのか？」俺の声は吼《ほ》えるがごとく、気宇《けう》壮大だった。俺の質問は鋼鉄のごとく、砲弾のごとく程天青に命中した。彼はその牌坊の石の上に立ったまま、何か言いたいのに言葉が見つからず、何も言い出せず、顔は青紫色になっていた。

俺は吼えた。「程天青、答えるんだ、おまえは結局敵なのか、それとも中国共産党員なのか？　革命者を敵とするのか、それとも封建ブルジョア階級を敵とす

*1　一九五七年二月二十七日、毛沢東「人民内部の矛盾を正しく処理する問題について」より。
*2　一九二六年三月、毛沢東「中国社会各階級の分析」より。

るのか？　おまえの今日のこの所業は、すでに党の目的に対抗するものだ、今ここで踏みとどまり、悔い改めなければ、自分で持ち上げた石で自分の足を砕くことになるぞ。毛主席が指摘された通り、同志を敵とするのは、自分を敵の立場に立たせることだ。もしおまえが自ら自分を敵の立場に押しやるのであれば、この娘婿がおまえを他人と見なしても文句は言えないぞ！」

彼の顔色は青紫からサーッと黄色に変わった。

俺は吼えた。「私の質問に答えないのなら、蒙昧《もうまい》な群衆を撤退させるんだ」

彼は群衆を撤退させなかった。顔を群衆の方に向けると、今度はまた我々の方に思いっきり向けて、彼独特の命令を下した。俺はあの天秤棒や包丁や棒を持った社員たちの群衆が我々を殺しに向かってくるのではと思ったが、彼のしぐさで人々は包丁や棒や天秤棒を置き、みんな牌坊の両側に寄り、その向こうから六、七人の七、八十歳のじいさんとばあさんが出てきて、その年寄りたちはそれぞれ程賢柱の祖父、程賢清の祖父、程慶林の祖父そして田壮壮の祖母だった。さらにあのずっと自分の娘と暮らしている程慶安の母方の祖母もいた。彼らは手には寸鉄なく、顔色を変えず、孫たちの革命の激情に恐れたり圧倒されたりしているような様子は微塵も見せなかった。そう、彼らの日の光の中で揺れる白髪や歳月を経た顔中の深い皺《しわ》が、彼らの最も強力な武器だったのだ。彼らは牌坊の下からよぼよぼと出て来ながら、涙を流しながら自分の孫たちの名前を叫んだ。

「賢清や――早くじいちゃんと一緒に家に帰ろう、こりゃ革命なんかじゃない、ご先祖さまの頭をかなづちで殴るようなもんじゃ」

「慶林よ――お願いじゃ、家に帰るんじゃ、どんなに貧乏でもご先祖さまの牌坊を壊すようなことをしてはだめじゃ」

「慶菊、慶華――おばあちゃんと一緒に家に帰ろう、牌坊を壊すんじゃったら先にこの婆を牌坊の下に埋めておくれ……」

年寄りたちの泣き声と悲しい叫び声に続いて、父親母親たちが自分の子供の名前を呼びながらなだれ込んできて、口々に年寄りたちと同じような意味合いのことを叫びながら、あっという間に革命の隊列に突入し、彼らの孫や子供たちが手に持っていたハンマーやタガネやシャベルを奪ってしまった。一瞬で牌坊の下は大混乱となり、叫び声があちこちから上がり、日の光は人の流れに粉砕され、人々の泣き叫ぶ唾が宙に飛び散り、道の上には同志たちが家に帰る黄色い足跡とワアワア話す話し声が積み重なり、道端には無数の棍棒と縄が投げ捨てられていた。

隊列はこうして水没させられてしまった。

春が来て綻《ほころ》び始《はじ》めた花はこうして寒流の前にしぼんでしまった。

最初の革命はこうして夭折《ようせつ》してしまった。

紅梅は道端で両手をラッパにして口につけて高らかに叫んだ。「同志諸君、戦友諸君、我々は立ち去ってはならない、みんな残るのだ！　肉親の情は敵ではないが、我々は肉親の情の捕虜となってはならないのだ、階級の敵に打ち負かされ、父、母、祖父、祖母に打ち負かされてしまうのは、我々の最大の恥だ！」

俺は道の真中から走って程天青の向かいのもう一方の馬乗り石に飛び上がると、さらに石の牌坊のもう少し高い柱の上に立って、紅梅よりも大きな声で叫んだ。「戦友諸君、同志諸君！　規律を強めれば、革命は必ず勝つのだ——みんな規律を強めるのだ！　残るんだ、目的を達せずして、引き下がるなかれ！　みんな目を擦ってよく見るんだ、我々の今日の行動が、我々の党と国家の命運が程崗鎮の存亡と関わる、毛沢東思想と封建ブルジョア修正主義との程崗での最初の激突であり、みんながそれぞれ二度目の苦しみ、二度目の難儀を受けるかどうかの大問題と関係があることを見なくてはならない。だから、頼む、行かないでくれ、残ってくれ。最後までがんばれば勝利できる！」

俺と紅梅の叫び声は牌坊の下を飛び交い、四方へ飛んでいった。空、地面、道端、麦畑、村、街、それからはるか遠く聳える耙耬山脈、どこもかしこも俺たち二人の真っ赤な叫び声で、どこもかしこも俺たちの激烈で舞い上がった激情と狂乱だらけだった。すでに祖父や母親の胸に抱かれているものもいたが、この時、紅梅の夫の程慶東が人だかりの中から出てきた。彼はやってくると、キチガイを引っ張るように紅梅を引き寄せた。

紅梅は頑強にあらがって旦那の眼鏡を壊し、旦那の服を引きちぎった。紅梅は怒りのあまり吼えながら、絶望しながら、叫びながら俺の方を見ていた。俺は少し高い石の台から飛び降りて、紅梅を救い出しに行こうとしたが、その瞬間真っ白で血かつ赤の一撃が左の頬を襲った。

母親が目の前に現れたのだ。

「さっさと帰りんさい！」母親は怒鳴って言った。「これ以上騒ぎよったら、あたしゃこの牌坊に頭ぶつけて死ぬけえね！」

……

牌坊の戦いはこうして失敗を宣告されることとなった。

程崗の最初の革命は、程崗大隊の封建ブルジョア階級の代理人、程天青によって、揺りかごの中に入ったまま扼殺されてしまったのだ。

第四章　暗雲が垂れ込める

1　革命者の思い

俺は十三里河の砂州で夏紅梅を探さなかった。俺たちは石の牌坊を打ち壊し、村全体の家々にある神像や迷信の品物を焼き、昼御飯のあと、十三里河の砂州でお互いに体を許しあって我々の勝利を祝おうと約束したのだ。

しかし、牌坊の戦いは失敗した。

〈革命未だ成らず〉、揺りかごの中で封建主義に扼殺されてしまった。〈山は雨になりそうで、風が楼閣一杯に吹き込んできて〉[*1]、〈黒雲が城に襲いかかり城は摧《くだ》けそうだ〉[*2]。十三里河に来るのに村の通りを通ったとき、村人たちは異様な目でじろじろ眺め、まるで俺が本当に瘋魔病にかかった人間みたいだった。それにあの朝俺と一緒だった青年革命者たちは、茶碗を持って自分の家の門の石の上にいたが、俺を見ると、俯《うつむ》くのではなく、顔をプイと横に向けた。自分たちの卑怯な行為が恥ずかしくて俺の顔をまっすぐ見られないのか、それとも突然彼らの父親、母親、祖父、祖母と同じように、俺のことを軽蔑し、一顧だにしなくなったのかはわからなかった。

俺は、彼らは前者に属すべきだと思った。みんなの

＊1　許渾『咸陽城東楼《かんようじょうとうろう》』より。原文「山雨欲来風満楼」。許渾は晩唐の詩人。秦の古都咸陽の城楼に登ってかつての繁栄に思いを馳せ、唐王朝の行く末を案じる気持ちをうたっている。

＊2　李賀『雁門太守行』より。原文「黒雲圧城城欲摧」。李賀は中唐の詩人。異民族との戦闘の最前線である雁門太守をうたったもの。黒雲とは異民族の軍隊を指している。

体には革命青年の血が流れていて、革命の遠大な計画、理想を実現するという偉大な脈を打っているのだから。

　十三里河は耙耬山脈の奥深くから見渡す限りの平原に沿って流れてきて、西から東へ十三里にわたって流れているので、十三里河という。程崗の南三里の所で、曲がって砂州になっていて、伊河に向かって流れていく。この曲がって砂州になっている所が、程崗の人がいう十三里河灘だ。あの日、俺が砂州でどんなに落ち込み、どんなに腐っていたかは誰も知らない。俺は一人で砂州を歩き、一人で砂州に座り、紅梅の姿もない、そんな時、諸君なら誰でもそらんじることのできる詩を思い出した。〈私は誇り高き楊を失い、君は柳を失った。楊と柳は軽やかに舞い上がり、天の一番上まで まっすぐに上がっていった。呉剛（月の世界の住人）に、なにを持っているかとたずねれば、呉剛は桂花酒を捧げ出した〉[*1]。

　そして、俺は泣き、涙は数珠のように足下の丸い石の上に落ちて砕けた。

　十三里の砂州には人っ子一人おらず、川の水はザアザア流れ、南中を過ぎた太陽の光が水面で金銀にキラキラ光って魚の鱗《うろこ》のようだった。拳大の石を積み上げて築いた堤が川の真中を斜めに走っていて、川の水かさを膝半分の深さにまで押し上げ、緑色の川の水を北に向かって走らせ、程寺の裏の用水に水を供給しその使命を果たす。使い切れなかった大部分の水は、堤の上をゆっくり越え、石と石の隙間からにじみ出し、伊河へと流れていく。その広大な砂州の静寂の中、休むことなく落ちる水は白く明るい音を響かせる。しかし、その白く華やかな音は砂州の静けさを無限に広げ深める。水面を二羽の銀白色の水鳥が飛び回り、その羽毛は空から落ちてくると、くるくる回って白い光を煌めかせ、ポトリと水面に落ちると下へ流れていった。さらに水鳥の嘴《くちばし》の中に収まっていた小魚がまた空中に飛び出すと、まるでナイフのように水の中に飛び込み体をくねらせてすぐに見えなくなった。誰もいなかった、俺以外に、砂州に他には誰もいなかった。最初の革命が失敗し、こんなとき紅梅が約束通り来てくれたらどんなにいいか。彼女は俺にとって唯一の革命の志を同じくする者であり慰めであり、俺を指導者として仰いでくれる唯一の支持者で、朝な夕なに恋い焦がれる思いを託す、俺の血で、俺の肉で、俺の魂で精髄だ。

　俺は川縁を行ったり来たりして、しょっちゅう程崗鎮へ通じる方に目をやった。革命の時を待ち焦がれ思いは尽きず、悲しい時はただ川の水が滔々と流れるだけだ。歩き疲れ、まぶたも腫れ、俺は砂州の高いところで石の上に腰掛けた。

どれくらい座っていたかわからなかった。

石の上に座っていると、知らず知らず革命の誉れを汚《けが》すことをしてしまった。

俺は手淫した。

手淫が終わると、ぼんやりしていた頭がやっとゆっくり覚めてきて、自分を批判たっぷりに思いっきりひっぱたくと、川の水で手を洗い、自分のそれを洗った。顔を上げてすでに太陽が西に傾いているのを見ると、鎮へ戻るしかなかった。

翌日、俺は一人の子供に、「会合を開く約束の場所で」と書いた紙を紅梅の家に持って行くよう言付《ことづ》け、俺は川の砂州へ行って彼女を待っていたのだが、彼女が来ないので、一切を顧みず彼女の家に行った。彼女の家は北方の農村特有の四合院で、院子には焼き損じの煉瓦が一杯に敷いてあった。四方の瓦屋根の柱と梁はすべて最高級の青煉瓦で作ったもので、扉や窓の縁には煉瓦がぎっしりと埋め込まれていたが、それ以外の壁は土作りで、石灰を加えたコンクリートでテラテラ光っていた。この院子は程寺ほど大きくなく威厳はないが、それでも鎮ではほとんどが土と瓦の家や草葺きの年代物なので、鎮長の身分と地位をはっきり際立たせていた。庭じゅう新しい煉瓦と新しい瓦の硫黄の匂いだった。俺は鎮長を忌み嫌い、程慶東を忌み嫌い、そしてこの家を忌み嫌っていた。俺こそがこの家、この庭、夏紅梅を持つべきだと思った。程慶東は東の瓦屋根の棟の窓ぎわで漢方薬を煎じていて、大きな包みの漢方薬を鍋に入れると続いて水を入れ、手でそっと水面に浮かんでいる薬草を押さえた。その窓ぎわのそばには竹の籠が置いてあって、黒く変色した漢方薬のかすが籠半分まで積み上がっていた。夢にさらわれるような院子に入ると、まず煉瓦のかけらの黄色い硫黄の匂いが鼻を突き、その硫黄の匂いの中に薄い褐色の漢方薬の匂いが混じっているのを捕まえ、いい香りを

＊1　毛沢東『蝶恋花《ちょうれんか》・李淑一《りしゅくいつ》に答える』（一九五七年）より。原文「我失驕楊君失柳／楊柳軽颺直上重霄九。問訊呉剛何所有／呉剛捧出桂花酒」。李淑一は毛沢東の最初の妻・楊開慧の同級生で、亡き夫・楊直荀をうたった詞を毛沢東に贈った。この詞はそれに答えたもの。月に住む仙人の神話を織り込みながら、自分も配偶者を失ったことの哀しみをうたっている。

嗅ぐように胸一杯に吸い込むと、庭の中央に立った。

「程慶東、紅梅は？」

彼は振りかえると冷ややかな目で俺を見ながら、

「実家へ帰った」

俺は呆然とした。

「いつ帰ったんじゃ？」

彼はまた向こうを向いて薬の鍋を窓ぎわの台に置いた。

「昨日昼御飯を食べたあとじゃ」

俺の心はズンズン沈んでいった。

「いつ戻るんじゃ？」

彼は薬の包み紙を鍋の上に被せた。

「知らん」

俺は突然鎮長の部屋の中に行ってみたくなった、紅梅と程慶東の部屋のベッドの上に座ってみたかった。鎮長の家の机や椅子を目に焼き付け、紅梅のベッド、ベッドの脚、布団の形、デザイン、色、枕の大きさ、枕カバーの素材、枕に残った彼女の髪の毛と匂いを全部、目と心に焼き付けたかった。しかし俺が庭に立っていても、程慶東は俺を家の中には入れてくれず、漢方薬を煎じ終わると、また足で籠の薬かすを踏みつぶし、かさを小さくした。踏み終わると地面に落ちた薬かすを一粒一粒拾っては籠の中に入れた。俺には、彼が俺に対して冷たくしているとわかっていた。革命者を恐れているのだ。革命しない者はいつも革命者を恐れ、革命者に反対するのだ。その窓の脇の壁に頭の丸い鍬《くわ》が掛かっていた。鎮長の家には労働者はいないし、鎮長も彼の息子も労働者ではないし、程崗で彼らはプロレタリアートに属していないのに、そこに掛かっている鍬は鋭く尖っていて、武器のように光っていた。俺はその鍬で程慶東の頭をたたき割ることができればいいのに、スイカのようにぐしゃっとやったらそれでおしまいだ、と思った。俺は本当にその鍬を取りに行って程慶東の頭にくらわせてやりたかったが、そこに立ったまま言った。

「慶東、わしら何年会《お》うてなかったかのう」

彼は薬のかすを拾う手を宙に止めた。

「愛軍、おまえ部隊に残っとりゃえかったのに、戻って来てどうするんじゃ？」

「革命するに決まっとろうが、戻って来たのは革命するためじゃ」

「程崗鎮のどこに、おまえみたいな革命者のおる場所があるっちゅうんじゃ？」

俺は笑った。「紅梅がおることができるんじゃったら、わしもおれる」

彼は俺の話がどういうことなのかわからず、俺をちらっと見ると、また俯いて薬のかすを拾い始めた。

「誰か病気なんか？」

「誰も病気じゃない」

「じゃあなんで薬を煎じとるんじゃ？」

「自分のためじゃ」

「どうしたんじゃ？」

「どうもせん、元気じゃ」

「元気なのになんで漢方薬を飲むんじゃ？」

「栄養補給に決まっとろうが」

俺はもうそれ以上何もきかず、とても座りたかった、どこでもいいから部屋の中で座りたくて、視線を部屋の入口にある赤漆の椅子に落とした。

「慶東、わしら同級生で、何年も会《お》うてなかったのに部屋の中にも入れてくれんのか？」

「帰ってくれ、高愛軍、うちにはおまえみたいな革命分子を入れるところはないんじゃ」

俺は顔を少しほてらせて言った。「ほんまに追い出すんか？」

彼は青ざめ硬い表情で言った。「追い出すんじゃない、頼んどるんじゃ」

俺はまたあの光っている鋤の上に視線を持ち上げてしばらく見つめていたが、その硫黄と漢方薬の匂いで充満している庭から毅然と出ていった。

紅梅の家から出て俺の気分は深く沈み込み絶望していた、あいつはなんで俺を部屋に入れてくれなかったんだ？　彼女はどうして別れを告げられなかったんだ？　なんで革命が頓挫したらすぐに実家に帰って逃げ隠れするようなことができるんだ？　なんで俺たちの愛の約束を忘れてほったらかしにできるんだ？

俺は三日三晩家のベッドの上に横たわり身じろぎもしなかった。

最初の革命の失敗が、俺の心にもたらした衝撃は計り知れなかった。俺の強い意志はどこへやら、見えなくなってしまった。気分は果てしなくどこまでも落ち込み、革命の前途は暗く、人生の前途は渺茫《びょうぼう》としていて、無辺の大海に見捨てられた小舟のようだった。大海には大波が逆巻き、島も岸も見えなかった。しかし俺が最も苦しみに喘いでいるちょうどその時、息子の紅生がある日のお昼時に、突然門の外から俺の枕元まで駆け込んできた。

「父ちゃん！　父ちゃん！　手紙、父ちゃんに手紙——」

それは牛皮紙の封筒で、封筒の裏には「プロレタリアート文化大革命万歳！」と赤い明朝体で印刷されており、表には俺の住所、名前、そして右下に「詳細は中に」と書いてあった。諸君にわかるか？　それは天からの手紙だったんだ、天から降りてきた手紙だったんだ。天使が俺の暗く沈んだ心に一筋の光をくれたんだ。

愛軍

　まずあなたが戦った革命に敬礼。お別れが言えなくてごめんなさい、原因は帰ってから話します。私は二十六日に程崗鎮に帰ります。曙は目の前、革命は必ずや暗闇を光明に変える。我々の革命の情誼は永遠に変わることはない！

紅梅　今月二十二日

それは本当に一筋の天使の光で俺の暗く沈んでいた心を照らし出したのだ、彼女が明日二十六日に程崗鎮に、俺のそばに帰ってくるのだ！　もっと重要だったのは、彼女の手紙に「我々の革命の情誼は永遠に変わることはない！」と書いてあったことだ！　革命の情誼とは何か？　革命の情誼とはすなわち俺と夏紅梅の恩情と愛情のことであり、夫婦が普通、人がいないときにお互いを触り、見るように、俺に彼女の服のボタンをはずさせ、街の花壇を散歩するかのように、裸体の髪、額、鼻、口、首、そして乳房、おなか、太もも、そして彼女の最も隠されているどんなところも俺の目に詳細に見せ、ゆっくりと触らせることだ。彼女は俺の視線と両手を受け入れ、自然俺も彼女が俺のすべてを見て触りたいという要求を受け入れる。俺たちはそういう情誼の中から戦闘の力を汲みだし、革命の対策を検討し、革命の行動を計画するのだ。

　俺は彼女の手紙を三遍読んだ。

　そして、手紙を読んでいる俺を眺めていた息子の紅生に、一毛《マオ》の大盤振る舞いをしてお店に飴を買いに行かせた。

　昼、俺は桂枝にうどんを作らせ、夜にはおやきを焼かせた。

太陽は東から出て海を照らし、気持ちは大きく高らかに、見よ彩雲は八方を照らし、見よ山河は愛に満ちあふれ、社会主義の輝ける前途に通じる道を、二人は手を取り合い前へ進む。前進、前進、前進だ、前進あるのみ突き進め……。

2 大爆発（1）

翌日朝早く、俺は起きるとすぐに紅梅を迎えに行った。

俺の闘志は高まり、激情は燃え、南に向かう道を疾風のごとく走り、道端の木々も黄土の丘も全部踏み殺していった。

県城から程崗までの七十九里の道のりのうち六十里は山道で、長距離バスで普通一時間半、ゆっくりだと二時間かかる。彼女の心情から考えて、紅梅が朝御飯を食べて車に乗ったとすると、始発が鎮に着くのは日が昇ってしばらくしてからだ。俺は十八里先の峠で足を止めた。そこは高く広々としていて、その峠からは十数里を見渡すことができたからだ。道端のエンジュはびっしりと緑の葉をつけ、枯れた葉っぱは地面にうっすら層を成していた。まだ散っていない花が、チラホラ木の梢で揺れ、枝先に残った雪のようだった。道の両側の斜面は一面大きく波打ち、腰のしっかりした麦が、青々としたものは濃厚なじっとり生臭い香りを放ち、黄色く弱々しいものは麦の葉や茎の間に赤黄色い地面が透け、熱を帯びたムッとする土の赤褐色の匂いをあたりにまき散らしていた。総じて、あの日は天高く雲淡く、景色は無限に広がり、一面有利な情勢だった。道は俺の背後から柔らかく延びてきて、俺の目の前の向こうへと柔らかく延び、まるで光る絹の帯のように耙耬山脈を漂っていき、伏牛山脈で消えていた。空気は洗われたようで木々の緑は深く、空の果ては黛《たい》色《しょく》を呈し、畑の作物は青々として、起伏した峰々は駱《らく》駝《だ》の背中のようで、ひとつひとつが泥団子のようだった。革命の情誼がありさえすれば、〈万水千山あろうと何でもない〉[*1]。

俺はその峰の上でずっと夏紅梅を待ち続けた。そこには水道橋があったので、高く登って見ようと、水道

*1　毛沢東『七律・長征』（一九三五年）より。原文「萬水千山只等閒」。苦難に満ちた長征を振りかえりその感慨をうたったもの。

橋の上に上がり、橋の端っこに座ると、空の雲の端っこに座っているようで、手を伸ばすと頭の上の白い雲をつかめそうだった。その時、俺は突然毛主席が天安門の城楼の上に立って、億万の群衆に向かって堂々と手を振ったあの時のことを思い出し、我知らず橋の端っこで立ち上がると、目の前の群山峻嶺に向かって、自分の右手を挙げて振った。

振って振ってまた振った。〈長江は東へ流れ、浪《なみ》は洗い流す〉[*1]、〈優れた人物を数えようとするなら、今この時を見よ〉[*2]。

手を振り終わると、心の中がこれまでになく広々と、これまでになく満ち足りているのを感じた。長い間の旱魃の砂地に、春の雨が降り注ぎ、渓流がサラサラと流れ、木々が芽吹き、草花が咲き、鳥がさえずり、蝶が舞っているようだった。これが愛の力でなかったら何なんだ？　これが偉大な愛でなければ愛とは何なんだ？　革命の愛情だけが革命の力をもたらし、プロレタリアートの愛情だけが、革命者を天高く駆けさせるのだ。振った右手がだるくなると、今度は両腕を広げ橋の上で空を飛ぶような動きをし、それから喉を引き裂き、空と大地に向かい、高らかに『人民公社はすばらしい』、『射撃練習の歌』、『我々はみなヒマワリ』そして『団結は力』、『大刀で日本軍の頭をたたき割れ』を歌った。俺には俺のしゃがれた伸びやかな歌声が日の光のなか風に舞い、満天を彩るのが見えた。その力強く律動的な歌詞は、鞭のごとく宙でビシビシ音を響かせ、旗のごとくはためき、短くも吼えるようなその歌詞は、匕首《あいくち》のように鋭く砲弾が轟音を響かせるように宙を飛び、砲列の一斉射撃のごとしだった。牛追いの鋤を肩に担いだ中年の農民が、水道橋の下をくぐるとき、額に手を当て俺のことをしばらく観察していたが、どうやら水道橋から飛び降り自殺をするのではないらしいと判断すると、また彼の茶色い牛を追って、俺が来た方へと歩いて行った。俺はその中年の農民が俺のことを革命瘋魔病と見なさなかったことに感謝し、革命が成功したあかつきには、鎮長か県長か省長になって、皇帝が昔蒸しパンをくれた人を探すように彼を探し、三部屋の大きな瓦屋根の家を建ててやるか、彼の息子か娘に良い仕事を世話してやろうと思った。俺はその農民が牛を追って道から谷の方に曲がっていくのをずっと見ていた。彼の頭は真っ黒だったが頭のてっぺんだけにちょっとだけ白いものが混じっているのを記憶した。それがいつの日か革命が成功したときに彼を探す唯一の手がかりだ。俺はそのちょっと白髪のある農民が歩いて行ったその谷に向かって、握りしめた右の拳を宙に高く突き上げ腕を振り回して高らかに叫んだ。

「革命は必ず成功する——成功すると言ったら成功するぞ——」

　俺は叫んだ。「決心し、犠牲を恐れず、万難を排し、勝利を勝ち取るぞ——」

　俺は叫んだ。「頭をかち割られようとなんのその、主義が真実でありさえすれば、高愛軍を殺しても、後に続く者がいるぞ——」

　手を振りもっと高らかに叫ぼうと思ったとき、長距離バスが現れ、それは石炭運搬の大型トラックの後について、山の坂道をゆっくりと登ってきていたので、俺は慌てて水道橋から飛び降りて、そのトラックが通り過ぎてから、道の中央に立ちはだかってバスを止めた。

　長距離バスは俺の目の前で急停車し、運転手が頭を出す。

「乗るのか？」

　俺はドアにつかまって頭を窓の中に入れた。

「夏紅梅はこのバスに乗ってないか？」

　運転手はエンジンをかけて車を出した。

「キチガイか！」

　俺はバスを追いかけながら叫んだ。

「夏紅梅——夏紅梅——」

　しばらくの静けさのあと、二台目のバスがやってきた。

　俺は同じように道の中央に立ちはだかった。

　運転手は車を止めた。

「バカタレ、死にたいんか？」

　俺はバスの窓に突進した。

「夏紅梅はこのバスに乗ってないか？」

　運転手はバスを出した。

「何が夏紅梅じゃこのクソバカタレが！」

　俺はバスを追いかけながら叫んだ。

「おまえこそクソバカタレじゃ、夏紅梅っちゅうたら

＊1　蘇軾『念奴《ねんど》嬌《きょう》・赤壁懐古』より。原文「大江東去／浪淘盡、千古風流人物」。蘇軾は北宋の詩人。蘇東坡。
＊2　毛沢東『沁園春・雪』（一九三六年）より。前出。原文「数風流人物／還看今朝」。

夏紅梅なんじゃ！」

三台目の長距離バスがまた俺の目の前で急停車した。

「ここはバス停じゃないのがわからんのか」

俺は運転室の扉に飛びついた。

「運転手さん、夏紅梅がこのバスに乗っとらんか？」

「夏紅梅って何じゃ？」

「俺の妹じゃ」

「妹なら家を探しゃええ」

「今日県城から戻ってくるんじゃ、急いで知らせにゃならんことがあるんじゃ」

運転手は後ろを向いた。

「夏紅梅っちゅうのはおるか？　兄さんが車の外で探しとるが」

車は乗客の頭で一杯だったが、返事はなく、運転手は俺にバイバイと手を振ると、黒い煙を残してあっという間に峠の道の向こうに見えなくなってしまった。

俺はこの峰の頂上で県城から九都市へ向かう長距離バスを八台止め、たくさんの農民たちが畑仕事に出て行ってから、日が真上に昇り、彼らが仕事を終えて戻ってくるまでいたが、紅梅の姿は影も形もなかった。もう一度彼女がくれた手紙を見て、二十六日という日付を確認したとき、ちょうど九台目の真新しい長距離バスが疾風怒濤のようにやってきた。俺はまたバスを止めて、運転手にあれこれまくしたてたが、その運転手は俺を「キチガイ」と何度も罵っただけでなく、瘋魔病なのかときいてきた。俺は、それは俺に対する最も重大な攻撃であり罵倒である、遅かれ早かれいつかおまえはその報いを受け、自分で持ち上げた石を自分の足に落とすことになるぞ、と言った。彼は俺に何を言うとるんじゃときいた。俺は、おまえが俺を攻撃し罵倒するということは革命者を攻撃罵倒することであり、革命者を罵倒するということは毛主席が自ら発動したプロレタリアート文化大革命を罵倒することであると言った。彼は、おまえ病気なんかと言うたがおまえはほんまに病気じゃ、おまえは自分がまともじゃ思うとるんか?と言うと、彼は真新しいバスを動かし、疾風怒濤のように行ってしまった。

しかしそのバスが行ったあと、そのバスの土煙の中から、紅梅が突然現れたのだ。彼女は石炭運搬車に便乗して戻っていて、俺が道で運転手と言い争っているのを見かけて、車を止めさせて降りると、色の褪せた軍用のショルダーバッグを提げて俺に向かって走ってきたのだ。

「愛軍、あなたなんでこんなところにいるの？」

俺は呆《ほう》けたように彼女を見ていた。

「俺は君を迎えに来て、朝一番のバスから今まで待ってたんだ」

彼女は俺の目の前に立ち尽くし、顔には感動の霧が立ちこめ、目にはやけどしそうに熱い灼熱の光があり、その光でしばらく俺の顔を焼いてから、突如突進してくると、両手で俺の首にしがみつき、顔の距離は半寸先だった。彼女は、愛が彼女を凶暴に襲撃するのを待っていた。彼女の吐く息の熱気で俺の顔は乳臭さで一杯になった。彼女の口角はこの時ちょっと上にあがって、ピクピク震えチリンチリンと音を響かせていた。彼女の目の中に灼熱の光が、はっきりとギラギラ燃え上がり、骨も肉も焼き尽くすようで、彼女の胸に向かって押し返さないと地面に倒されてしまいそうな感じだった。俺は彼女を抱き上げたかった。恥も外聞もなく大胆に、愉快に、すぐさま彼女の服を全部剝ぎ取って、すぐに彼女の中に突撃したかった。しかし車が一台来て、運転手が俺たちのそばで速度を落とすと頭を突き出して大声できいた。

「真っ昼間に何しとるんじゃ、おまえら腐敗分子か？」

俺は棍棒で殴られたようで、全身が冷たくなり、硬く突っ立っていた激情もすぐに崩れ落ちてしまった。

しかし紅梅は依然俺の首にぶら下がったまま、その運転手に言った。

「あたしたち夫婦なの、結婚したばかりであたしが歩いて北京の天安門まで行って、中央の首長が私に会ってくれて、今戻って来て、彼があたしを迎えに来てくれたの」

その運転手は紅梅の話を聞くと「ほう」と言って、アクセルをふかすと行ってしまった。

車が行ってしまうと、紅梅はすぐに両手を緩め、鼻の頭にはびっしり汗をかいていた。俺たち二人は有頂天になって、革命の年代の革命の情勢を忘れてしまっていた。野良仕事から帰る二人の農民が、遠くから道に沿って歩いてきた。俺たち二人は何も言わず、すぐ離れて北に向かい、俺が前、彼女が後ろ、数歩の距離で、お互い知り合いでもなんでもないかのように歩いて行った。後に俺たちは、このお互い知らん振りをしたことを思い返したが、実際は見る人が見れば、秘密を暴く良い証拠を提供していたようなものだった。あの時は朝の暖かさが昼の暑さに移り、道沿いのエンジュの木陰がちょうど道の上にあり、俺たちはその木陰を黙って歩き、一種耐えがたい渇きに焼かれていた。道の向こうに時折人がいて、俺たちを疑わしそうにじろじろ見て、遠くなってもまだ振りかえって俺たちを見ていた。それからまたひっきりなしに車が俺たちのそばを通り過ぎていった。俺たちは黙って歩き、道端の斜面に一面イバラが生えていてそのなかに小道があるのを見つけた。迷わず考えず俺はその小道の方へ曲がり、彼女もその小道をついてきた。

小道は俺たちの暴風雨がやってくる前の緊張と不安を和らげてくれた。小道が俺たち二人に一息つかさせてくれた。

「君はどうして文句も言わずに実家に帰ったんだ？」

「あの日、あの人たち私を引っ張って牌坊から家に帰らせると、桂枝のお父さんが例の漢方医を呼んであたしに鍼を打たせようとしたの。あたしはトイレから壁を越えてバス停に行ったの」

「クソッ、どうやら革命することなしに俺たちが安心して過ごせる日は来そうにないぞ」

「県城はもう天地がひっくり返っているわ」

「歴史を見渡してみると、どの革命もみなすべて権力者に追い詰められている」

「県では県委員会書記がひっくくられて通りを引き回されたわ」

「陳勝、呉広、李自成、辛亥革命、韶山蜂起《しょうざんほうき》……」

「今の新しい県委員会書記はたったの二十八歳と半年よ」

俺は足を止めた。

「何だって？」

彼女は俺の前まで歩いてきた。

「今の県委員会書記はたったの二十八歳と半年だって言ったのよ」

俺はしばらく黙り込んだ。

「年寄りは？」

「反革命の現行犯で、人民大衆が彼を引き回したわ。あたしは人々の革命の熱い炎が天を焼くのを見て、あなたに手紙を書いて戻って来たのよ」

俺はなくしたものをすぐにつかまなくてはならないとばかり、彼女の手を引いた。彼女の手は、毎日の野良仕事でまめだらけの、ごつごつしてとげとげしく硬い手ではなかった。彼女も食事の支度はし、野菜の下ごしらえをし、服を洗ったりしているのだが、しかし手はふんわり柔らかく、ツルツルスベスベで、どの指も絹のような感じだった。彼女には自分の言ったことがどれほど大きな衝撃を与えたかはわからないだろうが、まるで冷たい水を頭からぶっかけられたようだった、俺はもう二十四歳なのに、彼女の言った新任の県委員会書記はたった二十八歳だと？　俺はあっという間に劣等感に襲われ、切迫した感じになり、すぐにでも戻って程天青を喰い千切り、鎮党委員会書記の事務机のガラスを全部粉々に砕き、書記と鎮長を生き埋めにできないのが恨めしかった。〈革命未《いま》だ成らず、同志諸君は引き続き努力しなくてはならない〉。東の谷には羊を二匹追って川辺で水を飲んでいる人がいて、俺はしかたなく彼女の手を放して小道に沿って西へと歩いて行った。

細長い谷底で小麦は元気に伸び、水まきできる畑では、麦に水をやっている農民たちが俺たちの方を絶え間なく見ていた。後ろは道路、左は崖、右の斜面には作物はなく荒れ果てていて、雑草は腰ほどの深さだったが、その斜面は道の曲がり角の向かいだった。道路を通る車も、歩く人もみな、その曲がり角で振り向きさえすれば、その斜面を見ることができた。広大な斜面のまわりは人だらけで、みんなが俺と夏紅梅を見ている感じだった。どこに隠れたらいいかわからなかった。俺たちはもうその斜面をぐるっとまわり、谷の底まで降りてはまた上がってきて、ズボンは草やトゲだらけだった。俺たち二人はどこに行って何をするか口にはしなかったが、二人ともどこかいい場所を見つけ、その何かをしなくてはならないことはわかっていた。俺のシャツは汗でぐっしょりで、彼女のピンクのブラウスも汗で体に貼り付いて、彼女のそそり立っている乳房をよけいにそそり立たせていた。汗のせいで彼女の顔は赤く艶やかでほんのり熱気を放ち、全身上から下まで目の眩むような女の肉体の香りをその斜面に漂わせていた。俺たちは話さなかったが、暗黙の了解は靴と道のように俺たちの足下にあった。俺たちはその斜面をずいぶん長い間歩いていたが、彼女は「もういいわ」とは言わなかったし、俺はなおさらそんなことは口にできなかった。俺が朝早くから来て彼女を待っていたのは、ここで彼女と俺のために誰もいない静かな場所を見つけたかったからだ。その誰もいない静かな天国で、俺たちは燃え上がり爆発し革命し鉄の鎖を打ち壊し、新しい愛を築き上げなくてはならないのだ。

俺たちはその斜面を南へしばらく行って、膝くらいの深さの草地で止まった。そこは緩やかな坂で坂の上には土が盛られていて、その土の山には緑の草が生い茂り、雑草を育てるためにそこにあるようだった。その雑草のはびこっている土の山の裏側の崖の下に、突然ひとつの横穴が現れた。その横穴は俺たちの目を惹きつけた。

俺たち二人はその穴に向かっていった。

穴からは俺たちに向かって涼しい風がひんやりと出てきた。

それは古い墓穴で、遺骨を新しい墓に移して、墓穴だけがぽっかりと崖下に取り残されたのだった。彼女も俺も、河南省西部の山あいの地方では人が死んだら、長幼の順番で祖先の墓には入れない者、あるいは客死した者、あるいは連れ添いの片方が先に死んで、残った片われも体の調子が良くなくて長くは生きられず、家も貧しくて二人一度に葬儀を行いたい者たちは、臨時にお墓をひとつ借りて、仮の埋葬をして数年してから、改めて骨を掘り出して正規の祖先のお墓に埋葬するというのを知っていた。

俺と彼女には一目でそれが古い墓穴だとわかったが、俺たちはその墓穴の前で立ったまま動かなかった。

「どこも人だらけだ、どっからわいてくるのやら」

彼女はまわりをしかたなさそうに見て、頭を上げて空を見たが、顔色はうっすらと白色だった。

「鎮に戻ったら、人前で目配せすることさえできない」

「どこもかしこも足音だらけね」

「ここは最も安全だよ、誰も来やしない」

「愛軍、あたしたち狂ったのかしら?」

「紅梅、俺たちにあるのは革命の情誼、革命の愛なんだ、二人とも少しも狂っちゃいないよ」

そして、俺はさっと彼女の手を取ると、その墓穴の方に向かって行った。果たして俺たちが歩いてきた道から足音が聞こえて来て、遠くから近づき、俺たちの頭の上で響いた。俺たち二人は墓の入口でうずくまった。俺は彼女を胸に抱きすくめ、両手で彼女の両手を握って、その足音がだんだん遠ざかっていくのを待ってから、彼女の方に顔を向けると、彼女の顔に狂ったようにキスをしまくった。

「怖いか?」

「何が怖いの?」

俺はその古い墓を見た。

「怖くなんてないわよ、何を怖がるの？　あたしたちが食べられるとでも言うの？　あたしが怖いのは誰かがここを通りかかること、もし捕まえられて病院に入れられたらもうおしまい、永遠に程崗鎮で先陣切って革命なんてできやしないわ」

「ここより安全なとこなんて？」

彼女を地面に座らせて、俺がまずその墓の中を見に入った。穴は横五尺縦七尺で、人一人分の高さがあり、一軒の小屋のようだった。湿った土には深い赤色が広がり、棺桶を載せていた二本の角材と青煉瓦が十数個地面に打ち捨てられていた。穴の壁の通風口に近いところは、壁にも壁の角にも蜘蛛《くも》の巣が張っていた。その巣の上を蜘蛛が這っていた。穴の奥にはうっすら青い苔が生えていた。言うまでもなく墓穴には死体と棺桶が運び出されてから誰一人中に入っていない。そのとき俺は、この墓穴が程崗鎮の近くにあったらいいのに、そうだったらずっと永遠に俺と紅梅の密会の場所にするのに、と思った。

しかし残念なことに程崗からは十八里の山道だった。俺と紅梅は同じ程崗鎮にいるのに、あの本当のことを徹底的に楽しむのが、天に昇るよりも難しいのだ。

俺は地面の木の棒や煉瓦を脇に蹴って出てくると、入口の雑草をひと抱え引き抜いて持って入り穴の中の地面に敷き、また草を抜こうと出てきたら、紅梅がもう一山引き抜いていた。「もういい、もういいよ」「敷物は厚くしましょ」俺たちは墓穴の地面に厚く草を敷き詰めると、棺の置いてあった幅の広い方に、エノコログサを積み上げて枕にした。そして、俺たちは服を脱ぎ、日ごと夜ごとジリジリしながら待ち続けていたことをしなくてはならなかったが、どういうわけかどちらも動かなかった。お互い向き合って草の上に座り、お互い静かに見つめ合い、さっきまで全身に満ちあふれた焦りや渇きはなくなっていて、心は意外にもこの時おだやかになっていた。

「あたしのこと好きじゃないの？」

「好きだよ」

「じゃなんでなにもしないの？」

彼女の手を引っ張ると、指が冷たくて、冬の軒先のつららのようだった。

「君の手ってほんとに冷たいね」

彼女は苦笑した。

「怖い？　きっと怖いんだろ？」

「愛軍、あなた程崗での革命は成功するって言ったでしょ？　成功しなかったらどうするの？　あなたとあたしの、この胸一杯の抱負は無駄になるってこと？」

「紅梅、安心してくれ、成功しないのを恐れているんじゃないんだ、気落ちするのが怖いんだ。変わらぬ意志があれば、鉄の棒を研いで針にすることもできる」

彼女は俺を信頼してうなずくと、「ねえ、ボタンをはずして」。

俺は彼女のボタンをはずし始めた。彼女は大人が寝間着を脱がしてくれるのを待っている四、五歳の女の子のように、俺にボタンをすっかりはずさせた。服をすっかり剝ぎ取ると、彼女はそのまま墓穴の入口の光の中、ブラウスで両足の間を覆い、俺が自分の服のボタンをはずし、ズボンを脱ぐのを見ていた。俺は速くもなく遅くもなく、慌てず急がず、服を脱ぎながら、彼女の裸の全身を観察していた。墓穴の中には冷たい湿気があって、彼女の顔はうっすら青色で、雪のように白い体には鳥肌が立っていた。彼女はちょっと寒かったのだ、たぶん心が冷えていて、口元さえも青くなっていた。しかしそのとき午後の日の光が入口から射し込んできて、まるでスカーフのように四角く彼女の後ろに落ちた。俺は自分の脱いだ服をその光の当たっているところへ敷いて言った。「紅梅、ここに座って」

「愛軍、早くあたしを抱いてくれたらそれでいいの、あたしもうフラフラなの」

俺は慌てて彼女を抱き上げると、子供を座らせるように彼女をその光の中に置いて、パンツ一丁で彼女と向き合い、彼女のつやつやした冷たい両足を俺の足の上に置いた。俺たちはそうやって向き合って座り、日の光は彼女の肩から流れ落ちて、乳首の先をかすめて俺の足に落ちた。その落ちてくる日の光は俺の体を暖かくし、また紗で擦っているようなムズムズした感じにした。墓の中はとても静かで、墓の入口から流れてくる音は秋の木の葉が宙を舞うようで、日の光を横切るとき、熱く焼けた鍋に当たった水滴のようなジュッという音を立てた。彼女の髪の毛は前よりずいぶん長くなっていて、肩の上に丸めて置かれているようだった。抜けた髪の毛が一本、片方の端は肩の上に、もう片方の端は彼女の乳房の上にあって、間は宙に浮いていた。日の光の中に小さな埃がその髪の毛の下で舞い踊り、乳房の反対側の暗い方へ吸い込まれていくのが見えた。中にはその暗い影からまた逃げ出してきて、彼女の肩に当たっている日の光まで戻り、跳びはねながらその日の光の帯の終点を探しもとめ、彼女の右側の薄青の冷たさの中から目覚め始めた乳首の上にたどり着くものもあった。その乳首は日の光にさらされて、すでに青紫から赤紫に変わりはじめていて、彼女の呼吸に合わせて楽しそうに上下し、それは目を覚ましたウサギがまぶたを開くようだった。

その目覚めた乳首にあおられ、その乳首を思う存分、情も欲も尽くして愛撫し吸うと、彼女の右半身は暖かくなっていったが、左半身はまだ冷たかったので、彼女を抱き上げると腿の上に座らせて、両足を俺の腰に絡ませ、それからまた体を反転させ、日の光が彼女と俺の胸の間を通り、彼女のすべての胸、両方の乳房に当たるようにした。

「あったかいだろ?」

彼女はうなずいてきいた。「あたしたち二人結婚できるかしら?」

俺はちょっと考えてこたえた。「できない」

「どうして?」

「君と俺は革命しなくてはならないから、二人とも革命家にならなくてはならない」

彼女は唇を噛んで、それ以上何も言わなかった。

このとき彼女の艶やかな尻は俺の腿の上だったが、長い間そうしていたのでムズムズしてきたのか、彼女は俺の首に絡めていた両手に力を入れて、俺の腿の付け根に押しつけてきた。彼女の二つの乳房が俺のあごを擦り、彼女が息をするたび、日の光に照らされて暖まった乳首がぬくぬくと俺の唇と下あごを擦った。俺は乳首を吸わなかった。彼女が俺をじらしているのではない、挑発しているのではないとわかっていたからだ。俺たちは最も深く鋭い大きな問題について討論しており、真剣に、革命の方が重いのか愛の方が重いのか、天秤にかけているのだ。彼女は戸惑った様子で俺を見ていて、顔色は日の光に照らされて暖まり、変わらずドキドキするほど美しかったが、うっすらベールのような疑惑が霧のように顔を覆っていた。墓穴の一番奥で、土壁から水滴が突然、古い棺桶の木材の上に落ち、それは玉《ぎょく》がふんわり柔らかい土の上に落ちたようだった。俺たちは後ろの水の落ちた方を向き、それからまた首を元に戻すと、裸で抱き合ったままお互いを見つめた。

「俺の言ってることがわからない？」

「わかるわ、もちろん革命が大切よ、あたしは高校を出てるし、一年の時には班長もやったし学校の宣伝隊の隊員だったのよ、わからないわけないでしょ？　あたしはあなたとあたしがほんとに結婚できなくてもいいの、ただあなたがあたしと結婚したいと思ってくれさえしたらいいの」

「したいよ、夢にまで見る」

「ほんと？」

「ほんとだよ、紅梅。足が痺《しび》れただろ？」

彼女は腕を緩めて言った。「愛軍、あなたが朝早くあたしを迎えに来て、あたしを墓穴の中に連れて来たのは、あたしを裸にして座らせておくため？」

「俺は君をとことん見たいんだ。君は自分の体がどんなにきれいで、どんなに挑発的か知らないんだ、もう俺が想像した通りなんだ」

「ほんとに？」

「ほんとだ、知らなかっただろ？」

彼女は立ち上がり、まだ服で両足の間は隠していたが、そのすらりとした足は玉でできた柱のようで、そこに服が垂れ下がっていることで、その豊かな白さがより一層もやもやと際立ち、俺の心を波立たせ、抑えきれなくさせ、俺は彼女を無茶苦茶にしたくなった。しかし俺は我慢した。俺はまだ充分彼女を見ていなかったが、彼女の裸は本当に想像していた通りだった。彼女は墓の入口に立ち、俯いて自分の胸と両足を見て頭を上げると、顔は美しく艶めかしく輝き、口元には輝かんばかりの笑みが浮かんだ。

「あたしのどこが見たいの？」

「どこもすばらしいんだ、どこもかしこも全部見たい」

そのとき、彼女は突然サッと彼女の両足の間を覆っていた服を投げ捨て、フウッと息をすると俺の前に全裸を曝した。彼女の顔は革命者としての固い信念と何者をも恐れない気概に満ち、何も眼中にない自信と傲慢さで輝いていた。「愛軍、見たいところを見て、見たいように見て、今から空が暗くなるまで、暗くなってから夜が明けるまで、明日までで明後日までで
も」彼女は続けた。「ここで瞬きもせずに三日三晩見てもかまわない、もし食べるものがあったら、一生この墓から出なくてもいい、あたし夏紅梅は頭のてっぺんから足の先まで、髪の毛一本、産毛一本まですべて一人の革命者、あなた高愛軍に捧げるわ」

俺は紅梅のその豪気に震撼《しんかん》させられ、すっくと立った裸身に圧倒され、何か言いたいのに話すことはできず、喉を塞がれ、結局何を言おうとしたのかもわからなかった。太陽は真上から移動して、墓の中の四角い白い光は狭くなり、穴の外の方へ縮こまった。愛のため、革命のための激情と炎で、冷たさは俺たちの体から退いていき、すでに紅梅の体からはすっかり退却してしまっていた。革命と愛がその墓穴に充満していた。墓の中は前よりずっと明るくなったようで、墓の外の雑草は風に吹かれて微かに揺れ、紅梅の投げ捨てたブラウスの襟に細長い日の光が明るく光り、墓の角の蜘蛛の巣の埃や水滴まではっきり見えた。墓の一番奥の壁にふわふわの苔があって、その苔の中に、さらに一生日の光を見ない柔らかい草が何本か伸びていて、指の長さくらいで、三枚の葉っぱをつけ、ちょっと触れると壁からはらりと落ちてしまいそうだった。彼女はそこに立ち、両手で肩を抱いて、腕で乳房を肩の下まで押し上げていた。そうするとちょうど日の光が彼女の両方の乳房をすべて明るく照らし、その大きなまん丸の二つの乳を金色に輝かせ、女性の二つの燦然《さんぜん》と輝く銀の太陽にした。その太陽の下、彼女の上半身は均一にきめ細かで、腰のところで急に緩やかに細くなっていき、両手の指でつかめるほどまで細くなり、でもその細さはいつまでも続くわけではなく、お尻のところでまたボンと炸裂《さくれつ》する。郊外でのあの時、俺はどうして彼女のこの細い腰と炸裂した尻に気がつかなかったんだろう？　あのとき彼女が座っていたからか？

俺の唇は少し乾いて、喉は鶏の毛でも入ったかのようにムズムズしていた。唾を飲み込み下唇を咬《か》み、色香に惑わされて狂ってしまわないように努力した。俺はもう一度またもう一度と彼女を見ていたかった。彼女のゾクゾクさせられる裸を俺の両目から呑み込んで腹に収めたかった。彼女がもう娘の桃を産んでいるなんて、きめ細かい潤った下腹にうっすらと妊娠線があってその皺が赤色なのを除けば、どう見ても彼女が子供を産んだ女性には見えなかった。彼女の両足はすらりと長く、太ももはふっくらすべすべで、足にも尻にも贅肉《ぜいにく》はこれっぽっちもついていなかった。彼女の足にあるのは相変わらず十粒の赤く染められた爪で、十個の赤いボタンが縫い付けてあるようだった。そして、その爪が彼女の両足を輝かせ、全身をより白く映えさせていた。考えてもみてくれ、こんなに心動かされる裸体を持った彼女が、どうして普通の女性でありえようか？　どうして農村の小さな鎮の婦人でありえようか？　彼女は女の神か仏、でなければ一体何なんだ？　神が男に贈った神の婦人でなければ一体何なんだ？

彼女はずっとまっすぐ立っていたが、長く立っていたため、あるいは他の何かのせいで、あるいは体の隅から隅までを俺に見せるため、体を横に向けると、左足を前に伸ばして上半身をちょっと傾け、重心を全部右足に乗せた。こうしているうちに、ますます細く狭くなった日の光がちょうど彼女の下腹の三角を照らし、そのもともと神秘的な柔らかで暗い体毛を突然日の光で輝かせ、その柔らかい毛を、クネクネねじ曲がった強情で気骨のあるものにし、まるで一本一本が我も我もと立ち上がろうとして、腰を上げているかのようで、白日のもと光に曝され、雨風をしのぎ、自分に属するわずかな天下を勝ち取ろうとしていた。その日の光の下、その手のひらの半分ほどの面積の、金色や黄色になっている毛の一本一本の先には、赤い光が輝いていた。日の光は、びっしり生い茂った葡萄棚を抜けるようにその毛の層を突き抜け、棚の下の肌を照らしていた。日の光が墓の中から半分出ていき、墓の中の光線と色にとっくに目が慣れていた俺は、四方の壁土の色が前に比べて深みを増し、徹底的に濃い桃色になり、それが黒みを帯びてきているのに気づいた。その深みのある黒ずんだ桃色が、彼女をますます麗しい白にした。まるで一体の白い玉でできた神像、大理石を彫った女神のようだった。俺は細かく彼女を観察しながら、ずいぶん長い時間、まるで本を読んで暗記するかのように彼女を見ていた。彼女を見ながら彼女に話をしたかった。俺はその裸体に対して何を言うべきか知らなかった。何を言うべきなのか？　何を言えば、彼女が俺にさらけ出してくれたこの美しさに負けないのだろうか？

「紅梅、君が信じようが信じまいが、君のために、俺は死んでも程崗に革命を起こし、程崗の革命を成功させるよ」

彼女はまた少し疲れたのか、重心をもう片方の足に移し日の光をお尻に当てて、お尻はまるでガラスがくっついているみたいだった。彼女は俺の方を見て言った。

「高愛軍、あなたが程崗で運動を始め、革命を起こしたら、あたし夏紅梅はあなたのために死んでも、革命のために死んでも後悔しないわ」

拳を握りしめると、汗が隙間からにじみ出し、体の中の焦りと革命への渇きはすべて俺の拳の中に握りしめられた。「紅梅、成功しなかったら革命に顔向けできるかい？　党組織に顔向けできるかい？　君、夏紅梅が長いあいだ素っ裸で、俺が見たいように見せてくれたその真情に顔向けできるかい？」

興奮が彩雲のように彼女の顔に漂い、彼女は俯いて自分の十粒の足の指を見た。両足をちょっと曲げると、半分ねじる動作の中で胸を突き出し、また突然しっかり巻きつけていた腕を一つの輪にして、両手を交差させ、手のひらを上に向け、サッと顔を上げたが、それは俺を見ているのではなく、右側の壁を見ているのだった。顔には軽やかな笑みが浮かんでいて、三月の柳絮か柳の綿が宙に舞っているかのようだった。彼女のその姿は、舞台の上で踊り終わった演者の最後の決めの動作のようで、自分の体の持っている女性の不思議を、完全に徹底的に余すところなく表現していた。そそり立った乳房、微かに震える乳首、体をねじったことで伸びたおなかの妊娠線、とりわけ突き出した臀部《でんぶ》とその臀部に掛かった日の光の輝き、力が入りたくましい太ももの筋肉、さらに彼女の両足の間の、体をひねったことで、より神秘的で、ぼんやりとなった、半分隠れた下腹部のあの三角地帯があった。彼女は女性の神秘を机の上に盆栽を置くように俺の目の前に並べてくれた。俺の手のひらの汗はこんこんさらさら流れ出し、俺は絶え間なく自分がはいていた軍用ズボンの端で手を拭き、汗を流す毛穴を塞いでいたが、そうでもしなければ興奮した血液が血管を通って手のひらに集まってきて、汗と一緒に体の外ににじみ出てしまいそうだったからだ。墓の外で仕事帰りの足音がして、俺たちの頭のてっぺんで響いているようだった。その足音は予定通りやってきて、欲望で燃え上がっている俺の体に水を浴びせかけた。紅梅はその足音で顔に黄色がかすめたが、足音が近くから遠くへ離れて行くと、花のごとく絢爛《けんらん》たる興奮がまた赤くほてった彼女の顔に戻って来た。彼女は何も言わず、俺の方をちょっと向くと、突然止めていたポーズを戻し、スーッと、片足でバランスを取り始めた。片手を腰に当て、片手を頭の上に伸ばし、人差し指で墓の天井を指さし、息を殺すと、おなかをへこませ、尻も引き締めた。そうすることで彼女のもともときれいな体はもっとしなやかになり、まるで皮を剝いた白くてみずみずしいネギが墓穴の入口に植わっているようだった。続いて、彼女は「鶴」、「雁」、「雀」、「鳳凰」、「金鶏」のポーズを取り、海老《えび》反《ぞ》りになり、背を丸め、百八十度回転し、三百六十度回転した。彼女は一気に墓の中で俺のために十数種類のダンスの動作を行い、墓地の湿った土をたくさん蹴り上げたので、右足の五粒の赤い爪は、三粒が墓土で覆われてしまっていた。腕も途切れることなく宙に伸ばしていたので、彼女の十本の指には墓の天井の赤い土が掛かっていた。海老反りになったとき、土が墓の天井から落ちてきて、彼女の胸から胸の谷間へと滑り落ち、また彼女がゆっくり体を起こすと、胸の谷間から下へと転がり、地面へ落ちるものもあれば、おなかにくっつくものもあって、濃い桃色の星が彼女のおなかに嵌めこまれているようだった。

日の光はすでに墓の中から入口まで退いていた。外の雑草はもう揺れていなかった。風はなく、山の斜面の静けさが天地を覆っていた。遠くの谷の青い麦の苗が、日の光の中で明るい黄色に変わっていた。道を絶え間なく車が通り過ぎ、墓の四方の壁を微かに揺らしていた。紅梅は墓の中で様々なポーズを披露し、踊ることにどうやらすっかり嵌まってしまったらしく、自分の踊りの中に没入していた。墓穴の空間の大きさを気にせず、四方の壁がどんなに束縛と制約になろうと構わず、ひとつひとつ踊りとポーズを踊って見せ、女性の怪しさと美しさを見せていた。そのとき俺の体の燃えさかっていた火は収まり、彼女の異様なまでの美しさに吸い取られてしまっていた。県城には文化宮があるのだが、彼女は、小さい頃から文化宮のメンバーで、「売女」、「腐敗堕落分子」と言われていた女性教師にダンスを習い、県の豫劇（河南省の伝統的な地方劇）の劇団から文化宮へ配属された青衣（伝統劇の女形の一つで貞淑な女性）を専門に歌う男性の俳優から豫劇の歌を習ったことがあった。彼女は城関高校の伝統劇団では最も才能のある俳優で、校長に頼まれて、地区と省城（省の行政府の所在地）から郷村の文盲一掃キャンペーンで来た幹部の前で踊り、歌も歌ったが、残念ながら父親が彼女を退学させ、彼女の兄を県の一高に入れたため、彼女の舞台女優としての将来は、生涯にわたって城関鎮で門番をし、生涯にわたってそこで掃除をし、生涯にわたって党書記と郷長のためにお湯を沸かしてあげた父親に扼殺されたと話してくれたことがある。もし学校を辞めてなかったら、地区の演劇学校を受け合格して、地区か県の劇団のプロになって、程崗鎮に嫁いで学校の先生の妻と鎮長の息子の嫁としてこんな平凡な日を送ることなんてなかったでしょうね、と言った。もし彼女が劇団の一員となっていたらどうだったんだろう？　県長あるいは県委員会書記の奥さんになっていただろうか？　あの日俺のために一人郊外に座って俺と巡り合っていただろうか？　運動と革命にこんな熱情を持つことができただろうか？　頭や手にびっしり鍼を打たれることがあっただろうか？　この墓地で素っ裸で俺のために「飛翔」、「片足立ち」、「雀躍」のポーズを演じることができただろうか？　もちろんそんなことができるわけはなく、たぶんその時はその時で別の運命だったはずだ。俺は、この墓の中での気がおかしくなったような、狂ったような、酔ってしまったような、惑ってしまったような彼女の様子は、程崗鎮に嫁ぎ、程天民の家に嫁ぎ、あの温もりもへったくれもない教師の程慶東に嫁いだためなのだと思った。じゃあ、彼女が程崗に嫁いだのは何のためなんだ？　もちろん程家の嫁となって子供を産み育てることではなく、悠久の歴史があって敬い慕われる名鎮に来て、一人の村民社員になるためではなく、革命を発動し組織し、程崗の事業の継承者となり、俺の不幸な結婚を補い満足させ、志を同じくする革命者の手足となるためだ。俺は彼女に感激し、身に余る光栄に驚き喜び、現実の人生に対して過分に甘い疑惑と眩暈を覚えた。俺は自分のそばに出現したことに不意を突かれ、彼女の革命への深い忠誠と尊敬に、彼女の俺のために甘んじてすべてを捧げる情熱に、恥じ入りながらも心が安らぎ、彼女の時に応じ場所に応じ、いついかなるところでも愛情に対して激情を爆発させることに、不可思議でまた愉快な気分を感じていた。俺は彼女の、絶え間なく変化するひとつひとつの動作とそれにつれて起こる体の変化、姿勢と肌の色、肌の色と表情を、微塵も逃すまいと見ていた。「鶴の飛翔」のポーズでは、頭を上に向け、顔は橙色《だいだいいろ》になり、耳たぶでさえ花心のごとく二粒の赤になり、上体は前に傾けていたので胸は解放され、その二つの乳房は、そこに逆さにぶら下がっている二輪の赤の混じった白い牡丹《ぼたん》の花のようで、そっと揺れていて、彼女の胸から落ちてしまいそうで、土と雑草だらけの墓の地面に落ちてしまうのではないかと、両手を伸ばしてその豊満で自由な二つの乳を自分の手のひらで支えたくてたまらなくなった。弓なりのポーズではその二つの乳房はしっかり胸の上に乗り、乳房の皮膚がみんなピンと張って、乳房の表面の毛細血管が赤に緑に浮き上がり、あるものはクネクネ曲がりあるものはまっすぐに墓穴の入口の宙に鮮やかに浮かんでいた。彼女が徹底的に腰を反らせ、もう少しで伸ばした両手が地面に触れそうなところまでくると、彼女の下腹と腿は張り切り、そこには広々とした平地が広がり、その平地は墓穴の宙に懸けられ浮かび上がり、真中が褐色の鏡が墓穴の宙に掛かっているかのようだった。たぶんそのとき彼女は、自分の最も秘密を隠している扉を開いたことに気づいていなかっただろう、永遠に閉ざされた窓が押し開けられ、女性の怪しい美しさが包み隠さずすべて俺の目の前にさらけ出され、みずみずしい蝶と魚がその秘密の部屋の中にいて、蝶は夢のように窓から飛び出そうとし、魚は扉の下から泳ぎ出そうとしていた。俺はまた全身が熱くなり、汗が両手から土砂降りの雨のごとく流れだし、喉は三年雨がなかったかのように干上がった。俺は自分の激情を抑えられなくなり、また抑えたくもなかった。俺の目は飢えた狼が獲物に突進するように彼女が押し開いた扉の中へ入っていき、その窓を突き抜けていって飛び出そうとする蝶と躍り出そうとする魚を捕まえようとした。

俺は突進していくと、彼女を胸に抱き上げ草の上に寝かせた。

墓の中の静けさは彼女も俺もどちらも死んでいるかのようだった。

彼女は墓の天井を見ていた。

俺は彼女を見ていた。

彼女が横たわったのはちょうど棺桶が置かれていた場所、墓穴のちょうど中央で、頭を奥に、足を外に向けて、仰向けに横たわっていた。彼女は生きた女神で、緑の草の上で、泳ぎ疲れた白い魚が水中で止まって一休みしているようで、体の汗がグッショリと全身を濡らしていた。彼女はそうして仰向けになり待っていて、息をするたび乳房とおなかがふいに持ち上がり、そしてまたふいに沈んだ。俺は彼女の太もものそばに半ば座り半ばひざまずき、気持ちを抑えきれずに太ももの上に手を置いたとき、彼女の足の筋肉はピクンと何度か動くと、続いて全身がしばらく震えた。彼女は俺が触れるのを数千年も待っていて、ついに墓の中に横たわりその時を迎えたかのようだった。俺は彼女の顔から一路下半身へと愛撫し、キスしていった。彼女はピチピチして柔らかく敏感で、ふくらはぎ、太もも、おなか、乳房、肩、喉、俺の手がどこを愛撫しても、全身をブルッと震わせ震えは止まらず、墓の中は彼女のハアハア震える荒っぽく重々しい、揺れ動く息の音で一杯になった。最後に、俺は彼女の十粒の足の爪の泥をゆっくり落とし、その砕けた日光のような爪を再び輝かせたとき、彼女は俺を乳房の下まで引っ張って、じれったいように俺の両手をつかんで彼女の両方の乳房に押し当てた。

　彼女の二つの乳房の奥深くに隠されている動悸が、この時は水門を突き破って出てきた鉄砲水のように俺の手のひらにぶつかってきた。彼女はもう、俺が待てなくなっているのと同じように、我慢できなくなっていた。火はすでにメラメラと燃え上がり、一気に千鈞引くごとく集まってきた。愛情革命は緊急事態、この一瞬すべてを決す。日は昇り千畝の田畑を照らし、月が沈めば田畑は暗い闇の中。木になった柿はまるまると、枝はあなたの目の前に、摘むなら早く摘んどくれ、早いに越したことはない。白露が過ぎて霜降りりゃ、柿の実落ちて後悔よ。一本は緑、一本は桃、緑の枝葉しっかりと、五月端午に雨降らにゃ、桃は干涸《ひか》らび腰曲げて、あなたが泉の水を放ったら、仙桃を食べるはあなただけ。一対のツバメ、チイチイ鳴き、巣から出たり入ったり、一羽は餌を、一羽は草を、楽しそうに巣作りし、革命の歌を歌ってる。革命は高い峰の山登り、高いお山のお日様ますます丸く、階段の一段一段がひとつの覚悟、覚悟はお日様のごとく心を照らす。心照らせば、心は温まり、沸き立つ熱い血、心を流れ、心の田畑を流れ、真心潤し、心の花開き、花咲けば詩生まれ、幸せな日々は万々年、万々年、万々年それ万々年……。

　だがしかし、万に一つも思いがけないことが起こった。彼女の両足を開いて、俺の硬くなったものを彼女の体内に入れようと思ったとき、ひざまずいた膝が何かにぶつかった。膝の下の草をかきわけて、手が草の中から何かをさぐりだすと、それは腐った死体の骨で土の中に長い間埋められていたナツメか楡《にれ》の木のようだった。黒々と灰色で、手の指ほどの太さで半寸より少し長く、表面には無数の虫に食われた穴があり、見てすぐにこの墓に埋められていた死体の指の骨だとわかった。死人の指の骨だとわかると、寒気が手からサーッと水が流れるように全身に広がり、切迫してたぎっていた血も凍り固まってしまった。

俺は瓦解した。倒壊した。黎明前《れいめいまえ》の曙光は見えなくなった。

その指の骨を慌てて墓の外に投げたが、俺はもう二度と硬くまっすぐ立てることはできなかった。

紅梅は座って俺を憐れむように見ていたが、俺が彼女の手を持ち上げそれで自分の顔を何度も殴りつけると、彼女は俺の手を振り払って引っ込め、引っ込めてからまた伸ばして俺の顔を撫でた。

涙がこぼれた。

俺たちはお互いその湿った赤い墓の中を、俺たち二人の棺桶を見るかのように、改めてじっと見て、黙ったままどちらも口をきかなかった。

日の光は墓の入口からさらに遠のいていた。墓の入口の前の陰は薄い赤色で、土の上の雑草は、一本一本、葉っぱの上に日の光が躍っていた。墓の中は相変わらず明るく、墓の角のあの蜘蛛の細い足先まで見分けられるほどだった。蜘蛛の足には靄《もや》のように細かい毛が層になっていて、動くたびに、ユラユラと揺れた。俺たちの体の下の草は、紅梅につぶされてへこんでいた。俺墓の腐った匂いと草の匂い、湿気が墓の中で混じりあって青く赤い乳白色の匂いが墓の入口に向かって流れ、外に出ると日の光に当たって雲散霧消し、跡形もなくなってしまった。

3 大爆発（2）

どうやら夜深く人すでに寝静まったときに、平地には風吹き雷が落ちるようだ。

諸君の誰にもわからないし、理解できないだろう、奇跡がいかにして起こったか。諸君、革命者に対して、奇跡はただ革命によってこそ創造されるのだ。革命はすべての奇跡の源泉であり、革命は奇跡の発動機であり、革命は奇跡の震源地であり、革命は奇跡の陽光と雨露、春風と沃土、時節と季節なのだ。誰が予想できる？　誰に想像できる？　俺と紅梅が墓から出てきたときは、霜か雪のように失意が俺たち二人を包んでいた。俺たちは燃え広がる火のような愛情が死体の骨の寒気で消し止められようとは、これっぽっちも思っていなかった。俺たちはそこに座って激しい炎が再び燃え上がるのを待っていたが、失意が霜か雪のように覆っていくばかりだった。

俺たちは手に手を取って墓から出ると、自分たちの愛情の墓場へ向かう山道を行くように黙々と歩いた。互いに一言も口をきかず、死体のごとく進み、もうすぐ道路に出ようかというとき、どこかの村から拡声器のウォンウォンいう音がくぐもって聞こえて来て、二月、啓蟄《けいちつ》のあとに山の向こう、天の向こうから聞こえてくる、はるか彼方の雷の音のようだった。日の光はすでに西に傾き、峰の畑は空っぽで誰一人いない。遠くの谷の斜面の草地には、白い羊が何匹か草を食《は》んでいて、その羊たちのご主人は飯でも食いに戻ったのか、あるいはどこかで休んでいるのかわからなかった。その村の拡声器の音の隙間から、その羊たちの動き回る音と草をムシャムシャ食べる音が聞こえた。

俺たちは来た道に沿って墓から西へ歩き、小道の雑草が絶え間なく指の半分ほどのトゲを俺たちのズボンに突き刺し、草は抜けると頼りなく地面に落ち、ズボンに引っかかった。道に着いたときには、俺たち二人のズボンは黒く光るトゲだらけになっていて、暖かいむっとする草の白っぽい灰色の匂いが、俺たちの鼻の中に入ってきた。

俺は街の人がするように彼女の手を俺の腕に組ませようとしたら、彼女はすぐにそうして俺の腕に絡まって歩いた。日の光は暖かく、田畑は静かだった。畑の作物から蝶や蛾が飛んできて、蟻はひっきりなしに道を横切り、こちらの畑からあちらの畑へと移っていった。半分まで上がったところで、また向こうから拡声器の話し声が聞こえた。山の斜面と木々に遮られて、その拡声器が何を話しているのかははっきり聞き取れなかったが、話が終わると拡声器から細く長い二胡と笛の音楽が伝わってきて、続いて革命歌の優しく美しくほとばしり出るような音楽が聞こえて来た。その歌の桃の赤色、梨の白色の音符は俺たちの頭上を漂い、水面に一杯に浮かぶ花びらが楽しそうに俺たちの頭上を流れて行った。俺たちの足取りは突然軽やかになり、おなかがペコペコだったことも音楽に駆逐されてしまった。俺たちは歩きながら聴き、聴きながら歩き、盛り上がるところでは道の中央に立ち止まって耳でその歌の音と詞を聞き取ろうとし、気持ちを抑えきれずそこでお互い接吻を交わし、彼女は舌を細長く巻いて俺の口の中に差し入れて俺に吸わせてくれ、また俺の口の中に涼しい息を吹き込み、その息とともに彼女の甘い香りの唾液が送り込まれ俺の口の中にあふれた。その涼しい息と唾液の中には人を酔わせ殺す、菊の、梅の、牡丹の、芍薬《しゃくやく》の、蓮の、エンジュの花の、リンゴの、梨の、ミカンの、葡萄の味わいと、さらに山の斜面の雑草の青臭い匂い、車輪花の淡い菊の白い味わい、迎春花《げいしゅんか》の濃い菊の黄色い味わい、千枝草の赤いむっとくる生臭くちょっと甘い味わい、チガヤとエノコログサのねっとりした味わい、アスパラと藤の黒と紫半々、甘さと苦さ半々の漢方の甘草の味わいがあった。俺は彼女の舌をしっかり口の中に含み、俺たちの後ろからは拡声器の音が聞こえて来たが、それは同じようにまずしばらくはっきりと聞き取れない地元の言葉の話し声で、続いて熱烈にほとばしる、勇ましく朗々たる革命の歌声だった。この時、左で右で、遠くの村で近くの村で、集落、村、ありとあらゆる人のいる場所、ありとあらゆる家、建物のある場所では、まるで通知か命令でも受けたかのように、すべてが大小様々な拡声器を鳴らし、同時に歌や音楽を流し、山も野原も赤黄爛漫《らんまん》の音符とリズムで一杯になった。道端のエンジュはその音楽の中でパタパタ揺れ動き、畑の作物も音楽の中で小刻みに揺れていた。宙で音符はぶつかり合い、地面で歌は沸き立っていた。俺と紅梅はその歌と音楽に揺り動かされた。俺たちは、上層部が新しい太陽と雨露を人々の心に与えているのだと想像した。俺たちはすぐに山頂に駆け上がって、最新の最高指示が何か聞きたかったが、俺たちはその歌の虜になり、赤い激情の銃弾に打ち抜かれていた。俺たちは自制することができず、自ら抜け出すことができず救いようがなかった。彼女の顔には深く厚い赤い光が覆い、目はどこまでも深く渇望し、口元と小鼻はヒクヒクして止まらなかった。俺は彼女の舌を自分の口から出して、俺の舌をナイフか斧のように彼女の口の中に差し込み、彼女の口蓋や舌の根っこを探り、彼女の舌の甘い香りを吸い舌触りを楽しんだ。俺たちはまた呼吸困難に陥り、息は荒く重くなり、汗は快楽とともに流れ、眩暈が天から降ってきた。おそらく五十里先の村でも拡声器が鳴り、二百里五百里先の村の拡声器もすべて鳴り響き、都市から郷村まで、大興安嶺《だいこうあんれい》のチョウセンマツから海南島の椰子《やし》の木まで、全国各地、津々浦々、北の端から南の端まで、宇宙の外も、放送あるところ歌が放送され、音楽で沸き立っていた。墓の中で退いていってしまった熱い血が再び沸き立ってきて、頭から足、左手、右手から血管に沿って再び俺のものへと向かいそこで轟々と逆巻いた。俺にはどうしてこうなるのか、どうして熱い歌、赤い音楽が俺の欲望の血を燃え立たせ、墓の中で死んだようになったものを、突然眠れる獅子が目覚めたかのように、倒れない松の木のように、硬く強く鋼鉄のようにそそり立たせるのかわからなかった。紅梅が同じように音楽や歌で揺さぶられているのか、俺の激情で火が付けられたのかはわからない。彼女は全身グニャグニャで、顔は真っ赤にほてり、両手をまた俺の首に巻きつけ、手を緩めてしまうと道端に滑り落ちてしまいそうだった。俺は舌を彼女の喉の奥へと伸ばし、舌の先が彼女の、魚が火の上で焼かれているような、熱く震える口蓋を敏感に探り当てた。彼女の体は誘惑の恐怖に強ばり、滑り落ちて俺の硬いものから離れそうになった。しかし離れるすんでの所で、彼女はなりふり構わず俺に体を押しつけてきて、その硬いものにぶつけ、柔らかい布がなりふり構わず鋭利なナイフに向かって行く、あるいは蛾が燃えさかる炎に向かって行く、あるいは窓につり下げられたカーテンが風の通り道を探しに行くかのようだった。

彼女は喘ぎながら叫んだ。「愛軍……愛軍……」

俺は彼女を抱き上げると道の東側に飛んで行った。俺には偉大なる時がすでに到来しており、この時を逃しては後悔にさいなまれ、自分を許すことができず生涯悔やむことになるとわかっていた。俺は狂ったように響き渡る高音低音の放送が突然止まるのを恐れ、突然このそそり立ったものが崩れ落ちるのを恐れた。俺は林のある方へは行かなかった。北側の道の下には深い溝があって、道はそこで自然と高い崖になっていて、崖の上にはエンジュが数本密集して生えていた。そこで俺たちは墓の中でできなかったことをやった。俺が脇目も振らず彼女の中に突入したとき、彼女の狂ったような喜びの叫び声が、四月の夜明けの朝焼けのように、赤く光り輝き、キラキラと金色に彩られ、極度の眩暈のする快楽と幸福を帯びて、俺たちのぶつかりあう体の間から飛び出し、頭上に掛かってびっしりと覆っているエンジュの葉っぱを、何層にも重なった、楕円形の葉っぱ一枚一枚を深い赤色に染め上げているのだった。〈星を待ちわび、月を待ちわび、ただ深山から出た太陽が出るのを待ちわびる〉[*1]。彼女の叫び声が魂からほとばしり出て、明るく白く、赤々と激烈に、

＊1　革命現代京劇『智取威虎山』。革命模範劇のひとつ。

勢いよく勇ましくエンジュの葉の間を抜けるとき、エンジュの葉の縁を、先を焼き焦がし、虫に食われて黄色くなった葉っぱを焼いて丸め、カサカサにした。その焼け焦げた葉っぱはハラハラと落ちてきて、クルクル回りながら俺の肩に落ち、熱い汗が流れる背中に、彼女の快感に充血した、光あふれる顔や胸に落ちた。四方八方から流れてくる拡声器の音は、依然滔々と流れ波のように押し寄せていた。真珠か瑪瑙《めのう》のような光を発する歌詞の一字一句が、道の崖の上から落ちてきて、黄金か白金のように光り輝く音符は、エンジュの枝葉の間から、隕石のように明るい尾を引きながら俺たちの耳に滑り込んできた。東側から聞こえてくる歌は黒い鉄、白い鋼の『革命を徹底的に進めよう』で、西から伝わってくる曲は高らかに響き渡る炎の赤の『造反有理』、南から伝わってくるのはジャッジャッと力強い『アメリカ帝国主義とソ連修正主義の反動派をやっつけろ』で、北から伝わってくるのは鮮やかな緑の香りの『バター茶を一杯どうぞ』と熱き汗と目に染みる涙の『悪の権化の旧社会を告発せよ』で、頭上から降ってくる歌は深く広い情に満ち、土の匂いにあふれた『大寨に学び大寨に追いつこう』で、地下を潜って出てくる歌は踊り笑い、絹が舞い飛ぶ『人民公社はすばらしい』だった。俺たちは歌に包囲されていた。俺たちは歌を下に敷き、歌に覆われ、歌を呼吸していた。歌は俺に力を与え、歌は俺に激情を与え、歌は俺の強固な意志を支えた。俺は隊列が曲に歩調を合わせるように、ある歌のリズムに彼女と俺の肉体を乗せ、リズムに合わせ、ゆっくり速く、緩やかに急激に、軽く重く、その歌が一番盛り上がる「ああ——」の歌詞が長々と放送から伝わってきて、その放送の「ああ——」の音が来たとき、俺と紅梅は期せずして同時に「ああ」となり、俺たちが二人息をそろえて爆発させた「ああ」の声は、逆巻く怒濤のごとく放送の「ああ——」を覆い、俺たちの「ああ」の声で、頭上のエンジュの葉っぱは緑のも黄色のも震えてハラハラ落ちてきて、俺たちはやっと完結させ、勝利し、光が台地をあまねく照らしたのだった。

俺と紅梅がその溝からエンジュの枝を引っ張りながらよじ登り、道に這い上がり、道の一番高いところまで歩いたところで、俺たち二人はその歌と音楽のあと新華社が発表した重要ニュース、毛主席の最新の最高指示を聞いたのだった。

第五章　政策と策略

1　転換（1）

夏が過ぎた。

他の連中が夏の取り入れで大忙しの時に、夏の間中ずっと俺は一つの問題について考えていた。いかにして程崗大隊の群衆の力を彼らの血と骨の中から掘り出すことができるか。

我々は大衆に頼らなくてはならない、大衆が真の英雄だから。これは世界中どこにでも適用できる普遍的真理だ。紅梅と村の入口で別れるとき、彼女は言った。「あたしたち必ず革命を徹底的に進めなくてはならないわ」俺は言った。「安心してくれ紅梅、大衆に頼りさえすれば、遅からず村の政権は奪取することができるから」それから俺たちはそこで別れた。俺は彼女が程前街の井戸のそばを過ぎるのを待って、程後街を通って遠回りし軽やかな足取りで家に帰った。

俺は家に閉じこもってひと夏考えた。このひと夏で何千何万回と我々は大衆に頼らなくてはならないという偉大で深い言葉について黙って考えた。この言葉は程崗大隊の指導層が、水も漏らさぬ針も通さぬ鉄の桶であることを意識させ、彼らがみな程家の血縁という腐った衣鉢を継ぐ者であることのほかに、もっと重要な失敗の原因は、我々自らが大衆を発動し大衆に頼らなかったこと、もっと思い切って大胆に工夫してやらなかったこと、政策や策略を重んじなかったことにあると思い至らせた。

大衆を発動するためには、計画を作り策略を立てなくてはならない。その夏、俺が閉じこもった成果は牛皮紙のノートに並べた四つの計画だった。

（1）速やかに中心となる三人の指導グループを作る、メンバーは私、紅梅そして程慶林か程慶賢。

（2）広く新聞、放送から、九都市《きゆうと》および県城と付近の村々で革命行動を阻止した者が良い末路を迎えていない事例と典型を収集する。

（3）それらの事例と典型を宣伝ビラにして、広く各家々に広め、社員群衆の手元に届くようにし、空前の政治的緊張と不安な空気を程崗に作り出す。

（4）緊張と不安のムードの中で、大衆を発動し、革命の突破口を開く。

第一条については、秋になってすぐ、俺と紅梅で程慶林を訪ねて行き彼に言った。「慶林、俺たち直接話したいことがあってな、おまえ指導グループに入りたくないか？　程崗大隊の党支部をひっくり返したら、おまえは程崗大隊の副村長だが」彼は考えているような考えていないような感じで言った。「入りたい。村の幹部になれるんじゃったら、わしにできることはなんでも言うてくれ」これでもはや程慶賢を訪ねていく必要はなくなった。指導グループの中心メンバーはすぐに成立した。

第二条について、我々は半月のあいだ秘密裏に行動し、七十八の事例を集め、その中から十五を典型として選び出し、二百枚の宣伝ビラにした。秘密を守るため、百八十里外の隣の県の戦友にその宣伝ビラを印刷してもらった（その戦友は県委員会のタイプ室で仕事をしていた）。その十五の典型は以下の通り。

（1）地区九都の東城区で、区委員会書記が革命の若き戦士たちの造反行動を支持せず、その上若い女と手をつないで大通りを歩いていたので、戦士たちは彼を城門の楼閣に吊して火で焼き殺した。

（2）城東にある紅梅の母校で、一人の教師が女便所を盗み見たので、学生たちは彼の授業の時、彼を黒板の柱に縛り付け、彼の目をえぐり出して犬にやった。

（3）程崗から六里も離れていない東大頭大隊で、大衆が、支部書記が『毛主席語録』を便所に落としたのにすぐに拾い上げず上から土をかけて、浮かんでいた語録を沈めてしまったのを見つけた。天網恢々《てんもうかいかい》、疎《そ》にして漏《も》らさず、紙は火を包むことはできず、土は水を止めることはできない。泥煉瓦が泥になるとき、大衆が革命に力を入れ生産を推進しようと、肥を取り出し畑に撒いたその日、その赤い語録をすくい上げると、語録には村の支部書記の名前があるのを見つけ、わっと雄叫びを上げるとその支部書記を免職し、吶喊《とっかん》とともに彼の足を一本へし折り、彼に自分でクソを拾って食べさせた。

（4）耙耬山脈の山深くに小渓村という村があって、橋を渡る人に『毛主席語録』を一節暗誦させ、ある女性社員が暗誦できなかったので、橋の番をしていた青年たちが彼女にきいた。「おまえは毛主席が誰か知っているか？」その女性はしばらく考えて首を振ったので、その青年たちは彼女を川に突き落として溺死させた。

……

（13）省都の一人のまだ二十一歳の造反派が、すでに省の常任委員会委員、宣伝部部長となり、全国で最も若く革命によって省級の指導幹部に抜擢された者となった。

（14）地区のある工場の労働者、趙霞秋、女性、二十六歳は、指導者に接見後、一夜にして七千八百人の労働者の良き工場長となった。

（15）程崗鎮から二十二里の距離にある隣の馬家営子公社では、たった十八歳の田舎に戻ってきた学生指導青年が革命を起こし、村の党支部書記を引きずり下ろし、新しい村の支部を組織し、その革命の功により、最近公社の書記になっただけでなく、県委員会委員になる可能性もあるという。

典型例の宣伝ビラが刷り上がった。読めば身の毛もよだち、戦々恐々となるだけでなく、心がゆったり愉快で、のびのびいい気持ちになる。中国の大地では、すでに二十一歳が省常任委員会宣伝部部長になり、二十六歳が、七千八百人の国営工場の工場長になり、十八歳が村の支部書記になり、公社の最高責任者になるのだ。窮すれば変化を思う。やらなくては、革命しなくては。社会はこうなのだ、毎日前進し、人々の思想は改造され、特に革命の絶頂期が来たときは、〈君たちは朝八時九時の太陽だ、世界は君たちのものであり、我々のものだ、しかし結局のところ君たちのものなのだ〉。我々は行動しないわけにはいかない。我々は弱気になるわけにはいかない。銃を持った敵を前にして、我々は勝利を勝ち取り、銃を持たない敵の前でも、勝利を勝ち取らなくてはならないのだ。

俺たちはそのまだインクの黒い香りがプンプンする宣伝ビラを持って出かけた。村の入口で、本当に革命瘋魔病にかかった患者のように、誰か通れば誰彼関係なくその手に一枚押し込んだ。「何?」「宣伝ビラじゃ」「何が書いてあるんじゃ?」「読みゃわかるよ」「字が読めんのにどうやって読むんじゃ?」「誰かに読んでもらやぁわかるよ」仕事帰りの村人たち、牛や羊の放牧から帰ってきた村人たち、鞄を背負った、学校から昼御飯に戻ってくる生徒たち、みんなその宣伝ビラを持って歩きながら見ていたが、誰かが教室で朗読するように、通りで大きな声で読み始めた。字の読めない村人たちは、その声を上げて読み始めた人の所に集まったが、さあ聴こうとしたとき、その宣伝ビラを読んでいた村人は突然読むのをやめ、顔面蒼白となった。聴きたい村人が言った。「早く続きを読んでくれんか」読んでいた村人は宣伝ビラをしまうと言った。「おおごとが起きる、とんでもないことが起きそうじゃ」そう言い終わると、災難から逃れるように、アタフタと家の中に駆け込んでいった。

思いも寄らない奇妙なことが起こった。宣伝ビラは二百枚あったが、俺たち三人が三十枚ちょっと配ったところで、牌坊の戦いのときに両親や祖父母に戦場から引き戻された若者たちが、自ら我々のそばにやってくると、革命の隊伍に戻って来たのだった。程慶森、程慶石、程慶旺、程賢桩、程賢敏、程賢粉、程慶安、程賢翠、田壮壮、任賢柱、石大狗、石二狗、張小淑たちは、宣伝ビラを読んで驚いて顔色を変え、読み終わってから俺たちが宣伝ビラを配るのを手伝いに来たのだ。残っていた百枚以上の宣伝ビラを一人十枚ちょっとずつ取ると、それぞれ程前街、程後街、村の入口、食事場、校門へと雪が舞い散るようにばらまき、家の門や背の低いナツメや柿の木に貼り付け、ひっかけた。

あっという間に、程崗村は混乱に陥り、家々ではみな焼き殺された区委員会書記や目玉をえぐり出された先生や、足をたたき折られた支部書記のことを議論した。秋の通りは、トウモロコシの新鮮な甘い香りのほかに、黒白入り混じった恐怖に覆われた。「ほんまにその女を川へ突き落として溺れさせたんか?」「東大頭大隊の支部書記はわしも知っとるが、ほんまにあいつの足をへし折ったんか?」村人の中に東大頭大隊に親戚のいるものがいて、そそくさと走って行って事情をきくと、果たして話は本当で、さらにその支部書記の家の息子は、父が土で語録を便所の底に沈めたと聞いて、父に「ほんまか?」とたずね、父が俯いて何も言わないので、手を振り上げると父の顔を殴りつけ、股間を蹴り上げたという。深刻な思想闘争が竜巻のように程崗の家々で始まり、目利きの村人には、すでに疾風雲《くも》を吹き払う革命の大きな流れ、阻止することのできない力が程崗鎮に流れ込んでいるのが見えていた。この東風の勢いに乗って、迅速に革命の突破口を開き、敵の息の根を止める喉元と心臓を探し出さねばならないことはわかっていた。

簡単に言うと、村の支部書記か村長から彼らの現行反革命の言論や行動を探し出し、一気に党支部を粉砕するということだ。

もちろん、程天青を打倒し、党支部をたたきつぶすのだ。もちろん程天青を死地に置き後で痛快な思いをするためには、彼の反革命あるいはかつて反革命だったという鉄壁の事実と証拠が必要だ。もちろん、それらの証拠が見つからなくてもだいじょうぶ、彼の直系の親族から探し出してもまったく問題ない。革命の重要な関所では、すべての道はローマに通ずで、道は異なっても行き着く先は同じ、この理屈だ。

時期はすでに寒露を過ぎ、秋の収穫の季節が来ていた。トウモロコシの赤く熟した甘い香りが、すでに畑から村に襲来していて、初春の柳絮が街を漂うようだった。郷村の革命の発展過程において、農繁期は常に革命を阻害するものだった。革命はいつも農繁期に道を譲るしかなく、農繁期のために大きな代価を払わなければならなかった。俺は秋の収穫の前に、革命の突破口を見つけ、秋の収穫の忙しさにまぎれて、鉄は熱いうちに打てと、程天青を程崗大隊の皇帝の座から引きずり下ろしたかった。

俺は革命中核会を招集することにした。

会議は口頭で程慶林から十七人に通知し、会議の場所は人がめったに行かない十三里河の砂州(俺と紅梅が約束を果たせなかった場所だ)を選んだ。この会議で全員に働きかけ程天青の過ちと犯罪の事実を深く掘り出し暴くため、俺は十七冊のノートと、十七本のボールペンの芯と赤のスタンプインクを一つ買った。みんなが揃ったらすぐに程天青の誤った言動をノートに書き出させ、さらにそのノートに自分の赤い拇印《ぼいん》を押させるのだ。俺はこの秘密会議で、程天青に『毛主席語録』を便所に落とした事実があるとか、「毛主席」の三文字を間違って書いたとか逆さまに書いたとか、あるいは一見ありきたりに見えて分析してみると驚き色を失うような間違いをうっかり犯していることが出てくることを期待していた。そんなことがほんの少しでもあれば、革命の突破口はすぐに現れ、程崗にもすぐに夜明けの光が射し、程天青にも大きな災難が降りかかるというわけだ。ちょうどお昼時、うだるような天気で、村人たちはみな昼寝中、村の通りの熱せられた静けさは空焚《からだ》きの鍋のようだった。紅花と紅生も部屋の中で寝ていた。十七本のボールペンの芯を字の書けるボールペンにするため、俺は庭にあったうちの竹《たけ》箒《ぼうき》をバラバラにして、包丁で十七本の細い竹筒を削り出し、布靴を作るときに刺す糸でボールペンを作っていた。このとき桂枝が帰ってきて門を開け、手には機械で切った細麵と、鶏と鴨の卵が半分ずつ入った籠を提げていた。

「何しとるの？　それ新しい箒なんじゃが」

「聞け、おまえと俺は同じ道を走る車じゃない、これからは俺のやってることに口出しするんじゃない」

彼女は驚いてそこに立ち、顔色は青ざめ、今にも怒り出しそうだったが、我慢した。彼女には俺に頼みたいことがあるのだとわかった。彼女は俺にものを頼むとき、いつも気持ちを抑えつけて爆発させないようにするのだ。

「今日が旧暦の何月何日かわかっとる？」

俺は顔も上げずに、ボールペンの芯を竹筒に入れていた。

「その何月何日だったら、何か差し障りでもあるのか？」

「あたしの父さんの六十歳のお祝いの日じゃとわかっとる？」

俺は彼女を睨《ね》めつけると言った。「六十になった？　国家の幹部は六十になったら定年だ、なのにじいさんはなんでこの村の支部書記の地位を手放さないんだ？」

桂枝の顔がさらに青くなった。「あんたお祝いに行ってくれんの？」

「革命は客を呼んでごちそうすることじゃない、俺にそんなヒマがあるか」

桂枝は目に涙を溜めて言った。「あんた、あたしの願いきいてくれんの？」

俺は仕事の手を休めて、「おまえな、半月前の俺の母親の誕生日、卵麺を作って母親に届けてくれと頼んだとき、おまえなんでやってくれなかったんだ？　なんで持って行ってやってくれなかった？　で、今俺におまえの頼みをきけっていうのか？　いいだろう、俺もおまえに頼みがある、おまえの父親に俺に村の幹部にしてやると言った四年前の約束を果たさせてくれ」。

桂枝は黙り込んだ。かわいそうに門のところにたたずみ、たぶん俺の母親への親不孝を後悔し、自分の父親が俺を支部書記にすると言った話を実現させるべきだと思い、政治と家庭の矛盾がごちゃ混ぜになって、支部書記の娘が一般庶民の家庭の中で威力と権力を発揮するすべが彼女にはなくなったのだ。自分は程天青の娘だから、程崗大街を歩けば、六十、七十、八十、九十歳の年寄りは彼女を見かけると、遠くからでも寄ってきて挨拶し、おしゃべりするということがわかっているだけで、革命の時期は政治がすべてを圧倒すること、ちょっとの政治的威力が、家庭の不平等、不均衡、無意味な権力や権勢を打倒することができるということを知らなかった。彼女は数年学校に行っただけで、ずっと勉強せずじまい、正真正銘の農村婦人で、『人民日報』、『解放軍報』が何か、雑誌『紅旗』が何であるかまったく知らない。彼女は家庭の矛盾の中において、いつも理由もなく優位を占めているが、家庭の矛盾と政治社会に軋轢《あつれき》が生じたとき、些細《ささい》なことまでみな赤色に染まり大きく取り上げられて批判されるとき、家庭の矛盾が政治社会の渦に巻き込まれたとき、彼女はなすすべもなく、両手を持ち上げることもできない。彼女は家庭における政治の生《い》け贄《にえ》と定められていて、三仙姑《さんせんこ》が二、三十年前の中国の婚姻制度の生け贄となり、小二黒《しょうじこく》と小芹《しょうきん》があの時の革命の既得権益者となったようなものだ。＊1

俺はまた、他人の罪状を暴露し攻撃することのできるお手製のボールペン作りに戻った。

彼女は俺の前にしばらく立っていたが、麺と鶏と鴨の卵を台所に置くと、椅子を持って母屋と台所のくっついているところの陰に座った。そのとき彼女が心の

＊1　超樹理の小説『小二黒の結婚』（一九四三年）の登場人物たち。三仙姑は小芹の母親でおくれた農村女性の典型、小二黒と小芹は自由恋愛の象徴。

中で何を考えていたのかはわからなかったし、彼女の心の中が生死を賭けた戦場となっていたのか、それとも一面の空白だったのかはわからなかった。彼女は俺の後ろ、二丈のところで、瞬き一つせず俺がボールペンを作っているのを眺めていた。日の光が彼女の視線の中を移動していき、陰が目の前から体の後ろへ退き、きつい日差しが彼女に照りつけるようになっても、彼女はシャキッとしなかった。日差しに照らされてぼうっとし、顔には汗が流れていた。

俺は十七本のボールペンを作り終わると立ち上がり、疲れた腰を伸ばして、彼女がぼんやり日差しの中に座っているのを見て、心の中にちょっと善意が生まれた(時に、善良は革命者の天敵である)。

「日が当たってるじゃないか」俺は言った。「お義父さんに言ってくれ、潮時だから退いてくれと、俺が支部書記になっても、お義父さんに損になるようなことはしないからって」

彼女は後ろの陰のあるところに移って、日に曝された顔は赤黒くなっていた。

「父さん病気になったんよ、もう何日もよ。あの日あんたたちが印刷したものを見て倒れたんよ」彼女は言った。「ねえ、今年父さんは六十の還暦祝いなんよ、お祝いの席を設けて喜ばせてあげたいんよ。ええ機会じゃから謝りに行ってくれん? 謝ってくれたら、あたしこれからあんたとあんたのお母さんに尽くすけえ、お母さんを丘の上から引き取って一緒に暮らすけえ。あんたがあたしの父さんによくしてくれたら、あたしもあんたのお母さんによくするけえ」

俺はそこに座っている程桂枝を見つめた。彼女の顔はそのときこれまで人に何かを頼んだことがないために、一晩過ぎた豚の肝臓の濃い紫色になっていた。俺は突然これまで感じたことのない吐き気を催し、これまでになく彼女を軽蔑しかわいそうに思った。俺はどうしてこんな不細工でバカな女と結婚したのだ、どうして彼女との間に二人も子供をもうけたんだと思った。彼女はまだ、俺の母親によくするという条件を出しさえすれば、もともと持つべきだがとっくになくなっている孝行心で、革命の根本的な重大問題を語れると思っている。まさか革命の問題が家庭的手段で解決できると? 階級闘争が麺をかきまわす箸で調停できると? まさかプロレタリアートがブルジョア階級の粟や豆の恵みを受けるとでも? 俺は桂枝の顔をしばらく見つめ、手首の「カモメ」印の腕時計を見ると、ボールペンとノートとスタンプ台を持って、外へ出た。「ねえ、あんた！」彼女は突然立ち上がって叫んで俺を呼び止めた。

　俺は振り向かずに門の所で立ち止まった。

「あたしの父さんの還暦のお祝いに行ってくれんの？」

　俺は冷たく「ああ」と言った。「なあ、お義父さんに言ってくれ、今はどこも節約して革命している、工場ではひとすくいの石炭、都会では一滴の水、全国上から下まで、人々はみな〈多く、速く、しっかり、無駄なく〉[*1]をスローガンに革命に力を入れ、生産を推し進め、社会主義建設を新たな段階へと進めようとしているんだ。毛主席はおっしゃった。〈勤勉節約して工場を経営し、勤勉節約して商店を経営し、勤勉節約してすべての国営事業・協同組合事業を行い、勤勉節約してその他一切の事業を行い、どんなことも勤勉節約の原則のもと行わなければならない〉[*2]と。生産を増やし、節約を励行することは、すでに社会主義建設の根本原則となってるんだ。しかしおまえの父親は党幹部で、数千人のリーダーの身分でありながら、六十歳の誕生日にお祝いを盛大に行い、派手に浪費しようとしている、これは一体どういう意味だ？　誕生日を過ごすためか、それとも別に何か下心でもあるのか？」

　俺は立ち去った。

　言い終わるとすぐに門から出て行った。程桂枝が怒りを抑えきれず俺の後ろで飛び上がってもう一回俺の名前を呼び、叫んで言うのが聞こえた。「あんた、あんたをきっと後悔させてやる！」そのときは俺にはその真の意味がわからず、門の扉を閉めるついでに、大声で返礼してやった。「後悔するのは俺じゃない、おまえの父親の程天青だ」そして、俺は大手を振って立ち去った。

　午後の横町は熱いズダ袋のようで、蟬の鳴き声が炒めた砂粒のように木の上から落ちてきて、そのズダ袋の中に転がって流れこんで行く。どこかの犬が舌を出して、俺を見るとだるそうにちょっと頭を上げ、また木の下で眠りについた。このごく普通の時間、なんの異様もない時間の中で、程崗の革命情勢には根本的な

＊1　最初は周恩来が一九五六年に出した方針。一九五八年党中央成都会議で毛沢東が再び提唱した。
＊2　一九五五年の毛沢東「『勤倹を旨として協同組合をつくる』への評語」より。

変化が起こり、良い方向に向かって発展し、我々にとって有利な方へと変わっているのだ。これは偶然でもあり、また必然でもあった（偶然はいつも必然をその中に孕《はら》んでいる）。この時間の普通さのため、情勢は瞬時に千変万化するため、そして俺が革命に対して闇雲に力を入れるから、夜明けの光が暗闇から突如現れるそのとき、俺自身も気がつかないうちにそれは降臨するのだ。

俺に門を閉められた我が高愛軍の家は物音一つしなかった。

俺の足音は俺の後で消え程崗鎮は物音一つしなかった。

村を出るとき、鎮政府の古い北京ジープがどこからか戻って来て、中にはいつもの角刈りの中年の鎮長が座っていて、程崗鎮の端の道を回って鎮政府の建物の方へ走っていった。俺は彼に車を止めて俺に話しかけて欲しかったが、車は土煙を上げて行ってしまった。彼が車を止めて俺と話すはずがないのはわかっていた。彼は俺を知らないし、ましてや程崗鎮に龍虎が伏していること、天才的革命家が隠れていることを知らないし、その革命家が中年の鎮長の彼にとって最も頼りになる墓掘り人であることを知らない。俺はその遠く走り去るジープを見ながら、石ころを一つ拾ってジープに向かって投げつけ、その石が桐の木に当たって、その木の皮が剝がれて液が流れ出すのを見てから、十三里河の方へ歩いて行った。

紅梅はもう一足先に十三里河の砂州に来ていた。彼女は娘の桃も連れてきていた。桃は両足を裸足にして、川縁で白いレンコンのようなその二本の足を水の中でバチャバチャさせていた。紅梅は俺を見ると申し訳ないような顔をして桃をちらっと見ると言った。「来るなって言ったら、ワァワァ泣いて、しかたがなかったの」

俺は桃の方を見ながら言った。「おいで、だいじょうぶ、またの機会に」

俺たち二人には「またの機会に」が何を意味するかわかっていた。俺たちは向かい合って柳の木の木陰に座り、彼女はそのとき鎮ではまだほとんど誰もはいていなかったスカート（都会ではとても流行っていたが、都会と農村の差の、まあなんと大きいことよ）で、剝き出しになった白い両足がまるで本物ではなく玉であるかのごとく俺の心を動かした。すねの産毛が、たまに柳の枝の間から落ちてくる日の光の中で、一本一本金色に光っていた。彼女には俺が見ているとわかっていた。俺たちは長い間二人だけになったことがなかった。俺たちは二人だけになれるチャンスが欲しくてしかたがなかった。そのとき俺が心で何を考えているのかわかっているかのように、ちょっと体を前にずらすと、座っている俺の正面に、そしてもっと近くに寄ってきた。そして、彼女は先が四角いビロードの靴を脱ぐと、十粒の真っ赤な足の爪を出し、またスカートを少し引き上げて、むっちり柔らかい腿を半分露出させた。

俺は口の中が乾き、唾をゴクリと飲み込んだ。

砂州の上は静かで、川の水がザアザア流れ、日の光の下、川の堤の所に集まっている水の上で白い水鳥がユラユラ揺れていた。桃が大きな声で叫んだ。「ママ――ママ――お魚――」（程崗の子供はみんな母親のことは〈母ちゃん〉と呼び、桃だけが「ママ」と呼ぶ）。紅梅は振りかえると大声で言った。「桃、一人で遊んでて、ママはこのおじさんと話があるから」桃はズボンの裾をまくり上げて魚を捕まえていた。紅梅は俺を見ながら、視線は俺の肩の向こうを見て、また村へ通じる水路を見た。

「誰か来た？」

「誰も」そしてまたきいた。「それじゃ……あたしたちあの林でちょっと？」

紅梅ほど俺が欲しているものを知る者はいなかった。俺は彼女を愛している、死ぬほど愛している。彼女はさっきの言葉を言い終わると、起き上がって俺のために犠牲となるポーズをとり、俺にはわかっていた、あそこへ行きさえすれば、俺がうんとうなずきさえすれば、彼女は一切を顧みず俺のために服を脱ぐのだ。しかし俺は首を振った。「非常時だ、大局がすべてだ」

彼女は大義を悟りうなずくと、足を俺の腿の上に置いて、あの十粒の赤い爪が俺の目の前で赤く輝くようにした。このとき程慶林が来て、紅梅は何事もなかったかのように立ち上がると、程慶林にボールペンとノートを渡した。

それから誰か来るたびに、彼女はボールペンとノートを渡した。彼女は手渡しながら彼らに何か二言三言話し、メンバーを神秘的な革命の情景の中へと導いた。俺は砂州の高いところにある籠のようにへこんだ石の上に座り、みんながボールペンとノートを持って俺を見ているのを見ていた。俺は言った。「まだ誰が来てない？」紅梅と程慶林が二人とも言った。「みんな揃ってます」言うまでもなく会議をはじめ、テーマに向かって言うべきことを話さなくてはならない。

しかし俺は言った。

「まず諸君にいいニュースがある、我々が宣伝ビラを配ってから、三日もしないうちに、支部副書記の程天水——慶賢のおじさんだが」俺は自分の靴の上に座っている慶賢を見ながら言った。「彼が昨晩私を訪ねてきて話してくれた。あるとき地面に座ろうとして、うっかりその『毛主席語録』がズボンのポケットから落ちて、大きな過ちを犯してしまったとは知らなかった、支部副書記にはふさわしくないので、支部副書記の地位を我々の誰かに譲る、普通の大衆となって教育を受けたい、他の誰かに指導される普通の人民になりたいと」そこまで話すと俺はちょっと休み、サッとみんなを見渡すと、みんなの目の中にはパチパチと火種が躍っていた。「さらに村の電気工も告白してくれて、『毛主席語録』のカバーが絶縁かどうか試して、思いがけず電線がショートし、その語録のカバーが焼け焦げ毛主席の写真も焼けてしまった。電気工としてふさわしくないので、いつでも電気工の権力を渡してくれる（当時、電気工の身分はとても高かった）と。さらに大隊の会計は毛主席のバッジを豚の糞の上に落とした。婦女主任は子供の作文の文章を毛主席の文章と勘違いした等々。これは一体何を意味しているのか？」俺の声は裏返り、手に持った竹筒のポールペンを空中で振り回しながら、「我々は緒戦で勝利するのだ。我々の勝利は目の前にあり、彼ら間違いを犯したあるいは重大な過ちを犯した人は我々の目の前で、革命の大きな波の前で震えあがり、萎縮しているということを意味しているのだ。他に何を意味している？革命の運動に対して、すべての党派、すべての同志はみな運動の中で試練を受け、捨てられ、審査され、評価されるということを意味しているのだ。我々は彼らの過ちを恐れない、過ちを改めたのは良き同志である。しかし過ちを犯しながら改めようとせず、正直に白状せず、ごまかしてその場をやり過ごそうとする人間をどう処理すべきか？　他の方法はない、ただ一本の道しかない。それは大衆を立ち上がらせることだ——大衆を立ち上がらせる——とにかく大衆を立ち上がらせるのだ。大衆が真に、徹底的に立ち上がれば、過ちを犯したりごまかそうとする輩はすぐにあぶり出される。最後の局面で真相は明らかになり、天下に知れ渡ることになるのだ。

今、程崗の大衆はすでに基本的に目覚めている、まもなく我々によって完全に徹底的に立ち上がるのだ。残った仕事は、我々この場にいる党員、団員、革命青年それぞれが、真に先鋒隊としての役割を発揮し、戦闘の責任を負うことだ。自ら兵士の先頭に立ち、前に向かって突撃し、まさに革命の最前線に立ち、風雨を突き大波と戦い、天と戦い地と戦い、程崗の階級の敵と戦わなくてはならない。公正無私、私心を捨て公益を立て、恐れずやることを何よりも念頭に置き、諸君の知っている程天青を首領とする党支部の中のメンバー一人一人の誤った言動をひとつ残らず暴き出し、彼らを鼻つまみものにし、天下のもとに曝し、大衆の面前に真相を明らかにするのだ。大衆に、彼らを指導し革命を推し進めることができることを、また生産を促進するのは今の程天青ではなく、我々一人一人が共同で組織した新しい機構、班、支部であるということを認識させるのだ。

目下、程天青はすでに病気になっており、これは彼らが震え上がっただけでなく、すでに肝をつぶして恐れおののき、放心状態になっていることを意味している。革命の成功は遠くない将来であることを意味している。革命の成功のため、政権を奪取する前に我々内部に矛盾が発生するのを避けるため、我々の間にあってはならない利権争いが起こるのを避けるため、諸君にはっきりさせておきたいことが一点ある。それは革命は政権奪取のためであって、旧権力の再分配ではないということだ。奪権後、諸君の間には職務の高低に差が生じるが、誰の職務が高く、誰の職務が低く、誰の権力が大きく、誰の権力が小さいのか、それは諸君が発揮した努力と結果によって決まり、革命の覚悟の高さで決まり、大衆を組織し発動する能力の大きさで決まるのだ。我々は論功行賞はしないが、諸君のそれぞれの取り組みは必ず考慮する。この点ははっきりさせておかなくてはならない、政権を取ったあとは、たとえ生産隊の副隊長であれ、労働点数記録係であれ、牛の放牧であれ、畑の監視であれ、これらのいい仕事は、運動の中でただ座って見ていただけの人間、革命にまるで関心を示さない、無関心な人間の頭の上には降ってこない。

今、ノートが諸君の手の中にあり、ペンが諸君の手の中にある。どうか諸君、数分間静かに思い返して欲しい。程天青、この村の支部書記や支部副書記、村長、副村長、大隊のすべての幹部と彼らの直系の親族子女について、何か意見があったらそれを、何か暴露することがあったらそれを、そのノートに書き出して、自分の拇印を押すんだ」

話し終えて、俺の話が程崗の革命要員にどんな鼓動と作用を起こすかはわからなかった。しかしはっきり見えたのは、彼らがまだ真に程天青と対立する立場に立てず、ノートになにも書けないということだった。彼らはお互いに見合い、観察し合い、誰か一人が率先してノートに暴露する材料を書いたら、それに続いてサラサラ書き出しそうな感じだった。

「さらに一点安心して欲しいことがある、たとえ誰を摘発しようと、万《ばん》やむを得ないことにならない限り、摘発した人の氏名を公表することはありえない」

この時の状況は良くなかった。握っていたペンを足下に放り投げて、ため息をついて、「ほんま暴露したいんじゃが、クソッ、ほんまに知らんのじゃ」という者もいた。支部副書記の甥の程慶賢だ。彼の言ったことは伝染病のようで、続いて何人かがペンを地面に置いて、気を落として似たようなことを言った。経験から、この時この無気力な逆風を阻止し、さっき目覚めさせたばかりの革命者の情熱に火を付けなくてはならなかった。俺はそのペンを置いた連中を見て、視線を紅梅の顔に向けた。

紅梅はすぐに察した。彼女はメンバーの端っこから前に進み出ると言った。「あたしは義父の程天民と程天青を告発するわ。彼らはいつも程廟の中節院の庭に座って国家について議論しているけど、革命情勢についてはため息をついていたわ。県城の革命青年が紅軍の老兵を引き回したことについて、程天青はその老兵士を知っていて、もしその兵士を引き回した青年に出くわしたら、鍬でその青年の頭をたたき割ると言ってたわ」

(俺は紅梅を愛している。)「書き留めるんだ、それは罪状だ」

紅梅はメンバーの目の前でサラサラとノートに書き始めた。

事はこんなにも簡単だった、東風が西風を制する(一方が他方を圧倒する)のではなく、西風が東風を制した。しかし多くは東風が西風を制する。[*1] 紅梅がそう言ってノートに書くと、程慶林が続けて言った。「わしは程天青を首領とする党支部の三つの罪状を告発し、全部ノートに書いて、いつか革命がわしにこの三つの罪状を公開しろと言うときが来たら、このわし、程慶林の頭がかち割られようとも公開し証人となる」言い終わると程慶林は前に一歩出て、紅梅のそばにうずくまると、ノートを膝の上に置いて、続いてサササッと書き始めた。（旭日東から昇り、作物の苗すくすく育つ。甘露空から降り、花一斉に咲き乱れる。大河水満ちて波は滔々と流れ、鯉波に向かって跳びはねる。階級波風盛んに起こり、風吹き波打ちても揺らぐことなし。）

紅梅と慶林の目の前での告発で、みんな手に持ったノートに書き始め、膝の上に置いて書くもの、石の上に置いて書くもの、地面に置いて書くもの、砂の上に這いつくばって書くものそれぞれだった。それは感動的な場面だった。遠くでは秋の作物がみな熟し、深い赤い色のトウモロコシの香りが天地を覆って流れ、近くではキラキラ明るく輝く十三里河の水面で桃が嬉しそうに戯れ、鷹が魚を狙って雲を突っ切って急降下してくる。そばの砂州の柳の林には、そよ風が爽やかに緩やかに流れている。程崗鎮の向こうに流れて行く水路では、カエルがひっきりなしにクァックァッ野菜を噛むような鳴き声をあげて水の中に飛び込むポチャンポチャンという音が堤を越えて響いている。太陽はすでに頭の真上で、日の光はみんなの体の前や後ろに当たっていて、ノートに書いている一人一人の影が一つの淡い色の固まりになっていた。書くのが早い者はすでに一頁書いていて、その上①②③の数字まで頭につけている。遅いのは半頁くらい、字はクネクネねじ曲がり、ノートの白い頁が糞まみれになっているようだった。俺は告発の材料を書いているメンバーの間を行ったり来たりして、彼らの告発材料が出されたら徹夜で大字報を書き上げ、明日の朝村人たちが目を覚ましたら、程崗に一夜のうちに雪が舞ったかのように、大通りの壁も横町の壁も程天青と程天民の悪臭と糞便、

＊1　毛沢東は一九五七年十一月十八日の『モスクワ共産党と労働者党代表会議での講話』で「今、国際情勢は一つの転換点にいると感じている。世界には今、二つの風がある。東風と西風である。中国には、東風が西風を圧倒しないなら、西風が東風を圧倒する、という成語がある。私は今の情勢の特徴は、東風が西風を圧倒している、即ち、社会主義の力が帝国主義の力に対して圧倒的優勢を占めていると考えている」と述べた。成語の出典は『紅楼夢』。

罪悪と屎尿《しにょう》にまみれているのを見ることができるようにしようと決心した。革命が成功したら、ノートに一面糞便を並べたメンバーは、もし大隊幹部や生産隊の隊長の器でなければ、山の森林保護員や生産隊の労働点数記録係あるいは大隊の製粉所の管理人にしようと決めた。ともかく、誰が我々の敵で誰が我々の友人か、この問題は革命の一番の問題であるだけでなく、革命が成功したあとの一番の問題でもあるのだ。革命は論功行賞をしないが、革命は首を差し出し、熱い血を流した同志に対し、革命の前でも損させ後でも苦い思いをさせるようなことはできないし、これは革命の利益の問題で、また農村で大衆を発動するときにまず考慮しなくてはならない前提の問題でもある。俺はみんなが告発しているときに、大字報を書く筆記具と紙と糊のお金をどこから出そうか考えていた。革命の暴風がまもなく澱んだ淵のような程崗村に暴風驟雨のごとく降り注ぎ、澱みのさざ波が大河となって東へ流れ、一杯の冷たい水でも川や海をひっくり返すほどの力となることを考えていた。川の砂州の上での今回のこの会議は、将来、程崗革命史に書き入れられ、今回のこの会議での告発があったから、程崗の革命は真の転換期に入ったということになるのだ。俺が程崗で発動した革命の動きは、県城や九都や省都の革命者たちの動きと同列に論じることはできないし、彼らは俺のやり方を田舎の小児科とあざ笑うだろうが、共産党革命の初期には、毛主席が韶山で発動した農民起義を田舎者の造反とあざ笑った連中がいたのだ。その嘲笑は、彼らの農民への理解が不十分なこと、農村や土地についてい無知なこと、程崗鎮や両程故里特有の封建文化をよく知らず洞察に欠けていることによるものなのだ。エンゲルスは言った。「プロレタリアートの解放は軍事上においてはまた自己の表現を持ち、自己の特殊な、新しい作戦方法を創造することになるだろう」中国共産党が指導した中国人民革命戦争は、エンゲルスのこの偉大な予言を実現し、偉大なる毛沢東の軍事思想を生み出した。明日、程崗大隊での革命が成功したら、そして程崗鎮で成功し、県城で成功し、地区で成功し、省都で成功したら、この川の砂州での秘密会議を革命史に書き入れない者などいない。後代の人が俺のために伝記か回想録を書くときには、この極めて個性のある告発方式をしっかり書き記さないことなどありえない。後代の人が俺の生涯の歴史と革命奮闘の歴史を研究するときには、この俺にとって初めての、俺の生涯で偉大にして重大な転機について触れないことなどありえない。

みんなのサラサラというペンを走らせる音の中を行ったり来たりして、今回支給した十七本のお手製のボールペンと十七冊の最も安いノートが、歴史的な記念品になるだろうとはっきりと意識できたとき、意識もしていなかった、唐突であっけにとられて口もきけない時間が発生し、理解できない時間がやってきたのだ。俺は意識していなかった、砂州でのこの運動の戦い、スズメの戦いのような集会の直接的で迅速な意義がすでにはっきりと現れ、突如出現してきていたのだった。この集会がもたらした予想外の情理の内での収穫が、この集会の偉大な意義と程崗革命の転換点が複雑で重大であることを別方面から証明することになろうとは思いもしなかった。

程慶林が率先して三頁にわたる告発材料を書いて拇印を押し、俺に手渡そうとしたそのとき、水路の向こうから青天の霹靂のごとく、青紫色の血の赤の叫びと、白く突き刺さるような残酷で真っ黒な叫び声がした。

「高愛軍――高愛軍は砂州におるか？――高愛軍、一体どこへ行ったんじゃ？」

俺はその叫び声のする方を見た。

「おーい、そこは死人の固まりか？――高愛軍はそこにおらんのか？　早《はよ》う家に走って帰らせるんじゃ！かみさんが首を吊ったんじゃ――」

俺はエッと声を上げ呆然とした。

みんなザワッとして固まった。

「高愛軍――おまえのかみさんが首を吊ったんじゃ、かみさんが死ぬっちゅうのに訳のわからん病気んなって、どこをほっつき歩いとるんじゃ――」

俺、紅梅、程慶林、メンバーはみな真っ青になっていた。紅梅の蒼白な顔は薄黄色の厚い層に覆われて俺を見ていて、額には汗が出ていた。

「紅梅」俺はいつもと同じように落ち着いて言った。「君がみんなが書いた告発材料を集めるんだ、一冊もなくすことのないように」（俺はなんて偉大なんだ、まるで将軍の風格だ。）言い終わると、俺はすぐに、用水路から逆流してくる狂乱の叫び声に向かいながら村へと走った。その叫んでいた村人は俺を見ると、俺に照準を合わせて次から次へと煉瓦や瓦のように俺に向かって叫び声を投げつけてきた。

「愛軍、早《はよ》う、おまえのかみさんはもう顔が青うなっとるんじゃ、べろもだらんと伸びとって、もう少しで何も話せんようになるぞ」

2 転換（2）

桂枝は死んだ。

桂枝はガラガラドシャンと死んでしまった。

家に向かって走っているとき、「桂枝が首を吊った」という言葉が氷の棒のように冷たく俺の頭の中に横たわり、家に駆け込むとその氷の棒は俺の頭の中で炸裂し、全身が冷たく熱くマラリアにかかったかのようで、立っていられなくなった。彼女はたぶん俺が川へ行ってまもなく首を吊ったのだろう、隣の人が水汲みの桶を借りに来たときに見つけ、人を呼んできてから彼女を梁から慌てて下ろしたが、彼女の息はすでになく、体温も風に吹き飛ばされた雲のようになくなっていた。そのとき村人たちは彼女を門の風通しの良いところに運んでいき頭を庭に向けて、風が彼女を死から吹き戻してくれるよう望んだが、しかしその望みの灯りはすぐに消えてしまった。彼女の顔はすでに青くなっていた。俺が人の群れを掻き分けて見たとき彼女の両目はぼんやり上を向いて見開かれていて、白目には灰色の雲がかかっていた。そのとき俺は彼女はもう助からない、俺が父親の誕生日祝いに行かないと言ったからだと思った。そうでなければ他に何がある？　誕生日祝いをするしないがそんなに重要なことか？　命より大事なことか？　俺は腰を曲げて彼女の鼻の前に手を伸ばし、そこから彼女の息を吹き返させる糸をつかもうとしたが、彼女の鼻の前はひんやり冷たく手を氷の上に乗せたようだった。もう助からないとわかった。双方共倒れの複雑な局面がすでに目の前、革命の目の前に並べられたと予感した。

俺はゆっくりと地面から立ち上がった。桂枝を下ろしてくれた両隣の人が異様な目で俺を見ていた。紅花と紅生は桂枝のそばに立っていて、二人はうちに何かが起こったということはわかっていたようだが、一体何が起こったのかわからず、半分恐れおののき半分呆けたように俺を見ていた。しばらくして二人は黙って俺のそばに来ると、助けを求めるようにそれぞれが片方ずつ俺の手を引っ張った。言うまでもなく一つの危険な時がやってきていて、村人の目の中には、危険なのは俺、高愛軍だけでなく、程崗の革命とその前途、方向と路線であるというのが見えた。

川の砂州で集会した連中もみんな走ってきて、みんなの目が俺の顔に向けられた。家の中も外も、空気の流れる音が鋸《のこぎり》をひくように響くほど静まりかえっていた。

俺は少し心が落ち着かず、無数の冷たい虫が体と心を這いずり回っているようだった。

紅梅が近づいてきた。顔色は蒼白で、やってくると紅生と紅花を胸に抱きかかえ、まるで偉大な母親が子供たちを胸に抱くようだった。

（偉大なる紅梅、俺は死んでもおまえを愛する！）紅梅が子供たちを俺の手から受け取るとき、門の所で取り巻いて見ている連中の向こう、部屋の内側の机の下に、何かが誰かに叩きつけられ壊されているのが見えた。桂枝のそばを通り過ぎ、桂枝の足下を取り巻いている近所の連中をどかしてそちらへ行った。

すべての目が俺が歩くのに連れて部屋の中へと移り、そして見えたのだ。もともと机の上に置いてあった毛主席の石膏像が部屋の床に叩きつけられ粉々になっており、正面の壁に貼ってあった毛主席の肖像画も剝がされビリビリに破かれてクシャクシャにされ、壁の端、机の下、穀物を入れた缶と壁の隙間、ドアの後ろに転がっていた。さらに机の上に並べていた四巻本の『毛沢東選集』は、二冊は机の上にあったが、一冊は頁が開かれ、今にも落ちそうに机の角に引っかかっていて、もう一冊はベージュのカバーが細長く引きちぎられタンスの下に投げ捨てられていた。東の部屋に入ってカーテンを開けると、机の上や壁にあった毛主席の肖像画も破られ、急いで西の部屋に行って、カーテンを開けると、もともと窓ぎわに置いてあった十数個の毛主席のバッジが地面に投げ捨てられて散らばり、埃まみれになっていた。

（彼女はきっとこの神聖事物を引き裂き叩き壊しながら、「高愛軍、あたしがあんたを革命してやる！　高愛軍、あたしがあんたを革命してやる！」と怒鳴っていたはずだ。桂枝、一体どうしたことだ？　これは天を突き破る大罪じゃないか……あの二百枚の宣伝ビラは程崗のどこにでも配ったが、桂枝には渡していなかった――灯台もと暗しとはこのことだ。）

俺は西側の部屋から出てきた。

俺を見ているあの連中をサッと見渡して、俺は全員に向かって言った。

「誰も触ってはならない、現状保存しなくてはならない」

目で群衆の中から程慶林を見つけて、「早く鎮の派出所に知らせて、カメラを持ってすぐに来させるんだ」

程慶林は少し訳がわからない様子で俺を見ていた。

俺は怒鳴った。「何をぼんやりしている？」

「愛軍……」

紅梅がやってきて、毅然と言った。「あたしが行くわ」

（偉大なる、可愛い紅梅！）

俺は彼を睨み付けた。

程慶林は何も言わず紅梅を見ると、何かわかったようで、きびすを返して門の外へ走って行った。

俺は群衆の中にいる任賢柱と田壮壮を見ながら、

「おまえたち二人は門の横に立って、野次馬を中に入らせないようにするんだ」

二人はすぐに門へと走って行った（将来一人は大隊の民兵長で、一人は副隊長だな）。

最後に、俺は部屋の中を見て全員に言った。

「全員庭に出てくれ、部屋の中の現場をもとのまま保持しなくてはならない」

全員庭から出ていった。部屋の中はガランとして、粉々になり引き裂かれ丸められた神聖事物と、無知で口のきけなくなった桂枝がそこに横たわっていた。あっという間に俺の家にあった疑り深い視線はなくなり、銃弾の雨あられの中のような緊張感に覆われ、政治闘争によって厳重に守りを固められた。俺は庭のど真中に立ち、待っているあいだ中、顔が鉄の板のように硬くなっているのを感じていた。紅梅がそっと目の前にやってくると、慰めの言葉か何か言いたいようだったが、ただそこに立って何も言い出せなかった。「君は紅生と紅花を連れて行ってくれ、子供たちを決して怖がらせないようにしてくれ」俺がそういうのを聞いて、目の縁を赤くして、紅生と紅花を庭の隅へ引っ張って行った。

派出所に新しく来た背の高い王所長が、すぐに二人の制服警官を連れ、手には「五七」拳銃を持ち、首には「カモメ」印のカメラをぶら下げてやってきた。

ついに、桂枝の死は現行反革命の自殺と認定された。

3　転換（3）

程天青は気が狂ってしまった。

桂枝の突然の死で、彼の中では天地が崩壊陥没し火山が爆発し、黄河が雄叫びを上げ長江が決壊したのだ。

鉄壁の真理があり、哲学上永遠に倒れることのない革命の観点があって、それは「いかなることも個人の意志によっては変わらない」。あの日、程天青は昼寝が終わって、顔を洗い庭を一回りし、息子、嫁、娘婿たちが庭で野菜を切り、肉を洗って汚れを落とし叩き、孫や孫娘たちが母屋の隅でゴム跳びをしたりままごとをしたりしているのを見ながら、子供や孫に囲まれる幸せに浸っていたのだが、そのとき彼の幸福に満ちた生活の終わりがやってきた。誰かが門を蹴破って入ってくると叫んだのだ。

「支部書記さん、たいへんじゃ、桂枝が首を吊ってしもうた！」

庭にいた程家全員は呆然とした。

程天青は入ってきた者を睨み付けてきいた。「なんじゃと？」

「桂枝が首を吊ったんじゃ、家の梁に縄を掛けて」

程天青はさすが新中国成立前に戦争の端っこをかけずり回っただけある。すぐに気持ちを落ち着けると、早足で家を出て、程中街から横町を抜けて程後街へやってきた。しかし彼がうちに来たときには、すでに一歩遅かった。門の横に立っていた任賢柱と田壮壮は彼を止められず、高い声で「支部書記さん――」「天青おじさん――」と叫んだ。庭の中にいた連中はその声を聞くと自ら道を空けたが、部屋の入口の所で桂枝がまだ舌を出したまま、顔は青く白目を剝いており、二人の郷村の警察官が拳銃を持って立ち、背の高い所長がちょうどカメラで、毛主席の粉々になった胸像や千切られた肖像画を「パシャパシャ」撮影しているのを見ると、彼は娘の鼻の前に手を伸ばし（俺がさっきやった動作と同じだ）、顔はサァーッと蒼白になっていき、冷汗が土砂降りに遭ったかのように額や鼻を流れた。俺は彼がそのとき英雄のように何も恐れず立ち上がり、群衆の中から俺を探し出し、俺の襟をつかんで「桂枝はどうして首を吊ったんじゃ？」ときくと思っていた。しかし彼は視線を、砕かれ千切られた神聖事物に向け、家の中に入らなくても桂枝が首を吊る前に何をしたかわかったようだった（彼ら一家はいつも俺について話していたのだろうか？　俺が革命瘋魔病にかかっているといつも話していて、桂枝はいつか家にある革命の神聖なものを壊したり破ったりするとか話していたのだろうか？）。程天青は視線を所長のカメラにやり、「王所長」と声を掛けたが、王所長はファインダーから目を離さず、立ち上がりもせず、振り向くことさえせずに、程天青に静かに落ち着いて事態はもうはっきりしているという様子で言った。

「程支部書記さん、たいへんじゃ、これは程崗鎮十数大隊、数万人の中で起こった最初の現行反革命自殺案件じゃ」

程天青は突然冷ややかに言った。

「王所長、今そう決めつけるのは少し早すぎるんじゃないかの。現行反革命かどうか、少なくとも鎮長を呼んでもらわんと」

王所長は写真撮影の手を止めて、どういうことだと程天青を見ながら、静かにきいた。

「死人はあなたとどういうご関係で？」

程天青は言った。

「わしの娘じゃ」

王所長は「ああ」と言うと、「それじゃ鎮長を呼んでもらえますかの、現場を見てもらって、これが現行反革命自殺とおっしゃるかどうか見てみましょう」。そう言いながら、王所長はまた写真を撮り始めた（彼は真に立場のしっかりした革命者だ、ありがとう、王所長、俺はあなたに敬意を表する——意志堅固な革命者であると）、その様子は程天青のことなどまったく眼中にないかのようだった。

その場にいた人々はみな程天青の顔が青くなるのを見た。彼は王所長を見、入口に柱のように立っている警察を見ると、突然身を翻《ひるがえ》して行ってしまった。彼は門を出ると鎮政府の方へ向かい、みんな彼があの中年の鎮長のところに行ったのだとわかったが、彼は行ったきり、そのまま家には戻らなかったのだ。

丘の上に桂枝を埋葬するときになっても彼は村に現れなかった。

程崗では七日間彼の姿を見なかった。

半月、彼の姿形は見えなかった。

収穫が終わり、麦の種まきが終わり苗が人の背丈ほどに伸び、黄褐色の地面が一面柔らかい緑色になったころ、彼はようやく程崗に現れた。二か月もしないうちに彼の頭は真っ白になっていて、髪は伸び放題でボサボサ、髪の毛の中には鶏の羽根や雑草があちこちに挟まっていた。冬が来たばかりのころ、彼は肩に軍のコートを羽織るといなくなった。そして今は、朝晩村のはずれや牌坊の下、食事をする場所で見かけるが、いつも穢《きたな》いボロボロの黒いあわせの服を着ていて、襟の脂汚れは襟より厚く、日の光が襟に当たって光ると吐き気がした。

　彼は病気になったのだ。本当に気が狂ってしまったのだ（歴史は本当に冗談がうまい）。

　彼は狂ってからはいつも村の通りを行ったり来たりし、村人に会うとヘラヘラ笑うか、殺気に満ちた目を剝くが、彼に向かって拳を振り上げると慌てて地面にうずくまり、両手で頭を覆うのだった。突然土下座すると頭を地面にこすりつけて拝み、「娘は死んでしもうた、どうかわしをぶたんでくれ、罪は認めるから。わしが罪を認めてもだめなんか？　わしが党員で、新中国成立前には革命に参加したということに免じて、今回はわしを許してくれ」と許しを請うこともあった。

（彼は党と先人の革命家の顔に泥を塗っている。）

彼は娘の桂枝のために冤罪《えんざい》を訴える中で気が狂ってしまったのだ。県の公安局と裁判所に訴えると、公安局と裁判所の人は言った。「これは明らかな現行反革命案件なのに何を訴えるというのだ？」地区の裁判所に訴えると、裁判所の人は言った。「帰りなさい、映画の上映のときに無意識でフィルムを掛け違え、領袖（毛沢東のこと）の姿を逆さに映しただけで二十年の刑をくらった者もいるんだ。[*1]おまえの娘が首をくくったのは幸いだったのだ、くくっていなければ何度銃殺されたかわからん」そのあと彼は八路軍兵士としての名誉をかけて省の裁判所に行き、娘の罪は万死に値するが娘をそこまで追いやった高愛軍がどうしてのうのうとしていられるのか？と言った。この時、一枚の訴状が程崗から県委員会書記の手に届き、県委員会書記はそれをまた程崗での現行反革命案件を成功裏に解決した県公安局責任者の王所長の手元に届けた。その訴状には程天青の三つの方面での二十六条に及ぶ罪悪が列挙され、十七人の証人の拇印が押してあり、王所長は程天青が省へ告訴に行った帰りを捕まえ、その二十六条に及ぶ罪状を彼に見せ、それを読み終わった彼は気が狂った

＊1　張弦の短篇小説『記憶』（一九七九年）の中に出てくるエピソード。

のだ。

もちろん、これは彼が狂った直接の原因がその訴状であったかどうかを表しているわけではない。根本の原因は彼が革命の敵となり、革命の大波の前に恐れをなし怖じ気づいたことだ。我々はみな知っている、革命が一夜のうちに狂風暴雨のごとく降臨したとき、敵はその狂風暴雨の前で精神錯乱に陥るのだが、それは偉大さと卑小さ、強靱《きょうじん》さと脆弱さ、正義と非正義、厳正さと筋の通らなさ、階級の正確性と階級の反動性を表しているのだ。

しかし我々は決然として、少なくとも徹底的にやることを忘れるべきでなく、すべての敵は張り子の虎であっても、その体からは吐き気を催させるできものが膿《う》み、耐えがたい腐った匂いを放ち、我々の体と社会を腐らせようとしていることを忘れるべきでない。我々は忘れてはならない、万里の長征はやっと一歩を踏み出したばかりで、革命の道のりは長いことを。

革命はこうして最初の一歩が成功した。

我々は険しさを恐れず灯台に向かって進んでいくのだ。

4　一枚の表

程崗の革命はこうして予想通りと言えば予想通り、意外と言えば意外なことに成功した。我々は上の指示に従って、党支部を革命委員会に改め革命指導小組を成立させた。次の代への交代に便利なように、俺は表を作らなくてはならなかった。この表は程崗革命成功後の権力分配の表と見なしてはならない、程崗革命工作の連絡図とみるべきだ。

表には何も説明されていないが、これが程崗革命の成功と勝利を証明するものであることには疑いの余地はなく、ヒマワリが太陽に向くように俺と紅梅が心血を注いだ収穫と成果であることを証明している。つまりこういうことだ、革命がなければ権力はなく、権力は革命の目標であり、革命は権力の手段なのだ。すべての革命は権力のためであり、権力と繋がっている。と同時に、革命の最初の一歩の成功は、戦いには犠牲がつきものであることを証明した。人が死ぬことは常に起こることで、泰山より重いものもあれば、鴻毛《こうもう》より軽いものもある。革命の利益のために死ぬことは、

程崗大隊に新しく成立した党支部仕事担当一覧表（1）

姓名	職務	責任を負う仕事	付注
高愛軍	程崗大隊革命委員会主任	革命、生産とすべての仕事	一号、過去の村支部書記に相当
夏紅梅	程崗大隊革命委員会副主任	私の指導のもと、すべての仕事を取り仕切り、革命に力を入れる	二号
程慶林	大隊長	私と紅梅の指導のもと、主に生産に携わる	三号
程慶森	副大隊長	革命の水利建設	字が読めない、四号
任賢柱	民兵長	革命の武装	元軍人、五号
田壮壮	副営長	同上	元軍人、六号
程賢粉	大隊女性幹部	婦女関連の仕事	優秀青年、七号
程慶資	大隊会計	会計	高校生、八号
程賢柱	第一隊隊長	一隊の生産と革命	革命の中核
程賢樁	第一隊副隊長	同上	積極分子
程賢敏	労働点数記録係		革命の中核
程賢斉	保安管理員		頼りになる
程慶安	山林保安員		革命の中核
程慶連	製粉機の管理人		革命の中核
程賢直	大隊の電気工	村全体の電気の管理	積極分子
程賢清	大隊の幼稚園の先生	実際に幼稚園はないが、手柄を立てた功績により労働点数を毎日与える	手柄を立てた
程賢翠	養老院責任者	養老院はないが、手柄を立てた功績により労働点数を毎日与える	手柄を立てた
石大狗	第二隊隊長	革命に力を入れ生産を推し進める	革命の役に立つ
石二狗	第二隊副隊長	革命に力を入れ生産を推し進める	革命の役に立つ
張小淑	生産隊会計	記帳	中学生
省略	省略	省略	省略

意義のある死に方であり、泰山よりなお重く、個人の利益のために死ぬことは、鴻毛よりもなお軽い。[*1]

＊1　司馬遷『任少卿に報ずるの書』に「人固《もと》より一死有り、或いは泰山より重く、或いは鴻毛より軽し」の一節があり、毛沢東がそれを『人民に奉仕する』の中で引用した。

第六章　革命浪漫主義

1　赤い海原

革命に力を入れ、生産を推進する——これが俺が政権を取ってからの仕事の中心だ。しかし桂枝が死んだことで、俺にもたらされた最も直接的な損失は、毎日真夜中に紅花が突然目を覚まし、大声で泣いて母親を探すことだった。「お母ちゃんは？　うちはお母ちゃんがほしい……」その泣き声は尖って鋭利で、魯迅の偉大な匕首のごとく、長い夜を切り裂き、俺を一晩中眠れなくし、翌日の精力に多大な影響を及ぼした。

自然と母親が丘から引っ越してきて、孫たちのそばに付いてくれた。鎮政府が程崗大隊で大衆大会を招集し新しい革命委員会の名簿を宣布したあと、母親は俺にごはんを手渡しながらビクビクした様子できいた。

「愛軍、母ちゃんにはほんまのことを言うとくれ、あんたのお義父さんが引きずり下ろされたのはあんたのせいなんか？」

「母さん、あの人は自分で罪を犯したんじゃ。煙草好きが高じて、『毛主席語録』の頁を一枚破いて煙草を巻いたんじゃ。孫がうんこしたとき、紙も石も見つからんかったからいうて、毛主席の本を一頁破いて孫の尻を拭いたんじゃ……毛主席の本は何じゃ？　むかしじゃったら皇帝様からの命令みたいなもんじゃろ、むかし皇帝様からの命令に嫌と言うもんがおったかい？　皇帝様からの命令にひざまずかんもんがおったかい？　ひざまずかんかったら打ち首じゃろ？　今の新しい社会は民主的になったんじゃ、皇帝様の命令に対するように毛主席にぬかずかんでもええんじゃが、じゃからっちゅうて『毛主席語録』の頁を破いて煙草を巻くか？　破いて孫の尻を拭くか？」俺は続けて言った。「ちょうどその頁には〈革命は客を招いてごちそうすることではない〉の一段が書いてあったんじゃ、気が狂ったんでなけりゃ、銃殺されてもできりゃせんじゃろ」

母親は信じたような疑うような様子で纏足《てんそく》の小さな足を動かして孫と孫娘に食事を持っていった。それから、俺の偉大なる母は革命家庭の面倒を見るというすべての重荷と義務を背負い、紅花が夜中に目を覚まして泣くたび胸に抱いて揺らし、俺が目を擦りながら西の部屋（俺一人西の部屋に移ったのだ）から東の部屋に行くと、母親は「寝んさい、あんたは明日、村の仕事じゃろ、幹部なんじゃけ、人にようしてあげんと」と言った。

母親は魚の目玉を真珠の中に紛れ込ませてごまかすようなこの世の中にあって、最も神聖で偉大な人だ。彼女が一体どんな手を使って紅花を夜中泣かせないようにするのか、紅生を夜中寝ているとき歯ぎしりさせないようにするのかわからなかった。桂枝が死んで彼女が戻ってくると、家の中はいつも清潔、机と机の上の主席像、赤い宝の本や壁に貼ってある「語録」も、いつもピカピカだった。ムシロはいつも門の後ろに巻いて立てかけてあり、椅子は座らないときにはいつも部屋の壁ぎわに置いてあった。一年生の紅生の鞄は学校から帰ってくると、いつも庭か部屋の地面に放り投げてあったが、しばらくするとその鞄はいつの間にか壁に掛かっているのだった。

母親は俺が革命に力を注ぎ生産を推し進めるという偉大な運動に専念できるようにしてくれた。冬の農閑期に、俺はまず「両程故里」の牌坊にセメントを薄く塗りつけると、赤いペンキで塗って縁取りし、明朝体の大きな字で、左側に「偉大な指導者毛主席万歳！」、右側に「偉大なる中国共産党万歳！」と書き、横額は「新しい聖地」とした。俺は、細かく切った頭髪を石灰に混ぜて、程崗各戸の壁に幅二尺、縦二尺五寸の板代わりの白い四角い板を作って、その板を一律に赤いペンキで縁取りし、黄色いペンキで文字を書いた。「我々の事業を率いる核心的力は中国共産党である、我々の思想を指導する理論的基礎はマルクス・レーニン主義である」。俺は十三里河の大きな柳の木を数本切りに行かせ、それを売って毛主席の大判のポスターと対聯になる二本の掛け軸、左はもちろん「偉大な指導者毛主席万歳！」で右は「偉大なる中国共産党万歳！」だが、それらをセットでまとめて購入した。そのポスターと掛け軸のセットを大衆の各戸に配り、それぞれの家の母屋の正面の壁に統一して貼らせた。俺は各生産隊の畑一枚ごとに一メートル四方のボードを作り、ボードは統一して東向きにし、「三忠于」[*1]の熱く燃える言葉を書いた。「毛主席に忠誠を尽くし、毛沢東思想に忠誠を尽くし、偉大なる中国共産党に忠誠を尽くす」。俺は党員、団員、青年それから退役軍人を動員して、「一対一、一対赤」の方式で、文字の読める者が文盲を助け、先進者が落伍者を助け、若者が中年や老人を助け、子供が母親や父親を助けるようにして、七十歳以上の老人には『毛主席語録』をできるだけ三十条暗誦することができるように、五十から七十まではできるだけ五十条、三十から五十までは八十条、十六から三十までは必ず百条暗誦するように要求した。俺は革命委員会の名義で程崗の学校に通知し、小学校の昇級は点数の高低ではなく、テストは不合格でも零点でも構わない、しかし『毛主席語録』五十条を暗誦すること、小学校から中学校へ上がるときには語録五十条の暗誦のほかに「老三篇」（『人民に奉仕する』、『ベチューンを記念する』、『愚公山を移す』）も暗誦できることとした。

俺は一冬の間、知恵を絞って、至る所で良い経験を学び、程崗で「三統一」（門前の統一、家の中の統一、田畑の統一）と「一対一、一対赤、全村老若男女毛沢東を学ぶ」という真っ赤に燃えさかる局面を産み出した。俺が作った基準を超えて『毛主席語録』を暗誦できるようになった者には、数に応じて労働点数を与え（一条につき十点）、覚えられない者には罰として減点し（一条につき二十点）、空気を乱す者がいた場合は、すぐに帽子を被せて通りを引き回す（全部で三十九人がこの懲罰を喰らった）。制度を作ると、村の男も女も若い者も年寄りも（キチガイと病人と知恵遅れを除いて）、みな熱気ムンムンの赤色環境に置かれた。誰もがみな鍋の中で煮られる魚のように恐れて跳びはね

＊1　三忠于四無限は文革初期の用語。毛主席に忠誠を尽くし、毛沢東思想に忠誠を尽くし、毛主席のプロレタリアート革命路線に忠誠を尽くす、無限の崇拝、無限の熱愛、無限の信仰、無限の忠誠。

るのだが、誰も鍋の外へ飛び出すことはできないのだ。俺はひとつの道理を深く理解した。それは、環境がすべて、環境がすべてを創造する、だ。墨に近い者は黒くなり、朱に近い者は赤くなる。延安にいる者は革命者になる可能性がかなり大きいし、敵の占領区にいれば、反革命の両面派にならないという保証はない。俺は自分が全県で唯一無二の新しい「赤色革命根拠地」を作り出し、程崗が新しい革命の実験田となることを願った。一冬で、俺の努力は積み重なり、程崗の革命は寒い中、赤い奔流がぐんぐん流れ、炎は激しく燃えさかり、火花が飛び散っていた。大通りも横町も壁には革命の標語とスローガンが満ちあふれ、村の中も外も、楡、エンジュ、シナサイカチ、桐、センダン、チャンチンなどの木には革命のリンゴや梨がぶら下がり（枝一杯に吊してあるのは薄いビニールに、梨やリンゴや柿や桃やアンズが描いてあって、その果実の上や果実の横には語録の一節や毛主席の言葉が書いてあるのだ）。天空には赤色が舞い飛び、通りはどこも赤い香りで満ちあふれ、地面には赤い花が咲き乱れ、家には赤い机に赤いベッドに赤い箱だった。赤い山脈に赤い田畑、赤い思想に赤い心、赤い口には赤い言葉だ。「私心と戦い修正主義を批判せよ――食事は？」ときけば「節約して革命せよ――食べたよ」とこたえる。「私心を捨て公益を立てる――何を食べたんじゃ？」「破壊なきところに建設なし――いつもとおんなじ、サツマイモのスープじゃ」隣にものを借りに行って門を開けて誰かいたら、「人民に奉仕せよ――おばさん、ちょいとおたくの籠を貸しておくれよ」。「我々はベチューンの精神を発揮しなくてはならない――どうぞ持って行っておくれ、買ったばっかりじゃけ、大切にしてや」「多く、速く、立派に、無駄なく社会主義を建設しよう――わかったわ、ありがとう、おばさん」という具合だ。

あの日々、もし程崗大隊へ行く機会があったら、何が新しい「赤色革命根拠地」か、どんな人材が「ものごとを観察し善悪を見分ける能力があって闘志にあふれている」のかはっきりわかったはずだ。俺が村の革命委員会主任になったことを宣布したその日、四十五歳の角刈りの王鎮長は大衆大会が解散してから、会場の片隅に俺を呼んで見ながらきいた。「二十四歳だって？」「二十五です、復員して一年です」「愛軍、君の自覚はほんとに高く、革命の器だ、じゃが俺の話を二つほどきいてくれ。ひとつ、革命は二程寺を破壊してはいけない、北京で故宮は壁の草一本触ってはいけないことになっている。もし二程寺を破壊したら、程姓の人々の心を破壊することになり民心を失う、道義に背けば助けは少ない、じゃ。二つ目は革命に力を入れ生産を高めることを忘れてはならない、農民は食を以て天と為す、じゃろ?」「安心して下さい、王鎮長、およそ革命文化遺産は、力を尽くして保護すべきです。革命に力を入れてこそ、生産を高めることができるということはわかっています。革命が前提で、生産は結果です。革命は条件で、生産は目的です」俺がそう話すのを王鎮長は怪訝そうに見ていたが、俺の肩を叩くと言った。「じゃ、しっかり革命してくれ、組織は君を信じる」

(俺は、彼が話の中でまさに社会主義を転覆させようとする巨大な陰謀を無意識のうちに暴露していたことを意識していなかったが、しかし後に俺の智恵が彼を告発したのだ)。

王振海こと王鎮長が別に本当に俺を信じているのではない(彼は鎮長、程天民側の人間だ)とわかっていたが、俺の革命的言動が王鎮長を征服し、俺にどうすることもできなかったのだ。俺は程崗に「三統一」と「一対二」活動を創造し、俺と紅梅は「程崗が毛主席の著作を学ぶ経験材料 その一」を書き上げ、県委員会、県政府、『九都日報』と『河南日報』に送ったが、意外なことに県では何の反応もなかったが、『九都日報』と『河南日報』には春になって花が咲いた時に同日掲載され、さらに編集者の言葉として「程崗の経験は全地区全省農村のプロレタリアート文化大革命学習の模範である」とあり、それによって程崗はついに全県の革命の試験田となったのだ。

同年三月、程崗大隊は県政府から「赤色灯塔大隊」(延安の宝塔をイメージした)と命名され、俺自身は県委員会から「農民革命の急先鋒」の栄誉ある称号を与えられた。両面赤いシルクに黄色い文字の錦の御旗が、大隊部の会議室に突如掛けられた。これは革命が初めて成功したことの偉大なる証だ。

2　麦わらの山の下で

解決しようのない一組の矛盾は俺の精神的革命と俺の紅梅の肉体への思念だった。紅梅は毎日俺の目の前に現れ、女性の情熱のほとばしりと、その天然で、でしゃばるのが好きな個性で、大隊の支部副書記になってからは、顔に見え隠れしていた憂いを跡形もなく消し去っていた。彼女はますます美しく感動的に変わっていき、その凛々しく颯爽《さっそう》とした様子は艶やかな赤い房の付いた槍のようで、女性の美しさを失うことなく、革命者としての有能さと切れの良さを失っていなかった。ほとんどの場合、俺たちはいつも以心伝心、暗黙の了解だった。会議の前にはいつも、彼女と俺は先に会場に来て、ごはんを一膳食べるほどの時間、大隊の会議室の中で声を殺して抱き合いまさぐり合いキスし触れあい、足音が聞こえたら、俺は粗末な主席台（柳の木の机と椅子）に戻り、襟を正して端座し、彼女は置いてある十数脚のがっしりした長椅子へと向かった。本来、会議が終わり、人々が帰ったら身もとろけるようなあのことができるはずだったが、大隊長の程慶林と民兵長の任賢柱がいつも頑固に最後まで俺につきまとい、水魚の交わりのごとくずっと俺を家まで送るのだった（階級の情は、魚と水の愛である）。彼らはさらにいつも紅梅にも充分気を遣って言った。「先に帰るんじゃ、母親じゃけ、桃が家で待っとるじゃろ」紅梅もどうしようもなく俺をちょっと見、俺は言う。「それじゃ、気をつけて」彼女は帰るしかなかった。志と道を同じくする革命者は振り払うことのできない影のようなものなのに、俺と紅梅の愛情はたちどころに隔絶させられた。あるとき会議が終わったあと俺ははっきりと言った。「みんな帰ってくれ、紅梅は残って、二人で相談することがある」しかしみんなが帰り、俺と紅梅が服のボタンをはずし、紅梅を抱き上げて三つの椅子を並べて作ったベッドに横たえようとしたとき大隊の庭で足音がして、二人の全身に冷汗がドッと出てきた。

俺は会議室から出た。「誰だ？」

「私です。支部書記、私です」小民という基幹民兵が会議室の窓の前を行ったり来たりしながら言った。

「何をしている？」

「隊長からここを見回るように言われました。情勢は複雑で、先月は東小頭の大隊幹部が家に帰る途中ナイフで刺されました。それであなたと夏支部副書記の話が終わったら家まで送るようにと」

民兵長、良き戦友、良き兄弟よ、おまえの股間を蹴り上げ、おまえたちの顔を数発なぐりたくてたまらないよ。会議室に戻ると、紅梅はまだ灯りの下で、ボタンを留め髪を整えていて、顔の冷汗は顔を洗ったばかりのようだった。その夜、俺たちは民兵の足音の中、会議室のドアと窓の間の壁の下で、立ったまま息を殺してことを終えた。終わっても浮き立つような、楽しい感覚はなく、泥水の中でしかたなく体を洗ったかのようで、洗ったのによけいに穢くなり、どこかの泉の水でもう一度思いっきり洗いたかった。俺たちは顔を見合わせて二つの椅子に座って手に手を取り、門の外の基幹民兵の規則正しい足音を聞きながら、彼女は言った。

「こんなことじゃ、いつか見つかって大事になって、あたしたち二人の革命の前途も葬り去られるわ」

「それじゃどうするって言うんだ?」

「我慢して付き合わないことにしましょう」

「それはだめだ。絶対だめだ、俺を程天青みたいにキチガイにするつもりかい?」俺は言った。「明日自転車で君を十八里先のあの墓に連れて行くよ」

翌日、俺は大隊でたった一台しかない自転車に乗って、三十分早目に村の外で彼女を待っていた。しかし二人でその墓まで行ってみると、また新しい棺桶が運び込まれたらしく、墓の入口は煉瓦と石で塞がれていた。そのあと、俺たちは辺鄙な畑を見つけた。そのさらに後、俺たちは偉大な革命者であり、また卑劣な密通者だった。覚悟を持った者であり、また迷って悟りきれない沈淪者《ちんりんしゃ》でもあった。細かく計算すると、桂枝の死、程天青の発狂を革命成功の標識とすると、それ以降の日々、程崗付近の川の砂州、林、田畑、会議へ向かう路上、生産点検の谷、どこにもみな俺たちの喜びと哀しみがあり、俺たちの高尚と下劣があり、興奮と羞恥があった。俺たちの革命の輝きは日の光のように程崗大隊の田畑をあまねく照らし、俺の賤しい精液も程崗鎮のそこかしこに流れた。ついにあの日、県の組織の末端三級の幹部が我々の大隊で第一回「三統一」と「一対一」の革命現場会を開き、県委員会の組織部長が俺のところに来て、鎮党委員会委員を兼任してもらうことになったと話してくれた時、この上ない喜びと感激の気持ちをもって、我々の程崗を見学してくれたすべての指導者、幹部を村の入口の五台のトラックの所まで送り、また王鎮長一行を送ってから、その新しい成功は俺を我慢できなくさせ、高温のマグマは噴火、噴出せざるを得なくなった。俺はもはや革命の情熱で燃え上がった肉体の炎を抑えつけることができなくなっていた。

　俺は紅梅を村の入口の第九隊の麦打ち場に呼び出した。そこは村から半里のところで、三方は緑と黄色の小麦畑で、一方は耙耬山脈の斜面だった。その斜面はちょうど麦打ち場と村を隔てていた。俺たちはまず各生産隊の麦畑の「三忠于」の札を調査し、作物の育ち具合や日当たり、灌漑《かんがい》の様子を見に行く振りをして、そのあと麦打ち場の端までやってきた。畑には誰もおらず、どこかの羊が一匹遠くで麦を食《は》んでいて、メエメエ鳴く声が細く柔らかく伝わってきた。その麦打ち場の端まで来たとき、俺は足を止め、見学に来た幹部を迎えるために特別に軍用のブラウスを着た紅梅を燃えるような熱い目で見つめ、彼女の服を視線で一枚残らず剥ぎ取った。

　彼女はあたりを見回して言った。「愛軍、危険だわ、だめよ。明日は見学者の第二陣が村にやってくるんだから、誰かに見られたらこれまでの努力がすべて水の泡、何もかもおじゃんになっちゃうわ」

「紅梅、俺は鎮党委員会委員になることになったんだ、県委員会組織部の李部長が直々に俺に伝えてくれたんだ、現場会が終わったら宣布して正式に書類を出すって」

　その時彼女は少し怪訝そうで信じられない感じだったが、俺の真っ赤に上気した顔と熱く狂気じみた真面目な様子に、何も言わず、麦打ち場の外へ下がって遠くを見渡すと、戻ってくるなり俺を二つの麦わらの山の間に引っ張って行き、自分で麦わらの山からわらを引き抜いて地面に敷き詰めて布団にして、テキパキと服を全部脱いだ。

　彼女が引き抜いた一面の真っ白な麦わらは暖かい草の香りと畑の土の匂いが混じっていて、冬の間雪や雨に濡れて腐った匂いが、麦わらが抜かれた口から吹き出し、まるで彼女が閉ざされた一冬の寂しい部屋の窓を押し開いたかのようで、腐った暖かい香りが麦わらから次々と飛び出してぶつかり、二つの麦わらの山の間に一杯になった。その熱く白い空気の中、俺たちは一つの布団にくるまっているようで、春先の肌寒さもなかった。俺はもうしばらくそんなにじっくり彼女の裸を見ていなかった。毎回二人は賊のように人目を盗んで愛撫し、いつもそそくさあたふたで、いつもビクビク恐れていた。この日は、俺が鎮党委員会委員になる前日の夕べで、革命がまた勝利する喜びが俺たちの脳みそを撃破し、俺たちの警戒心を打ち消し、俺たちの恐れと恐怖と入れ替わったのだ。そこは村からたった半里で、程廟からはたった二百メートルしかなく、数歩歩いて低い山の斜面を曲がり、ちょっと進んで用水の石橋を越えればもう村で、程廟に着いてしまうのだ。しかし、俺たちは一切を顧みなかった。彼女はなりふり構わず、服をすべて麦わらの山の下に脱ぎ捨て、その二つの麦わらの山の間に立っていて、それはあの裸になって墓の中に立ったときのようで、裸の体は白く柔らかい光と香りを振りまき、両足とあの十粒の赤い足の爪は地面の麦わらの中に埋まっていて、視線は柔らかく俺の体にまとわりついていた。

「昇進おめでとう、愛軍」彼女は言った。「努力が報われたのよ」

俺はボタンをはずしながら言った。「俺はいつか正式に生産現場から離れた国家幹部になり、君は続いて支部書記になる。俺がもし鎮長になったら、君は副鎮長だ」

「まだボタンははずさないで、あたしどこか変わってない？　見て」

俺は手をボタンの上で止めたまま、もう一度しっかり彼女をまじまじと眺め、彼女の胸元に赤い美しいハート形の、ボタンくらいの大きさの赤い線が付いているのを見つけ、それはちょうど彼女の胸の谷間の上に掛かっていて、冬の朝耙耬山脈の向こうから登ってくる赤い太陽を連想させた。「記念バッジをここにつけて邪魔にならないか？」「これはあなたとあたしの革命事業のお守りよ」彼女はまた言った。「他に何かわかる？」視線を彼女の体の上から下へと移動させると、彼女のおなかが明らかに大きくなっていて、もともとベルトの下にあった妊娠線が薄くなっていた。俺は少し驚いた。

「子供ができた？」

彼女は首を振り、顔には彩雲のような笑みが浮かんだ。

「太ったんだ」

「太ったのが好き？　痩せたのが好き？」

「どっちも好きだよ」

「都会の人みたいにほっそりしたのが好きだったら食べる量を少し減らすわ」

「少し太ってるのもいいよ」そう言いながら人差し指

を彼女のおなかの上に持っていってそっと撫でると、彼女のなめらかなおなかが俺の指先でピクンと跳ね、震えるのを感じた。そうやって撫でていると、彼女の顔色は蒼白になっていき、目は熱く燃え上がり始めた。俺はいつもその前に、こんな風に彼女が裸を鑑賞してほしがり、しばらく愛撫して、彼女が好きな話をするのを求めた。「紅梅、ますますそそられるよ、体中どこもかしこも玉みたいだ」彼女が笑いながら柔らかく俺の方に倒れ込んでくると、俺はシャツを脱いで上半身裸になり麦わらの上に倒れ込んだ。「あたしもしばらくごぶさたなの」彼女は麦わらの山の間の空を見ながら喘ぎながら話した。「言っても信じないかも知れないけど、慶東は病気で役立たずなの、あたしはあの墓穴の中で狂ってから、あの人には指一本触れさせてないの、あの人が漢方薬をたくさん飲もうが、あたしにぬかずこうが、触れさせてないの」

俺はちょっと驚いて、あの日、程慶東が窓のそばで薬を煎じていた様子を思い出していた。

「何驚いているの、寒くない？」

「慶東は本当にあの病気なのか？」

「毎日漢方薬を飲んでるわ」

「それはいい、桂枝が死んで、そのうえ彼はまた病気なんだ」そう言いながら俺は服を全部脱ぎ始めた。このとき彼女に感謝の言葉を伝えるべきだとはわかっていた、俺のために慶東に自分の体に触れさせなかったその感激的な話に。しかし俺は彼女がその話をしているとき、言葉のひとつひとつがスズメのようで、彼女の黄ばんだ白色の顔にうずくまっていて、俺が彼女に反応するのを待っていて、そのスズメたちを飛び立たせ、俺たちの渇きを満足させやすいようにしているのがわかった。俺は服を全部脱ぎ終わり、もうよけいなことは言いたくなく、火山のマグマはすでに岩を溶かし、地殻の表面に達していた。何も言えなかったし、もう間に合わなかった。焦りで話す時間がなくなった。俺の灼熱の視線は彼女のおなかの下の私有地のところで燃え上がっていて、その金赤黒黄の私有地は俺の視線を残らず吸い込んでしまった。俺はまずひざまずいて、一本の足を彼女の足の間に、もう一本を彼女の足の外に置いた。膝が麦わらに触れると、パリパリ燃える音がし、麦わらより白い桃に触れたとき、彼女は全身を震わせ、彼女の顔のスズメたちは驚いてパタパタと飛び去り、蒼白で黄ばんだ顔色はたちまちのうちに熱く沸騰した赤い興奮の色に変わった。

「愛軍……支部書記様……鎮長様、あたし死にそう、死んじゃう……」

　彼女の話は荒れ狂う俺の血液を血管から吹き出させるほどに狂わせ、堤防を越え、肉体を飛び越えた。俺は指が足が手の血液が、マグマになって吹き出すのを感じた。俺は慌てて急いで、荒々しく彼女の両足を開くと、彼女の足の外についていた膝を彼女の両足の間に入れた。言うまでもない、また俺を酔わせる、心を粉々にする時が来たのだ。言うまでもなく彼女の真っ赤で弾力のある叫び声は天空に架かる虹のように宙に漂い、大地と山脈を照らし、俺たちの革命の熱狂的な意志と精神を鼓舞したその時（ああ、天よ、地よ！）、俺たちの後ろで足音がして、その足音は近づいてくるとトンという音とともに立ち止まって、動かなくなったのだ。

（〈乱れ雲飛び、松風吼え、群れ起こりほとばしり／銃声急にして、戦況緊迫／肩にのしかかる重圧何千斤／風雨岩のごとく天を覆い、地暗し／取り囲む烈火、我が心を焼く[*1]……〉）

　俺は頭をすぐに後ろに向けた。


程天青が突然そこに立っていた。

　すでに春だというのに、まだ黒い制服のあわせを着ていて（俺が小さい頃、いつも彼はこのあわせを着ていて、上のポケットにはペンが挿してあって、クリップがポケットの外側でキラキラ光っていた）、下のポケットには草を挿していた。顔はひどく穢いわけではなかったが、黒目より白目が多い目で俺と紅梅を見ていて、顔の青色は木の葉のように厚かった。最悪の事態になったとわかった、革命の途中に敵の待ち伏せに遭遇したようなものだ。紅梅は俺が振りかえると同時に座った。そしてまた座ると同時に、自分の服を手につかんでいた。

　その時はちょうど、十里の山並みのようにのんびりと長い時刻で、程天青は俺を見つめ、俺も彼を見ていた。俺の頭は真っ白で、何の文字も絵もなかった。俺はこの状況にどう対応していいかわからなかったし、これから天地を崩壊させ、乾坤を一変させるどんなことが発生するのかわからなかった。寒気が俺の足下からわいてきて、あっという間に手の指や頭のてっぺんまで伝わったが、熱い汗が明らかに鼻の頭に引っかか

＊1　革命現代京劇『杜《と》鵑山《けんざん》』。

っていた。俺はもうだめだと思い、体中の骨がグニャグニャになったが、程天青がその時ザッと俺と紅梅の前にひざまずくと、ニンニクを突き砕くように地面に頭をぶつけながら言った。

「許してくれ……わしを許してくれ、娘は死んだが、どうかわしを銃殺にせんでくれ……わしの罪は認める、認めてもだめか？　わしは古い党員で、新中国成立前にはもう革命に参加しておったことに免じて、わしを許してやってくれ……」

（彼は本当に党と昔の革命家たちの面汚しだ。）

俺はほっとして、ゆっくり服を着始め、紅梅に一言「だいじょうぶだ」というと、服を着て、ボタンをきちんと留めて、落ち着いて麦わらの山から出て、相変わらずそこで頭を地面に打ち付けている程天青の前まで行くと、頭上からのしかかる泰山のように立った。

「おまえには何が見えたんだ？」

「わしは罪を認める、毛主席に申し訳ないし、党中央にも申し訳ない、毛主席の本の頁で孫の尻を拭いたのは故意じゃないんじゃ……」

俺は声を高くした。「桂枝の父親、おまえは何を見たかときいてるんだ」

彼は相変わらず頭を上げず、依然ニンニクをつぶすように頭を地面に打ち付けながら言った。「許してくれ、わしが新中国成立前に八路軍に手紙を届けたことに免じて……わしの罪は万死に値する、万死に値する……」

そう言いながら頭を打ち付けるのをやめると、今度はそこで自分の顔めがけびんたし始めた。

「今回はおまえを許す、桂枝がいかに反革命で、おまえがいかに反革命であろうと、一日の夫婦で百日の恩だ、とにもかくにもおまえは紅生と紅花の祖父なのだから、家に帰るんだ」

彼は自分を叩くのをやめて、おそるおそる顔を上げて俺を見た。

「行け、あの麦畑にいる羊を追い出してくれ」

彼はぼうっとしたまま俺に一回頭を下げ、震えながら体を起こすと、遠くの麦畑の羊の方に向かって歩いて行った。

彼が行ってしまってから、振りかえって見ると、ずっと俺の後ろに立っていた紅梅の黄色い顔には恐怖がカーテンのように掛かっていた。

「彼が話したらあなたとあたしの一生は終わりだわ」

俺はしばらく考えて、畦《あぜ》に沿って遠くへ行った程天青の背中に向かって叫んだ。「程天青、おまえが何も見ていなければ、おまえはこの世で生きられる、何か見ていて、もしそれを人に言ったら、おまえは徹底的な反革命となり、革命がおまえをこの世に生かすはずがないぞ」

俺の声が聞こえるはずはないと思ったが、聞こえたらしく、彼は歩を緩めると、振りかえって俺と紅梅を遠く眺め、そこでひざまずき、深々と一回頭を下げ、また体を起こして行ってしまった。

初春の日の光には、冬の終わりの冷たさが微かに残っていて、向こうの山の斜面、用水の方から吹いてくる風が、俺たちの体を冷たくかすめていった。程天青は行ってしまったが、なおも残っている恐怖のせいで、俺たち二人にはその気がまったくなくなっていた。俺たちは麦打ち場の石のローラーに座って、畑を眺め、程天青に追われる羊を眺め、畑ごとに東を向いているスローガンや語録の書かれた板を眺め、俺は紅梅の手をギュッと握りしめていた。

「愛軍、何か方法を考えないといけないわ、あなたとあたしの前途に影響せず、あなたとあたしの革命家としての形象にも影響せず、一緒になりたいときに一緒になれ、夫婦がしたいときにはいつでも服を脱いでできるのと同じようにしなくちゃいけないわ」

俺は紅梅の話には何も続けなかった。視線を遠くの畑から戻して、俺と紅梅がさっき潜り込んでいたあの麦わらの山の間を無意識にチラッと見たが、そのチラッが俺に、驚くべき偉大で雄大な計画を思いつかせたのだ。

雲切れ、日の光雲間から射し、千年ソテツに花が咲く。俺は頭の中でまず「ドン」という音が響き、続いてゴオーッという轟音が鳴り響き、一瞬のうちに、その巨大で不可思議な計画が俺の頭の中で輪郭を見せて形になり、作業の日程までもが決まったのだ。

3　桐の木の上での思考

俺は俺の家から紅梅の家に通じる地下道を掘って、俺たち二人が家を出なくても、いつでも夫婦のように会ってことに及ぶことができるようにすることに決めた。

この計画が雲間から日の光が射すように現れたとき

は、嬉しくて飛び上がりたい気持ちだったが、すぐには紅梅に話さなかった。おそらくこれは俺たちの愛情の中で、最も美しい一頁になるはずだったので、万が一に備え軽々しく口にはできなかったのだ。この計画が頭の中で形になってからというもの、思い出すたびに、俺は体の中が焼けるようで、全身に熱い血がたぎった。俺はすぐにはこの計画を行動に起こさず、まず我々大隊が招集した県の現場会を円満に終わらせるため、三部の資料をまとめた。ひとつは「『三統一』は群衆の思想を赤く染めた」で、ひとつは「『一対二』は一本の赤い線、『一対赤』で一面赤」で、最後のひとつは「程寺は結局封建主義の残した毒なのかそれとも文化的遺産なのかに関する考察」だった——というのは、見学に来た者はみな、二程寺の建築の柱や梁の彫刻に、龍や鳳凰が描かれていることに対して、美しいとは感じるものの不適当であるとも感じており、とりわけ寺の建物のおびただしい瓦がそうだったのだ。その青い瓦には明清時代の龍や獣の頭が付いていて、これは明らかに革命が求めている、古いものを壊して新しいものを打ち立て純粋な環境にするという要求とはほど遠いものだからだ。俺は二程牌坊と二程寺を破壊し、革命の暴風で程崗鎮を掃討したいと考えていた。しかし本当にこれらに対して暴風の洗礼を実行したら、六〇年代初めの省の発布した省レベルの文物保護規定に反するだけでなく、もっと重要なのは、二程寺を破壊することは、程崗大隊の四分の三を占める程姓の人々の頭を破壊することと同じであるということだ（この点については王鎮長のクソッタレが言ったことは正しくて、程崗で二程寺のために群衆の基礎を失うわけにはいかないのだ——人民、人民だけが、歴史を創造する原動力なのだ。大衆は社会発展の真の英雄であり、大衆の支持を失えば、革命の最低限の条件を失ってしまうのだ。「二程牌坊」の戦いは一つの教訓だ。）俺は二程牌坊と二程寺を破壊する前に、上のお墨付きの文書か、口頭の通知を手に入れ、この一切を、旧世界の支持と保護を打ち砕くことを達成したいと思った。俺は「程寺は結局封建主義の残した毒なのかそれとも文化的遺産なのかに関する考察」の中に二程牌坊と二程寺の九つの罪状を列挙した。

（1）二程牌坊と二程寺の存在は、程頤、程顥の「理学」の黒色の旗印を赤色革命の中に公然と翻すことであり、革命情勢に公然と対峙するものである。
（2）二者の存在は、多くの参拝者を惹きつけ、百里四方の人民大衆の思想に害毒を及ぼしている。
（3）迷信活動が増える（春節の前後には隠れて焼香したり、供え物をする者があとを絶たない）。
（4）牌坊と程寺の瓦一枚一枚が封建主義の残した毒の悪臭をまき散らしている。
……
（9）牌坊と廟を破壊するのは、「理学」の司令部と指揮の中心を破壊することであり、必ずや毛沢東思想の偉大なる御旗を耙耬山脈に高々と掲げ、万代にわたって翻させるはずである。

この三部の資料をそれぞれ数部コピーして県委員会に届けさせ、地区の日報と省の新聞社に送ったあと、畑への追肥をし、灌漑の整った一部の水田に水を入れ、革命と生産が一段落ついたところで、俺の偉大で奇想天外な計画を実行した。

俺はある日母親が紅花を連れて出かけ、紅生が学校に行った時を狙って、家の庭にある桐の木の上に登り、工兵だったときに学んだ掘削の基本知識で、桐の木の葉っぱの間から、石大狗の家の後ろにある楡の木を第一の測桿とし、程翠粉の家のチャンチンの木を第二の測桿とし、程天青の家の門の古いエンジュの木を第五の測桿として、程後街の我が家から程前街の紅梅の家までは直線距離で約五百五十メートルと目測した。その間には程寺の庭の一角を通り、第二生産隊の副隊長の石二狗と十七戸の程姓の家と程後街と程中街を通る。地下トンネルは幅五十センチ、高さ一メートルで計算すると、実土（鋤き返されていない硬い土）だったら約二百七十五立方メートル、虚土（まだ押し固められていない自然の土）だったら少なくとも一・五倍だから四百十五立方メートルというところだ。五百五十メートルのトンネルの中間——程中街の通りの下に小さな寝室を掘るとすると、だいたい三メートル四方で、高さ二メートル、その俺たちにとって洞房と同等の地下の部屋は実土だったら十八立方メートル、虚土だったら二十七立方メートル。そうすると、たとえトンネルがまっすぐで、少しの誤差もなかったとしても、実土だったら総量は三百立方メートル、虚土だったら四百五十立方メートルだ。もし俺が昼間は革命に力を入れ、夜に生産（穴掘り）をするとして、毎晩掘り出せる実土の量を〇・七立方メートルで計算すると、この愛の地下道を作り上げるのに四百二十日必要だということになる。四百二十日というと一年半に近い。それじゃ、この一年半会議に行かなければならないときは？　夜に程崗で残業があったら（夏の取り入れの繁忙期や党・団員を組織しての政治学習など）？もし病気になって熱が出たら？　計算が間違っていて、トンネルがずれてしまったら？

すなわち、一番速いスピードで、毎晩休まず穴を掘っても、二年近くかかるということだ（この二年の間に、もうひとつ達成しなければならない目的がある、鎮長になることだ）。二年という時間はとても長いように思え、太陽の光のない長い暗い夜のようだが、愛情によって膨らまされた革命者にとっては何ほどのものでもない。抗日戦争は八年戦ったのでは？　解放戦争は四年戦ったのでは？　俺自身、四年軍隊にいて、そのうち工兵として一年八か月、山の穴を掘ったのでは？　戦いに勝つ強い意志さえあれば、克服できない困難はない。これは誰の言葉だ？　俺が部隊で書いた大言壮語だったか、あるいは新聞かなんかで読んだ美文、名文句だったか？

人、人として、革命思想で武装した人は、最も勇敢で、最も知恵があり、最も無私で、克服できない困難はなく、征服できない山はなく、創造できない奇跡はない。最も困難な時に我々は赴き、一番の瀬戸際に我々は赴き、最も危険な場所に我々は赴き、最も苦しい任務は俺が背負う。血と汗がなければ、栄誉はない。犠牲がなければ、幸福はない。大きな志がなければ遠大な前途もない、足が地に着いていなければ成功の望みはない。革命は風雨の中で始まり、収穫は勤勉から始まり、快楽は血と汗の積み重ねから、幸福は挫折の中から得られる。頭を上げ、前に向かって進め。雨風をものともせず、谷を越え、困難・危険を積み重ね、決して頭を下げず。前進せよ、未来が呼んでいる！　力を尽くせ、軍隊ラッパが鳴り響く！　戦え、夜明けの光が千秋を照らす！

では、その約四百五十立方メートルの実土を掘り出したあとどこへやる？

桐の木の上で体の向きを変えると、自分の家の裏に、耙耬山脈の程崗の峰の麓を一年中流れている水路が見えた。あそこにどれだけの土を捨てられるだろう？　どれだけの土が流れて行かなくなるだろう？

数日後、俺は家の裏の壁に穴をあけ、扉を取り付け、扉の内側には豚を入れる囲いを作り、子豚を二頭買った。こうしてこの囲いに隠された扉と村の裏の用水と小道が繋がった。

土を掘る作業の開始は四月下旬のある夜中、その夜は下弦の月が夜零時になってやっと昇ってきた。言うまでもなく、世界中の社員大衆はみな寝静まっており、月の光は村の内外を乳色に照らしていた。俺は地下道の入口を家の裏の使っていないサツマイモ貯蔵用の横穴に決め、あらかじめ準備した短いシャベル、鍬、新しい竹籠、カンテラ、地下道の入口に引っ張った縄と鉄の鉤《かぎ》を全部まとめてサツマイモの貯蔵穴に掛け、それから自分が工兵でトンネルを掘っていたときに着ていたゆったりした白いシャツと緑のズボンを身につけると、横穴に沿って降りていき、カンテラを土壁に掛け、両手のひらにペッと唾を吐きかけ擦り合わせ、地面に膝をついてツルハシをつかみ、力一杯振り上げると、最初の茶碗ほどの黄土の固まりがツルハシから落ちてきた。新しい土の湿った香りがすぐに赤く艶やかに、穴に残っていた古いサツマイモの匂いと穴の中に落ちた木の葉っぱのカビ臭い匂いを覆った。革命のため、俺はずいぶん長い間自分で力仕事をしておらず、程崗大隊の最高指導者になってからは、家の中で井戸に水を汲みに行くことも、畑で穀物や野菜を分配したものを運ぶのも誰かがやってくれたし、とりわけ半月前に鎮党委員会委員兼任について上からの返事が来てからは、庭の掃除や壁になにか物を掛けるような細々としたことも、遊びに来たり話しに来たりした村人がついでにやってくれていた。俺に代わって家事をやることが村人たちにとっては誇らしいようで、俺が部隊にいたとき、中隊長や大隊長のお茶くみをしたり、洗濯をしたりする雑役係がいつも誇らしそうな笑みを浮かべていたのと同じで、俺の家で仕事をする村人たちは、顔に同じような親しみのある、優しい、得意そうな笑いを浮かべているのだ。俺にはわかっていた、俺が一言言えば、大勢の社員が俺を手伝いに来てこの地下道を紅梅の家まで通じさせてくれるのだ。しかしそれはできない、絶対できなかった。革命が許さないだけでなく、そのような行為は自分を革命と対立する側にして断頭台に送ること、俺を革命の宿敵の側に押しやることと一緒だからだ。もちろん誰にも手伝ってもらうわけにはいかない。この秘密を誰にも知られるわけにはいかない。これは俺と紅梅の魂の中で永遠に他人には開かれることのない暗いトンネルと部屋で、俺たちの神聖で、偉大な愛情の結晶であり証明なのだ。俺は二つの籠を土で一杯にすると、穴から出て、麻縄で二つの籠を月光の下に引っ張りだし、それから担いで豚の囲いから裏へ出て、小道に沿って丘の下の水路に向かって行った。月はすでに丘から村の端へと移っていて、月光は二程寺後節院の啓賢堂大殿の梁と軒のところで優しく伸びやかに、ゆっくり揺れながら這い回っているようだった。村の通りはたまに青白い犬の鳴き声が一つ二つ、透明な薄い氷が夜空を滑るように聞こえて来て、そして初夏の月夜はますます深く、得も言われぬほど、妖しく美しくなった。水路に流れてくる水音が、小雨のように月光の下、麦畑そして俺の足下の露に濡れた草の上に降り注いだ。カエルや蟋蟀《こおろぎ》の楽しそうな鳴き声は、俺の足音でちょっとやむが、また何の心配もなさそうに鳴き始め、俺の足音も肩に担いだ籠のギイギイいう音もその中に埋もれてしまった。世界は比べようもないほど静まりかえった。耙耬山脈がその静けさの中で呼吸する音は、小麦の根っこが畑の水分と養分を吸収するようだった。

最初の土を用水まで担いできて、汗をぬぐうと、その二つの籠の土を水路にひっくり返した。体を起こせば鎮政府の建物が見え、その新中国成立後に建てられた赤い瓦葺きの建物は程崗の北側にあって、月の光に照らされ黒っぽい紫色になっていて、瓦の上に血が薄く層になって固まっているみたいだった。

二年以内に、俺はこの五百五十メートルの革命の愛のトンネルを開通させ、程崗鎮での俺の政治人生の行く手に立ちはだかる大小様々な障害物を一掃し、二十七歳の誕生日前には鎮長になり、程崗鎮一のやり手になるのだと決心した。その夜、俺は〇・八メートルの深さまで掘り、水路に十九回土を捨て、鎮政府の瓦葺きの建物を十九回見て、自分に自分の決意、決心を十九回言って聞かせ、ついに鶏が三遍鳴き、東方が乳白色になってきたとき、鎮政府に向かってションベンをすると、家に寝に帰った。

第七章　新しい戦い

1　程寺の変

　この年の小満（二十四節気のひとつ。陽暦五月二十一日ごろ）の三日前、厳しい試練が俺の頭上に降ってきた。昨日は程顥《ていこう》・程頤《ていい》の父親程珦《ていきょう》の誕生日で、日中の村はいつも通りで、夜になっても穏やかで、俺はいつも通り水路に二十回土を運んだが、夜が明けるや、紅梅と程慶林が雷のように俺を寝床から呼び覚ました。

「たいへんじゃ、えらいことじゃ！　昨日、程寺の門前で祖先に紙銭を焼いたり、線香上げたもんがおるんじゃ」程慶林は俺の枕元に飛び込んでくると叫びまくった。

「これは公然と封建時代の迷信を信じる行為、プロレタリアートに対抗するものよ」紅梅は俺に、さっき脱いだばかりでまた着なくてはならなくなったシャツを手渡しながら言った。「この不健全な風潮に歯止めをかけなきゃ、あたしたち革命委員会の絶対的権威なんて確立できやしないわ！」

　俺には事の重大性がわかった。このまま放置しておくと、俺を中心とした新しい指導グループが軟弱で力のないことの証明になるだけでなく、いつか「新赤色革命根拠地」が「迷信部落」の有力な証拠になってしまう。本当にそうなら、影響を受けるのは程崗革命委員会だけでなく、ことさら重大なのは、この高愛軍の政治生命と前途に影響を及ぼすということだ。何も言わず、俺はすぐに服を着ると、紅梅、慶林と大急ぎで程寺の前まで行った。果たして程寺の正門には三十数個の紙銭や線香を燃やした跡があった。程天民は何かの会議で県城に行っていたので程寺の正門はしっかり鍵が掛かっていて、この線香を上げた連中は程寺の中に入れず、門の前で焼香したのだ。その灰と夜露に濡れた線香の燃え残りを見ながら、俺は昨夜どうしてこれに気がつかなかったのか、この焼香した連中は俺に気づいたんじゃないかと思った。

俺は必ずやこの焼香した者どもを探し出さねばならない。

民兵長の任賢柱に民兵を何人か呼んでこさせて現場を確保させ、俺と紅梅は鎮政府に行って、起きて顔を洗ったばかりの王鎮長に会い、派出所の同志を派遣して事件解明を助けてもらうよう頼んだが、思いもよらないことに、王鎮長は俺たちの報告を聞いてもタオルを洗面器の中でゆっくり揉みながらこう言ったのだ。

「村の入口のあの十数畝の畑には水を撒いたのか?」

俺と紅梅はちょっと気まずくなった、それではまるで我々が革命せずに、暇を持て余していて、革命をちゃかし些細なことを大げさに言っているかのようだった。

「我々は今日、人馬を組織し水を撒きに行きます」俺は言った。「王鎮長、この時期にまだ焼香して祖先を祀る者がいるのは、水を入れ増産することより大問題です」

王鎮長は顔をこちらに向け俺と夏紅梅を見ながら、タオルを顔の前でちょっと止めて、言った。「高愛軍、おまえはわしが退役軍人だと知っとるな。わしは部隊にいたときは大隊長で、今は鎮長だ、夏紅梅は兵隊に行ったことがないからわからんだろうが、おまえは下のもんが上の者に対するときの口のきき方はわかっとるはずじゃが」

「王鎮長、革命に身分の上下はありません。下は上に服従し上を尊重しなくてはなりませんが、上は真理に服従し真理を尊重しなくてはなりません」

王鎮長は彼のタオルを洗面器の中で振り回した。洗面器の水が飛び散り俺と紅梅の体や足にかかった。

「真理はおまえたちが水を撒かなければ減産になるということ、減産になることで村人が腹を空かせ、腹を空かせたら誰も党とともに歩いてはくれず、誰も革命しようとしないということだ」彼はこう吼え叫び、顔には血がたまって黒紫に腫れ上がっていた。俺は彼に、腹が空いたら党とともに歩く者がいなくなり、誰も革命しないのではなく、腹が空いているからこそ党とともに歩み、党とともに革命するのだと言いたかった。これは革命の歴史によって実践されたものであり、ひっくり返せない経験と真理だ。しかし俺が口を開く前に、王鎮長は引き出しを開け、横罫の便箋にコピーされた数枚にわたる資料を取り出して俺に向かって投げた。俺と紅梅がその資料を開いて見てみると、それは俺たちが県や新聞社に送った『程寺は結局封建主義の残した毒なのかそれとも文化的遺産なのかに関する考察』だった。

俺と紅梅は呆然とした。

「持って行くんだ、おまえたちは程寺を破壊し、程崗大隊の人々の心を破壊しようとしたのだ、道理をはずれ助けを失ったおまえたちが、これからどうやって仕事し、幹部をやり、革命するか見ものだな」

俺と紅梅は鎮政府から出てきた。

俺たちは王鎮長を痛い目に遭わせようと決めた。

鎮政府の正門の外は煉瓦で舗装されていて、まわりには桐の木が植えられていた。煉瓦の隙間には雑草が生え虫がいた。その煉瓦の上に立って、俺と紅梅は黄色い顔を強ばらせていた。彼女は程寺と俺たちの前途の運命を握っている『程寺は結局封建主義の残した毒なのかそれとも文化的遺産なのかに関する考察』を持ったまま俺を見て言った。「どうして王鎮長の手に渡ったのかしら？」「これは党の内部に上から下まで黒い線のつながりが一本あるということを証明している、黒い線のつながりがなければ王鎮長の手には渡っていないはずだ」紅梅の顔の黄色は蒼白になって、残忍な敵が拳銃を持って俺たちの前に立っているかのようだった。「どうするの？」「俺たちは王鎮長に意のままに振り回されるわけにはいかない」俺たちはもちろん王鎮長に意のままに振り回されるわけにはいかない、中国がフルシチョフに振り回されるわけにはいかないのと同じだ、俺たちがどうしてちっぽけな書記、鎮長に好きなように振り回されなくてはならないんだ？　煉瓦敷きの外の桐の林を見ていると、林の隙間から見える東の山から太陽が血が吹き出すように出て来て、ザーッと東の山脈と世界半分を真っ赤に染め、世界と宇宙を照らすのが見えた。日の出の血管が炸裂するようなしゃがれたような叫び声が聞こえ、目の前の桐の木から宙にぶら下がっていたミノムシがポトンと落ちて、ミノムシは簑の中に引っ込んだ。この時、俺は革命の啓蒙と悟りを受け、一つの力が日の出の血の赤の中から俺に入ってきて、落ちたミノムシがそこで、革命すなわち生、革命すなわち勝利、革命せずばすなわち負け、革命せずばすなわち死という真理への扉を俺に開いてくれたのだ。紅梅の顔を見ると、彼女の目にはさっきの呆然と恐れと不安があった。

「クソッタレ、鎮長なんて屁でもない、大隊長だったからってクソ食らえだ」「彼とやりあうの?」「やりあわなくて俺たちに活路はあるか?」反問してしばらく黙り、紅梅をじろじろと見つめてから、俺はまた突然言った。「紅梅、おまえ最近俺がほしいか? あれ、したいか?」彼女はちょっと視線を他にそらせてから、また顔をこっちに向けてうなずいて言った。「愛軍、桂枝がいなくなったし、あなたさえあたしを思ってくれたら、いつでもあたしはあなたにあげるわ、安全だったらどこでもいいわ」

俺は紅梅の手を引いて、鎮政府の真っ赤に塗り上げられた正門の前、正門の両側の巨大な語録の看板の下、桐の木の丸い葉っぱの間から射し込む斑《まだら》な木漏れ日の中、なりふり構わず、大胆不敵に、豚か犬か、馬か牛のように彼女の手を俺のズボンの隙間から俺の股間に入れさせた。彼女の柔らかい指が俺の無恥な硬くなったものに触れたとき、俺たち二人は全身に戦慄が走り、感電したかのようにお互い後ずさり、同時に慌ててキョロキョロ頭を振ってまわりを見た。

程姓のお年寄りが一人水桶を提げて家から出てきて、程後街へ水を汲みに行った。

俺たちは首を戻してお互いを見つめた。

「愛軍、今日の夕方あたし十三里河であなたを待ってるわ」

俺は一糸まとわぬ裸体画を見ているかのように、彼女の半分蒼白になった顔を見ていた。

「したくないの?」

「したいよ、死ぬほどしたい。これから俺たち革命が成功するたび狂うほどやることにしよう。それで祝うんだ、その時は普段の十回、百回よりももっと気持ちいいはずだ」

(彼女は俺が彼女を見つめるように俺を見つめた。それは俺の口を見ているのか、鼻の先を見ているのかわからなかったが、彼女も俺の裸体画を見ているように見ているのか?)

「今日俺たちは大衆を率いて程寺に突入し、程寺の建物は壊さず、二程の著作を全部焼き払い、王鎮長が俺たちをどうするか見て、それからおまえと俺は砂州へ行って、狂うほどやってお祝いするんだ」

俺たちはあれに飢えそれに迫られた中で、程寺を攻撃する戦いを発動することに決めた。俺たちは牌坊の戦いの失敗を成功の母とし、程寺の戦いに必ずや勝利することを固く信じていた。というのはこの初夏のころには、すでに程崗の指導権を奪い、革命の中で多くの経験と教訓を積み重ねていたからだ。俺にはもう十二分にわかっていた、「階級闘争」で万事解決[*1]、もう充分すぎるほどわかっていた、革命は戦争と同じようなもの、革命はすなわち戦争なのだ。

戦争は戦争によってのみ消滅し、革命は革命によってのみ成功するならば、我々が革命戦争の経験と理論をもって今の革命を指導しないわけがあろうか？　戦争の形式をもって革命を進行しないことがあろうか？　我々はもちろん革命の形式をもって戦争を発動し、戦争の形式をもって革命を進行するのだ。我々はもちろん程寺に突入し、二程のすべての本を焼き、二程の肖像画や蔵経楼のすべての四書五経、黄ばんでボロボロになった紙、程家の家系図、寺の財産登記簿やあらゆる過去の程氏の文化的典籍や資料を焼くのだ。あの牛皮紙を糸で綴じた長細い本、布張りの箱に入ったカビ臭い経典、大きな紙に描かれた、長い髭を生やした祖先の肖像画、それらは儒学者、学者たちの神と見なされていたが、本を開いて頁をめくる人などほとんどいないのに、程崗大隊の程姓の人々（主に中年とお年寄りだが）はそれらを崇めているのでは？　誇りに思っているのでは？　それらを程寺の魂としているのでは？　革命の中で、程寺は王鎮長の空前の庇護を得ているが、王鎮長と程寺はどんな関係なのだ？　老鎮長と程天民とは二代にわたって程崗指導者という関係であるだけなのか？　彼らは何か人に言えない秘密があって、王鎮長に水撒きを封建迷信よりも重要だと思わせているのか？

俺と紅梅は程寺へ戻っていった。任賢柱と紅白の棍棒[*2]を手にした数人の民兵が俺と紅梅を迎えて駆け寄ってきて、人の手柄を横取りして恩賞を願い出るかのように息せき切って「高支部書記、真相ははっきりした、

＊1　原文「階級闘争、一抓就霊」。毛沢東が一九六三年二月の中央工作会議で提唱したスローガン。
＊2　文革時代、民兵がいつも持っていた赤と白に塗り分けた棍棒。

すっかり明らかになった、焼香した連中を数人捕まえたんじゃ」

俺と紅梅は程後街の挽《ひ》き臼《うす》のローラーの前でピタッと立ち止まった。

「どんな連中だ?」

「全部、外の村の程家の子孫じゃった」民兵長が言った。「程崗の革命は天を突くほど燃え上がっとる、程崗のもんは誰も刃向かえん、何軒か回りゃ、その遠くの村の程姓のもんをほじくりだせると思うが」

紅梅が言った。「警鐘を打ち鳴らすの、一人殺して百を戒める、よ。外の村の連中を引き回し、あいつらに程崗大隊の革命の勢いのすごさを思い知らせ、誰も程崗の革命の顔に向かって泥水を浴びせたり、ションベンをかけたり、クソをさせたりしないようにするの」

任賢柱が言った。「じゃ、わしは縄と三角帽を取りに行ってくる」

民兵長は言い終わるや、身を翻して民兵たちを連れて程中街の大隊部へ向かって行こうとしたが、俺は彼を押しとどめた。

「ここで我々は支部会を開いたことにしよう」俺はそう言いながら端にちょっと寄って、片足を挽き臼のローラーの上に乗せると、彼らも近寄って来て俺を取り囲んだ。

「彼らを引き回しては、彼らの親戚から恨まれることになる」俺は言った。「彼らは程家の子孫で、すべての程姓の人々は我々が彼らに刀を振るい、批判闘争すると思っている、しかしここで我々は敢えて『捕まえるにはまずわざと放て』だ、彼らを放つことで、もともと古い連中と近しいあらゆる程姓の人々の理解と支持を得ることができるのだ。ここで我々が経典や書物を焼くのは、本当は程寺を破壊するためなのだということは言ってはならない、程姓の人々は、前の牌坊の時のように我々を妨害することはないはずだ」。

俺は言った。「抗日戦争、解放戦争中に解放軍は心理戦を使ったが、今我々も心理戦を使うのだ。我々の目的は大衆を団結させ、経典のたぐいの典籍(これは程寺の魂だ)を焼き払い、次の一歩で鎮党委員会の政権を奪取するための基礎にするのだ」

民兵長は言った。「むざむざ逃がすのか?」

俺は言った。「逃がすんだ。全部逃がすんだ」

紅梅は言った。「賛成。愛軍はあたしたちより高みに立ち、遠くを見、深く考えている、さすがあたしたちの班の指導の中心だわ」

（俺の血と肉、俺の愛、俺の魂。）最も俺を理解してくれているのはいつも夏紅梅、その愛情が革命の中で俺たちの心をより一層深くつないでくれる。（一面生い茂ったコーリャン畑、赤い房突き上げ、見渡す限り果て無し／丘降り道作り山をも移す／愛の果汁が耙耬の大地を潤す／時期来たれば、革命の種、花開き実つける／共産党は母親、私を育て／夏紅梅、高愛軍の赤き心は寄り添い／中華の子供となる志を立てる／壮大な志を立て戦いの御旗を高々と掲げる。）

2　程寺の戦い

程寺の前で焼香した他所の村の程姓の人々を逃がしたのは、程崗大隊に意外な良い効果をもたらした。

逃がしたのはもう日も高く昇った程寺の前で、竹ざおのような日の光が一本一本祖国の大地、山脈そして村をあまねく照らしていた。程寺の前の空き地、石の上、壁のそばは、その時には一杯の人だかりで、顔を洗っていない社員や大衆が押し寄せていて、彼らは朝起きるなり程寺で誰かが焼香したという噂を聞き、その顔は驚きで薄汚れ蒼白になっていて、汚れた布に霜が降りているみたいだった。言うまでもなく、まもなく一大事が起こるとわかっていたのだ。

このとき、義理の父親の程天青が相変わらず綿のはみ出た古い綿入れを着て、頭のてっぺんには草をひっかけ、ビクビクして寺の門の所に立っていた。俺はこの間の俺と紅梅の麦わらの山の間でのことを見られた一件を思い出し、彼を冷たい目で睨み付けると、彼は寺の門の東の群衆の中に逃げていった。程寺の正門は相変わらず厳重に閉められていて、古くさい湿った匂いが中庭から扉の隙間を通ってあふれ出し、すきま風のように人の群れの中へ流れていた。俺が程寺の正門の前に歩いて行くと、群衆はすぐに俺のために道を空けてくれた。社員群衆はみな目をパチパチさせながら俺を見て、焼香事件への判定と判決を待っていた。

俺は片足で寺の前の狛犬《こまいぬ》の四角くて大きい台座の一角に立つと、もう片方の足を狛犬の後ろ足の上に乗せ、左手を腰に当て右手は狛犬の頭の上に乗せて、俺に向けられる視線が、みな弱々しく俺にまとわりついているのを見た。このときすぐに口を開いてはだめだとわかっていた。俺は狛犬の台座の上に立ち、熱いような冷たいような、熱さの中に冷たさの透けるような、冷たさの中に温もりがあるような目で、寺の前にびっしり詰めかけている程崗の人たちを眺め、俺が指導することになる人民大衆を、俺が任命派遣することになる庶民臣民を眺め渡した。俺のその沈黙の中、社員たちの心臓のドキドキする音が雪交じりの雨のように降ってくるのが見えた。前列に立っている革命の中核分子の顔はみな氷のような青色に固まり、基幹民兵の手には三尺の紅白の棍棒（特別に作ったもので、彼らはいつも小銃のように持っていた。これは彼らにとって命の次に大事なものだ）が握られ、それを斜めにして持ち、東の空に掛かっている朝日の光の中で新しいペンキが光り、その中核分子と民兵の後ろに立っている社員たちの顔色には、死の灰色が現れていた。俺は自分の視線がこのときどれほど冷たいものになっているかわからなかったし、どれほど雑然としているかは自分には見えなかった。ただ彼らが俺の視線と対峙すると、彼らのまぶたは枯れ草のようにだらりと垂れ下がり、視線がコトリと音を立てて落ち、頭は日中の草のようにうなだれるのだった。このとき、この瞬間、このちょっとの時間で、俺ははたと気がついたのだ、郷村の戦争、戦闘では、もともと刀や銃や言葉はいらないし、文章による攻撃も武器による攻撃も必要なく、ただ視線で庶民臣民を征服することができるのだと。俺は視線で彼らの頭をかち割り、顔を削ぎ落とし、服や足、足下を揺るがし、その沈黙の中で、軽く咳払いをすると、暴雨の前にしばらく吹く冷たい風のように低くしゃがれた、冷たく硬い咳で、ナイフか針をそれぞれの心に送った。そして咳が終わったら、今度はうなり声をあげ喉をすっきりさせると、大声で俺の庶民たちに向かって言った。

「今日、我々程崗大隊の社員たちは全員すべてを見た――この新しい赤色延安でたいへん不幸なことに、焼香して先祖を祀るという、人を驚かせる事件が発生した。この事件がどんな性格のものか？　大勢で一緒に手はずを整え計画し後ろ盾のある、党に反対し革命に反対し社会主義に反対し、プロレタリアート文化大革命に反対し、偉大な指導者毛主席に反対する、最も最も典型的で、最も最も反動的な反革命事件だ。捕まえられ監獄に入れられずとも、足をへし折られてもしかたがない性質のものだ……。

しかしこの高愛軍、そんな血のつながりを軽んじるようなことはしない。この高愛軍、姓は程ではないが、二千六百人の程姓の村の支部書記である。私は程崗大隊の支部書記であり、確固とした革命者である。革命者でありまた程崗の程姓の人々のリーダーである。革命の原則に照らし合わせれば、私はあらゆる焼香事件の犯人を、老若男女かまわず、すべて引っ捕らえて、縄を掛け、監獄に送り、最低でもあらゆる犯人に三角帽を被せて引き回さなくてはならない。しかし私はそうはしない。そうしなければいつか誰かが俺をやっつけるときの黒い材料の有力な罪状になると私にはわかっている。しかし、程崗のため、我々程姓の人々のため（我々程姓？）、私は甘んじて政治的過ちの危険を冒し、ある日誰かが私に反対する時のために甘んじてシッポと罪状を残し、昨日の夜の焼香し祖先を祀った事件についてはおとがめなしで、引き回しもしないし、公安に引き渡しもしないし、すでに捕まえた人々もすぐに釈放する。いますぐ釈放だ！」

（すべての人々が目をぱちくりさせた。紅梅の顔は秘して出さずの淡いピンク色で、賢柱の顔はいくぶん興ざめした感じで、がっかりした暗い灰色だった。しかし社員の群衆の中の、あらゆる程姓の人々は、その視線のもと、顔には暖かく明るく親しみのある様子がはっきりと現れていた。俺はすかさず本題に突入した。）

「社員の諸君、お集まりの諸君、お年寄りの皆さん、焼香し祖先を祀ったのは大きく言えば、内外が結託して一緒に起こした反革命事件、小さく言っても、少なくとも封建迷信活動で、腐って没落した階級の魂の死の灰が再燃したものだ。程頤、程顥は我々程崗の人間の祖先には違いないが、朝廷が変われば大臣も代わる、経典巻物もその朝廷のときだけのもの、今は新しい社会であり、文化大革命であり、未曾有の新しい時期であるのに、諸君はなんで焼香し拝むことに固執し悟らないのか？　おかしい！　諸君はおかしい！　諸君はおかしい……今のこの状況で私は何と言えばいいのだ？　私は諸君を責めないし、お年寄りを責めないし、おじさんおばさんを責めないし、社員諸君の誰一人責めはしない、ただ祖先が我々に残した寺、蔵経楼に残された封建ブルジョア階級の腐った経典や書や絵画が悪いと言うだけだ。この高愛軍、再三考え、党支部も検討した。焼香し祖先を祀った皆さんを逃がし我々はどのように上に対して説明するのか？　もちろん最善の方法は、人は逃がして、この寺を破壊することだ、しかしこの寺を破壊して諸君は心が痛まないか？　この高愛軍は心が痛む。明代に建てられた古い建物で、我々程姓の人々の顔、我々程崗大隊の象徴ではないか。どうするか？　いろいろ、あれこれ考えて、唯一の方法は蔵経楼の本を焼くこと、あの中の書や絵画を焼くこと、あの中のこまごました雑多なものを焼くこと、それによってこそ我々は焼香し祖先を祀った人とこの寺の建物を守り、また上に対して我々が寺の魂を焼き払い、我々が心から革命し、残ったのは程寺の外見、死んだ殻に過ぎないと説明できるのだ」

俺は紅梅と程姓の人々を一瞥した。彼らは黙って俺を見、また紅梅と慶林も見た。

紅梅が大声で言った。「あの本を焼かなかったら、捕まった人は県の公安局へ送らなくちゃならないわ」

群衆に動きがありコソコソ話し合う声が聞こえた。

程慶林は一歩前へ出ると、顔を彼の同族たちに向け目を大きく見開いた。「あの本を焼くか焼かないかは、高支部書記お一人の言葉ではない、高支部書記が皆さんに意見を求めたのは、書記が皆さんを大切に思っておられるからだ、しかし祝杯を断って罰杯を飲むようなことになれば、数十人を公安局に送らざるを得なくなり、ついには寺も本も残すことができなくなる。その時になって虻蜂《あぶはち》取らずで後悔しても遅いぞ」

俺は叫んだ。「あの本を焼きたくないんだな？」

ある者がこたえた。その返事の声は群衆の一番真中からで、雷のように炸裂した。

「やるんじゃ！――焼くんじゃ、あんなもん残しといて何になるんじゃ！」

それに呼応して、群衆の中に轟然と叫び声が上がり始めた。

「焼くんじゃ、今すぐ焼くんじゃ！」

「人さえ守ってくれりゃ、あんなもんひとつ残らず焼き払うんじゃ！」

我が人民の心はこうして俺の呼びかけのもと俺の所に集まり、こうやって俺によって発動されることになったのだ。群衆の叫び声は暴風、驟雨のごとく、高く一致した叫び声に従って、後ろに隠れていた程姓の人々が前に出てきて、俺の方に押し寄せ、俺はその激昂した人々を従えて程寺の正門へ押し寄せた。

俺は自ら正門の扉をはずした。

季節はちょうど真夏の酷暑がすぐそばで、すでに村の上空の太陽は熱い光を放ち始めていた。寺の門を大きく開くと、庭の新鮮な湿気が顔を襲い、群衆はみな俺の後から押し合いへし合いしながら前節院へと入っていった。言うまでもなく、この庭に入って蔵経楼の本を見ることなど、十年、二十年あるいは一生ない者もいるのに、今ついにその時が来て、革命がそのチャンスを彼らに与えたのだ、彼らはピッタリとすぐ後に続いて、この神秘的な寺の中に入り、封建主義の残りかすをたたきつぶす戦闘の行列に加わった。

俺が真っ先に中節院に入った。

中節院の中では左右対称の「和風甘雨」と「烈日秋霜」の建物が生い茂った葡萄棚に覆われていた。光緒二十七年（一九〇一年）十月、徳宗帝《とくそうてい》と慈禧《じき》太后《たいごう》（西太后）が西安から北京に帰る途中で九都に寄り龍門を訪れたとき、二程のためにそれぞれ「伊洛淵源《いらくえんげん》」、「希《き》踪顔孟《しょうがんもう》」の二つの扁額をそれぞれ「和風甘雨」と「烈日秋霜」の庇《ひさし》に掛けたが、その時も葡萄棚の葉っぱは覆っていたのだ。庭の茶碗ほどの太さの数十年前に植えられた四本の葡萄の木は、まだ熟していない小さな葡萄の房をぶら下げ、低いところのものは頭にぶつかった。たくましく張った根は中節院の四角い煉瓦の地面を下から突き上げてでこぼこさせ、それが程寺をよけいに古めかしく静かな感じにしていた。人々が前節院から中節院へ押し合いへし合い入ったとき、中節院の静けさは人々のざわざわした音に圧倒され、抑えつけられた。針金と竹ざおで組み立てられた葡萄棚の下に溜まっていた、気分をスキッとさせる涼しさに人々は唖然とし、息を呑んで黙り込んだ（内情を知らない多くの人が、程天民がどうして程寺に住んで仙人のような生活をしているのかわかったかも知れない）。そんなことを考えていると、八丈の葡萄棚を過ぎて、目の前に立つ蔵経楼に着いた。蔵経楼は上下二階、煉瓦と木でできていて、五部屋分の長さがあった。一階の建物は、真中に後節院へ抜ける通路があって、両側の二間には古い荷物や道具が積み上げられ、最もたくさん置いてあるのは積年の埃とムシロだった。通路の上の二階と繋がっている部分には、「二程」の弟子である朱熹《しゅき》自筆の「蔵経楼」の、一文字ずつ三つの金色の大きな扁額が掛かっていて（一説では「二程」の弟子の楊時[*1]が書いたものだと言うが、史実としての記載が

＊1　一〇五三年〜一一三五年、北宋末期から南宋初期の学者。程顥・程頤に師事する。

なく、誰も調べる者もなく、程姓の人々が自分たちでそのように伝えているだけだが）、蔵経楼の中節院でその地位をはっきりと見せつけていた。

俺と紅梅も建物の下で立ち止まった。

社員の群衆もみなその建物の下で立ち止まった。

村人たちも立ち止まった。

数人の民兵を入口に立たせ、程崗大隊の指導者幹部たる我々を見上げさせるため、蔵経楼の二階へと上がっていった。階段は戸口を入って左に曲がった角にあって、ギシギシ音を立てながら上がっていくと、天地をひっくり返すような思わぬ状況が発生して、俺たちの目の前に現れた。

俺は学校に行っていたころ蔵経楼に登ったことがあるし、程天青の婿になってからも蔵経楼に登ったことがあった。百パーセント覚えているのは、蔵経楼の二層五間の部屋には、防湿、防火のため壁にはすべて石灰が塗ってあり、その年を経た白い壁は黄ばんで厚い埃に覆われていて、その黄ばんだ北の壁の下には赤漆を塗った松の木の大きな古い棚があった。真中には鍵の掛かった棚があって、程顥、程頤の著作、『遺書』、『外書』、『文集』、『易伝』、『粋言』などが一杯に並んでいた。そのころ「二程」は杷耬の山岳地帯や県、鎮の歴史的誉れであり、先生は授業でしょっちゅう程顥、程頤について触れ、春や秋には生徒を連れて見学に来て、自分で生徒を率いて蔵経楼に上がり、その本棚の前に立って、自分の知識と自分がどれだけ二人を崇拝しているかをひけらかしたものだ。県の高校を受ける一年前、俺たちの奴隷根性丸出しの猫背の先生（しかしこのクソッタレが国語に関しては本当に教え方がうまくて、文章を書くのが上手になったのも話すのがうまくなったのも彼のおかげだ。もし誰か彼を批判するようなことがあったら俺が彼を守る、ただし俺の政治生命と前途に影響がなければの話だが）は、特に俺たち数人の生徒を選んでその本棚の前に立たせ、程家の兄弟の著作を一冊一冊紹介して聞かせ、さらに二程の著作のうち、弟の程頤の方が数が多く、たとえば『上仁宗皇帝書』、『三学看祥文』、『顔子所好何学論』、『為家君上宰相書』、『辞免西京国子監教授表』、『答横渠張子厚先生書』、『顔楽亭銘』などで、兄の程顥の著作は『上殿札子』など数種しかないことなどを聞かせた。その国語の先生は俺たちに彼の話を全部覚えさせ、暗記させ、毎年地区の試験には「二程」についての問題が必ず出て、正解すれば十点か十五点になるのだった（その年もやはり出題されたのだが、すでに定年退職して家に戻っているこの猫背の先生が出題者だったのだ）。彼はさらにその本棚の前で、程顥、程頤の書を紹介し、彼らの生没年、官吏登用への道が紆余曲折だったことを説明した。

しかし、今その壁ぎわの書棚には、二程の書籍は一冊も一頁もなく、程顥、程頤の書も一枚もなく、当時は適当に丸めて棚に置いてあった二程の弟子の朱熹や楊時《ようじ》の肖像画もどこかへ飛んで行ってしまい、本棚の中央の机の上の額のすでに完全に色あせた、痩せて弁髪の二程の先生、周敦頤《しゅうとんい》の肖像画も見当たらなかった。それに取って代わって書棚一杯に並んでいたのは、大きな町の新華書店でしか見ることのできない四巻本の『毛沢東選集』、各種・各版本の『毛主席語録』と『毛主席詩詞』、さらに大判のマルクス、エンゲルスの『資本論』、レーニンとスターリンの著作や書籍で、各種各様、少なくとも百冊はあった。上はマルクスから、下は毛主席まで、彼ら五名の偉人の著作がそれぞれ赤い紙を下に敷いて、きれいに整頓して置かれていた。その他の棚の空いたところには、指導者たちのカラーの肖像画がきちんとそろえて貼ってあった。棚の間の机の上の、もともと周敦頤の肖像画のものだった額縁には、毛主席が雨傘を脇に挟んで、風に向かって革命を進めるため安源へ行く途中の活き活きとした、迫力ある全身像が収まっていた。

すなわち、蔵経楼に今所蔵されているのはすべてマルクス、エンゲルス、レーニン、スターリン、毛沢東の著作になっていた。

すなわち、最も封建的で、最も汚れた場所が、すでに程崗革命思想とプロレタリアート理論の宝庫となっていた。

すなわち、俺たちの革命は一足遅かった、あと一歩の所で、見せかけの革命の看板のために、我々の真に正しい革命行動は阻止されてしまったのだ。

すなわち、我々が遅かれ早かれ戦争を発動して程寺に来るだろうことは、とっくに一部の人間の計算の中にあったのだ。俺が遅かれ早かれあの理学の経典を焼くだろうということを程天民は予想していたのだ。

村の幹部たちは驚いて蔵経楼の本棚の前に立ち、葡萄棚の上に浮かんでいる飾り窓から透かして入ってくる日の光が、そっと我々の顔や体に落ち、俺たち革命幼稚病にかかった灰色の顔の気まずい感じを際立たせていた。

　話によると、あの経典や書籍は二年前にはもう蔵経楼にはなかった。二年前県文化館の人間がここに来て持って行った、取りに来たのはジープだったという話もあれば、その時文化館の人間は椅子と机を持って行っただけで、本は一冊も持って行かなかったという話もあった。それじゃ本はどこに行ったんだ？　みんな顔を見合わせ、その顔には雲がかかっていた。言うまでもなく、みんな本は鎮長が持って行って隠したと疑っていた。程慶林は蔵経楼の後節院への通路を叩き壊して、程天民の住居を探そうと言ったが、俺はしばらく熟慮して何も言わなかった。考えてもみてくれ、もし本当に程天民が二年前に経典や書画を移したとしたら、三節院の中に置いて捜索させるようなことをするだろうか？　もし経典や書画が見つからなかったら程天民にどう説明するんだ？（祖先どものクソッタレが。彼が県政治協商会議員で、今の県委員会書記と普段から付き合いのあることは誰でも知ってる。）俺たちが三節院に突入できるか？　なりふり構わず突入して捜査できるか？　革命はよく考えて進めなければならず、大所高所から見てこそものごとを見通せるのだ。戦争の中で最も避けなくてはならないのは、敵情がよくわからないのに、闇雲に出撃することだ。彼を知り己《おのれ》を知れば百戦危うからずだ。革命と革命戦争は攻めるものだが、防御と後退もある——こう言ってこそ完璧だ。攻めるために守り、前進するために後退する、正面に向かうために側面に向かう、まっすぐ行くために遠回りをする、これは多くのものが発展する過程で避けることのできないものだ。いわんや革命をや、しかも革命の中での軍事行動なのだから。

（コンチクショウめ、程天民と県委員会書記みたいに俺が県長か書記といい関係ならよかったのに。）

　村の幹部と黒い固まりのような我が庶民を眺めながら、俺は依然もっともらしい顔をしてまくし立てた。

「我々の当面の任務は権力を握っている走資派《そうしは》（資本主義の道を歩む実権派）を打倒することであって、後ずさりした走資派をつまみ出すことではない。我々は闘争の大きな流れを変えてはならない。程天民は経典書画を隠すことを知っていたのだから、我々にすぐに見つかるような所に隠すわけがない」

「今の主要な矛盾は鎮政府の政権を奪取することであ

る。主要な矛盾が解決すれば、二次的な矛盾はすらすら解決する、程天民と程寺は二次的な矛盾と支流であり、主要な矛盾を解決することで解決する。『網の大綱を持ち上げれば網の目は開く』[*1]とはどういう意味か？　まず鎮政府をひっくり返し、程寺とその雑魚を片付ける、それこそが『網の大綱を持ち上げれば網の目は開く』の生きた学びであり活用なのだ」

　その日は、いつもなら朝御飯を食べ終わる頃、我々は中節院から徳宗直筆の「伊洛淵源」の額と、慈禧太后直筆の「希踪顔孟」の額、それから朱熹と楊時直筆の「蔵経楼」の額や歴代各王朝が程顥、程頤あるいは程寺のために書いた額や札を下ろし、程寺の前の焼香して祖先を祀ったその場所で焼き払い、同時に宋朝、明朝が程寺のために建てた門前の二基の石碑と、清末期に官僚になった貴人が贈った寺の前に伏せている二匹の狛犬を叩き壊し、それを革命の侵攻の勝利を象徴するものと宣言して終わった。

3　勝利

程寺の扁額を焼き払い石碑を叩き壊して勝利したあと、聞くところによると王振海は鎮政府の食堂で怒りのあまり茶碗を落として壊してしまったとかで、我々（俺）の当初の目的は果たしたことになる。彼が茶碗を落として割り、怒鳴り散らした時間、場所、証人のすべてを、俺はすでにノートに記録していた（蛇を穴からおびき出す、だ）。我々は迷信を打ち砕き、封建的活動を処罰し、人々の思想を改造し、人々の自覚を高めたというのに、彼はなんで腹を立てて茶碗を落とさなくてはならないのか？　彼はどうして、しっかり水も撒かないで彼らを餓死させるガキどもを捕まえないのだ？　誰がガキか？　我々革命者か？　我々がガキなら、彼は封建ジジイってことじゃないか？　それなら我々はガキに甘んじて、彼を反革命の封建ジジイにしてやろうじゃないか！　程寺と「二程理学」に代表される程崗封建階級の最も優秀で、最も権威のある庇護者としようじゃないか。魯迅は言った、沈黙も一種の反抗であり、最もすばらしい反抗でもある、と。王鎮長とこの問題について、我々は報告しないわけではないが、今はまだその時ではない。時が来れば、自然と報告する。時が来れば報告しなくても自然と報告

＊1　原文「網挙目張」。物事の要点をつかめば全体は解決される。

されることになる。

俺はすでに正当で道理の通った程崗鎮党委員会委員であることにより、程崗鎮の党委員会に正々堂々と列席でき、会議のたびに王鎮長の言動を逐一俺のあの牛皮紙のノートに記録する資格を持っているのだ。初冬になって、小麦の種まきの季節のころ、俺はそのノートに七十二条に及ぶ彼の反動的言論を記録していた。彼は言ったことがある。「革命に力を入れ、生産を推し進めるだと？　生産を推し進めずして何が革命だ！」（革命が第一、生産は二の次で、彼は革命と生産の関係を顚倒させているのではないか？　唯生産力論（鄧小平が鼓吹した）でなくて何なのだ？）また「女性は宝、革命はチンポコだ」（これは最も典型的な反革命的言論で、惜しいことに鎮の宣伝を管理している李が俺に話してくれたことで、この役立たずはどうしても証明を書こうとせず、証人にもなろうとしなかった。その上、俺にこのことを漏らしたことを後悔していた。いつか俺が鎮長になったらこいつに目にもの見せてやる、後悔しても遅い。）王鎮長はさらに、夏の取り入れ種撒きの繁忙期の動員会で各大隊の支部書記に話をしたとき、『毛主席語録』の「人民の軍隊がなければ人民のすべてはない」を「食料がなければ、人民のすべてはない」に変えた。その会議で、彼は酒を飲み、趙秀玉という女支部書記の前で（四十過ぎで、むちゃくちゃ不細工、紅梅とは並べるのも憚られる）、その女性の手を引いて「趙書記、あなたは私が部隊で大隊長をしていたときの第二中隊長の奥さんにそっくりですよ、あなたは彼女と同じで、勇敢で、口が極めて堅く、あらゆる大隊幹部の中で、私はあなたを最も信じております」（彼らは男女の関係なのか？　そうだったらいいのだが！）

郷村革命の規律にあわせると、小麦を蒔いたらすぐに冬の農閑期なので、革命と愛情はともに新しい絶頂期に入る。この一年、俺は黙って我慢を続けて王鎮長の指導のもとで仕事をしていた。俺が我慢して沈黙を続けたのは、俺と紅梅のためのあの重大な愛情建設のこの一年の進捗状況が、俺の思っていたほどにははかばかしく進んでいなかったからだ。穴を掘るたび根っこにぶつかり仕事が遅れた。百メートルまで掘ったところで、赤く硬い土にぶつかった、幸いその土のような石のようなところはほんの数メートルだけだったが、俺はこれを掘るのに二十七、八晩かかった。もしこれが十メートルも二十メートルもあったら？　俺たちの愛情のトンネルを予定通りに開通させるなんてできやしない。さらにひどかったのは、計画を立てるときにトンネルの風通しと排気について考えていなかったことで、十数メートルの深さまで掘ると空気が薄くなり、呼吸困難を感じるようになったのだ。このため俺はいろんな方法を考えた、小型のファンを買ったら電気が必要だが、村ではしょっちゅう停電していた。どこかに通気口を作るのは、できなくはないが安全性が損なわれる。最後に俺は十メートルごとに地質調査に使う半月形のシャベルを使って、下から上へお碗か腕の太さほどの細い通気口を掘ることにした、その通気口の上には必ずどこかの家の庭の壁や建物の基礎があるようにした。諸君は知っているだろうが、河南省西部の家の庭の壁や建物の基礎はすべて石を積み上げたもので、地面から一尺か数寸上がっていて、通気口をその基礎の下に掘っている。そこなら誰にも気づかれることなく、その積み重ねた石の隙間から地上の空気を地下に送ることができるのだ。この卓越した効果的な計画に、俺は自分が天才的な革命家であるだけでなく、天才的な地下技師だと確信した。俺は自分の学んだあらゆる数学と物理の知識に、地上観測と工兵だったときのあらゆる知識と経験を加えて、下から上へと十七本の四、五メートルの深さの通気口を掘り、一本は通りの石臼のローラーの下へ、一本は程寺正門前の枯れた柏の空洞に、そのほかの十五本は、すべて壁の基礎の下、うち十四本はずれたりねじれたりしなかったが、たった一本はちょっとずれて、程桂芬の庭の壁の外に出てしまったが、幸いなことにその庭の外側には薪が積み重なっていた。その通気口は石を使ってしっかり塞いだが、家の主人がその薪を使い終わったとき、黒い穴を見つけても、ネズミかなにかの穴だと思い、たぶん薪の木の枝や葉っぱが自然にその穴を塞ぐだろうと信じていた。

要するに、道は折れ曲がっているが、前途に光明はあるということだ。俺のとてつもなく大きく重い愛情建設はすでに二百五十メートルちょっと掘り進み、もう十数メートルで、程天青の家の半畝の裏庭に到達する。そうすると俺は地下の洞房を掘り（正真正銘の洞房！）、肉体がどうにも我慢できなくなったときには、紅梅とその洞房で夫婦になることができ、安心して大胆にあれにいそしみ、お互い素っ裸で、一糸まとわぬままその洞房であれを楽しみ、話し、笑い、革命と仕事について話すのだ。

俺はまだ紅梅に、彼女への愛のためのこの重大な行動と計画について話していなかった。何度か外であれを楽しんだとき、彼女は驚いて俺の手のまめをさすりながら言った。「愛軍、この手、どうしたの?」その時はもう少しでこの秘密の扉を開け放ち彼女に話してしまいそうになり、俺はちょっと躊躇《ちゅうちょ》したが、彼女に言った。「俺は労働者として生を受けたんだ、力仕事をすればまめもできるよ」俺は地下トンネルを彼女の家まで掘ってから突然彼女に知らせたかったのだ。その時に彼女に驚いた目で俺を見てほしかったし、いつか革命が大きな成功を収め、俺が鎮長あるいは県委員会委員になったあかつきには、地下道をおそるおそる俺のあとに付いてこさせ、土を触らせ、俺の彼女に対する偉大な愛情とそれを独り占めしていることに感激させるのだ。彼女を地下道の奥へ進ませるとき、彼女は歩きながら服のボタンをはずし、五歩歩くごとに天女が花を散らすように服を地下道に脱ぎ捨て、真中の寝室に着いたときにはちょうど一枚残らず脱ぎ捨てていて、素っ裸でそこに立つのだ。そして、俺たちはその寝室のベッドの上で、腹が空いたら食べ、喉が渇いたら飲み、腹も空いていないし喉も渇いていないときには狂ったようにあれに励むのだ。一日八回狂うとして一回にかける時間は三時間だ。彼女の肉体に対する飢え渇きの一生分を一回の地下室での三昼夜で満たし、そしてそこで彼女を抱いて三日三晩眠り、七十二時間経って、目覚め、気力が充実したら、さらに彼女と一緒に地下道から出て燃えさかる闘争、燃えさかる革命、燃えさかる人生に突入するのだ(たぶん最初に地下から出るときにはトンネルの途中で頭がぼうっとしたままもう一度ことに及び、トンネルの入口の灯りの中で再度俺も彼女も絶頂を迎えるのだ)。

しかしすべては俺が速やかにトンネルを掘り、本当に洞房を作ることにかかっている。俺はすでに洞房は改めて設計し直していた。洞房は程天青の住居の地下四メートルのところで、オンドルのように長方形に土を残してベッドにし、さらに二つないし三つの通気口を掘り、一つは程天青の庭の壁の基礎の下、一つは彼の寝ている部屋の壁かベッドの下に通す。おそらくそのベッドの下、壁の下の通風口を通して程天青と奥さんのベッドの上でのことがあるかどうか、狂った程天青が大隊や鎮の情報や秘密を話すのを聞くことができる。(〈おーい――おーい――村は戦いのために、人は戦いのために――一発撃ったら場所を変えろ――空砲を撃ってはならぬ、空砲を撃ってはならぬ〉[*1]。)しかし俺が寝室を掘ろうと準備したちょうどそのとき、我慢しようのないことが起こったのだ。

小麦を蒔いたあと、俺は鎮で開かれた基層幹部の幹部会で鎮党委員会の文書と会議記録を管理している田秘書と出くわした。田秘書は俺を会場の片隅に引っ張って行くとひそひそ声で言った。「高支部書記、あなたなんで王鎮長を怒らせるんです?」俺はどこが王鎮長を怒らせたかはわかっていたが、言った。「王鎮長を怒らせるなんてできませんよ、私は王鎮長の路線を硬く守っていますよ」田は言った。「もう一度考えてみてください、王鎮長を怒らせてはいけません、先月、県委員会組織部が県共産主義青年団委員会書記を選ぶのに、あなたは三人の中の一人に入っていたのですが、組織部が鎮に人を派遣して調査したとき、王鎮長はなぜかその人に向かってあなたは不誠実で、出しゃばりで、正真正銘のエセ革命家だと言ったんです」

俺は驚いて、すぐに田を会場の隅から会場の外の便所に引っ張って行った。

「王鎮長はほかに何て?」

田は便所の外をちらっと見てから言った。「あなたと夏紅梅は革命の悪者カップルで、もし二人の思い通りになったら、庶民は泣き、革命には暗闇の日々が訪れると」

「組織部の同志は何て?」

「組織部から来たのは副部長で、どうやらあなたに失望したようでした」

「今、団の委員会書記は誰が?」

「結局二人目の候補がなったとか、シルク工場の副工場長です」

事実が証明している。革命は王振海に対して手を緩めてはならない、彼はすでに歴史的前進と発展を妨害し、完全に、徹頭徹尾、革命の敵、革命の障害物となった。人犯さずんば、我犯さず、だ。これは中国革命の国際的原則であり、高愛軍が中国革命に参加する根本的原則でもある。

俺は自分を家に閉じ込めて、三日三晩の時間をかけ王鎮長を吊し上げるための『程崗鎮鎮長王振海の醜い

*1　映画『地道戦(邦題『地下道戦』)』、一九六五年。

実態』という告発資料、全部で二十八頁、一万三千字をしあげ、副題は「王振海を告発する万言の書」とした。概要は以下の通りだ。

一、王振海の反動的言論について
二、王振海の男女関係について
三、王振海が封建主義復活を支持する問題について
四、王振海の強欲な経済的問題について
五、王振海の「唯生産力論」の問題について

　差出人は程崗鎮革命大衆とし、わざと誤字脱字のあるものにし、さらに左手で三部書き写し、一部は県委員会、一部は県政府に、三つ目は県委員会組織部に送った。その後、その資料が届いたという話も反応も聞こえてこず、程崗大隊では農閑期の堆肥作りの運動が展開され、各家ごとに冬のあいだ必ず家のどこかに、木の葉や雑草を三平方メートルから五平方メートル積み重ね、それから肥料を泥と混ぜ、上に灌水用の桶を置き、十日ごとにその桶に水を入れ草を発酵させ、来年の春の小麦の堆肥にする準備がはじまった。

　俺が天才的な革命家であり政治家であり軍事家であると言ったことがあると思う。今回もまた俺が本当に天才的革命家、政治家であり軍事家であることが証明された。その万言の資料が砲弾のように鎮のポストから県へと発射されて十六日目、俺はまた紅梅に書き写させ、「程崗革命幹部」の名前でもう一式三部を県の違った部門に送った。そして再び十日後、俺は今度は紅梅に左手で書き写させて、一式三部を送らせた。こうして冬の農閑期が過ぎ、違った差出人のあの資料が（ちょっと中身に手を加えたり、タイトルを変えたりはしたが）、全部で九回、二十七部が送られ、県の各部門と主要な指導者に送られ、全員が王振海を告発する万言の書を持つことになったのだ。

　翌年の春が来たとき、県はついに革命工作調査小組を派遣してきて、その組長は思いがけなくも部隊が地方に対して軍事管制を実行する（またの名を「三支両軍」[*1]という）、県に残って仕事をしている年配の連隊長だった。団長は鎮の役場で三日三晩調査を行い、幹部一人一人と話し（これは軍隊幹部工作の古い伝統だ）、鎮の役場から彼の調査小組を引き連れて程崗の通りを一回りし、堆肥がきれいに一列に並んでいるのを見ていた。彼が足で堆肥の上の泥の蓋を蹴ると、そ

の中から冬の間に発酵した草の、暖かく白く、むっとくる腐臭が彼と調査小組のメンバーの鼻に入り込んだ。

　その日、団長は程崗大隊部にやってきた。

「君が高愛軍か？」

「はい」

「軍隊にいたことは？」

「団長は私の名前から想像されたのでしょう？」

「私はずっと人を外見で見ないし、名前から想像することもしない。君たちの大隊の堆肥はきれいに一列に並んでいて、兵隊になったものでないと村人にあそこまでさせることはできないからな」

　俺は笑った。

「君は県から『革命急先鋒』の称号をもらっているな？」

　俺はまた笑って、照れた。

「君は革命と生産の関係をどのように見ているかね？」

「革命にしっかり力を入れ、生産を飛躍的に推進する。生産が上がらなければ、革命は絵空事と見なされます。生産が上がれば、革命の旗はどこでもはためくことになるのでしょう」

　団長の目が大きく見開かれ、そして彼はまた目を瞬かせて俺を見ていた。

「高愛軍、本当のことを言ってくれ、君たちの鎮長、王振海の万言の資料は君が書いたものか？」

　俺は目を丸くした。

「万言の資料とは？」彼は相変わらず俺を冷ややかに睨んでいた。

「本当に君が書いたものじゃないんだな？」

「団長、お調べになったのですか？　私が一体何を書くのでしょうか？　王鎮長には間違いがあり、確かに私は彼に対して意見を持っています、たとえば理論的水準が高くないとか、話をするときよく人を罵るとか、程崗大隊の封建的迷信活動に対して大目に見て甘やかしておりますし、それについては以前県の人に伝えたことはありますが、それを言ったからと言って、調査もせずに結論を出すことはできません。毛主席もおっしゃいました。〈調査なくして発言権なし〉[*2]……」

＊1　文化大革命の期間、軍隊が社会秩序を守り、緊迫した局面を緩和するため、左派と呼ばれた大衆を支持し、工業を支持し、農業を支持し、一部の地区、部門や職場に対して軍事管制を行い、学生に軍事訓練を行った。

団長は手を振って俺の話を遮った。

「私は程崗鎮で三日をかけて二十数人と話をしたが、みんな私と会うと緊張する、君くらいだ、しっかりと、一回もつっかえることなく話をしたのは」そこまで言うと団長は突然話を止めて、話題を変えて言った。

「今年二十何歳だ?」

「二十七です」

「ほう……まだ若いな、鎮政府で仕事をしたいか?」

「革命戦士は煉瓦であります、必要なところへお運び下さい」

俺たちの話はそこで終わり、かかった時間は半里の道のりもなかった。しかしその半里の道のりの時間の中でのアピールは、二十年の仕事の経験のある鎮長や書記に勝ち、大隊長や中隊長に勝ち、俺は慌てず騒がず、流れるように答え、包み隠さず、理路整然として、団長に最高にすばらしい深い印象を残したのだ。

こんな人材を誰がほっておくだろう? 取るに足らない王振海に俺の昇進を、歴史の歯車を止めることなんてできようか? ついに、俺は名実ともに程崗鎮の第一副鎮長に任命された。言うまでもなく、これは我が革命生涯で最も重要な一歩であった。

＊2 (171頁) 一九三〇年五月、毛沢東が当時紅軍の中にあった教条主義思想に反対するために書いた『書物主義に反対する』の中の一文。

第八章　失敗と祝典

1　愚公山を移す

中国の古代に寓話があって、「愚公山を移す」という。昔一人の老人がいて、華北に住んでいたので北山愚公と言った。彼の家の南側に二つの大きな山があって出口を塞いでいて、ひとつは太行山、もうひとつを王屋山と言った。愚公は息子たちを引き連れてこの二つの山を鋤で掘って運ぶことに決めた。智叟《ちそう》という年寄りがそれを見て笑って言った、なんとばかばかしいことだ、親子数人で二つの大きな山を移すなんて絶対にできやしないと。愚公はそれにこたえて言った。「私が死んだ後には私の息子が、息子が死んだら今度は孫がいて、子々孫々絶えることはない。この二つの山はとても高いが、これ以上高くなることはない、少し掘れば山の土は少し低くなる、どうして平らにできないことがあろうか？　これは上帝を感動させ、上帝は二人の仙人を下界にやって、その二つの山を背負わせて持って行かせたということだ[*1]」

2　ついにやってきた祝典

事態の進展はトボトボと老いた牛がボロ車を引くようで、俺の愛情の地下道の進み具合よりも遅いくらいだった。団長は軍隊式に厳格かつ迅速に仕事をし、県に帰るや即座に俺を鎮の国家幹部に任命する――これは俺が鎮長、県長、地区責任者そして省長へと昇る重

＊1　毛沢東『愚公山を移す』の寓話の部分をそのまま引用。

要な一歩だった——と思っていたが、彼が帰ってから、三日経っても知らせはなく、一週間経っても知らせはなく、半月経っても俺を抜擢したというニュースは伝わってこなかった。

俺はいささか失望した。王振海は反省文を何枚か書いたが、やはり書記と鎮長のままで、俺は長々と待っても、やはり村の支部書記と兼任の鎮党委員会委員のままだった。はっきり言うと、俺は相変わらず中国の最下部の郷村幹部ということだ。言うまでもなく、経験豊富な革命者として、俺は形勢逆転の時に焦った様子を見せるわけにはいかないし、軽々しく革命焦燥病になるわけにはいかない。俺は何事もなかったかのように動じた様子を見せず、その冬は、会議を開いたり批判闘争をしたり毛沢東の本を読んだりするほかは、相変わらず堆肥運動に力を入れ、愚公精神を発揮して毎晩穴を掘り続けた。

冬が終わろうというとき、俺のあの地下の洞房は完成し、洞房のあの三つの通気口とオンドルのようなベッドもできあがった。その日は〈天高く雲淡く〉、春の光明るく、明け方の空の色は透明で新鮮で明るく、俺は最後の土を用水に捨て、一日しっかり寝ようと準備していたところへ、鎮の田秘書が俺を起こしに来た。

「高支部書記、ごちそうしたいのですが」

俺は目を擦りながら寝返りを打った。

「〈革命は客をもてなしてごちそうすることでも、絵を描いたり刺繍したりすることでもない〉」

田は半分笑いながら言った。「そうそう、その通り、副鎮長になられたのはあなたの万里の長征の第一歩で、雪山と草原がまだ先に控えておることはわかっております」

俺はガバッとベッドから起き上がると、眠気は瞬時に雲散霧消していた。不思議そうな田秘書と顔を向き合わせ、俺は言った、何て言った？　彼は言った。あなたは程崗鎮の副鎮長になられたんですよ、上からの返事はもう鎮に届いていて、私がまずあなたにニュースをお知らせに来たというわけなんです。俺はちょっと信じられなかったが、それが本当であることがわかった。その時俺は狂ったように雄叫びを上げたかったし、地面を蹴って宙返りしたかったが、母親が庭で豚に餌をやっていたし、息子の紅生と娘の紅花がちょうど鞄を背負って学校に行くところだった。俺は朝御飯を食べたばかりの時間だと思い、興奮を抑えて田に言った。お昼にごちそうするよ、豚の頭、牛のモツが食べたければ街へ買いに行こう。

田は言った。「お昼？　どこも今お昼を食べたところですよ、昨日の晩何をしておられたんですか？　ぐっすり眠り込んで、昼夜逆転ではありませんか」

部屋から出ると、太陽はすでに村の外れの木の上に昇っていて、庭には黄色い暖かさと草の芽の緑の青く柔らかい匂いが溜まっていた。母親が豚の飼い葉桶に餌を入れると言った。「愛軍、ごはんは鍋にあるけえ、食べんさい」

俺は母親を見ながら、母親の真っ白な髪の毛を見ながら言った。

「母さん、わしが副鎮長になったたっちゅう文書が届いたんじゃ、今日からあんたの息子は国家幹部なんじゃよ！」

母親はじっとそこに立って俺を見ていたが、俺が自分の子供ではないみたいな様子だった。

その日の午後、俺は程崗大隊支部の全班の人員を程慶林の家に集め（慶林の父親は料理がうまかった）、国営飯店から牛肉料理、豚肉料理、豚のモツ、冬を越した大根や白菜を買ってきて、粉皮《フェンピー》（幅広の春雨）、春雨、量り売りの白酒《パイチウ》を何斤か準備し、全部でおかずが九品とスープが三品だった。我々は田秘書と一緒に、昼過ぎから夕方、夕方から月が昇るまで飲んだ。俺は酒杯を挙げてみんなに言った、副鎮長に任命された（兼任だし当面農村戸籍ではあるが）のは高愛軍の成長と進歩なのではなく、程崗大隊の闘争の収穫であり、みんながともに進歩した象徴と勝利である。俺はみんなを励ました、これからはより一層団結し、共同で戦い、最短で、あらゆる手段を講じて王振海を書記、鎮長の地位から引きずり下ろし、俺が鎮長になったあかつきには、田秘書を鎮党委員会副書記に任命し、紅梅を副鎮長兼鎮政府婦女聯合会主任に、程慶林を鎮党委員会委員兼程崗大隊支部書記に任命し、その他の支部のメンバーは、それにあわせて、各自一級から二級昇進させる。その時には、もし弟や妹に仕事を世話して欲しいとか、農村戸籍を非農村戸籍に移したいとか難しいことがあっても、そんなことは何でもないことになる。

みんな俺が副鎮長になったことに乾杯した、みんな俺が鎮長か鎮党委員会書記になるのが待ちきれないのだ。もちろん、一番いいのは書記兼鎮長あるいは鎮長兼書記になって、党と行政の権力をすべて手に入れることだ。みんなひどく興奮して気持ちが高ぶり、士気は上がり、五十六度のサツマイモの白酒を五斤飲み、酔っ払ってそこいら中に転がった。田秘書は机の下に転がり、俺の手をつかんで言った。「高副鎮長、いつかあなたが鎮長か書記になられたら、副書記とは申しませんが、正職員にして下さい、戸籍が山の実家のまま五年の秘書はごめんです」俺は胸を叩いて田に言った。「安心しろ、この高愛軍言ったことを実行しないなんて、それで党員と言えるか？　党の指導幹部と言えるか？　約束を守らなくて何が革命だ！」

田秘書は涙を浮かべ鼻水を流しながら、杯にもう半分酒を飲んだ。

ついにあたり一面みんなつぶれてしまった。

俺は自分と紅梅が酔っていたかどうかわからなかった。俺たちは半分酔っていると思った。ついに副鎮長になったと聞いてから、月が酒の匂いを帯びて昇ってくるまで、俺の体の血はほとばしる長江と黄河のごとく、情は滔々と流れ、愛はこんこんと湧き出た。春の雨、苗を潤し苗すくすくと、ヒマワリは一輪一輪、太陽に向かって花開く。〈北国のあの、風光はぁ、千里氷に閉ざされ万里雪ぃ、長城のぉ、内と外とを見てみればぁ、ただ果てなく茫漠たり、黄河の上も下もたちまちとぉ、滔々たる流れ失いてぇ、山には銀色の蛇が舞い、高原には白い象を走らせてぇっと、で、お天道様がナニサマだい。赤い装い白い衣を見ちゃうとね、とりわけ妖しく艶めかしい、ときたもんだ、へんっ、山も川も美しいぃ、それっ、無数の英雄競って尽くし、秦の始皇帝、漢の武帝は、ほぼ文才で負けぇ、あ、ちょいと、唐の太宗や宋の太祖は、風流事で負けているぅ、最も名を馳せたジンギスカン、ただ大雕《おおわし》を射ることと知ってるだけ、それみなすべて、過ぎたことっ、優れた人物数えようとするならね、やっぱり今この時を見なくちゃねぇ、それ、ほいほいほい、よいよいよい、ほいほいほいの、よいよいよい……[*1]〉、どの血の一滴も、ほい、どの一滴の波しぶきも、みんな転がり燃えている。紅梅をチラッと見たとき、紅梅も俺を見ていてくれさえしたら――俺たちは我慢できず、テーブルを挟んでお互いチラチラと盗み見ていた。力強い視線が空中で激突し、パチパチ火花を飛ばし、白色の酒の匂いの中、俺たち二人の桃色の渇きと欲望が充満した。そのテーブル一杯の雑多なグチャグチャの匂いの中に、俺たちの桃色の焦りと我慢できない思いが一杯に積み重なっていた。みんなが杯をぶつけ合って祝っている机の下で、俺と紅梅の足は片時も休むことなく、彼女が俺をつつくのでなければ、俺が彼女をつつき、彼女が靴を脱いで足を俺のズボンの裾の中に入れるのでなければ、俺が足を彼女のズボンの裾の中に入れ、足の指で彼女のすねの肉をつまんだ。

ついにみんな酔いつぶれ、俺たちは何憚ることもなくなった。

慶林の父親と母親に、俺のために奔走し俺を助けてくれる革命者たちの世話をお願いし、二人に向かって言った、お二人ともどうぞご安心下さい、俺が鎮長になったら慶林は副鎮長、俺が県長になったときは副県長、省長になったときは、慶林は地区責任者は無理でも県長か県委員会書記でしょう。慶林の父親と母親は俺の話が信じられない様子で、彼らが生きているうちに慶林が今の俺のように副鎮長兼村の支部書記になれたらそれでもう満足だ、俺の片腕となって働いたのも無駄ではなかったと言った。俺は二人に、もっと視野を広げるんです、燕雀《えんじゃく》いずくんぞ鴻鵠《こうこく》の志を知らんやと言った。二人があっけにとられているのを尻目に、俺は紅梅の手を引いて慶林の家から出て行った。その時は本当に月がこうこうと頭上から照らし、気分は無限に良かった。慶林の家の門を出ると、紅梅はすぐに俺の胸に飛び込んできて、舌を俺の口の中に押し込んできて（俺の魂、俺の肉よ、彼女はいつも俺がどんなときに彼女を最も必要としているか知っている）、しばらく暴れさせると、また逃げるように引っ込め、俺は口の中も心の中も空っぽになったような気がした。

「今夜はあたしたち二人死んでも一緒にいなくちゃ」

彼女は言った。「これからこの鎮政府の半分はあなたの政府なのよ、いつまでも賊みたいにまさぐりあってられないわ」

このとき、程中街の方から足音が聞こえて来た（一切を顧みないなんてできない。革命は一切を顧みない

＊1　毛沢東『沁園春・雪』（一九三六年）より。原文「北国風光／千里冰封／萬里雪飄／望長城内外／惟余莽莽／大河上下／頓失滔滔／山舞銀蛇／原馳蠟象／欲与天公試比高／須晴日／看紅装素裹／分外妖嬈。江山如此多嬌／引無数英雄競折腰／惜秦皇漢武／略輸文采／唐宗宋祖／稍遜風騒／一代天驕成吉思汗／只識彎弓射大雕／倶往矣／数風流人物／還看今朝」。秦晋高原の壮大な景色をうたったもの。中国には数々の英雄がいたが、いまこそ民族解放のために戦っている真の英雄を見るべきだとうたっている。自然の美しさと革命の気概を融合させた気宇壮大な一篇。ここでは酔っ払ってうたっている。

ことを許しはしない。感情的になるのは、幼稚で笑うべきことだ)。何も言わず俺は急いで彼女を程後街へ引っ張って行った。どこに行くの? 何もきかないで俺についてきてくれ。俺は彼女に俺のあの偉大な愛の工程を見せ、あの巨大な工程を愛の印として彼女に贈らなくてはならなかった(俺の魂、俺の肉よ)。俺はもう副鎮長になって、まだ兼任ではあるが国家と党の正式な指導者になったのだ、あの愛の地下道もすでに最終段階に近づき、この夜、この時でなければいつ俺が抜擢され勝利したことを、この決して離れることのできない革命伴侶に捧げるというのだ?

俺たちは夜の寂しさを踏みしめながら俺の家に着いた。

母さんの声が窓から聞こえて来た。「愛軍、ごはんは? 食べるんじゃったら作るが?」

「休んでよ、母さん、ほしけりゃ自分で作るよ」

「一日中大忙しで、疲れとるじゃろうから、もう掘るんじゃないよ、早《はよ》う寝なさい」

「心配しないで、紅生たちを寝かせてくれよ」

(母さん、俺の偉大なる母親——地下道を二十メートルまで掘り進んだとき、ある夜俺が入口から這い出てくると、母さんが灯りを持って入口に立っていた。「愛軍、ほんとのことを話しておくれ、何をしようとしとるんじゃ? 母さんはもう何度か下まで降りてみたんじゃが」母さんの話に俺は驚いて言った。「今はまだたいへんな状況にはなっとらんけど、状況はとても複雑なんじゃ、人が殴り殺されたとか、反革命を銃殺にしたとか、聞かん日はないじゃろ? あんたの息子は革命の指導者なんじゃ、どれだけのもんがわしの背中を睨んどるか……毛主席でさえ深く穴を掘れと呼びかけたんじゃ、うちに一本逃げ道を作らんわけにいかんじゃろ?」俺は言った。「母さん、革命いうてもわからんじゃろうが、革命いうんは、いっぺん船に乗ってしもうたらもう降りれんのじゃ、降りたらもう反革命なんじゃ。穴を掘っとかんとだめなんじゃ、この穴があるけえ、わしは安心して大胆に革命できるし、鎮長、県長、地区責任者、果ては省委員会書記になることに一生懸命になれるんじゃ」母さんは呆然としてそこに立っていた。その夜、俺が寝ても母さんはその入口の所でずっと座っていたが、翌日、その豚の囲いにはトウモロコシの麦わらの束がいくつか増え、入口はこれまでよりずっと厳重に覆われた)。

今、この地下道に新人が一人入ろうとしている、彼女はまさにこの地下道の主人公、主人だ。俺は灯りを点けて、紅梅の手を引きながら地下道の入口へと向かって行った。

月明かりは水のようだった。庭はしっとり冷ややかで、彼女の手は俺の手の中で煮られた魚のように熱かった。豚の囲いへ行くとき、彼女の手の爪の先が俺の手のひらのくすぐったいところに当たり、俺は彼女の指をギュッと握りしめ、彼女に偉大な神聖な時がやってきた、気を散らすことはこの瞬間に対する不敬であり罪であると告げた。俺たちが豚の囲いの柵の門を開けると、二頭の白い豚がいつも通り頭を持ち上げ、俺を見るとまただるそうに伏せた。豚の囲いの西南の角に着くと、灯りを地面に置き、トウモロコシの束を横にどけると、地下道の入口が月明かりと灯りの中にドンと現れた。

紅梅の顔には戸惑いの雲が厚くなった。死んだような村の静けさの中から、家々の鶏や犬のグルグルいう音が、砂地から湧き出す泉の音のように響いていた。彼女は地下道の入口や、入口の支柱や滑車や地下道の中に伸びている縄、土籠、入口に散らばっている穴掘りの道具をじっと見つめながら、視線をゆっくり俺の顔へと持ち上げた。

「俺のあとについて降りてきて」

俺はまずカンテラを提げて中に入り、彼女を支えながら窪みをひとつまたひとつと踏みしめながら降りていき、そして俺たち二人は地下道の底にたどり着いた。俺は彼女の顔にキスして言った、紅梅、おまえにもしこの世で二人目の俺みたいにおまえを愛する男がいたら、俺はすぐさまおまえの目の前で死ぬからな。言いながらカンテラを地下道の奥に伸ばすと、まっすぐな暖かい地下道が灯りに照らされて、風を一杯に受けた袋のようにサァーッと現れた。

彼女の顔にうすぎぬのカーテンのように掛かっていた疑惑の雲はなくなり、驚きが赤いような紫のような色をして額に、目に、眉に、鼻そして尖ったあごに強ばり付き、口はぽかんと開いて、閉じようとして閉じられないような感じで、鉄のような冷たさと柳絮の綿毛のような感じが口元に強ばり付いていた。彼女は不思議さに打たれ、何かの力に打たれ、目を見開き口をあんぐりと開いて、どうしていいのかわからなかったのだ。そのとき、今が昼なのか夜なのか忘れ、天国にいるのか地獄にいるのか、それとも人間界にいるのか忘れていたのだ。

「俺のあとについてきて、奥へ行こう」

彼女は立ったまま動かず、顔には強ばりが相変わらず凍り付いていた。

「この地下道は全部で五百五十メートル」奥へ一歩進んで止まってから言った。「もう数丈で君の家に通じる。これから君も俺もしたいと思ったら、どこにも行く必要もないし、人目を気にすることもないし、革命が許さないのを恐れる必要もない、俺は俺の家から、君は君の家から入るんだ。地下道の中には部屋とベッドもあって、天を恐れず地も恐れず夫婦生活をともにすることができるんだ」

彼女は相変わらず呆然としていた。

彼女は俺たちの間の愛情に何が起こったのか、どんな大きな変化が起こって昇華したのか信じられなかったのだ。彼女は目の前に立っているのが偉大なる革命家であるだけでなく、めったにいない愛情家だということが信じられなかったのだ。カンテラは俺の手の中で微かに揺れ、泥水のような灯りが彼女の驚いた顔をユラユラ照らしていた。彼女の顔は地下道の泥の壁で引き立って、強ばりの中から大きな喜びの蒼白で暗い赤が現れ、半開きだった口は、何か言いたいのに言葉が出ず、閉じたいのに、閉じられないようだった。彼女はそうやって地下道に立ち、俺を見て、また奥へと続くまっすぐな地下道を見て、長い間ピクリとも動かず、一年ピクリとも動かず、半生の間一言も喋っていないかのようだった。

俺はまた腰をかがめ、彼女を連れて地下道の奥へと進んでいった。この季節、地中の熱は深くなるほど溜まっていて、地下道にはむっとするような濃く香り高い、暖かい湿った土の匂いがあり、麦が熟する前に人々が川縁でかぐ匂いのように強烈だった。紅梅はとても注意深く俺のあとについて、手で壁や天井を触りながら、十数メートル行くごとに、俺は彼女を通気口の下で休ませ、腰を伸ばし、この通気口はすべて誰かの家の壁の基礎か、どこかの家の木の穴か、石臼のローラーの下に通じていて、程天青のベッドの置いてある壁の下に通じているのもあると話した。どうして通気口が必要で、どうしてその通気口が人の家の基礎の石の隙間にないといけないのか話し、さらにこの地下道を掘るのに、二年と数日かかったこと、どれだけの籠や鋤をだめにし、どれだけの土を村の裏の用水に捨てたか、もし誰か用水の中をよく見てみれば、たくさんの水草が黄色い土に押さえつけられていることに気づくはずであることを話した。しかしよく見る奴などいなかった。水草は押さえつければ押さえつけるほど元気になって、すぐに土の中から出てきて、そしてまた黄土に覆われるのだった。俺は言った。紅梅、聞いてごらん、どの通気口も笛のようで、みんな俺たちのために楽器を奏でているようで、時にはどこかの家でベッドや机を動かす音や、薪を割ったり石を砕いたりする音やケンカの声が聞こえてくるんだ、程天青の孫の男の子と孫娘がギャアギャア叫びながら騒いでいるのも聞こえた。俺は休まず喋りながら腰をかがめて七つ目の通気口の所までやってきて、また言った。紅梅、耳をここに当ててきいてごらん、上は程慶林の母屋だよ。しかし紅梅は耳を通気口には当てなかった。彼女は頭を上げ腰を伸ばせる高さの通気口の下、ちょうど二人が収まる空間の中で、ぼんやり俺を眺め、目に涙を溜めて言った。

「愛軍、手を見せて」

俺はカンテラを持っていない方の手を差し出した。

彼女はきれいな指先で俺の手のひらのまめを撫でながら、目の縁からはポタポタと涙が落ちてきて（なんと美しく、深い愛情なのだ、この二粒の涙のためだけでも、この地下道を掘った甲斐があるというものだ）、俺の手首を打ち、愛らしい虫が俺の心に這い上がってくるようで、心の中が暖かい水で浸されるようだった。ここにきて、俺はどうにも我慢できなくなり、血管が爆発しそうになった。すぐにでもあの八、九平方メートルの寝室に到達して、あのオンドルのようなベッドの上に行きたくて、彼女を引っ張って急いで地下道の中心に向かって行ったとき、頭を天井にぶつけた。痛いのなんの、俺の狂ったように熱くなっていた頭に冷水が注ぎ込まれたようだった。

「痛い？」

「だいじょうぶ」

「待ちきれないの？」

俺は笑った。

「この地下道の入口に着いたとき、あなた何て言った？」

「何も言わなかったよ」

「何か一言言ったんだけど」

「ああ、中は冬は暖かくて夏は涼しいから服は脱いだらって言ったような」

果たして彼女は地下道を歩きながら服を脱いでいった。一枚脱ぐごとに手から足下に捨て、その一枚一枚はどれも開ききった何かの花のようだった。俺は後ろ向きで地下道を行き、後ずさりしながら彼女がボタンをはずし、服を脱ぐのを見た。カンテラの光のような黄色い泥壁の下、泥壁のような黄色い灯りの下で、彼女の裸の上半身はシルクのように白く細やかで、黄色の中に浮かんでいる裸体画のようだった。俺も自分の服を脱ぎ始めた。彼女が「あなたも脱いでよ」と言ったからだ。俺がすぐに後ずさりしながら服を脱ぎ、カンテラを地面に置いて、シャツを脱いだときには、彼女はすでに別の通気口の下に立ち、だるくなった腰をまっすぐ伸ばしていて、彼女の張り切った乳房は山の頂上で頭を上げた二頭の綿羊のように天井の下にそそり立ち、彼女の股間の秘密の場所は黒い菊の花のように宙に咲き誇っていた。俺の視線は地下道の中で強ばった。もうずいぶん長い間本や新聞を読んでいなかったように彼女の裸を見た。彼女の乳房の上やおなかの上にはたくさんの黄土の粒が貼り付き、花心のように彼女の白い肌の上で引き立ち、おなかの下のあの膨らんでいるような平らなような三角地帯の上の妊娠線はなくなっていて、シルクのように艶やかに光っていた。俺は濃厚な土の匂いの中に、白く赤い女性の桃の花と梨の花の香りが混ざったような匂いが流れているのを感じた。俺はその色と香りにひざまずいた。俺は自分が副鎮長になったばかりということも、自分が天才的革命家であり政治家でありまれにみる軍事家でもあることも忘れた。俺はひざまずいて狂ったように墨のような菊の花にキスし、俺たちの愛情と昇格を祝い、革命の再度の勝利と抵抗の歴史の歯車が飛ぶように回って前進したことを祝った。俺はおなかと下腹部にキスし、下腹部の下の三角地帯とそこに咲き乱れた黒い菊にキスし、その菊の花の下の柔らかく白い地面にキスをし、腰を伸ばしているせいで力の入った腿の筋肉の腱の張り切って光っているところにキスし、興奮して俺の髪の毛をまさぐっていた彼女の手の指と爪にもキスをした。さらにあの十個の赤く熟れた葡萄のような足爪にもキスをしようとしたが、頭を下げて見ると、足の先は両足ともちゃんと固めていない地面の土の中に埋まってしまっていたので、俺は頭を上げると、彼女の葡萄のような乳首を口に含み喉の方まで吸いこんだ。彼女は俺の狂ったような接吻と愛撫で燃え上がり、涼しい地下道の中で、彼女は全身熱く柔らかくなり、焼けて溶けた泥のように崩れ落ち、ちょっとだけ広くなっている程家と高家の庭の壁の通気口の下に倒れ込み、喉の奥からは桃色のうめき声を響かせていた。彼女はもうどうにも抑えることができなくなり、寝室の土のベッドまで行く力もなくなったのだ。彼女は適当に地面に広げた新しいムシロのように俺の前に横たわっていて、俺は灼熱の夏には涼しいムシロに倒れ込みたくなるように彼女に突進していった。地面はしっとり冷たく、彼女の体は熱く火傷しそうだった。彼女に突進していくとき、彼女の焦《じ》れた乾いたうめき声は石の隙間から流れ出る水のように灯りの下を流れて行った。俺は言った、紅梅、心配するな、声を出したいだけ出していいんだ、叫びたいだけ叫んでいいんだ、この地下道は君と俺の家なんだ、家がくずれるほど叫んでも誰にも聞こえやしない。こう彼女に急いで言いながら、俺は彼女の足を動かし、彼女を俺の望む形にして、それから俺の硬くなったものを突入させた。その、狂乱の、神聖な、全身を戦慄させるほどすばらしい瞬間、彼女の喜びの叫び声はこれまでになく爆発し、何を恐れることもなく荒々しい呼吸とともに濡れた口から吹き出し、鋭く細く、艶やかに光って、赤いシルクの帯が地下道を舞い踊った。地下道の壁や天井に浮いている土埃を振動させた。俺たちの体のそばの灯りを揺らした。その声は地下道に沿って両側に流れて行き、すぐに地下道の土と泥に吸いつくされた。俺は彼女の叫び声の中に、男にはない手強《てごわ》さと偉大さ、力強さと伸びやかさを感じた。俺は彼女の叫び声を永遠に響かせ、彼女が力尽き、喉がかれ、もうそれ以上声が出なくなるまでいけると思っていたのだが、彼女の鋭い叫び声に打ち抜かれてしまったかのようで、彼女のはばかりのない喜びの叫び声にたたきつぶされたようで、なぜだかわからないが、突然、防ぐに防ぎきれず、これまでになく突然防ぎようがなくなり、ガックリと倒れ込むと、全身の力が水が漏れていくようになくなってしまった。

俺は彼女の体の上でぐったりとなってしまった。

彼女の三度目の鋭い叫び声は途中でゆっくり消えていった。

俺たちはお互い残念そうに見つめ合った。

揺れている灯りが地下道の中で百足が這うような音を響かせた。

「俺、病気になったのかな?」

「何の病気?」

「君の旦那の慶東と同じ病気かな?」

「愛軍、こんなときに慶東のことやめてくれる?」

「なあ俺はあの病気なんじゃないだろうか?」

「あなたがどうしてあの病気になるのよ? あたしたちずっと長い間我慢していたのに、突然こんな開放的になれる場所ができたからだめだったのよ、すぐに良くなるわ、しばらくしたら絶対だいじょうぶだから」

そこで静かに座り、お互い手を取り合って、しばらく慰め合っていると、地面や壁の冷気が雨のように俺たちを濡らし、二人とも米粒大の鳥肌を立てた。俺は彼女の服を一枚取って渡すと言った。「着ろよ、もうちょっと行ったら寝室だから」彼女はその服を地面に捨てると言った。「着ないわ、何年にもなるのよ、あたしたちが夫婦みたいに裸でいられるチャンスがないまま」

(俺は彼女を愛す、俺の魂、俺の血肉よ!)

俺たちはまた裸のまま地下道を、俺たちの洞房に向かって歩いて行った。さっきの狂気と倒壊で、俺たち二人は落ち着いていた。奥へ行くとき、もう後ずさりしながら彼女の裸と白い肌を鑑賞することはせず、羊を引っ張って崖を歩いていくように、片手はカンテラを持って前に伸ばし、片手は後ろへ伸ばして彼女を引っ張り、足下の柔らかくくずれる土が、土踏まずをくすぐって気持ちが良かった。程後街の下を通り過ぎ、程寺の後殿の一角から程寺前節院の木の洞《うろ》の下、程慶安の家の基礎の下、田壮壮の家の基礎の下、程中街の真中の石臼のローラーの下を過ぎ、そして俺たちはその三メートル四方、二メートルの高さの洞房にたどり着いた。洞房の四方の壁はツルツルで、足下の地面も平らで、北側に幅四尺、高さ二尺二寸のオンドルのような土のベッドがあって、俺がすでに分厚く白石灰を撒いていたので、その石灰と土がなじんで湿気が少なくなり、ベッドを白交じりの土色にしていた。寝室の三隅には、程天青の後院の壁の基礎に通じる通気口、程天青の住居のベッドのそばに通じる通気口、そしてさらに彼の隣の程賢斉の家の台所の壁の基礎に斜めに通じる通気口があった。俺がカンテラを土のベッドの上に置くと、灯りは寝室の中ではさらに弱くなった。

紅梅の家に延びていく地下道は寝室の東の壁で、ぼんやりした灯りの下、その地下道は涸れた井戸のように横たわっていた。

紅梅は寝室の中に立って、両手で股間を覆い、頭を上げて天井から壁、そしてまた壁からベッドへ、そして最後に彼女の家に通じる地下道へと視線を落とした。

「愛軍、いつ繋がるの？」

「すぐだよ、あと半年、遅くても七、八か月で通じるよ」

紅梅は俺を見ながら、うずくまり、両足をしっかり閉じて、両腕を交差させて両肩を抱き、まるで白地に青が浮いたボールがベッドの横に転がっているようだった。

「寒いんだろ？」

「あなたは寒くないの？　早く来て抱きしめてよ」

俺はすぐにそばに行ってうずくまり彼女を胸に抱きしめた。彼女は全身なめらかで、なめらかな中に米粒大のブツブツの層があって俺の体を突き、それが味わったことのない気持ちよさと喜びをもたらした。俺たちが裸でいるとき、彼女はいつも興奮して狂ったようになり、いつも全身熱くて火傷しそうで、火で炙《あぶ》られるか煮えたぎる鍋に入れられるようだった。ところが今回彼女の体のひんやりした感じが俺の皮膚を通して俺の熱い血の中に伝わってきて、初めて球体のような彼女を腕の中に抱き、髪の毛は俺の顔や肩を掠《かす》め、吐く息は俺の喉に吹き付けた。彼女の手は俺の首に巻きつき、乳房の表面の硬くなったあの強ばった冷たさが俺の胸を押していた。乳頭の上の二粒の柔らかな氷の玉は、俺の胸の肋骨の間に当たっていた。俺たちはそうやって寝室の中で一つに固まり、一つに結ばれ、二人はまるで一人のようで、二人の肉体が一人の肉体のようで、ユラユラ揺れて定まらない灯りの下、お互いに暖めあい、お互いを見た。彼女は言った。なにか理由をこじつけて慶東とケンカして別棟の部屋に引っ越すわ。俺は、それなら俺はその部屋のタンスの下まで穴を掘り進め、君に会いたくなったら地下道から君の家に行ってタンスをノックするから君はすぐにこの寝室に来るといい、君が俺に会いたくなったら地下道から俺の家に来て、入口まで上がってきたら庭で咳を一つするか、窓をちょっと叩けばいい、俺はすぐに地下道を通って君に会いに行くと言った。俺はさらに、状況が変わるか、本当の敵が俺たちを陥れようとしたり、第三次世界大戦が勃発したりしたら、俺たちはこの地下道を使って逃げるんだと言った。彼女は、あたしはそんなに大きな事まで見えないし、そんなにたくさんは考えられないわ、あたしはただあなたに会いたいと思ったら地下道を通って会いに行き、この部屋で会い、あなたがこんな風にあたしを抱きしめてくれたら、あたしの一生も無駄じゃなかったってこと、革命に参加したのも無駄じゃなかったってことなのと言った。

「紅梅、俺は革命して死ぬまでに県長か地区責任者くらいにはなれるだろうか?」

「県長や地区責任者になっても、あたしのこと嫌いにならないわよね?」

「俺たちは革命の伴侶、生まれつきの連れ合い、君から離れたらエンジンがなくなるようなもんだ。君から離れることができるんだったら、なんで二年もかけて苦労してこの地下道を掘ったりするんだい?」

「愛軍、自信を持って、あなたは天才的な革命家よ、あなたの才能は林彪と比べても少しも劣っていないし、林彪と比べたっ……」

俺は手で彼女の口を塞いだ。

「続けて革命すれば、県長か地区責任者になれるかどうか言ってくれ」

「革命の方向を間違えず、正しい政治的立場に立っていさえすれば、四十、五十になっても今みたいに旺盛な革命への情熱を持っていさえすれば、きっと間違いなく省長の地位にだってつくことができるわ」

俺はポカンとした顔で彼女の目を見た。

「あたしの話を信じないの?」

「信じる」

彼女はまたきいた。「あたしがずっとあなたと一緒に革命したら、死ぬまでにどのくらいの地位まで上がれるかしら?」

「県レベル、地区レベル、省レベル、どれでもいけるよ」

彼女は艶めかしい含み笑いをして俺にキスして言った。

「あなたがトントン拍子に調子よくいかなければ、あたし、夏紅梅も県や地区や省なんて考えない、その理由ははっきりしているわ。もしその理由がはっきりしていないと、あたしたち二人こんなに深い感情を持てるかしら? あたしをあなたの革命の伴侶にすることなんてできるかしら?」

俺はもう何も言わなかった（俺の魂、俺の肉）。彼女がそう話しているとき、彼女の視線は熱くチリチリ焼けるように俺の視線の上にあった。俺たちはお互いが一つに丸まって長い間座っていたので、地下の涼しさからは解放されていた。革命の話が俺たちの熱情を呼び覚ましたのだ。さっき退いて消えてしまっていた血液が俺の血管の中で躍動し始めた。力がまた俺の体に戻って来た。寒気は彼女の体から消えた。彼女の体の米粒大の小さな青い点は、また彼女の皮膚の下に退いていった。彼女の全身はまたもとの白く艶々した光を放ち始め、もとの熱情と柔らかさと弾力を取り戻し始めた。彼女の乳房は俺の胸の上でまたプルンと弾み、巣から出ようとしているウサギが穴の中でウズウズしているようだった。

「俺は今やっと副鎮長だ、万里の長征はやっと最初の一歩を踏み出したところだ」

「最初の一歩を踏み出せば、次の一歩は踏み出しやすくなるわ。長征の道のりであなたはもう草原を通り過ぎたのよ」

「副鎮長になったら、あの王振海のクソ野郎と一緒に会議に出ることが多くなって、彼を鎮長の地位から振り落とすチャンスも増える」

「婦女聯合会主任のあの渋柿みたいな顔、ごはんも喉を通らないわ、あたしの方が絶対うまくやれるわ」

「革命は俺たちにこんなにチャンスを与えてくれている、このチャンスを捕まえられなかったらほんとにバカだな」

「革命はすばらしいけど、あなたとあたしを地下に追いやったわ」

「体に付いた土を見てごらん」俺は彼女の左のツンと張った乳首を指さしながら言った。乳首に大豆ほどの大きさの土の粒がくっついていて、乳首に新しい乳首ができたみたいだった。彼女は俯いてその土の粒を見て、自分でその土の粒を払い落とそうとしたが、手は途中で元に戻ってしまった。

「あなたが払ってちょうだい」

「鎮長に土の粒を払い落とさせるのかい？」

「高県長、あたしのおっぱいの土を払い落として」

「なんと、君は県長様を動かそうっていうのかい？あるいは県長様に指図しようっていうのかい？」

「高責任者様、あなたの舌でその土の粒を舐め落としてちょうだい」

「なんてこった、まるで子供を呼ぶみたいじゃないか」

「高省長様、あなたの舌でツンツンしてあたしのおっぱいの上の土の粒を舐めて落としてちょうだい」

「革命家と呼んでくれ」

「天才的革命家様、あなたは中国の大地にゆっくりと昇っていく煌めく星、あなたの舌の泉水は渇いた人民と乾いた大地を潤す、どうかあなたの泉水であたしの乳首の上のこの黄土を払い落として下さい」

そう話している彼女の声の調子にはメリハリがあって、変化の仕方にも味があり、朗読するような、賞賛するような、哀願しているような、はしゃいでいるような感じで、視線は俺の顔をジリジリ焼き付け、両手は俺の体、股間を休みなく撫で、動き回っていた。俺は彼女の磁性を持った声に呼び覚まされ、喉と唇がまた渇き始め、ことに及びたくてしかたがなくなった。しかし俺は自分の焦りと渇きを抑えつけ、彼女の革命言語に満ちあふれた言葉の中にしばらく浸りたかった。俺は両手で両耳の耳たぶをつまみ、手首を彼女の肩に置き、満面真っ赤にほてり金色に輝く菩薩の顔を持ち上げるかのようにした。「俺は天才的革命家であるだけでなく、天才的な政治家でもあるのだ、まさか君は俺の政治の才能を軽く見ているのか？」

彼女は片手で俺の下半身のものを弄《もてあそ》びながら、もう片方の手を、そろそろと、あの乳首の上の土の粒を落とさないように平衡を保ちながら、彼女の両方の乳房の前に立てて言った。「敬愛する革命家、政治家、高愛軍同志、どうか舌で私の乳首の上の黄土を舐めて落として下さい」

「俺は革命家、政治家であるだけでなく、軍事家でもある。軍事家でなければこんな地下道を掘れるか？」

彼女は両手を合わせ、二つの乳房と鼻先の間に差し上げ、頭は少し低くもたげ、両目は微かに閉じて、俺の前にひざまずいた。「あたしが最も、最も敬愛する偉大な政治家、絶対的軍事家、空前絶後の革命家、若く有為な鎮長、才能あふれる県長、心を公に捧げる地区責任者、思想は真っ赤で業務にも精通していらっしゃる、組織する才能と指導する芸術に恵まれた省長、あたしが最も最も熱愛する、最も最も忠義を尽くす、最も最も信頼する皇帝様――高愛軍同志、今、あなたの臣民、あなたの庶民、あなたの召使い、あなたの革命の連れ合い、人生の伴侶、未来の妻、婦人である皇后があなたの前にひざまずいております、彼女の乳首の上に不潔な黄土がついており、彼女はあなたの革命の愛情を土台にした舌の先と甘露で、その乳首の上の土の粒を舐めて落としてほしいと懇願しております——程嵩革命の再びの成功を祝い、革命の中であなた様が村長から鎮長になり偉大なる昇進がはじまったことを祝うために、どうかあなた様の高貴で、知恵の詰まった、革命の覚悟にあふれた頭をお下げになって、革命のうねりのなか現れた偉大なる女性の偉大なる乳房の上に付いている土の粒を舐めて落として下さいまし！」

本を朗読するようにお経を読むようにその話を終え、ちょっと腰をかがめて、その土の粒が乳首にしっかりくっついていて落ちそうにないのを確かめてから、彼女は地面に這いつくばり、両手で俺のものを捧げ持つと、軽くキスし、またキスした。彼女は俺のものに三回キスすると、体を起こして膝立ちになり、彼女の乳首を俺の目の前につきだした。

俺はその黄土を呑み込んで俺の腹に収めるべきだと思った。

彼女の高く聳える乳房を見ながら、乳房の先端の乳首とその上に付いている豆のような黄土を見ながら、俺は言った。「英雄人民のアルバニアは、欧州の偉大な社会主義の灯りとなったが、ソ連修正主義指導者集団、すべて種々雑多な反逆者と裏切者、南スラブのチトーの集団は、君たちに比べると、ひとつかみの黄土に過ぎず、君たちは雲を突き抜け高く聳える山である。どうか俺を革命家とか、政治家とか、軍事家とか言わないでくれ、鎮長とか県長とか地区責任者とか省長などと言わないでくれ、我々はすべて全国津々浦々からやってきて、貴賤の区別もなく、我々はお互いに気遣い、お互いに助け合わなくてはならない。私の一切の努力は、すなわち大衆の公僕、用務員になることである」そこまで言うと、俺は舌の先でその黄土の粒を舐め始めた。三度舐めて、やっとその黄土の粒は彼女の乳首から取れ、甘い土の匂いが、すぐに俺の口の中に暖かく広がった。俺の乾いてひび割れた唇が彼女の熱い乳首から離れる前に、俺は金か銀でも呑み込むかのようにその土を腹の中に収め、舌の先を飛び出させると、すぐに彼女の乳首を一度また一度と舐め始めた。彼女の乳首は俺の舌の湿り気のなかで、揺れ動き、さらに大きくなり、紫の葡萄が突然大きくなって、丸い暗紅色の光を放っているようだった。続いて俺はその葡萄を口の中に含み、彼女の乳房の半分を口の中に含むと、猛虎のように荒々しく吸った。俺が吸っている間、彼女の喉からは桃色の喘ぎが、ザラザラかすれて、震えながら、途切れ途切れに続いて、桃色の噴水の水が俺の顔、体と心に降りかかっていた。俺はもう抑えがきかなくなった。血は洪水のように俺の一か所に流れ込んでいった。彼女もどうしようもなくなり、喘ぎながら、俺の名前を叫び、鎮長、県長、地区責任者と叫び、革命家、政治家、軍事家と叫び、早く助けに来てと言わんばかりだった。「あたしもうだめ、高鎮長、お願い早く」彼女はそう叫ぶと、俺の目の前に滑るように倒れ込み、岸に躍り上がった魚が仰向けになったように飛びはね、震えていた。

俺は彼女を抱いて土のベッドの上に置いた。

「愛軍、早く来てちょうだい」彼女は言った。「あたしどうかなりそう、鎮長、来ないで、来たらあたし死んじゃうわ」

彼女は何度も叫びながら、両手を俺の股間に入れた。

「死にそうなの、愛軍、来ちゃだめ……でも来てくれないとたまらないの、苦しんで辛い思いをしてこの穴を掘ってくれたのは、あたしたちが夫婦と同じように楽しむためでしょ？」

俺は彼女の股間のあの咲き乱れた墨色の菊の前にひざまずいた。

「早く来て、愛軍、あたしのため、あたしたちがこれから革命の志に専念するため、早く来て、なんで入れてくれないの？」

俺は下唇を咬んだ。

「革命家様、軍事家様、ねえ……早く来てったら！」

しかし、ああ天よ地よ！……俺は咬みしめていた下唇を緩めた。また轟然と決壊してしまったのだ、どうしようもなくくずれ落ちてしまったのだ、山が雪崩を起こし家を押しつぶしてしまうように。

彼女の続いていた桃色の言葉も、ゆっくりと小さくなっていった。彼女はついに何も言わなくなった、どうなったかわかったようで、ベッドの上で横になったまま少し休んで、長いため息をついてから、体を起こして座り、俺がベッドの真中に漏らした汚物を見ると、何も言わずに、黙ったまま俺を見ていた。

俺の再度の倒壊で、俺たち二人の熱は氷水を撒かれたかのように下がっていき、そのあとすぐに寝室の肌寒さがやってきた。カンテラの光が異様に濁って暗かった。彼女は俺の目の前に座ったまま、ガッカリした様子の顔は土のベッドと同じような薄い灰色で、二粒の涙が目の縁から出てきた。すまなさとやり切れなさを表すために、俺は自分の顔にびんたを喰らわせた。そのびんたの音は青紫で、寝室の中で重く澱み、水がめの中にいるようだった。俺が自分にびんたを喰らわすのを見て、彼女の顔の薄い灰色が驚いて強ばった。その強ばった灰色は俺に慰めと心地よさを感じさせ、過ちを犯した別人が俺のために自己批判しているような感じで、俺を卑屈にさせたが、またこれはこれでいいと思った、こっちの思うつぼだ。彼女に自分の涙と沈黙で後ろめたさを感じさせるため、俺はまた彼女の前にひざまずき、両手で交互に自分の顔をこれでもかとびんたし、雨粒のように顔に降らせた。彼女が驚きの中から目を覚ますまで、俺の左側と右側の顔は四、五回ずつびんたされた。

彼女はとんでもない過ちを犯したかのように、同じようにひざまずくと俺の手をつかんだ。「愛軍、何するの、愛軍、あたし何か言った？　あたしあなたを責めた？　ぶつんならあたしをぶって、もうぶたないで！」

この言葉を聞いて俺は手をふりほどいてますます顔をひっぱたき、胸をどつき、腿とあれをつねった。「意気地無し！　なんて意気地無しなんだ！　俺は苦労して穴を掘って君がこれだけ俺にこたえてくれているのに」俺が叩けば叩くほど、彼女は怖がって自分のせいであるかのように俺を引っ張った。彼女が俺を引っ張れば引っ張るほど、俺はひどく自分を殴った。顔、体、腿の至る所が熱く心地よい痛みを感じ、彼女の自分を責める泣き声が暖かいお湯のように俺の心に染みていくのを感じた。彼女の泣き声の中、パンパンひっぱたく音の中、彼女は俺に言った。

「愛軍、なんとかして放送の拡声器をこの穴の中にひけないかしら、以前郊外で拡声器の音楽と革命歌の放送を聴いたとき、あなたすごかったじゃない、放送と革命歌がないと、だめなんじゃゃない？」

俺はひっぱたくのをやめた。

彼女を胸にギュッと抱きしめると、カンテラの油が切れ、炎はしばらく揺れていたが、寝室は墓穴と同じように真っ暗な世界になった。

3　弁証法における矛盾

矛盾の普遍性あるいは絶対性というこの問題には二つの意義がある。その一、矛盾は一切の事物の発展過程の中に存在する。その二、どの事物の発展過程にも始めから終わりまで矛盾の運動が存在する。

ある人がこのように矛盾の普遍性について説明した。

「数学では、正と負、微分と積分」
「力学では、作用と反作用」
「物理では、正電気と負電気」
「化学では、原子の化合と分解」
「社会科学では、階級闘争」
「生命では、生と死」
「人では、男と女」
「文学では、真実と虚構」

事物の範囲の拡大、発展の無限性のために、だから特定の場合に普遍的なものも、別の特定の場合には特殊性に変わる。これに反して、特定の場合に特殊性を持つものは、別の特別な場合において普遍へと変わる。

矛盾の普遍性と矛盾の特殊性の関係は、矛盾の共通性と個性の関係である。

この共通性と個性、絶対と相対の理屈は、事物の矛盾に関する問題の精髄であり、これを理解しなければ弁証法は捨てたも同然である。

第九章　新しい革命

1　発展の中の矛盾と新しい主要な矛盾

事物の発展は漸進的なもので、矛盾の昇華は飛躍的だ。一つの矛盾が解決したら、別の矛盾が生まれ、それは突如降臨することもある。

状況はすなわちそうだったのだ。

そう、そう、そうだったのだ。

紅梅の旦那の程慶東が死んだ。

三年近い時間をかけて愛の地下道を掘って、俺たちが幸せに二年間使ったあと、それが彼女の旦那の墓になろうとは思いも寄らなかった。

地下道がちゃんと開通したのは、俺が副鎮長になって九か月後だった。もともとの計画より半年あまり遅れた。遅れた主な原因は、副鎮長になってから会議が山のように増え、とりわけ俺は一人の青年革命家として鎮の様々な会議を組織し、それに参加するだけでなく、県や時には地区の会議へも出向かなくてはならなかったからだ。程崗鎮を離れるたび、知見を広め、理論的知識を深め、思想の覚悟をさらに高め、たくさんの上級の指導者と接触したのは、さらなる昇進という次の一歩を踏み出すための基礎を固めることになった。それはそれで収穫だったが、損失となったのは、偉大で、神聖な地下の愛情トンネルの工事期間が延び、紅梅のあの肉体への俺の思いを激化させたことだった。幸いトンネルが開通する前に洞房の手配は整った。程崗大隊で世話の必要なお年寄りの家に電気を通し、放送が聞けるようにするという名目で、大隊の会計に電線と銅線のコードを街へ買いに行かせ、俺の家の裏窓の下に細い溝を掘って、電線とコードを一緒に溝の中に埋め、地下道に通したのだ。地下道の途中にいくつか電灯をつなぎ、寝室には二百ワットの電球をつけた。鎮の放送局で使えなくなった古い拡声器を地下道に搬入し（なんと言っても副鎮長なのだ。兼任で農村戸籍でも、その革命事業は最高潮で、鎮長や県長になる日も近いのだ。拡声器を借りたいんだがと言ったら、放送局員がすぐに修理して、夜には俺の家に持って来てくれた。これこそ権力の持つ力だ）、洞房の天井とベッドの枕元に三つのスピーカーを設置した。さらにあの石灰を混ぜた土のベッドの上に、藁とムシロを敷き、底に隙間のある二層の大きな木の箱を作り、その二寸ほどの隙間に防湿用の白石灰を詰め、それから拡声器、敷き布団、掛け布団など湿気を嫌うものを中に入れた。紅梅は、彼女が結婚したときの青色の太平洋のシーツと鴛鴦枕《おしどりまくら》、枕カバーをすべて提供してくれた。地下の洞房は俺たちにとって名実ともに洞房となった。トンネルが完璧に開通すると、紅梅は赤い防湿油紙で双喜の文字を切り抜いてベッドの上に貼り、洞房のその他の三面の壁には、一面は偉人の大きな肖像画、一面は李玉和と李鉄梅、[*1]楊子栄、[*2]柯湘、[*3]呉清華[*4]と厳偉才[*5]の肖像画を、もう一面にはバイブルの語録と標語を鋲で留めた。「私心の文字が頭に浮かぶことと断固戦う」、「全国人民は団結し、プロレタリアート文化大革命を徹底的に推し進めなければならない！」などなどなどなどなど。それらの絵や語録、スローガンには、紅梅によって丁寧にビニールの膜が貼られ、昼も夜も湿気から隔絶され、永遠にその激情と活力に満ちあふれていた。

　地下道が開通したあの日々――それはほんの短い間の忘れがたく美しい革命の歳月だった――電灯頭上に掛かり／光が下を照らす／巨人の両手／英雄の気概／程崗山河を再配置／無限の信仰／無限の崇拝／闇夜は明けの明星求め／革命航路は我が開く／艱難《かんなん》辛苦の年月思い出し／我が心沸き立ち、激情逆巻き／一本の鍬、一本の犂《すき》から始め／両肩にずっしり愛を担ぐ／どれだけ心血注いだことか／幸せの大楼築き上げ／崑崙《こんろん》高く天に入り／大河東海に注ぐ／理論武装されたなら／時代の逆流も粉砕し／足下の障害も蹴り飛ばす／時代を前へと推し進め／勝利を山脈の隅々に行き渡らせ／原爆、水爆響き渡り／飛び散る溶岩の花が咲く／山にも峰にも大寨の御旗／田んぼの畦に水利の花／千万の雷鋒再び立ち／新しい世代次を受け継ぐ／プロレタリアート独裁堅固なり／祖国の山河変わりなく／水に落ちた犬、痛打して／汚れた旧世界、徹底的に浄化する／凍り付いた毒蛇はまだ人を咬む／死んだ振りしている虎は襲ってくる／警戒を高めなくてはならない／光明があれば暗闇の夜があること決して忘れてはならず／我々の手は五洲を引き／心は四海に連なる／アフリカの戦闘がダダダと響き／ベトナムの密林に軍歌が轟き／中国の大地には激昂する銅鑼／程嵩革命がしつらえた舞台／これらは我々のために発せられた声援／我々の愛のための喝采／我々の頭上に打ち上げられる祝いの花火／我々が足の下で愛の道を造るのを助けてくれる／高愛軍と夏紅梅／君たちの革命、君たちの愛／道はまだ長く／道は折れ曲がっている／未来には曙光がある／未来には晴れも曇りも満ち欠けもある／帆を揚げろ／勇気さえあれば、海に出られる／前進さえあれば、勝つことができる／世界に縁もゆかりもない怨みはない／縁もゆかりもない愛もない／君たちは天地と戦い／同じ舞台に立ち／君たちは人心と戦い／意志は衰えず／君たちは団結し奮い立ち前進する／革命は君たちをつなぐ／君たちは革命の伴侶／至る所美談と永遠の愛で満ちあふれ／おそらく刑場で挙行される婚礼と定められていようとも／誰にもそれが愛の花が咲いたものでないとは言えない／前進しろ／足下の障害に気をつけろ／戦え／不意打ちに気をつけろ／胸を張り、波しぶきと塵埃《じんあい》に立ち向かえ／頭《こうべ》を上げ、未来の世界に目を向けろ／狂風暴雨何するものぞ／巨大な雷鳴り響こうと、顔色一つ変えず／前進する道には落とし穴／成功の前には失敗／月が昇るときに月食、あまねく照らす太陽には雲／矛盾は常に変化する／変化がなければ解決もない／笑うときには思い切り／悲しいときには悲しまず／英雄の威厳の雄々しさよ／〈天地を顚覆し、我々人民の意気はすこぶる高い。当然余った兵で追い詰めた敵を追いかけるべきだ。名声を求め覇王項羽を手本としてはならない〉、歩を進めよ／愛軍、

＊1　『紅灯記』の登場人物。
＊2　『智取威虎山』の登場人物。
＊3　『杜鵑山』の登場人物。
＊4　革命現代京劇『紅色娘子軍』の登場人物。革命模範劇のひとつ。
＊5　革命現代京劇『奇襲白虎団』の登場人物。革命模範劇のひとつ。

紅梅まさに愛し合い／愛軍また武を学び／紅梅花開く／十本の指、一個の力を成し／千本の小川、大海となる／来るべきものは来させ／負けるべきものは負けさせろ／天下を論じ天下赤く／文で時の権力者を品定め、新しい愛を書く／金の猿は如意棒をふるい／新天地、新世界を創造し／野心を持った狼どもを一掃する／高みに登って遠くを眺め、新しい曲を書く／天下を論じ未来を鋳《い》る／涙と血と汗を忘れず／涙と哀しみを記憶し／成功の日は初めから祝おう、勝利の成功を祝って吶喊《とっかん》だ／前進！　前進！　前進！／吶喊！　吶喊！　吶喊！／紅梅永遠に花開き／愛軍永遠に銃を担ぎ／紅梅花は萎れず／永久に永遠に萎れることとなし！

俺たちの弁証法と弁証唯物主義の理解度はまだ入神の域には達していないし、矛盾論と実践論の勉強はまだ本の上にとどまっていて、まだ革命や生産、生活の中、愛情の矛盾の中で実践するところまで行っていない。俺たちは、地下道が開通し、寝室のしつらえが終わり、紅梅が慶東とタイミングを見計らってケンカし別棟に移り、彼女が嫁入りしたときのタンスや箱や机を運ぼうと思っていた。慶東が学校に授業に行っていたとき、俺は紅梅のタンスの下の最後の土を掘り、そのタンスの底板を取り去り、紅梅の衣装をすべてその棚に掛け、底板を元通り被せた。これですべて完璧間違いなし、天衣無縫、俺たちの愛情と肉体の渇きというこの革命の中の主要な矛盾、矛盾の中の主要な難病は解決したと思っていた。

事実上、確かに解決したのだ。

地下道が開通したその日、そのベッドの上で俺たちはあれをやり遂げた。そして俺たちはもう一度やろうと思った。ものがどうしてもだめなとき、試しに彼女に俺の体をひっぱたいてもらったら、はたしてあれは見事に立ち上がり、俺たちはさっそく抱き合い何度もことを成し遂げたのだった。その後、ラジオや拡声器もつながって、俺たちはことに及びたいと思ったらラジオのスイッチを入れ、赤い針を中央人民ラジオ放送か省のラジオ局のチャンネルに合わせさえすれば、革命歌が流れてきた。枕元につけた拡声器はもともと低音で、加えて地下道は天然のドームで、音楽や歌、デモ隊のスローガン、重要な革命指導者の講話や、最新最高指示が放送されると、地下道一杯に、低く興奮した真っ赤な音楽や銅鑼の音が響きわたった。こうなると俺と紅梅はもうどうすることもできない。寝床をしつらえると、服を脱ぎながら、真っ赤な音楽が俺たちのシーツの上を流れ、紅梅の艶やかで白く柔らかい皮膚の上を掠めていくのを見ながら、肖像画や語録が音楽の中でめくれて揺れて音を立てるのを聞きながら、全身の血液は規律に沿って俺の体を狂ったように流れ、俺は長い間硬くなったまま紅梅とことを行った。何倍もの夫婦の快楽と美しさを享受し尽くした。俺たちは夫婦ではなかったから男の喜びと女の楽しみを百倍千倍万倍も体感することができた。俺たちはことが終わるごとにベッドに体を横たえるといつも言った。「革命はやるだけの価値がある、死んでもやるだけの価値がある！」俺たちのあの短い美しい日々の中で、革命の伴侶の神聖さと偉大さ、すばらしさと奥深さ、震え上がるほどの驚きとまたその尽きることのない楽しみを感じた。冬が来ても、俺たちはその地下道で一糸まとわぬままでも、少しも寒さを感じることはなく、毎回ことを行うたびに汗だくになった。酷暑の夏、村人全員が暑さと蚊や虫のため、昼や夜は、村の入口の風当たりのいいところに行って、ムシロを敷き、うちわを持って蚊や虫を払いながら、酷暑に耐えていたが、俺たちは家を出なくても、家族が出払うのを待って、お互い約束の時間になったら、地下道を通って、涼しい土のベッドに横になればよかった。ある時、寝室で彼女を長い間待っていたが、来る様子がないので、腰をかがめて地下道から彼女の別棟の下へ行き、軽くタンスの底を三回叩いたら、タンスの底から紙が一枚落ちてきた。

親愛なる高鎮長様、偉大なる革命家様

　月経が来てしまい、ついでに十三里河に娘のために洗濯しに行きますので、今日は私を待たないで下さい、どうか堅忍不抜の革命の気力で私への思いを我慢して下さい。忍耐がなければ、次元を超えた快楽もない、これはあなたが私に諄々《じゅんじゅん》と諭したものです。

　　あなたの革命の伴侶・一輪の紅梅の花

　　　戦闘的革命に敬礼！　今日午後

俺がすっかり落胆して彼女の家から引き返してくると、思いがけず彼女は洗濯を終わらせて、俺の家から地下道に入り、素っ裸で寝室に立っていて、すでにベッドは用意してあり、音楽もかかっていて、枕元には洗った生の胡瓜《きゅうり》が置いてあり、俺たちはことを終えたあとその新鮮なヤツを食べるのだ。去年の冬、大雪が吹きすさぶある夜、俺がちょうど寝ようとしたときに、誰かが窓を叩いたような気がした。俺は起き上がって地下道に降りたが、地下道には誰もいない。聞き間違いだと思い、地下道から家のベッドに引き返そうと思ったその時、彼女はベッドの枕元の木箱の中から飄然《ひょうぜん》と現れ、やはり素っ裸で、一糸まとわず、白い蝶が俺の胸に飛び込んできたようだった。あの二年間（ほんとに短い二年間だった！）、俺たちは村にいるときは、ほとんど毎日地下道で会い、ほとんど毎回ことに及んでいた。俺が会議で三、四日出かけても、戻って来て彼女に知らせることはせず、夜になったら地下道を通って彼女の別棟に行き、彼女の布団の中に潜り込むのだった。もちろん、それはきわめて危険な行為だ。下手をすると彼女と俺の革命の前途が葬り去られるのだから。彼女の娘の桃はもうすぐ十歳で、小学校三年生、毎晩彼女の足の上で寝ていた。そのためいつも、県や地区の会議から戻ってくると、彼女の家に人をやって正々堂々と彼女に通知した。夏支部書記、高鎮長がいつでもいいから会議の成果をお伝えしたいとのことであります（村人は俺のことを副は付けずに鎮長と呼び、彼女を呼ぶときも副を付けず支部書記と呼んだが、これはとてもすばらしかった。そう呼ばれると心にしみて、前祝い、吉兆のようだった）。俺が彼女に会議の精神を伝えるのは、いつも地下道のベッドの上で、彼女とことに及びながら、会議の精神や裏話を話した。会議から戻ると、彼女の肉体への思いが我慢できず、彼女に会いたくて飢え渇き、人をやって彼女に通知した。状況は急を要する、彼女をすぐに私の家に来させてくれと。夜に会いたいときは何時何分に大隊の会議室に来るようにと通知した。俺が彼女に通知した時間に、彼女はいつも時間通り俺を待っていた（俺の魂、俺の肉よ、革命の伴侶、生命よ）。何度も俺は「すぐに」の前に必ずという二文字を付け加えた。その時が、もしもちょうど食事の支度の頃だったら、俺が会議から家に戻ってきて、「必ずすぐに来るように」と伝えさせると、彼女は数分後には小麦粉をこねた粉だらけの手か、野菜をより分けていた泥だらけの手で地下道の洞房に現れるのだ。その時には、俺たちが狂ったあとの布団や、体、ラジオやスピーカーには、彼女の白い手の跡か黄色い手の跡が付いている。もちろん彼女が県や地区に行って会議に参加することもあるが（数は多くない）、その時も彼女は誰かに頼んでいついつに会議の精神を報告することを俺に伝え、俺も約束の時間よりも早目に地下道の中で彼女を待つのだ——俺はいつも彼女が会議の精神を報告するのに遅れ、長い間待たされるのが嫌だったが、彼女は言う。「あなたはいつもあたしに家に帰って服を着替えさせ、体を拭かせるじゃないの、長距離バスは揺れがひどくて全身どこも埃だらけで、あそこまで埃だらけだって」

「埃が落ちないのは恐れない、箒が来ないのを恐れる」[*1]

「防衛を主とせよ。衛生に気を配り、人民の健康水準を高めるのだ」

「勇気を持てば戦える、犠牲を恐れず、作戦を続行し、前の者が進めば後の者もそれに続いて進む、そうであってこそ、世界は我々のものだ。すべての悪はすべて消し去られるのだ」

「質の変化は量の変化から始まる、大きな禍《わざわい》も小さい芽から起こる。小さい芽の状態の時に矛盾を解決しなければ、それは挫折と失敗が待っていることを意味している」

「体を拭くのが少し遅れても、洗うのがちょっと少なくても、おできはできたりしない。体におできができたら、つぶせばいい、『私心』と同じ、闘えば逃げ、批判すれば落ちる」

「短期的に見れば、埃は病気の通行証、長期的に見れば、埃は幸せの障害物。流れる水は腐らず、腐った水は動かない。埃があるのにその時に掃除をしなければ、病気は蔓延、魂に至り、後悔しても遅く、自分で持ち上げた石で自分の足をつぶす」

「左手に鉄の箒、右に如意棒、〈蟻がエンジュの樹に孔をあけて大国だと威張っても、大蟻が樹をゆさぶるとわめいても、大口叩くのは簡単だ〉[*2]。封建主義、資本主義、修正主義、我ら何するものぞ、地主、富豪、反革命、悪人、右派も、奮起一撃、アメリカ帝国主義、ソ連修正主義、大声で家に追い返す」

そうなったらもう放送はいらないし、暴力という手

＊1　箒が来ないと埃はそこにあるままだ、こちらから出向いていかないと敵が自分から消滅することはない。

＊2　毛沢東『満江紅・郭沫若同志に和す』（一九六三年）より。原文「螞蟻縁槐誇大国／蚍蜉撼樹談何易」。大躍進政策が失敗し、三年の自然災害、ソ連との対立で国家主席を辞任し一線を退いた毛沢東が、文化大革命発動前夜に作った、反撃への気概をうたったもの。

段を使って俺のあれをひっぱたいたりどついたりする必要もなく、自分たちが作り出した放送歌と同じような熱く燃え上がる雰囲気のなか、和《なご》やかな雰囲気のなかでことを終わらせることができるだけでなく、俺たち二人の堅固で深い記憶、弁才、理論と覚悟を発掘することができたのだ。

まったくもって放送や平手打ちに頼らず、毎日一度俺を硬くしてことに及ぶことができるのは、俺と紅梅の発見と初めての試みで、快楽の時間は短く、音楽や歌を聴きながらのように長く狂ったようなものではなかったが、特別暖かく柔らかく、細やかでしっとりしていて、干上がった地面にこぬか雨が降るような、汗でびっしょりの体を涼しい風が吹き抜けていくような、カラッカラの口の中に街で買ってきた酸梅（梅の実の燻製）を含んだような感じだった。俺たちはこの発見に有頂天になった。時にはあれをすることは二の次で、革命的唇のライフルと革命的舌の剣の戦いが重要になり、それそのものが俺たちに刺激と喜びをもたらすのだった。それから長い間、地下道の中で会う約束をしたときはもはやラジオも拡声器も鳴らさず、地下道の中の適当なものを指さしては、適当に題目を出し、二人で長い時間をかけて舌戦を繰り広げた。地下道の中のボロボロの鍬を題目にし、ベッドの白石灰を題目にし、拡声器やスピーカーを題目にし、藁、布団、水滴、箱、髪の毛、皮膚、爪、乳房、枕、へそ、衣服を題目にし、寝室の壁の指導者の肖像画や標語を除いて、地下道の中で目にするあらゆるもの、思いつくもので舌戦を繰り広げた。俺たちはさらに下品かつ神聖に男女のあそこをお題にして革命詩の舌戦を繰り広げた。宴会で拳を打つのと同じで、相手の答えに対して何も言えなかったり話題がそれたりしたら負けだ。俺たちは勝ったら相手に五十回あるいは百回キスしていいと規則を決め（唇が痺れて、感覚がなくなってしまう）、負けたら相手のどことどことどこを愛撫するか、相手の股間のものを口に含ませると決めた。俺たちは豚、俺たちは犬だった。俺たちは天真爛漫で、俺たちは子供に返っていた。俺たちは犬、豚にも劣る、恥知らずだった。俺たちは純粋で神聖、気持ちは真摯だった。俺が寝室の壁の隅に置いてある犂を指さして言う。「革命に力を入れ、生産を促進させる。一本の犂は地面を掘り返す」すると彼女が言う。「一本の犂で革命を起こし、敵の心胆を寒からしめる」「犂は地面を掘り起こしまた天をもひっくり返し、億万人民笑顔をほころばす」「犂を銃に、英雄の闘志は高まる」「〈稲と菽《まめ》が浪打っているのを喜んで見る。地にあまねくいる英雄たちが炊煙の上がる頃、家に帰ってくる〉。[*1]」「高愛軍、高鎮長様、あなたの言葉のなかには犂がない、あたし背中がかゆいの、罰よ、ちょっと掻いてちょうだい」「夏紅梅、夏支部書記様、地面を耕す犂がなければ、稲も菽も千重の浪の大豊作はない、俺の足の裏がかゆいんだ、罰だ、軽く十回掻いてくれ」彼女はすぐに俺の足の裏を十回掻いてくれる。彼女が掻きながら俺たち二人は笑って一つになり、ベッドの上を転がりまくった。

彼女は自分の髪の毛を指さして言う。「髪は長く見識も浅くない、女性は天の半分を支えることができる」俺は自分の髪の毛を指さして言う。「髪の毛は短いが見識は深い、国家の大事胸に秘める」彼女は自分の目を指さして言う。「心明眼亮《しんめいがんりょう》（洞察力が優れている）、眼は亮《あき》らかで度量は広い」俺は自分の目を指さして言う。「火《か》眼金睛《がんきんせい》（邪悪を見抜く眼力）、国外のアメリカ帝国主義とソ連修正主義に睨みをきかせ、火眼金睛、国内の魑魅《ちみ》魍魎《もうりょう》を焼き尽くす」彼女は自分の左の乳房を指さしながら言う。「食べるは草、搾るは乳、私、紅嫂[*2]戦場に赴く」俺は彼女の右の乳房を指さしながら言う。「形式だけで、うまくまとめただけ、死んだ水にあらざるなし」「高愛軍、乳房は形式じゃないし、お乳は水じゃないわ、太ももがかゆいの、舌で掻いてちょうだい」

俺はすぐに舌で彼女の腿を一度また一度と舐めた。

それから連続数か月、俺たちはほとんど革命への闘志を失い、革命の先取りの精神と警戒心をまったく失い、完全に意識が朦朧《もうろう》とするような革命の言葉遊びの中に埋没していた。どうしても必要な会議や文献学習に出るほかは、生産隊の畑に行って指導することもしなかったし、大隊の会議室に行って階級闘争に関する会議を招集することもしなかった。俺たちは隣同士の諍《いさか》いや、用水路が最後の秋雨でくずれて修繕しなくてはならないとか、村の入口の「宣伝農地」の木の看板が初冬の風で倒れたとか、果ては地主の息子が貧農の

*1　毛沢東『七律・韶山』（一九五九年）より。原文「喜看稲菽千重浪／遍地英雄下夕煙」。三十二年ぶりに訪れた韶山をうたったもの。

*2　劉知俠の小説『紅嫂』（一九六〇年）のヒロイン。怪我を負った革命兵士に自分の乳を飲ませて助けた。この小説は後に京劇や舞踊劇、映画に改編された。

息子の頭にションベンをかけたという貧農の訴えにさえ、構わなかった。俺たちはそういったすべてのことを、美辞麗句を並べて程慶林に一切任せた。彼には前もって精進を重ねてもらい、いつか俺と紅梅が昇進してどこかよそに配属されたときのために、程崗大隊の仕事全体を把握しておいてもらうのだ。新しい遊びは俺たちに新しい感覚をもたらしたが、地下道の中のものを題目にして裸で地下道で舌戦を繰り広げようと、俺たちはベッドの端に腰掛けても新しい題目を見つけられず、酒の席で拳を打ちたいのに箸を持ち上げることができずぼうっとしているように、ぼんやりしていた。家で茶碗を持っているときやどこかで会議をしているとき、突然新しい珍しい題目に気がつくと欣喜雀躍、愉快痛快で、その題目を急いで紙に書き付けると封をして、なんとかして相手に届けさせ、相手が返事しやすいように、返事があったら、お互い狂ったような場面のための精神的準備と物質的基礎を作るのだった。

十二月になって（黒い十二月）、天は寒く地は凍り、村人はみな家で暇にしていた。人は暇なときに特別一か所に集まり、おしゃべりするのが好きで、一緒に火を囲み、まずは革命闘争の話題を出してから、後はあれやこれや、天上の話から地の話、長江、黄河のように話をして時間を消耗した。そんな日々、村の若い男たちは俺の家に集まり、革命の情熱を持った若い女たちは紅梅の家に集まった。俺たちは地下道で会うに値する良い題目を見つけられず、半月ずっとお互い地下道で会う約束をしないままだった。俺にはこの半月の時間が歩いて鎮から県城に行くように、県城から九都までの百里の道のりのように長く感じられた。早く題目を見つけて紅梅と寝室に行く約束をしたかったが、インスピレーションが湧かず、面白い発想が出てこず、ちょうどそんなことを考えて、その日のお昼御飯を食べ終わったとき、紅梅が学校に行く桃に紙を持たせて俺の所に寄越し、開いて見ると、そこにはこう書いてあった。

最も新しく最も美しい文字を書きとめ、
最も新しく最も美しい絵をスケッチする。

俺は彼女も同じようにこの半月を長いと感じていて、何か新しい題目を見つけたのだとわかった。俺は村の常連客たちがうちに来る前に、茶碗を放り出すと（息子の紅生にノートのお金を渡すことさえ忘れた）、地下道に潜り込んだ。

　俺が寝室に着いたとき、紅梅はもうそこで俺を待っていた。俺を見て、窓に掛かっているピンクのカーテンのような笑みを顔に浮かべた。言うまでもなく、俺たちはまずは抱き合いキスをして、半月の間の思いを清算してから、木箱の上に置いてある、彼女の家にあったベルが二つ付いている、鳥が餌をつつく時計のチクタク鳴る音を聞きながら言った、最も新しい最も美しい文字や絵って何のことだい？　彼女はポケットから二本の鉛筆と二枚の方眼紙を取り出すと一枚と一本を俺の手に押し込んで言った、慶東は県教育局に教師として九都に派遣されて地区教育委員会が組織した「張鉄生に学ぶ」[*1]の会議に行ったんだけど、行くときにペンを床に落としたの、それがあたしに絶対思いも付かないような題目を教えてくれたのよ。

　俺はきいた。「なんなんだ？」

「当ててみて、ペンと関係あるから」

「銃」

「銃であって銃でない、銃でなくて銃である」彼女は俺を見ながら秘密めいた様子でしばらくだまってから言った。「あたしたち『槍杆子裏面出政権（政権は銃身から生まれる）』の言葉の中から五つの最も重要な文字を選び出すの――槍、杆、出、政、権。あたしたち二人この五つの文字を五つの題目にして、『槍』の字を題に、五分以内に、マルクスに捧げる七律詩を書き、『杆』の字を題に、五分以内に最低二百字のエンゲルスに捧げる散文を書き、『出』の文字を題に、五分で五句の美文を書いてレーニンに捧げ、『政』の文字を題に、五分で五つの哲学（哲理）的文章を書いてスターリンに捧げ、最後の五分で、『権』の字を題に、五つの雄壮な文章を書いて毛主席に捧げるの」

　彼女はきっとその五つの題目についてとっくに準備しているとわかっていたが、俺は自分の才能に自信があり、颯爽と返事をした。「負けたらどんな罰にする？」俺はきいた。「お任せするわ」彼女は笑って言った。

「俺が負けたら、俺は手を使わずに、口でおまえのあ

*1　文革期、大学受験の答案を白紙で出して英雄になった。一九五〇年生まれ、文革後は懲役刑となったが、現在は刑期を終え、企業家として成功している。

らゆるボタンをはずし、口でおまえのあらゆる身につけているものを脱がせる。君が負けたら、君は手を使わず、口で俺のあらゆるボタンをはずし、俺のすべての服を脱がせるんだ」

　彼女は目を輝かせて言った。「いいわ！」

　俺たちの今回の新境地を開く、独自の創造性を備えていて、災難と禍の根が深く埋まっている戦いはこうして始まった。時計をベッドの中央に置き、紙をムシロの上に置き、二人ともベッドの下にうずくまった。その数十分の時間、寝室の中には時計のコチコチ急《せ》かすような音のほかには、俺たちの差し迫って興奮した呼吸の音と、鉛筆の気持ちよく跳びはねるようなサラサラいう音、それから俺たちが時々振り向いて偉人の肖像画を見るときの首の骨がゴキッと鳴る音と、頭の車輪の飛ぶように回転する音だけだった。寝室の空気は緊張し、灯りは混濁していた。俺たちの汗は雨のように注ぎ、手首がだるくなった。ムシロは紙の下でゴソゴソ低い音を立て、白い紙は鉛筆の下でカサカサ音を立て、鉛筆の先は俺たちの手の下でギリギリ鋭い音を立てていた。時計の音がかなづちのように俺の頭を叩いた。俺たちは互いに盗み見し、相手を見るときの視線は鷹の爪のように相手の字句の上に落ちた。偉人たちはそこにどっしりと収まっていて、その笑顔は暖かい水のように俺たちの脊柱に注がれていた。その二十五分間は、事実上俺たち二人の最初の思想的覚悟、理論水準、文学的才能の百メートル走のようなもので、俺たちは相手を征服し、愛情に最後の凱旋の肉弾戦を交えさせ、肉体と霊魂の矛盾が解決した後、規定の時間に同じ舞台で発表し合うのだ。俺は彼女が戦いに入る前にすでに充分準備していると決めつけていたが、俺という天才様がこの五つの問題を二十四分半で終わらせたのに対し、彼女は二十三分で書き終えた。

　これは俺たち二人の遊びの最高傑作、双璧の革命者の出会いだった。俺たちはそれぞれマルクス・エンゲルス・レーニン・スターリン・毛沢東に捧げた詩・散文・美文・哲学的文章・雄壮な文章を、それぞれの壁の肖像画に貼り付け、朗読と品評を始めた。彼女がマルクスに捧げた詩は、

七律
槍（銃）
——マルクスに捧げる

あなたの思想は銃弾、
あなたのペンは銃創、
階級の敵が狼煙《のろし》を上げ、
言葉と文章で暴露攻撃、骨抜きにし、
アメリカ帝国主義、ソビエト修正主義を国境に追いやり
千鈞を持ち上げ彼らを終わらせる
世界人民の心はひとつ
共通の仇として敵愾心《てきがいしん》を燃やし全世界を震わせる

俺がマルクスに捧げた詩は、

槍（銃）

七律

——マルクスに捧げる
ライン川のほとりに朝日昇り
偉大な理論が光を放ち
刀のごとく旧世界をたたき切る
銃のごとく黎明の音を響かせる
昼と夜に境あり
先進、反動、両陣営
帝国主義滅ぶは必至
共産主義は全世界同じくす
注——全世界同じくすは世界大同の意味、全世界で共産主義が実現するということ。
（彼女の詩は主題が鮮明で、勢いがある、俺の詩は立場がしっかりしていて、詩情があって絵画のようで、特に「ライン川のほとりに朝日昇り」の一句が良い。引き分け。）

俺がエンゲルスに捧げた散文は、

杆

——エンゲルスに捧げる
杆は、棍なり、棍は、兵器なり。あなたの偉大なる傑作『空想から科学へ』はまさにプロレタリアートがブルジョア階級に対して宣戦布告した理論的武器であり、社会主義が資本主義に対して自分の科学性を証明した偉大なる礎であり、唯物主義歴史観と剰余価値学説に対する説明は社会主義を空想から科学へ変え、それが科学的社会主義にプロレタリアートに階級闘争の科学的扉を開かせ、労働者階級に社

会のプロセスの中の中世社会、即ち個人の小規模生産から始って資本主義革命に向かわせ、それからプロレタリアート革命の道へ向かう必然を見させ、搾取され、抑圧されたプロレタリアートに自分が生まれ変わり解放され、未来へ向かう灯台を見させたのだ。

（紅梅の評——良いことは良いが、ちょっと中身がない、散文らしくなく、議論のようで、学のあるところを見せびらかしているきらいがある。この考え方には賛成。）

紅梅がエンゲルスに捧げた散文は、

杆

——エンゲルスに捧げる

この杆の字は、すなわち旗ざおである。

マルクスは世界で最最最高に偉大な人物で、だから彼とイエニーの愛情も最最最高に偉大な愛である。しかしエンゲルスのマルクスに対する公正無私な、共産主義の精神に輝く援助がなければ、マルクスの『資本論』はありえただろうか？　『資本論』というこの偉大な名著がなければ、マルクスとイエニーの偉大な愛はありえただろうか？　もしマルクスがマルクス主義の最も重要な偉大な組成部分であるとすると、エンゲルスはマルクスを偉大さへ渡す橋梁である。もしマルクスがマルクス主義のパタパタはためく音を響かせる旗ならば、エンゲルスはマルクス主義の偉大なる旗の旗ざおである。旗が風にはためくのは、旗ざおの支えがあってこそ。我々は唸りを上げる機械の音を褒め称えるが、黙して語らぬネジ釘の精神をもっと褒め称えるべきである。我々はマルクス主義の理論の御旗を崇拝し、我々はその旗を天空にはためかせるエンゲルスの旗ざおの精神をより崇拝するべきである。

（俺の評——この文章は連想が豊かで、杆から旗ざお、旗ざおからマルクスの成功とエンゲルスの旗ざおの精神へ。すばらしい文章と言えるし、字数も俺の「杆」より数十字多い。負け一回。）

出——美文集

——偉大なるレーニンに捧げる

作者：夏紅梅

＊1 △「私」の字には出ていってもらい、「公」の字に入ってもらおう。

△門を出て大衆と繋がる、〈柳が茂りほの暗いなか、桃の花が明るく咲いているところに、またひとつ村が現れた〉＊2、門を閉じて車を造る、＊3〈山が重なり川が交わりもう道はない〉＊4。

△門を出て頭を上げる、〈天高く晴れ渡り雲淡く〉＊5、大我は光を放ち、家に戻って壁に向かう、眼前暗澹、小我は汚点を作る。

△頭上に二つの山出《い》で、終日天を見ず、二つの山を運び、大道天に通ず。

△二本の路線闘争の中から問題を見つけ出し、魂の深いところから原因を探り出し、毛主席の著作の中から答えを探し出し、門を出て闘争の実践の中で検証を行う。

（この美文は確かにいいが、毛主席に捧げるのがいちばんぴったりで、レーニンは二の次のように思える。あまり適切でないが、紅梅は俺にきいた。「まさかレーニンが公正無私を提唱しなかったと？ レーニンは共産主義の精神は『公』だと提唱しなかったと？」俺は返す言葉がなかった。紅梅は得意そうに笑った。）

俺がレーニンに捧げた美文は、

出

――レーニンに捧げる美文

△あなたが書いた『国家と革命』は、社会主義が前進する道筋を照らす灯り。

△あなたが書いた『哲学ノート』は、マルクス・レーニン主義思想の偉大なる構成。

△あなたが書いた『帝国主義論』は、社会が前進するという偉大なる予言、プロレタリアート革命運動の必然的成功を予知する。

＊1 「美文」と訳出した「錦言」は、本来ひとつひとつの独立性をはっきりさせるため、ひとつの錦言の前後を一行空けることになっている。しかし文革期には慣例として、この△をつけることで、その前後の行を空けることなく、ひとつひとつの独立性を示すことができるようにした。

＊2 陸游『山西の村に遊ぶ』より。原文「抑暗花明又一村」。

＊3 客観的状況を考慮せずに主観だけによってものごとを行う。

＊4 陸游『山西の村に遊ぶ』より。原文「山重水複疑無路」。

＊5 毛沢東『清平楽・六盤山』（一九三五年）より。前出。原文「天高雲淡」。

△あなたが書いた『ゴータ綱領批判』は夜空の北極星、プロレタリアート独裁を実行している社会主義国家の未来を照らす。

△あなたが書いた『レーニンの遺書』はまるで匕首で、国際日和見主義の外套を剝ぎ、まるで斧のように、ロシアの革命の道を切り開く。

（紅梅のこの美文への評――「私が書いたものより確かにレーニンにぴったりだけど、『出』の字を全部『書いた（原文は写出）』の二文字で表現しているのは、単調なだけでなく、小手先で弄している感じがある」俺は紅梅の評が正確だということを認めるが、もっと重要なのは、『ゴータ綱領批判』はマルクスの著作だということで、実はレーニンの他の著作を思い出せなかったので、これで代用するしかなかったのだが、幸い紅梅は気づかなかった。また引き分け。）

俺がスターリンに捧げた「政」の哲学的文章は、

一、封建政府はいつもプロレタリアートの墓掘り人になりたいと思っているが、最後には自分を墓に埋葬するのだ。プロレタリアートは人を搾取、迫害しない、封建階級の墓掘り人になるのだ。（紅梅は言った。「いいわ！」）

二、造反は革命者の通行証、保守は反革命の墓碑銘。（紅梅は言った。「これはあなたが考えたの？ それとも他の人の？」俺は言った。「俺を見くびるなよ、夏紅梅」紅梅は何も言わず、顔には俺に対する敬意がまるで本物の詩人に会ったかのように浮かんだ。）

三、人民に利益をはかるためならたとえ死んでも、それは永遠に生きることだ、自分の利益をはかるためであれば、たとえ生きていても、死んでいるのと同じだ。（紅梅は言った。「ほんとにいい！」）

四、革命者が革命のために暴力を使うのは政治上の人道主義であり、反革命が自分たちの階級の利益のために民主政治を行うのは、最も反人道的なファシズムである。

五、スターリンは軍事家であったが、より政治家だった。彼は意図せず世界の英雄になったが、第二次大戦の中で偉大なる英雄の功績を残した。ヒトラーは軍事家であったが、政治家ではなく、彼の夢は世界を支配して世界の偉人になることだったが、第二次世界大戦の中ですぐに腐って自殺し、小悪党になってしまった。（紅梅は言った。「愛軍、あなたはほんとに知識が豊富ね。ここは私の負け。」）

紅梅がスターリンに捧げた「政」の哲学的文章は、

一、あなたが立っていれば、ソ連は政治の上で立ち上がる、あなたが倒れれば、ソ連は政治の上で倒れる。（深いが、錦言のようで哲学的な文章ではない。）

二、あなたは死んでも永遠に社会主義人民の心の中に生きる。フルシチョフが生きていても、社会主義人民は永遠に彼を政治の幽霊と見なす。（俺が書いたのと同じだ。俺は言った。「きっと俺のをカンニングしたんだ」彼女は言った。「負けを認めてもだめ？」）

三、世界にもともと政治路線はない、歩く人が多くなればそこに政治路線ができるのだ。（俺は言った。「これは魯迅だな。『人が歩くところ、政治路線はなくても政治路線ができる、人が歩かないところでは政治路線があったとしても路線にならない』に書き換えなきゃ」。）

四、心に政治の灯りがあれば闇夜も明るい、心の中に政治の灯りがなければ昼間も暗い。（いい。）

五、革命のために生きる、命は値千金、個人のために生きる、一本の針にも及ばず。金かそれとも針かは、行動が結果を出す。（普通。文の中に「政」の字がない。）

紅梅が毛主席に捧げた「権」の雄壮な文章は、

△世界で何が最最高？
人民が毛主席に与えた権力が最最高。
世界で何が最最高に赤い？
天安門に昇る太陽が最最高に赤い。
世界で何が最最高に親しい？
偉大なる指導者、毛主席が最最高に親しい。
世界で何が最最高に幸せ？
人民のために奉仕するのが最最高に幸せ。
世界で何が最最高に光栄？

革命のために闘うのが最最高に光栄。
△天は明るく、地は暗く、我々の赤い心は永久に変わらない。水の流れが小さかろうが、大水だろうが、手中の権力は手放さない。
△人民のために権力を持てば、人民は安心する。党のために権力を持てば、党中央のすぐ後に付いていく。自分のために権力を持てば、監獄が待っている。
△権力が手にあれば、人民は心に。権力が心にあれば、毛沢東思想は魂に。権力が魂にあれば、毛主席に付き添う忠心は血液の中を流れる。
△政権を守り、生死の瀬戸際で風雨に曝される。政権を強固にし、路線闘争で世間を知る。

俺が偉大な指導者、毛主席に捧げた「権」の雄壮な文章は、

△手に赤い権力を握り、心には毛主席を抱く。
△天は変わり、地は変わり、毛主席に忠誠を誓う赤い心は永久に変わらない。頭がかち割られ、血が流れても、階級の敵の手中から奪い返した権力は失わない。
△今日階級闘争が始まっても、私がいる、階級の兄弟の利益がある。明日第三次世界大戦が勃発しても、私がいる、陣地があり、プロレタリアートの政権があり、毛主席の笑顔がある。
△権力は階級の敵から取り戻したもの。意志は階級闘争の溶鉱炉で鍛えられたもの。赤い心は毛沢東思想が育んだもの。覚悟は努力して学習することで養うもの。
△革命のため、私は少しでも多く仕事をしなくてはならないだけでなく、より多くの仕事をしなくてはならない。
同志のため、私は少しでも多く良いことをしなくてはならないだけでなく、より多くの良いことをしなくてはならない。

権力のため、私は少しでも多くの闘争をしなくてはならないだけでなく、より深く闘争をしなくてはならない。

革命の愛のために、私は血と汗を流すことを惜しまないだけでなく、血と汗を最後の一滴まで流すことを惜しまない。

紅梅の花は永遠に咲き、私はより高い権力を得る努

力をするだけでなく、あらゆる手段を講じて最高の権力を得なくてはならない。

紅梅は最後に俺が毛主席に捧げた雄壮な文章を読み終わったとき、毛主席の肖像画の下で長い間黙ったまま身じろぎもしなかった。彼女は俺が「革命の愛のために、私は血と汗を流すことを惜しまないだけでなく、血と汗を最後の一滴まで流すことを惜しまない。／紅梅の花は永遠に咲き、私はより高い権力を得る努力をするだけでなく、あらゆる手段を講じて最高の権力を得なくてはならない」と書こうとは思いも寄らなかったのだ。俺たちはもうすでにその新鮮で、刺激的で才能を見せびらかす遊びに心動かされ、心は落ち着かず、興奮はやまず、狂おしくてたまらなかったのだ。もうすでに自分と相手が二十五分のうちに示した言葉の天賦の才が、想像以上にお互い相手を震撼させたため、お互いの勝ち負けを決めた後、どっちが自分の口で相手のボタンを全部はずすのか、口で相手の服を脱がせるのかで、あれこれいつまでも言い合い――というのは俺たちはどちらも相手が口で自分の服のボタンをはずす楽しみを味わいたいため、二人とも品評の時には自分の方がいい、自分の方が思想的に深い、高尚だ、言葉がきれいだ、才能にあふれていると言い、相手の方は内容が浅くて、テーマからかけ離れ、牽強付会だと言っていたのだ。本来なら作品を理性的に読み終わってから、俺たち二人は舌を戦わせ、目と口を仇となし、仇を愛となして総合的に批評し論争するはずだったが、紅梅は俺が彼女に捧げたその二つの雄壮な文章を読み終わると、そこに立ったまま黙ってもう一度読み、黙ってしばらく考え、感極まった様子で言った。

「愛軍、あたしに口であなたのボタンをはずさせてちょうだい」

俺はベッドに横になった。

俺は彼女にまず服を脱がせて一糸まとわぬ姿にさせ、ベッドの端にひざまずかせると、首からはじめて、軍用のシャツの上の制服のボタンをひとつずつ咬んでははずさせ、それからまたシャツと下着のボタンをひとつずつ咬んではずさせ、脱がさせた後、彼女に口でベルトをはずさせ、ズボンのボタンをはずさせ、ズボン、ズボン下とパンツを口で脱がさせた。彼女の唇は濡れて艶々光り、舌と歯は器用この上なく、俺が身につけているもののボタンをはずし脱がせるときは、まるで柔らかく美しい虫か蝶が俺の体の上をグルグル飛び回り、しばらく動き回ったかと思ったらまた止まってしつこく飛び回り、止まるその場その場で、その虫か蝶の呼吸が熱く暖かく俺の皮膚の上に吹き付けられ、爽やかなそよ風が絶え間なく俺の熱くほてった体に吹き付けるようだった。俺の血はとっくに沸騰し、気持ちは高ぶり、彼女とことに及びたくてしかたがなかった。作品を読み終わる前には、すでにそそり立ち硬くなっていたが、俺はめったにない気力で我慢していた。俺は彼女の唇と歯、舌が俺の体の上を這いずり回るのを楽しみたかったのだ。俺は少なくとも四十分か一時間は楽しんだ。彼女は俺の体の上で、呼吸は荒く、汗だくで、落ちてくる汗が世界最大の真珠と同じになったとき、俺は電光石火の突撃方式で、彼女を百里の山道を追った羊のように俺の体の下に組み伏せた。

ついに、彼女の伸びやかな、喜びに満ちた、鋭い紅梅色の叫び声がまた地下道にこだまし消えようとせず、雷鳴轟くごとくことをなし終えると、俺たちは静かに土のベッドに横たわり、彼女は片手を俺の肩に添え、もう片方の手を俺の胸の上に置いて、長い間水の中に漂っていて岸に上がったばかりのような満足した様子でハアハア息をし、余韻を楽しんでいた。俺は片手を彼女の髪の毛の中に入れて梳きながら、もう片方の手は彼女の乳房の上に置いて愛撫し、それは兄が苦労して疲れた妹を慰めているようで、視線は彼女の光っている額を越えて、向かいの壁に貼ってある俺たちの遊びの作品を見ていた。

「紅梅、進歩したなあ」

彼女は眼をパチパチさせた。「なにが?」

「文章と理論、弁舌と覚悟のことだよ」

彼女は笑った。「あなたに付き添っているうちに鍛えられたのよ」

「謙虚だな」

「本当よ、あなたはあたしにとって革命の先生じゃないの」体の向きを変えて、彼女は俺の手を引っ張った、生徒が先生に連れてってという感じで。

俺は、彼女の手を俺の手の中に握りしめて、得意になって言った。「先生であるだけでなく、指導者でもある」

彼女は天井を見ながら、大真面目に、でもまた少し感傷的に言った。

「あたしはあなたを先生にしたくないし、指導者にもしたくない、ただ一生あたしの革命の伴侶になってもらえたらいいの」

俺も水滴の付いている天井を大真面目に見ながら、

「もう君の革命の伴侶じゃないか？」

「あたしが言っているのは一生ってことよ」

「一生だ」

「わからないわ。あなたは自分でどれくらい才能があるか知らないのよ、この世界であたしだけわかってる。今は鎮長だけど、県長、地区の責任者、省長になったら、どう変わるかわかりゃしないわ」

「革命の情勢で俺が変わるって言うのか？」

「たぶん。あたしが許しても、革命が許すはずもないわ」

「でも実際――俺もおまえの気持ちが途中で変わるんじゃないかと心配なんだ」

「ありえないわ。絶対ありえない」

「何を根拠に？」

「あなたはあたしの職を解くことができるし、あたしの党籍を剝奪することだってできるじゃないの」

「俺にできるか？」

「あなたにはその権力があるのよ。あなたは永遠にあたしの指導者であるよう定められているの」

「それもそうだけど」

このとき、彼女は眼を天井から移動させると、突然座り、部屋中の肖像画やスローガンを見ながら言った。

「愛軍、あたしたち誓いましょう」

「何を誓うんだ？」

「二人の愛を偉人たちに向かって誓うの」

「よし」俺も体を起こして座ると、「尊敬を表すために、服を着よう」。

「必要ないわ」彼女は言った。「あたしたち彼らの子孫の子供なのよ、両親の前では裸の方が心がこもっているわ」

俺はちょっと考えて言った。「それもそうだ」

俺たちは裸のまま肖像画と俺たちの才能あふれる作品の前に立って、息を止めた。

俺がまず先に右手を挙げて言った。「私は誓います。私、高愛軍は偉大なる指導者、毛主席、そしてあなたの思想、社会主義路線を除き、また母親に永遠に親孝行し安らかな晩年を過ごしてもらうことを除き、夏紅梅同志との愛情に永遠に忠誠を誓い、我々の気持ちが松や檜《ひのき》のように永遠に青く、南山の岩のように永遠に硬いことを誓います」

紅梅は俺を横目で見て、「県長になっても？　地区責任者になっても？　省長になっても？」。

俺は偉人たちの目を見ながら、右手をさらにきつく握り、さらに高く挙げて言った。「地位が変わろうとも心は変わりません、海が涸れ石が砕けようとも鉄のごとく硬く誓います」

紅梅は顔を俺の方に向けて言った。「あたしがカサカサのおばあさんになって、体中皺だらけになって、きれいじゃなくなったらどうするの？」

俺は下唇をちょっと咬むと、「百歳になっても初めて会ったときと変わらず、白髪になっても気持ちは変わらず」。

紅梅はまた重ねてきいた。「変わったらどうする？」

俺は彼女が俺を信じていないことに腹を立て、半分憤りながら誓った。「党中央に私の腐敗堕落を告発し、私が偽革命、偽のマルクス・レーニン主義者であると告発し、私に関することをビラにして、県長だったら、地区委員会の庭にばらまき、地区責任者だったら、省委員会の庭にばらまき、省長だったら、北京中にばらまけばいい」


彼女は何も言わなくなった。

俺が右手を下ろしたとき、彼女はそこにいて、真っ白で傷ひとつなく、玉の柱のようで、目には二粒の清らかな涙を溜めていた。

「今度は君の番だ、誓ってくれ」

彼女はゆっくりと右手を挙げ、肖像画を見上げた。右手の血管が濃い青色に浮かび上がり、春が来たときの麦か蔓草のようだった。

「高愛軍同志がすでに述べた『三つの忠誠』のほかに、すなわち私の娘の桃を全身全霊で教育し、しっかり勉強させ、日々向上させ、最も優秀な赤色革命の後継者にすることを誓います。彼女に一生苦労させず、充分な幸せを与え、大きくなったら、良い仕事について、すばらしい前途が開け、良い男性に出会ってすばらしい家庭を築いてほしい」

（俺は誓いの中で息子の紅生と娘の紅花のことを言うのを忘れていた。紅梅の誓いを聞いて、俺は心の中で子供たちに誓いを立てるため、紅梅が桃のために言ったことを心の中で慌てて黙って繰り返した。）

「私と高愛軍の関係について」（俺はハッと我に返り、紅梅を見ると、彼女の握りしめた右手の小指の付け根のところが血のように赤くなっていた。）「夫の程慶東には申し訳ないとわかっていますが、私と高愛軍同志との関係は最最高の純粋な革命的愛情であり、蕭長春と焦淑紅[*1]、パーヴェルとトーニャ[*2]のようです。ここで私は毛主席に誓います。私は死ぬまで高愛軍同志の忠実な革命的伴侶でありたい。もし少しでも心変わりがあったならば、私の両目を潰し、雷を私の頭上に落とし、死体は野に曝して下さい」

「高愛軍が年を取ったら？」

「高愛軍が年を取っても彼の人生の伴侶であり、彼の杖となります」

「彼が県長、地区責任者、省長になれなかったら？」

「もし彼が監獄に入るようなことがあっても、私、夏紅梅は竹籠を提げて食事を届けに行きます」

「彼がまだ若いのに、病気になって、体がだめになって、あなたに女性の喜びを与えることができなくなったらどうするのか？」

彼女もちょっと怒った。「私、夏紅梅は革命の同志、戦友、きょうだいであり、あなたの体に快楽を求める寄生虫ではない、あなたの体がだめになって、夏紅梅に喜びを与えられなくなっても、夏紅梅の心は変わることなく、恨み言も言いません。逆に、あなたが夏紅梅に求めても、彼女があなたを喜ばせることも快楽を与えることもできなくなったら、誠心誠意、できるだけのことをして尽くします。できることは何でもします」

俺はさらに問い詰めた。「もし万が一、彼女が思うようにさせてくれなかったら？」

「彼女の最も人に見せられない部分を絵に描いて、痣《あざ》でも、血管でも筋でも、全部描いて、宣伝ポスターにして全世界にばらまけばいい」

「腕を下ろして」

「あなたは腕を挙げて」

俺はまた宣誓の右手を宙に挙げた。

彼女は自分の右の拳を宙に向かって突きだし、「頭上は蒼天、偉人が証人、私は今ここに立って誓う、一字一句真実であり、一字一句誠意であり、今後一言でも違ったら、どうぞ私の頭をかち割って、弔われることなき亡骸にしてください」。

＊1　浩然の小説『艶陽天』（一九六四年）の登場人物。
＊2　ニコライ・アレクセーヴィチ・オストロフスキーの小説『鋼鉄はいかに鍛えられたか』（一九三二年～三四年）の登場人物。

俺は紅梅のこの誓いに感動した、本当に感動させられた。俺も彼女を感動させる言葉を言いたいと思い、紅梅にならって拳を高く振り上げると、しばらく考えてから言った。

「頭上は蒼天、偉人が証人、彼女と同じく、私、高愛軍は今述べた一字一句に、もし少しでも嘘が、少しでも間違いがあれば、私の前途をなくし、名誉を潰し、一万大衆の面前で切り刻み、数え切れない人民大衆と私の子々孫々に、私の切り刻まれた死体の上を踏ませ、私を永遠に、千年千載、世々代々永遠に、名誉回復し、冤罪を晴らす日をなくしてください」

予想通り、俺の最後の心のこもった言葉が、もう一度紅梅を感動させ、彼女を征服した（俺には本当に弁舌の才能がある。完璧に永遠に真情を語る演説家だ）。俺が右手を下ろしたとき、彼女はまた目に熱い涙を溜めて、ぼんやりと俺を見ていた。

俺も彼女を見ていた。

俺たちの目は互いの真情に触れて潤んでいた。俺たちは何度もきつく抱き合った。ただきつく抱き合って一つになり、彼女の裸の光る肌を自分の体に押しつけ、俺のガサガサの肌を彼女の肌に押しつけた。俺たちは狂ったように地面に倒れ込み、一つの固まりになって転げ回った。地下道の地面の湿り気は水のように俺たちの感動して開いた毛穴から体の中、血管の中、骨髄の中へと入り込んできた。天井から落ちてくる水滴は地面で泥水となり、転げ回る体に貼り付いた。泥の地面の上で車輪のように転がり、相手のために肉体を差し出す真情に感動していた。

最後に、その泥の地面の上で狂ったようにことに及び、疲れ切って眠ってしまった。

この時、量は少しずつ質へと転化し始めていて、新しい矛盾が発生した。

災難が降臨した。

革命は螺旋式に昇っていく陥穽《かんせい》に落ち込んだ。

どれだけ深く眠り、どれくらい長く寝ていたのか、それが何時何分なのかもわからなかった。そのとき、抜き足差し足、暗く沈んだ足音が響いてきて、夢の中で聞こえたようでもあり、現実の中で聞こえたようでもあった。ほとんど同時に、俺と紅梅は捕まえられた魚がその手から逃れるように飛び起きて座り、同時に程慶東が懐中電灯を持って、真っ青な顔色で地下道の寝室に現れるのを見た。彼はもともと薄っぺらで痩せていて背が高かったので、地下道を通るときは言うまでもなく頭を下げ腰をかがめなくてはならなかったが、そんなことは知らなかったかのように、額には地下道の泥が付き、七三に分けた頭の髪には黄色い泥が粘り着いていた。言うまでもなく、この長い地下道が彼の家に通じていることが、彼をすでに驚かせていたのだが、俺と紅梅が抱き合って裸で泥の上に寝ているのを見て、固まってしまったのだ。おそらく彼はすでに俺たち二人の裸の前で長い間それを見ていたのだろう、顔色はだんだんと驚きから青色に変わり、たぶん彼が寝室に立ったとき、俺たちの警戒感が俺たち二人を揺り起こしたのだ。程慶東の青ざめた顔色を見たとき、俺の脳裏に最初に浮かんだのは、ベッドのところまで行ってズボンをつかむことで、まるで程慶東が突然現れたのは裏切者を捕まえに来たのではなくて、俺の服を奪い取りに来たかのようだった。しかし俺が体を起こしてズボンを取ろうとしたとき、紅梅は自分の家のベッドで目を覚ましたかのように、当たり前の様子できいた。

「慶東、九都の会議に行ったんじゃなかったの？」

程慶東は紅梅の体をつねりあげるように見ながら、歯をギリギリ言わせ青紫色の五文字を吐き出した。

「は、じ、し、ら、ず！」

この五文字が一瞬で紅梅をたたき起こし、彼女に轟然と何が起こったのかわからせ、本能的に両手で自分の股間の秘密の場所を隠させ、顔はサーッと蒼白になっていき、ひきつけを起こしたかのように突然慶東に向かってひざまずいた。このやりとりの間と彼女がひざまずく間、体を起こして服を取りに行こうとする俺の動作はのろくなり、俺が紅梅の方に顔を向けちらっと見たとき、俺の意図は暴露され、程慶東が一歩早く俺と紅梅の服を全部胸に抱え込んだ。

驚天動地の、鬼神も泣き叫ぶ出来事はこの瞬時にめまぐるしく変化する状況の中で進んでいき、予想のできない矛盾はこの特殊な条件の中で変化していき、古い矛盾が解決したら、また新しい矛盾が起こり、さっきまで二次的な矛盾だったものが主要な矛盾に変化した。俺たちの服を取ったら、程慶東は俺と紅梅とかけひきをし、俺たち二人をあれこれ脅迫するかと思っていたのだが、思いもよらないことに彼は服を胸に抱えたまま、突然きびすを返すと家の方に向かって歩き出し（俺が紅梅に買ってやったピンクのズボンが地面に落ちたので、慌てて拾い上げた）、それは彼が裏切者を捕まえるためではなく、俺と紅梅の服を奪うために来たかのようだった。彼の足音は切羽詰まり重苦しく、地下道の外へ向かう様子は、逃げ出そうとしているかのようで、走りたいのだが道がわからなくて、早歩きしかできない、歩いているような、走っているような感じで、彼と地下道の壁に貼り付いていた彼の影はすぐに消えて見えなくなり、土の黄色をした足音だけが寝室を叩き、俺と紅梅の固まった裸の体と空っぽの頭をどついた。

灯りはぼんやり暗かった。

程慶東の足音はどんどん小さくなっていった。

突然、そこにひざまずいていた紅梅が跳ね起きると、地面が熱くて足の裏を焼かれたように、バタバタ跳びはね、両手の手のひらを上に向け、拳を乳房の両側で握りしめると、額には大粒の汗を浮かべ、程慶東の歩いて行った方を見ながら地下道の入口に向かって大声で言った。

「愛軍、慶東が外に出たらあたしたちすべておしまいよ！」

これが神の啓示のように俺を呼び覚まし、情勢は俺に警鐘を打ち鳴らし、錯綜し入り組んだ、こんがらがって入り乱れた矛盾の中、紅梅が、俺が主要な矛盾を解決する金の鍵を与えてくれたのだ。その時、俺は何を考えたのか思い出せないが（「革命は暴力から離れることはできない」に理論的根拠はあったか？）、おそらくあの時俺は何も考えず、時に暴力は最も効果的な革命である」の言葉が頭にひらめき、寝室の隅に置いていた鋤を握ると地下道に沿って程慶東を（流星のごとく駆け足で）、追いかけていった。

あの地下道に程慶東が俺より詳しいはずがない。彼は冬用の綿入れを着ていて、そのうえ俺と紅梅の服を抱えているのに、俺は裸で、彼が俺より速く走れるわけがない。もうすぐ程前街の程慶安の家の基礎の下の通気口というところで、慶東は俺が追いかけてくる足音に気づき、駆けだして数歩で突然つまずいてこけた。

俺は手に持ったシャベルを刀のように彼の頭に打ち下ろし、瓜を切るように真っ二つにした。

こうして、彼は死んだ。鋭い叫び声を上げ、血しぶきの飛び散った泥の壁の中に埋まって死んだ。

2 シャベルの革命歌

男　革命に力を入れ、生産を促進させる
　　一本のシャベルが地面を掘り返す
女　一本のシャベルが革命を起こす
　　敵の心胆を寒からしめる
男　シャベルは地面を掘り起こし天を覆す
　　億万人民に笑顔が浮かぶ
女　シャベルは鉄砲
　　英雄の闘志は高まる
男　稲や豆が実って波のようにうねる
　　一面の英雄に夕陽が沈む

3 闘争は革命症患者の唯一の良薬

それはまさに暗黒の日々だった。

俺たちは程慶東の死体をひきずって寝室に戻り、北側の標語の下に埋めた。埋め終わってから、この二年間俺たちに数え切れない魂と肉体の喜びをもたらしてくれた地下道には、もう二度と入れないということに気がついた。程慶東がそこにいる限り、たとえ入ったところでもう二度と魂の喜びと肉体の絶頂を味わうことなどできるはずもなかった。

地下道から紅梅を家まで送ったら、夜はもうすっかり深まっていた。俺たちが抜き足差し足で彼女の別棟のタンスから出てきたときには、お互いまだ力が残っていて、ただ緊張の後の疲れと疲労を感じていて、紅梅は庭の月明かりの下で彼女が家に帰ってくるのを待って眠ってしまった桃を見て、突然そこに崩れ落ちると桃を胸に抱きしめ、泣きもせず涙も流さなかったが、寒くてたまらないかのように震え始めた。

「どうしたんだ？　こんな時にこそ冷静にならないと」

「帰ってちょうだい、桃が目を覚まさないうちに」

「俺たちが誓ったことをくれぐれも忘れるんじゃないぞ」最後にそう言い含めると、紅梅の家を出た。村の通りに沿って、まるで会議に出かけて帰りが遅くなったかのように体を大きく揺すりながら家に帰っていった。

途中誰にも会わなかった。

犬一匹出くわさなかった。

一日が過ぎた。

二日が過ぎた。

三日が過ぎた。

程崗大隊はいつも通りだった。冬の風はまだかなり冷たく、宣伝農地の宣伝画はビリビリに破れていた。午後の日差しはそれでもまだ暖かく、家に暖房のない村人たちはみんな日当たりの良い場所にごそごそ集まって、シラミを取り、おしゃべりをしていた。朝は井戸から水を汲み上げるギチギチ、ギチギチいう音が響き渡った。この三日間俺は鎮へ行って二つの会議に参加し、王鎮長は書類を読むときやはり頭を揺すり、会議が終わるといつものように冷めた感じできいた。「高副鎮長、何かあるかね?」「ありません」「では散会」すべてはいつも通りで、何も起こっていないかのようだった。学校の人さえ、程慶東の国語の時間に、教壇に誰もいないのを見ても、「程先生は会議からまだ戻られないのかな? それじゃ今日は私が算数をやりましょう」という感じだった。

四日目、紅梅は程寺に行って、義理の父親、元鎮長の程天民に言った。「お父さん、慶東さん九都に会議に行ったまま、なんで帰ってこないんでしょう? 会議は一日だけで、行き帰りに三日としても、今日はもう四日目ですけど」五日目、紅梅はまた義理の父親に会いに程寺に行き、焦って言った。「五日ですよ、まだ帰ってこないなんて!」

六日目、紅梅は九都へ自分の夫を探しに行った。程慶林が桃の手を引いて鎮の長距離バスの停留所まで送りに行った。七日目、九都からびっくりするニュースが伝わってきた。九都の地区教育委員会が開催した「張鉄生に学ぶ経験交流会」は事情があって七日前に中止になっていて、通知の届いた代表は行かず、届かなかった代表も当日帰ったというのだ。と同時に、その数日間で、九都の大通りと広場で重大な交通事故と、二つの派閥闘争があった。その派閥の革命闘争では戦った双方ともに実弾を使い、それぞれ三人が死に十数人が怪我をし、間違って殺された二人の遺体があり、広場に捨てられたまま二日間誰も引き取り手がなかったという。交通事故で死んだのは七人で、四人は親族がその日のうちに引き取りに来て、三体は誰も引き取り手がなかった。これらの引き取り手のない遺体は、政府の関連部門が古い習俗、習慣を改めるという偉大なるスローガンのもと、その勢いの衰えない中で火葬場へ送られ灰になった。

（空はどこまでも広く果てしなく、地はどこまでも続き果てしない！）

紅梅は骨壺を一つ持って九都から戻ってきて、黄昏《たそがれ》の落日の中、長距離バスから降り、顔面蒼白の先生や学生たちを見、俺が連れて来た沈黙する大隊党支部の幹部や社員たちを見、程天民が桃を抱いて人の群れの中うずくまっているのを見ると、涙がはらりと湧いて出て両足の力が抜け、もう少しの所で骨壺を受け取りに来た程慶林の胸に倒れ込むところだった。

「君はどうして涙を流せるんだ？」

「桃を見るとね、あの子はこれから本当に父親がいなくなるのよ」

「俺が桃の面倒をみれないとでも？　その最低限の覚悟と人道主義は持ち合わせているつもりだが」

「だいじょうぶだと信じてるわ。でもどう言おうが本当の父親はいなくなったのよ」

「君はまだ程慶東に未練があって、俺たち二人の革命的友誼を慶東との私的な感情より軽く見ているんだ。影から抜け出し、目を未来に向け、光明を重視し、大局を重んじるんだ。俺たち二人の前途と革命事業を重んじるんだ。過去を忘れ、身軽になって出陣し、早馬に鞭打ち、より早くより良く俺たちの理想を実践し、俺たちの理想を実現するんだ」

「おととい学習した文献の精神は？」

「継続して『農業は大寨に学べ』に全力を挙げるんだ」

事態はこうして過ぎていった。風は止まった。程慶東が九都の会議に行って間違って革命闘争に巻き込まれ撃たれて死んだことを疑うものはいなかった。今その因果を分析してみると、程慶東は疑いの余地なく、たぶんずっと前から俺と紅梅の関係を疑っていて、証拠がないので声に出せず、いかんせん俺と紅梅が日中の太陽のような革命者であることで声に出せず、自分が意気地のない村の知識分子で声に出せず、九都に会議に行ったとき、突然村に帰るチャンスをもらい、ようやくこっそり紅梅の住んでいる別棟に入り、あの地下道への入口を見つけたというわけだ。しかし彼はバス停から家に戻るまでにどうして誰にも会わなかったのだ？　突然現れるためにわざわざ村人から隠れていたのか？　それともあの日（結局いつだったのか？）戻って来たときたまたま通りには誰もいなくて静かだったのか？　あるいは、誰か彼を見たとしても、はっきり彼とは意識していなくて、突然紅梅が骨壺をもって帰ってきても、自分が会ったのが彼だとは信じられなかったのだ。ともかく人の死はいつものことだ。これから俺たちの隊では、死んだのが誰であろうと、炊事員であろうが、兵士だろうが、役に立つことを少しでもしたことのあるものは、死者を見送り追悼会を開かなくてはならない。こうすることで、哀しみに託しすべての人民を団結させるのだ。

俺たちは程慶東のために追悼会を開いた。

骨を埋葬した後、程天民は大病を患い、鎮の衛生院に半月入院した。退院してから彼はめっきり老け込み、桂枝が死んだ後に程天青が突然狂ったのと同じ有様で、とぼとぼよろよろと道を歩いた。程寺に戻ると彼はほとんど寺から出なくなった。村の中で彼を見かけるものはほとんどいなかった。状況はこうだった、闘争とは残酷なもの、革命とは無情なもの、時には残虐でさえある。これはしかたのないことであり、また必然的なことだ。それからの日々、その冬の間中、紅梅はずっと元気が出ず、覇気もなく、俺がどんなに現実に向かい未来を見て、胸に大志を抱き、明日のために奮闘するのだという革命の道理を説明し諭しても、心ここにあらずで、何も耳に入らないようだった。起こったことはしかたがない、過ぎたことは過ぎたことだと言うと、彼女は、俺にシャベルで瓜のようにかち割られた慶東の頭や、慶東を埋めるとき、どうやっても慶東の目を閉じさせることができなかった様子が寝ると思い浮かぶのだと言った。彼女を少しでも早く影から抜け出させるため、たとえどこであろうと、誰もいないときには暖かく彼女を抱き愛撫したが、彼女には何の反応もなかった。彼女のだらりと垂れた手を取ると、木の枝を拾い上げているみたいだったし、キスしても赤いゴムにしているようだった。気持ちを奮い立たせて彼女のブラウスのボタンをはずし胸を触っても、彼女は拒みはしなかったが反応はなく、しかし飢えていれば好き嫌いも言えず、冷えた蒸しパンを食べているような感じだった。

その冬の終わり、彼女は革命の中の生ける屍《しかばね》となり、俺たちの愛情の中の生ける泥人形となり、程崗村の人民大衆に真に同情される者となった。とどのつまり、彼女は革命憂鬱病にかかったのであり、革命失意症になったのだ。俺には彼女の指導者として、彼女の革命の引率者、そして彼女と生死をともにし困難をともにした戦友・伴侶として、彼女をその憂鬱と失意から救い出す責任があった。俺は病気になった革命者にとって、最良の薬はやはり革命であるとわかっていた。革命の中でつまずいたら、革命の中で這い上がらせるのだ。戦争の時期には、革命の最も良い方法は銃を担がせ弾丸を装塡させ、患者を戦場に行かせることだ。戦場に行けば彼女は一切を忘れ、一切の病気もそれで治るのだ。戦争でない時期に、革命で最も主要な形は闘争で、闘争の主要な形式は会議で、会議で発言したりしなかったり、他人を批判したり批判されたりするというこの闘争は、革命者の病状をゆっくりと回復させるのだ。

　あの時期俺はしょっちゅう紅梅を会議に参加させ、俺の代わりに行ってもらえる会議にはできるだけ行かせ、俺の代わりに話ができる場合にはできるだけ議長席に座らせるようにした。冬の終わりの二か月間、県は鎮に安い尿素肥料を分配した。日本産の純尿素で袋はナイロン製で、慣例に従えば鎮で尿素を各大隊に分配し、各大隊でさらに各生産隊に分配し、肥料を撒き終わったら尿素の袋は回収し、軍属や烈士の遺族や世話の必要な老人たちのために分け与えられた。俺たちは尿素を分配する計画を立て、尿素の袋もきちんと分配した。軍属、烈士の遺族、世話のいる老人たちを除いて、各家に一枚、袋一枚でちょうどズボン一本かシャツ一枚を作ることができ、余った袋は党員幹部たちや革命の中堅分子や階級闘争に積極的に参加した者たちに分けた。このとき鎮で、春の前の末端幹部の拡大会議が開かれ、各生産隊の隊長まで呼ばれた。その会議で、王鎮長が党委員会の審査を経ずに、去年の夏秋二季の一畝あたりの生産量と総生産量を自分で一枚の大きな紙に表にして、鎮の会議室に貼り出した。その表で程崗大隊の去年の小麦の一畝あたりの生産量はたったの二百十一斤で、トウモロコシの一畝あたりの生産量は二百九十斤（俺たちの堆肥運動がちょっとゆるんだのだ）、一年の一人分の食糧は百九十斤、労働点数十点ごとにたったの一毛七分だった。これはすなわち、一人が一日働いてたった一毛七分ということで、毎日の食料がたったの六両（一両＝五十グラム）（俺たち程崗大隊は、国が放出した食糧を最も食べている社会主義集団）ということだった。この数字は全鎮の中で下から数えて一番で、他の大隊は最も良くないところでも、一畝あたりの平均生産量は三百二十斤、労働点数十点ごとに三毛五分だった。一畝あたりの生産量が最も高かったのは、耙耬山脈の奥深くの王家峪《おうかよく》大隊で、一畝あたりの生産量四百二十七斤半、労働点数十点ごとに五毛一分だった。王家峪大隊支部書記はまさに俺が前に話したことがあるあの趙秀玉だ。王家峪大隊はまさに鎮長の家でもある。この拡大会議には、相変わらず紅梅を程崗大隊の代表として参加させていたのだが、会期は一日半で食事と宿泊は鎮政府持ち、スケジュールは最初の半日が文献の学習、次の半日が王鎮長の革命と生産についての総括、三つ目の半日が討論だった。王鎮長の総括の日の午後、彼は統計表を会議室に貼り出して、これで各大隊の幹部は爆発し、「新延安」の革命の熱い炎は天を突いたのに、一人あたりの食糧がたった百九十斤で、労働点数十点ごとにたった一毛七分というのを見たとき、すべての視線が紅梅に集中した。さらに重要なのは、王鎮長は会議でその表を読み終わってから、突然宣言したのだ。「毛主席の〈革命に力を入れ、生産を推進する〉という指示を着実なものにするために、今年の春の化学肥料と救援食糧は一畝あたりの生産量が三百五十斤を越えた大隊、生産隊に、なかでも一畝あたりの生産量が四百斤を越えた大隊には少なくとも六千斤の食糧と低価格の尿素五十袋を褒賞する」会場はオオッとどよめき、よだれが垂れそうなすべての視線が王家峪の趙秀玉の体と顔に注がれた。

紅梅は会議の休み時間に会場を離れた。

「これは王振海が公の場で我々程崗大隊をコケにしたのよ」彼女は大隊に戻ってくると俺を探した。（俺はその日大隊でなにをしていたのか？）「各大隊にあたしたち程崗大隊が偽の典型で、絵に描いた餅、水の中の月っていうことを宣言したのよ」

俺たちは愛情の狂乱と転落で王鎮長との闘争を横に置いてしまっていて、俺と紅梅が多事で忙しい時に王鎮長が風雪を浴びせてくるとは思いも寄らなかった。これはまたあの言葉、革命闘争の中では、敵を征服しなければ敵に征服されるという言葉を体現していた。敵に息をつく暇を与えれば、敵は羽毛が生えるのを待って鷹のように襲ってくるのだ。化学肥料の分け前が減らされたら春にどうやって生産しろというの？　食糧の分け前を減らされたらあたしたちはみんなに何を食べさせるの？　紅梅が俺に話すとき、俺は紙を折りたたんでいた。紙を折りたたみながら俺は冷静に堅固に自分自身に向かって言っていた。階級は調和することはない、闘争は決して止まることはない。

「これは王振海が故意にあたしたちの行く新しい道を邪魔しようとしているのよ」紅梅は言った。「あたしたちは前もって尿素の袋を社員たちに分配してしまったから、今化学肥料がもらえないとなるとあたしたち貧農下層中農の積極的分子にどう申し開きをしたらいいの？」

本当にあの日は大隊に行って何をしていたのか覚えていない、ただ机の前に座って、落ち着いて机の上の紙を折りたたんでいて、紅梅の話はまったく耳に入ってこない感じだった。

紅梅は言った。「高愛軍、あなたどうして何も言ってくれないの？　あなた以前から毎日のように王鎮長をひっくり返してやるって言ってたじゃないの、兼業じゃない鎮長になってやるって言ってたのに、ここ二、三年あなたがそう言うのを聞いたことないわ。今、王鎮長が公然と高愛軍の頭上で威張り散らして、ションベンかけてクソしているって言うのに、屁の一つもひれないの？」

俺は依然手の中の紙を見ながら、畳めなくなってもさらに折ろうとしていて（俺は虚心坦懐、ことに当たって乱れない度胸がある）、一枚の紙を立方体になるまで畳んだ。

紅梅はじれて、突然俺の手の中の紙を奪い取ると、机の上に投げつけて、「高愛軍、あなた自分は天才的革命家、政治家だって言ってたわよね？　あなたが前に出て革命し、みんなに策を授け、王振海に宣戦布告しなきゃならないっていうのに、どうして何も言わないの？　表に出られないの？　王振海をやっつけられないの？　手をこまねいているしかないって言うの？」紅梅がそう言っているとき、彼女の顔にはまた昔の輝きと激情が戻って来ていて、革命と革命情勢に発生した変化を語るときの不安と興奮があった。どうやら闘争という良薬が紅梅の体に効果をもたらしたようで、彼女のあの憂鬱は革命闘争の挫折によるものだったのだ。あるいは若く美しい女支部書記が、王振海からの蔑視で人格を汚されたと感じたのだ。俺は椅子から立ち上がると、つま先で地面をねじって言った。

「クソッタレめ、階級と階級に妥協などありえない、彼を死地に追いやらねば、彼は遅かれ早かれ銃口を向けてくることになる。

紅梅、ものごとには報いがないのではなく、まだその時期じゃないってことがあるんだ、時期が来れば、必ず報いがある。いま王振海はまた我々程崗大隊に宣戦布告した、俺たちが精神的に不安定な時を狙ったんだ。君の言う通り、俺たちは座して動かず、聞こえない振りをするわけにはいかない。見て見ぬ振り、無関心でいるわけにはいかない」

俺は言った。「紅梅、君は今すぐ会場に戻って、王振海と趙秀玉によく注意を払うんだ。あいつら二人の間に何もないなんて信じられない。王振海のかみさんは半身不随で、ベッドの上でのことはできやしないんだ、俺は王振海のクソッタレが聖人だなんて信じないからな」

紅梅は俺を見たまま動かなかった。

「行くんだ。会は昼御飯の時間だ、いま最も重要なのは手がかりをつかむこと、ほんの少しの手がかりでも王振海をひっくり返すことができるんだ」

紅梅は半信半疑のようだったが、自信満々で戻っていった。

紅梅が再び会場から戻ってきたのは昼御飯が終わったところで、俺たちはまた大隊で会い、またかつてベッド代わりに使ったことのある楡の木の足、柳の木の机の前に座った。「どうだった?」彼女は不思議そうに言った。「ちょっとおかしかったの、昼御飯の時、王鎮長は自分のお碗の肉を趙秀玉のお碗に数切れ入れたんだけど、趙秀玉は『いらない、いらない』って。王鎮長は『なに遠慮してるんだ、わしらは外でおまえたち山の中のもんよりずっとたくさん肉を食べてるんだ』って」「王鎮長は他のメンバーに肉を分けてやったか?」「それはなかったわ」

俺は興奮した。「他に何かなかったか?」

「会議が終わって王鎮長は政府の門のところで各大隊の支部書記を見送ったんだけど、趙秀玉と握手するとき、他の人により力が入っていたし、長い間握っていたわ」

「握手をしたとき趙秀玉の顔は赤くなった?」

彼女は残念そうに言った。「そのときあたしは趙の後ろにいたから見えなかったけど、王鎮長の目は特別光っていたように思うわ」

「コンチクショウめ、二百パーセント関係ありだ」

「関係ありとはっきりは言えないけど、少なくとも王鎮長は趙支部書記に対して、特別親しそうだったわ」

「君は男がわかってない。二人は間違いなく男と女の仲だ」そしてまたきいた。「別れるとき二人は何を話してた？」

紅梅は少し考えて「王鎮長は趙秀玉の手を握って『秀玉、あれはわしが言った通りにやるんだ、問題があったら全部わしのところへ持ってくればいい』って言って、趙秀玉は『王鎮長、うちらの山は高くて皇帝様ははるか遠く、何かあってもあなたにご迷惑はかけません』って」

俺が拳で机の上をドンと叩くと、机の上にたったひとつあった空のポットが飛び上がって床に転げ落ちた。

「『あれ』って何だ？　男女関係か何かか？　これらの様子は、王鎮長と趙秀玉が普通の関係じゃないことを表している」

俺は言った。「紅梅、毛主席の言葉に少しも間違いはない。共産党は『真面目』の三文字を重んじる。我々が真面目でありさえすれば、世界に成し遂げられないことなどない。他にもこんな言葉がある。偽を装った反革命分子は、人に偽の姿を見せ、真相は隠している。しかし彼らが反革命分子である限り、その真相を隠し通すことはできない。彼はいつかそのシッポを現すのだ。我々が真面目になったら、彼がシッポを出したら、そのシッポを捕まえないなんてありえない、彼らを政治の舞台から引きずり下ろすんだ」

「愛軍、裏切者は二人とも捕まえなきゃ、少なくとも誰かに証言を書いてもらわなくちゃ」

俺は微かに笑って、机を挟んで紅梅の手を握って言った。

「よし、やってやろうじゃないか、明日大隊の会計に行ってお金を十元借りてきてくれ、楊子栄と同じ、虎穴に入らずんば虎子を得ず、だ。――俺たち二人で王鎮長の実家のある王家峪に行って、金を使ってでもいいから証言を集めてくるんだ」

次の日、俺たちはさらに深遠で広範な階級闘争を行うべく耙耬山脈の山奥の王家峪へ向かった。

第十章　偉大なる勝利

1　敵の後方に廻る（1）

敵の後方に廻り、鬼子《クイズ》（外国人に対する憎悪をこめた呼び方）を消滅させる。

階級社会の中で、革命と革命戦争は避けられないものであり、それを捨てれば社会発展の飛躍を成し遂げることはできないし、反動的統治階級を覆し、人民が政権を得ることもできない。

革命は大衆の革命であり、大衆を動員することによってのみ、革命を進めることができ、大衆に頼ることによってのみ、革命を進めることができるのだ。

（紅梅、お金は充分持ってるか？）

（充分あるわよ、ムシロ一枚くらいの広さの家なら建つわよ。）

（今回君と俺は背水の陣だ、何が何でも王鎮長の証言を買って帰るんだ。）

（こんなに遠いなんて。王家峪の人たち王鎮長を告発するかしら。）

（だいじょうぶだよ、人が一生間違いを犯さないとか、一生人を恨まないなんて信じない。金さえあれば、大衆を立ち上がらせることはできるよ。）

真の銅の壁、真の鉄の壁とは何か？　大衆だ。千万の真に革命を擁護する大衆だ。これが真の銅の壁、真の鉄の壁であり、どんな力でも打ち破ることも完全に壊すこともできないのだ。

中国革命は、実質的に農民革命だ。

根拠地で長期の革命闘争を進めるには、決して辺鄙な農村地区や革命根拠地の観点を軽視してはならない。

（愛軍、あたし足が疲れたわ、喉もカラカラ。）

（水を持って来てあげるよ、待ってて。）

（いいわ、ちょっと座って休みましょう……）

（紅梅、ここ数日、夢で程寺と牌坊に火を付けて全部焼いてしまう夢を見るんだ、この夢はどういう意味かな？）

（あたしの夢は？）

（俺たち二人がまた大隊の楡の木の机の上であれしていたら、ガタンと机の脚が折れたんだ。君は鋭い叫び声を上げ、俺たち二人机の下に落ちて、君は転がってあたり一面血だらけなんだ。）

（本当に血の夢を見たの？）

（君の股間、あそこから血が川のように流れ出ているんだ。）

（それはいいわ、愛軍、血の夢を見るのはすぐに成功する前兆よ。）

革命の規律――これはどんな革命のリーダー・指導者もみな研究し、解決しなくてはならない問題である。

大衆の規律――これはどんな革命のリーダー・指導者もみな研究し、解決しなくてはならない問題である。

中国大衆の規律――これはどんな中国大衆革命のリーダー・指導者もみな研究し、解決しなくてはならない問題である。

中国北方大衆革命の規律――これは中国南方革命根拠地大衆革命の規律とはまったく別のもので、これは北方地区の政治、文化、地理および生存環境によって決まるものだ。どんな北方大衆革命を率いるリーダーもこれを考え、これを解決しなくてはならない。

中国北方河南省西部の耙耬山脈の大衆革命の規律――これは北方山岳地帯や北方河南省西部山岳地帯の規律とはまったく別のもので、これは耙耬山脈の歴史、政治、文化および特殊な地理的環境、生存条件によって決まるので、どんな耙耬山岳地域の大衆革命を率い、指導し、先導する者もこれについて熟慮し、研究し、そのため生まれたすべての問題と矛盾を解決しなくてはならない。

（愛軍、王家峪に着いた？）

（うん――もうすぐだよ、たぶん前にあるあの村だよ。）

俺たちがいま関わっている革命は、前代未聞の革命である。俺たちの革命は耙耬山脈の特殊な土地の革命であり、そのため、俺たちは一般の革命の規律を研究するのではなく、特殊な革命の規律を研究しなくてはならず、さらに特殊な中国北方の河南省西部山岳地帯の耙耬山脈の大衆革命の規律について研究しなくてはならない。

俺、高愛軍は生粋の耙耬山脈の人間で、学校では優等生で、軍隊では優秀な兵士で、班長をやったときは中隊で一番優秀な班長で、軍隊にいたときに書いた詩の名句はいまでも軍隊に広く伝わっていて、俺が死んだあと数十年経っても「牀前月光を看る、疑うらくは是《これ》地上の霜かと」のごとく、軍隊の中で広く伝わり賞賛されるだろう。俺が書いた詩は「革命戦士は煉瓦、必要なところに運ばれる、革命戦士は泥、必要なところにかついで行かれる、革命戦士は日干し煉瓦、必要なところで積み上げられる」で、最も流行ったのは最初の二句だ。さらに「駐屯地は故郷のごとく見て、人民は父母のごとく見よ」のスローガンがあって、すべて自分のペン先から出たものだ。俺が書いた士気を高める文章は『解放軍報』や『工程兵報』に掲載され、退役後の郷村革命のこの数年は、省や地区の新聞から時々記事の依頼の手紙が来ていた。俺には教養があり、見識も広く、記憶力も優れ、弁舌が立ち、大胆不敵で、勇敢で、また耙耬山脈の人と物、山と川、草と木、鳥や獣、男と女、年寄りと子供、砂と土、虫と蝶、豚と犬、性と愛、春と秋、木の葉と道、方針と方言、政策と耕作用の牛、貧困と富裕、結婚と葬式、快感と女、豚犬と春秋、空気と建物、不倫と貞操、偉大と男、革命と飢餓、幸福と作物、さらに甘露と冬至、成功と権力、崇拝とカラス、妖怪変化と地主・富農・反革命・悪人・右派、人民大衆と貧農下層中農、プロレタリアートと犂・鍬について最も知っていた。上は耙耬山脈の月星から、下は耙耬山脈の犬の屁まで、知らないことはなく、わからないこともなく、その俺に王家峪で速やかに成功しないなんてことがどうしてありえる？　どうして耙耬山脈の権力と革命の新星となりゆっくり昇っていくことができないなんてことがありえる？

敵の後方に廻って、鬼子《クイズ》をきれいに消滅させるのだ。その身をズタズタになるまで捧げ、皇帝を馬から引きずり下ろすのだ。

2　敵の後方に廻る（2）

事実、今思い出して総括してみると、諸君に言っておくが、このとき俺は、諸君に代わって諸君には永遠に発見できない偉大なる規律を発見したのだ。それは世界で最最高に複雑な事情が往々にして最最高に簡単で、最最高に簡単な事情が往々にして最も複雑だということだ。まさに革命のそういう妙なる千変万化、奥深さと率直さが、革命の中の面白みと刺激を革命者に与え、苦難を恐れずその身を革命の奔流に投げ出すことができるのだ。

紅梅の憂鬱症を治すのは複雑なのか？

王鎮長を打倒するのは複雑なのか？

憶測をもとに、王鎮長と彼の故郷の王家峪大隊の女支部書記、趙秀玉との男女関係を証明することは小さなことなのか？　これで革命と奪権を達成しようと考えるのは、何もないところに建物を建てるのと何か違うところがあるのか？

しかし俺はやり遂げた。

軽々と目的を達成し、王鎮長を打倒しただけでなく、彼を監獄に送り、彼を現行反革命分子にし、二十年の刑にしたのだ。これは意外なほど簡単で、俺と紅梅は革命の魔力と刺激を心から感じることができ、俺は紅梅を慶東の死の影から完全に徹底的に抜け出させ、再び日の光の下の闘争の舞台の上に戻すことができ、そしてどうしてこの時期、メクラも半身不随も、どんくさい豚も犬のクソ野郎も革命をやりたがり、みんな革命を起こすことができ、みんな革命家になりたいと思い、革命家になることができたのかという根本的な原因がどこにあるかわかったのだ。

俺と紅梅は西の山に太陽が沈む間際に王家峪大隊に到着した。初めて耙耬の奥深くに入り込み、六十数里の道のりで、半分歩き、半分は馬車や牛車に乗せてもらい、途中、二人で話していて楽しくなったり、心が高ぶったりした時は、あたりが四方荒れ果て人の気配がないのをいいことに、二回道端で服を脱ぎことに及んだ（彼女はついに前と同じように情熱にあふれ、アァアァアァアァ叫びまくった）、王家峪村の入口に着いたとき、俺はもう疲れて目はぼんやり、両足はがくがくで、どこかの家で水を飲ませてもらい、ベッドで寝かせてもらえないのがじれったくてしかたがなかった。王家峪村は山の斜面にあって、王家峪大隊のひとつの集落で、大隊部の所在地で、しかし趙秀玉支部書記の家は数里先の趙家洼《ちょうかわ》にあって、そこからは二つの峰と一本の谷で隔てられていた。王家峪村は山の峰の牛車や馬車の通る道からは三里離れていて、その三里もつづらおりの道だった。俺たちは谷の端の曲がりくねった一本の縄のような細い道に沿って王家峪村へと歩いたが、斜面の小麦は冬の寒さのなかしっかり育って緑に色づき、冬に入る前に蒔いたばかりのものもあって、遠くから、高いところからその土地を見ると、黒々としていて、湧き上がった雲のようなところもあれば、赤や黄色、褐色や紫が入り乱れているところもあり、斜面全体が地面に合わせて形の変わる巨大なじゅうたんかシーツか何かのようだった。尾根の上や小道には誰もおらず、ただ二匹の野生の羊が道端の崖っぷちで草を食んでいて、畑から飛び散ってくる甘く生々しい土の匂いは、暖かく豊かで、薄い金色に色づいていて、俺たちの鼻の下をくすぐった。村に立ち上る炊煙は、南西に傾いた日の光の下、煌びやかで柔らかい色あいで、風に吹かれた細い線が宙を漂っていた。（数年前この堤防の外は一面荒れ野／我らの両手が良田を開く／冬の雪、春の寒さの苦しい戦いに耐え／この荒れ地を食糧の川と成す／開墾のため我らどれだけ血と汗を流したことか／開墾のため我らどれだけ暑さ寒さに耐えたことか／肥沃な田畑開拓し毎年豊作／百花繚乱春は花園。）紅梅はその日、俺が大隊の金で彼女に買ってやった真っ赤なセーターに、四つボタンの開襟シャツをあわせていて、彼女は歩きながらそのシャツの襟元から風を顔に送っていたが、パタパタやりながらふと足を止めた。

俺たちのそばの畑から突然一羽の野ウサギが跳びだしてきて、半分茶色で半分白いのだが、道端で火のような赤い目を見開いたまま身じろぎもしなかった。紅梅がそのウサギに手を伸ばすと、畑の方に数歩逃げ、また振りかえって俺たち二人を見ていた。

紅梅は叫んだ。「愛軍、早く見て！」

偉大なるウサギよ、おまえは精霊か？　諸君、ウサギが俺に何を見せたか当ててくれ！　そのウサギの巣のある畑は、真四角の、二畝あまりの、麦の苗の半分がすでにすっくと立って、高さは半尺、黒く光り、もう半分は三寸で、半分青く半分黄色になっていた。しかしさらに近寄って見てみると、その畑の別の畝《うね》の麦の苗は今土から芽が出たばかりのようで、まるで冬眠からまだ覚めていないかのようだった。おかしい、ひとつの畑の麦で伸び方や色の違うのが三つもあるなんて。再度その畑の土を見てみると、五寸の苗のところは、畑の土は細かく砕けていて、三寸のところは、土はゴロゴロ硬く、冬眠の苗のところは、まるでさっき犂を入れたばかりのようだった（ことに当たって詳細に分析し、前後の因果関係を探し、主要な矛盾あるいは主要な矛盾の主要な手がかりをつかむ、そうすれば矛盾を捕らえ、矛盾を解決して、仕事をちゃんとすることができるのだ）。これはひとつの畑じゃないのでは？　でもはっきりこれは一枚の畑で、この三種類の苗を四角い畝が取り囲んでいるのだ。一枚の畑になんでこんな三種類の麦の苗があるんだ？

紅梅が叫んだ。「愛軍、そのウサギ！」

（偉大なるウサギよ。）俺はまた数歩前に進んで、別の三角の畑に行ってみると、そこの麦の苗は同じように、土から出たばかりのものもあれば、充分緑色に育っているものもあった。

（発見がなければ、創造はない、創造がなければ、社会はただ足踏みするばかりで、永遠に前進することはできない。）

紅梅は叫んだ。「愛軍、どこ行ってるの？」

「ションベン」

「オシッコするのにそんなに遠くへ行くの？　あたしが怖いんでしょ？　あたしが怖いんだったら今夜は一緒に寝ないでね」

俺は同じ畑なのに二、三種類の苗があるところへ行って、足で苗の色の違うところ、土くれの状態の違うところを蹴った。二つ目の畑を蹴ったときに、偉大なる発見が俺の足の下でカタンと音を立て、地面にビルが建つごとく出現した。地面の下、数寸の深さのところに木の杭が埋まっているのが見えたのだ。腰をかがめてその杭を掘り出してみると、杭には三つの文字が書いてあった。王保民。別の畑の苗の色の違うところを掘ってみるとまた木の杭が出てきて、その上にもやはり三つの文字が書いてあった。王大順。

俺はその斜面で続けざまに六つの杭と札を掘り出し、どの杭、札にも上には名前が書いてあった。この時俺の頭はバンと爆発して、天窓の光が俺の頭の中に射し込んできて、攻略されたばかりの敵地に赤旗が差し込まれ、ラッパが山頂で鳴り響き、一面茫漠たる大海に灯台が出現したかのようだった。紅梅は驚いたように俺のそばに立つと言った。「何してるの？」俺は木の杭を彼女の手に押しつけると、また他の所に行って掘り、俺の心を震撼させた推測と発見を証明しようとした。紅梅はその木の札を見るとしばらくぼんやりしていたが、突然何かがひらめいたようで、その木の札を落とすと、彼女も興奮して俺が地面を掘るのを手伝ってくれ、俺たちはまたひとつ名前の書いてある杭を掘り出した。

俺たちは狂犬が餌を探すように、飢えた鶏が土をほじくり返すようにさらに四つの木の杭を掘り出した。

最後に俺たちは細く短い杭を掘り出したが、その杭に書いてある名前を見て俺たちは愕然とし、興奮して顔は強ばり、俺と紅梅は地面にひざまずいて、四本の手で何の変哲もない木の杭を捧げ持ち、赤く焼けた鉄を握っているかのようにブルブル震え、感情が高ぶって呼吸は止まってしまいそうだった。

その木の杭に書いてあったのは鎮長の名前、王振海だったのだ。

このとき尾根の道の方から、濁ったようなのんびりした牛の鳴き声と足音が聞こえて来て、頭を上げると、一人の老人が犂を担いで、茶色の牛を追って尾根から降りてくるのが見えた。俺と紅梅は何も言わず、彼女が俺にちらっと目配せすると、俺は彼女に抱きつき、彼女を胸に抱いたまま地面を転がっていき（地雷戦だ、オオッ！　地雷戦）、機銃掃射から逃げるかのように俺たち二人は二尺の高さから転がり落ち、きつく抱き合って動かなかった。二本の蛇のような舌が殴り合いを始め、俺が彼女の口の中に攻め込むと、彼女も俺の口の中に攻め込んできた。俺は彼女の甘い香りの唾液を俺の口の中に吸い込んで呑み込むと、彼女も損するものかとばかりに自分の唾液を返すよう求め、俺は俺の唾液を舌で彼女に倍返しするだけだった。どんどん近づいてくる牛の鳴き声と足音は石ころか泥の板のように麦畑を押さえつけ、興奮している俺たちの頭上に来ると、俺たちの声と息を止めさせ、身動きできないようにし、ただ舌だけで俺たちの偉大な発見と緒戦での勝利の輝ける成功と、この上なく偉大な勝利を祝福するしかなかった。牛の足音は長く伸びた雑草の小道に落ち、空洞のできた木で泥土を叩くようで、柔らかくゆったり、静かでのんびりしていて、老人の足音も、牛の足音と同じようにのんびり優しかったが、その音が俺たちのそばから離れていくまで、俺と紅梅は息を潜め身じろぎすることもできなかった。俺はそっと彼女の元気のいい舌を、俺の口の中で熟睡している蛇のようにおとなしくさせた。俺はそうやって彼女の弾力のある体の上にのしかかり、牛と老人が俺たちのそばを通り過ぎ、落日の王家峪に入っていくのを待って、彼女の舌を元の巣穴に戻してやった。俺たちはホゥーッと長い息をつくと、その王鎮長の名前が書いてある木の杭を持ってお互い低い崖の下で寄り添った。

「ここの人、土地を家々で分け合ってるのね」

「毛主席のおっしゃった資本主義の復辟は、大げさなことじゃなく本当に人をびびらせるものだったんだ」

「これは二人の男女関係よりずっと重大よね」

「これらの木の杭と札を全部集めて、さらにこれらが王鎮長の指示で行われたという証言を集めれば、王振海を鎮長の地位から転がり落とせるし、転がり落とさなくちゃならない」

そして日はワラワラ沈んで、山の尾根から伝ってくるその西に沈む太陽のワラワラいう音は、山の人々と俺という郷村の神人にしか聞くことはできないのだ。

3　敵の後方に廻る（3）

俺たちがその夜泊まったのは、土塀に瓦の三部屋の小さな院子《ユアンズ》だった。紅梅がシラミやノミを嫌がったためだ。その家は昨年嫁をもらったばかりで、門の対聯も、新婚夫婦の新しい家の門の横に貼ってある対聯もまだ色あせておらず、字もトメ・ハネまでちゃんと書いてあった。俺たちが村に入ると社員たちは珍しいものでも見るように大きな目をして俺たちを見た。俺たちはここの人たちが本当に天国のような暮らしをしていることも発見した――その日の晩御飯が早かった村人はお茶碗を持って家の門の所に出て、手にはおやきと蒸しパンまで持っていた（なんてことだ、程崗鎮では年越しの時にしか食べられないのに、彼らは普段から食べているのだ）。彼らは、まるで天から落ちてきたかのように、紅梅と俺（主に紅梅だったが）を見ていた。彼女の真っ白な肌、真っ黒な髪、長い首そして赤いセーターに開襟シャツの柔らかな白、そして田舎の人間はそもそもはかないストレートのズボン（彼らはだいたい股下はゆったりで細身のズボンをはいていて、男は腰のところを折り曲げてヒモで縛り、女は腰のところに穴が空いていて、穴は右にあったり左にあったりで、ズボンに前後はなく、ほとんどが赤い腰紐で縛っていた）。奥さんたちや、娘たちに見られて、紅梅の目はいつもより輝き始めていた（彼女たちは俺も見た）。男たちや若い連中は、紅梅を見たらすぐに視線を移して俺の方を見た。そして彼らは食事の手を止め、お茶碗も箸も蒸しパンもみんな手に持ったまま、動かなくなってしまった。

俺たちは県から社教（社会主義教育）をしに来た幹部で急な会議があって戻らなくてはならなくなったのだが、暗くなったのでここで一晩泊めてもらいたいのだがと言うと、その中の中年の男（後に生産隊の隊長、李林だとわかった）が手の茶碗を石の上に置いて言った。

「それじゃおまえさんがた喬徳貴の家に泊まりなされ、娘が先月結婚したばっかりで、家もベッドも布団もまっさらじゃ」

（なんと素朴で、真摯なプロレタリアートの感情だろう。）

俺たちはすぐに喬徳貴の家に連れて行ってもらった。庭に入ると、〇・三畝の広さの大きな院子があって、ナツメの木に茶色の牛がつながれ、古い犂が軒に掛けられ、俺たちを迎えに出てくれたのは日の落ちる前に俺たちが出遭ったあの老人だった（紅梅がびっくりして俺を見たので、俺は彼女を睨み付けると、彼女はすぐに何事もなかったかのような顔をした、夫唱婦随）。徳貴老人は俺たちを母屋へ迎え入れてくれ、嫁にネギ入りのおやきと、卵入りの小麦粉スープを作らせ、子供を新しい部屋の掃除に行かせた。生産隊長の李林が支部書記の趙秀玉に県から社教の幹部が王家峪に来たと知らせに行かせないようにするために、俺たちは休みなく李林に話しかけ、世間話をした。彼は俺たちの食事に付き合い、徳貴の家の子供に彼の茶碗を持って帰らせた。

月が昇ってきた。晩御飯も済んだ。俺たちは徳貴の家に座っているのが気まずくなってきた。そのとき紅梅は嫁にどうやって太い毛糸を使ってセーターを編むか教えていた（我が智恵の紅梅、俺の心、俺の肉、俺の理想的な革命伴侶であり女性！）。俺は二元を探り出すと徳貴老人の手の中に入れて言った、これはごはんのお金です、我々社教の幹部は田舎に行ったときには必ず貧農下層中農に食費を渡さなくてはならないのですと。

徳貴老人は少し腹を立てお金を俺に返すと言った。

「おまえさんがた一生で何度この耙耬の山奥まで来るっちゅうんじゃ？」

俺はまた老人にお金を返して言った。「一回でも渡さなくてはならないんです。これは組織の規律、党組織の伝統なんですよ」

「何が規律じゃ、おまえさんがたは党の人、貧農下層中農の飯を食うということは、自分の家の飯を食うということじゃ、自分の家のもんが飯を食うのに金を取るもんがどこにおる？」

紅梅が助け船を出してくれた（俺の魂、俺の肉、彼女はなんとすばらしい援護射撃をしてくれたことか）。「王おじさん、どうか受け取って下さい。あなたに受け取ってもらえないとあたしたち県に戻ってから党小組の会議で自己批判しなくちゃならなくなるんです」

俺は慌てて言った（まったくうまくできた芝居のようだった）。「『三大規律八項注意』にも規定がありますよ、すべて毛主席の決めた決まりです」

徳貴老人はお金を手に持ったまま困っていた。

隊長の李林は食事を終えてキセルを吸っていたが、このとき彼はキセルの底を靴底にぶつけると、鶴の一声で言った。

「こうするんじゃや、あんたがたひとりずつ二毛出して、徳貴、おまえさんが四毛受け取るんじゃや、二人の幹部は飯の金を払ったことになるし、なんの規則違反もしちゃおらん。振海も田舎に行ってごちそうになった時にゃ金を渡したって言うとった」

王振海の話が出た、ついに王振海のことが。紅梅は編み方を教えている手を止めた。

「あんたがたがおっしゃった振海というのはどなたのことですか？」

李林が言った。「王鎮長、程崗鎮の王鎮長のことじゃよ」

俺はちょっと驚いた振りをして「王鎮長はこの村の方だったのですか？」。

李林と徳貴老人は幾分得意そうに同時に言った。

「彼の家は裏の三つ目の家じゃ」

俺と紅梅は他郷で古い友人に会ったように、矢継ぎ早に我々が王鎮長をどれほどよく知っているか、王鎮長にどんなに敬服し彼を尊敬しているか、私は県の組織の責任者で、県長と県委員会書記のために書類を作ったり、大会の発言記録を作ったりしていて、紅梅は県委員会宣伝部の通信員で地区と省の新聞に原稿を書いていて、新聞記者、県に住んでいる省の新聞記者と同じだ、彼女の書いた表彰文は『人民日報』にも掲載されたことがあり、表彰されたのは公社の書記で、今はすでに県委員会の最も若い副書記になっている、と話した。そこまで話すと、生産隊隊長の李林、貧農の徳貴老人と新婚の若い夫婦の目は石油ランプの下で、大きく見開かれ、突然二つの神仏が王家峪に降りてきたかのように不思議そうだった。

隊長の李林が言った。「なんちゅうこっちゃ、県長のそばのお人じゃったとは。あんたがた、どうか県長さんに、わしらの村の振海のことをよう言うて下さい。あれは死ぬ気で庶民のために仕事をしてくれとるんじゃ」

（これはなんと芝居のセリフっぽいことか！）

紅梅は言った。「あたしは王鎮長に取材したことがあります――取材っていうのは一緒におしゃべりすることですが、王鎮長は人に褒められるのが好きな人ではなくて、取材しても、他の人がいいと言うだけで、一言も自分のことはおっしゃらないんですよ」

隊長の李林は自分の腿を叩いて「その通りじゃ、わしは彼をよう知っとる。わしら二人は小さい頃から一緒にションベンして大きゅうなった仲じゃ、じゃが彼は兵隊になって、身を捨ててえらくなって、戻って来たら今度は鎮長じゃ。わしゃ知っとる、あいつは小さい頃から何でも人に譲る、ええ奴じゃった」

俺は言った。「まさに〈少しも利己的なところがなく、ひたすら人のために尽くす〉[*1]人なんですね、県委員会では早くからそういう典型を見つけ、全県の幹部に学ばせたいと思っていたのですが、そういう人が見つからなかったのですよ」

李林はまたキセルに火を付けて「あんたがた、県長に提案して下さらんか、振海みたいなもんをこそ推してほしいんじゃ、あいつは学はないが、心はすべて庶民のために捧げとる」

紅梅はすぐに毛糸を放り出すと、ペンとノートを取り出して（俺の心、俺の愛、俺の肉、魂よ。）、「彼がどんなことをしたか具体的に話して下さい」。

李林は吸い込んでいた煙を口の所で止めると、何か言いたそうだったがまた煙草に戻り、さらに徳貴一家の方をチラッと見た。

あたり一面沈黙だった。

俺は言った。「言いにくければおっしゃらないで下さい。今状況は複雑ですからね。しかし王鎮長が貧農下層中農のために考えたことなら、少しはご提供いただけるのでは？　本当に庶民のため、大衆のために考えたことなら、それは真に党と人民のために考えたことであり、間違ったことであっても私たちは決して外には漏らしません、県長や書記が知ったら、批判しないどころか、こっそり表彰して取り立てますよ」俺は李林隊長をチラッと見て、謎めいた感じで言った。

「県委員会副書記の趙青はどうして新しく引き立てられたかご存じですか？　彼はもともと大廟公社の書記だったのですが、去年一つの大隊の土地を各戸に分配し、その村の一畝あたりの生産量を平均で四百五十斤にしたんです」

（『地道戦』の中で武工隊隊長に扮した特務が高家庄に入ったのはこういうやり方で大衆工作を進めるためだったが、彼は失敗し捕まった。彼は敵で彼は正義ではなかった、しかし俺たちは革命者であり、正義と先進を代表しているのだ。）

「何が四百五十斤よ、四百四十七斤半よ」

「四百五十だよ、彼は全県で最高の生産量だったんだ」

「生産量が多かったんじゃないわ、重要なのは大胆にも、こっそり各戸に土地を分け与えたことよ」

「それもそうだ」

隊長の李林の目はギラギラしてきて、口元をピクピクさせていた。徳貴老人はしきりに李隊長を見て、早く言うよう促しているようだった。

「彼らはほんまに土地を家々に分けたのか？」

俺は言った。「これは我々社教の幹部が言うべきこ

＊1　毛沢東の老三篇のひとつ「ベチューンを記念する」の中で毛沢東がベチューンを許した言葉。

とではありませんでした、聞き流して下されば結構です、お忘れ下さい」

「県は彼らが土地を分けたことを知っとるのか?」

　紅梅が言った。「県長も県委員会書記もみんな知ってます、彼らのために秘密にしてます」

「その公社の書記は留置場には放り込まれんかったんか? 引きずり下ろされんかったんか?」

　俺は言った。「庶民のためにやったことですから、だから彼はさらに県委員会副書記に抜擢されたんですよ」

　隊長はおおいに王振海の肩を持った。「見たところお二人はあの人を吊し上げる人ではないようじゃし(お笑いだ)、かの革命とやらの人でもないようじゃ(もっとお笑いだ)、お二人にほんまのことを言おう、わしらの村の土地はそれぞれの家に分配して五年になる、これはすべて振海がさせたことじゃ。五年前に村で数人が飢え死にして、彼は鎮長になると支部書記の趙秀玉に畑を家々に分配させ、今では年平均で一畝あたりの生産高はあんたがたが言っておったその村より数十斤も多いんじゃ」


数日来敵情探り収穫多し/細かく分析、作戦計画練り直し/威虎山はトーチカ・抜け道頼りにし/勝ちたいと思えば権謀術数めぐらせて/達人選び土匪《どひ》に扮し敵の懐入り込み/内外呼応し敵の巣窟たたきつぶす/この任務千鈞の重さ誰に託す/高愛軍、夏紅梅この二人任すに足る/出は貧農で心根良し/幼き頃より理想のため苦しみ多し/胸一杯の憎しみ敵の罪状探す/誓うは敵の根絶、消滅/革命に身を置き百戦錬磨、一家離散も手柄を重ね/彼らの心は太陽のごとく赤く/志は鋼のごとく堅い/必ずや王という名の座山雕《ざさんちょう》[*1]に打ち勝つのだ。


　これはまた別の豊かな家で、軒には去年の秋のトウモロコシがまだいくつかぶら下がっていた。隊長の李林は俺たちに軒下の食べきれない豊作の食糧を見せ、さらに俺たちを一軒の小屋に連れて行き、そこの主人が小麦と大豆の缶をいくつも蓄えているのを見た。俺たちは中に入ると、むっと暖かい穀物の香りの洪水に危うく溺れ死んでしまうところだった。

　しかし俺は言った。「食べ切れますか?」

　主人は笑って言った。「殴り殺されても食べ切れんよ」

　紅梅は言った。「土地は個人に分けるのがいいと思いますか、それとも集団で耕した方がいいと思いますか？」

　主人は隊長を見た。

　隊長は言った。「言うんじゃ、ええ人たちじゃ、言いたいことを言えばいい」

　主人は言った。「まったく王鎮長のおかげですよ。もちろん個人に分けるのがいいですよ」

　俺は言った。「王鎮長のために、土地分配の状況を書いたものを持って帰りたいのですが？」

　主人は言った。「いいですよ、じゃがわしは字を知らんもんで」

　隊長は紅梅を見ながら言った。「あんたが書いて、これに拇印を押してもらえ」

　紅梅はすぐに書いた。


　俺たちは何軒かまわり、いくつかの証言材料を集め、最後に喬徳貴老人の家に行ったときには、すでに満天の星空で、地上には霜が降りたかのようだった。耙耬の山の夜がこんなに静かだとは思わなかった、俺たちの足音は竹が割れるような澄んで心地よい音を響かせた。王家峪の向かいの尾根に一つの村が木の影のように斜面の中程で揺れていて、そこからは犬のうっすらと青白い叫び声が谷を越えて伝わってきて、俺たちの頭の上で散っていった。紅梅が言った。「あそこはどこの村？」隊長が言った。「趙家洼じゃ、支部書記の趙秀玉が住んどる村です」俺たちは趙秀玉と王鎮長の関係を思い出した。そもそも俺たちはその男女関係のシッポを捕まえるために来たのだったが、革命の情勢は千変万化、繁雑な中に容易さが含まれ、簡単な中に複雑さが含まれている。偶然が必然を育み、必然の中にまた偶然がある。これらの哲学的関係、これらの矛盾論、相対論は、俺たちにとって生きた教材になり、時と場所が実際に結合してから、俺たちに主要な矛盾とその手がかりをつかませ、もともと考えていた主要矛盾を二次的な矛盾に転化させたのだ。

　俺は言った。「李隊長、土地の各家への分配について、王鎮長は支持者、趙秀玉は実行者、王鎮長は趙秀玉がいつか彼を売るんじゃないかと心配じゃなかった

＊1　曲波の小説『林海雪原』に登場する悪役。『智取威虎山』はこの小説の一部を改編したもの。

んですか？」

「なんでそんなことが？　秀玉は支部書記というだけじゃのうて、王鎮長のいとこなんじゃ。彼女は王鎮長のおばさんの娘なんじゃけ、どうして彼女がいとこを売ったりするんじゃ？」

月は湿気た白い紙のように空に貼り付き、村の地面の木の影はサラサラ揺れて音を立てていた。この静かな山脈の真夜中、俺たちは各戸に分配された個人保有地の麦の苗がチチチと音を立てながら大きくなるのを聞き、隊長の話の調子の中に俺たちの山岳地帯の社会に対する理解の浅さと驚きを聞いた。

彼は言った。「山の人は人柄を一番大切にするんじゃや、振海は王家峪の数百人がおなか一杯食べて暖かく過ごせるように、頭を絞って土地を分けてくれたんじゃや、誰が良心に背いて彼を訴えたりするもんかい」

（こういうことだったのだ！　俺たちはただ大衆の中に入って来てこそ、大衆の中に入って行ってこそ、そういうことをはっきり知ることができるのだ。大衆は真の英雄、大衆こそ歴史を創造する原動力なのだ。）

俺たちは徳貴老人の家に戻ると、徳貴老人の一家はまだ寝ておらず、みんな俺たちを待っていてくれた。俺たちが庭に入ると、徳貴老人は手にカンテラを持って出迎えてくれた。「あんたとうちの息子は西の棟で、布団は新しいですけえ、うちの嫁と彼女は新しい棟で、二人とも若いですけえ」

俺と紅梅は呆然とした、こんなにも裸でベッドでひとつになって寝てキスし合い、抱き合い、愛撫し合い、狂ったように俺たちの偉大な成功を祝いたかったのに！　こんなにもしっかり抱き合って、同じ枕の上で次の革命行動について密談したかったのに！　紅梅を見ると、月の光の中で、彼女の目は火花のように煌めき、俺の目はこの時彼女の視線に焼かれ、俺たちはちょっと見つめ合ったその瞬間に、お互い心が通じ合い、血脈が通じ合った（これこそ愛、偉大なる革命の愛と欲望だ）、そこで俺は徳貴老人に言った。

「どこで寝ても構いません、私たち二人は老夫婦とは言えませんが、結婚して数年になりますから」

隊長と徳貴老人は目を大きくした。「お二人は夫婦？」

紅梅は顔を赤らめた。「まだ何年にもなりません」

隊長は叫んで言った。「なんで早《はよ》う言うてくれんかったんじゃ」そして徳貴老人の方に顔を向けると言い聞かせるように言った。「息子と娘は母屋に寝かせて、このお二人の幹部には新しい棟で休んでもらうんじゃ」

すべてはうまくいき、すべてはこうやって成功した。俺たちの耙耬行きは、今回の敵の後方に廻るための旅は、それで敵のすべての内情と証拠を手に入れただけでなく、俺と紅梅の生まれて以来正真正銘の新婚のベッドの上での一夜となった。

それは神の魂をもひっくり返すような一夜だった。

4　敵の後方に廻る（4）

敵の後方に廻り
鬼子《クイズ》をきれいに消し去れ
労働者農民兄弟よ
我ら同じ家族
元は一本の根っこ
すべて苦しんでいる人々
我々の建てた家
我々の植えた作物
地主、買弁腹黒く
みな我らから奪い尽くす
敵の後方に廻り
鬼子をきれいに消し去れ
共産党のあとに続き
刀と銃を持て
抗戦の一日は来たれり
前には夜明けの光
大刀を鬼子どもの頭に振り下ろせ
我々は解放を求め
一人倒し、一人を捕虜に
アメリカの銃をぶんどるぞ[*1]

＊1　抗日戦争愛国歌『敵の後方に廻る』（一九三八年）をもとに作者が改編したもの。

第十一章　風雲急変

1　『槐樹庄』の悲劇

時に、革命の成功があまりに早くやってくると、ある種麻痺の思想を我々にもたらし、革命の道が曲がりくねっているのは一時のことで、成功は必然で、雲が切れれば日が射し、夜が明けると明るくなるかのごとく必然で簡単なことだと思ってしまう。これは間違った思想で、我々に、我々千万の、苦しみのただなかにある革命根拠地と大衆の基礎に、繕いようのない損失と血の教訓を与えるのだ。我々は覚えておかなくてはならない、革命の成功が時に前倒しでやってくるのは、それは我々が党の方針、路線、政策を正しく実行した結果であり、我々が深く大衆に入り込み、大衆を立ち上がらせ、大衆に頼った結果なのだ。もし成功してこの点を忘れたら、それは敵の存在を忘れることと同じ、成功が自分の墓掘り人になるのと同じことなのだ。覚えておくんだ。これは絶対なにがなんでも覚えておかなくてはならない。そうでなければ失敗、失敗するのだ、成功よりさらに大きな失敗が、同じように最も簡単に、最も突然に、最も速く前倒しでやってくるのだ。

残念なことに、俺はこの点を忘れていた。突然やってきた意外な成功が、速度は速いし、何倍も大きかったので、俺たちはすっかり勝利に酔って頭がぼうっとしていたのだ。俺たちは勝利の前では冷静さを保ち、きれいな花や栄誉の前ではおごり高ぶるのを戒め、焦るのを戒め、自己満足の行動原則を防止するのを忘れていて、ついに失敗が成功にぴったりくっついてきてあっという間にやってきてしまったのだ。俺たちは思いも寄らなかった、成功が自分たちが思っていた数倍も大きく、失敗は、自分たちが思っていたよりもさらに大きく、何千倍も悲惨だということを。

　喜劇は俺たちをワハハと大笑いさせるが、大笑いが引っ張ってくる悲劇は俺たちを泣くに泣けなくさせ、生きる気力をなくさせてしまう。成功の喜劇は俺と紅梅の若い命を弔うために悲劇の舞台をしつらえると同時に、俺たちのために生命の賛歌を書いてくれた。

　言っても誰も信じないだろうが、俺たちは王振海が土地を各戸に分配した証言材料（証人）と地下に埋まっていた杭や木片（物証）を自ら県に持って行くと同時に、上層部の高度な関心を引くために、地区委員会に、これは社会主義集団体制を顚覆させる陰謀であるという告発の手紙を書いたのだ（俺は自分がこんなに英明だとは思わなかった、偉大な予言者みたいだった）。この時俺が言った通り、意外なことが天地をどよもさんばかりに起こったのだ。

　その一か月、俺たちは県からさらに一歩進んで王鎮長の資本主義思想を告発するよう通知が来るのを待っていたのだが、ひと月経っても届かず、届いた通知は驚くべきことに、王振海と大廟公社書記で現県委員会副書記の趙青が同日夜捕まり、二人とも懲役二十年に処せられたというものだった（これはまた階級闘争の残酷性と不調和性をも証明した）。趙青は王振海と同じく、山岳地帯の大隊で土地を分配し（なんとまあ、彼は不幸にも俺の言ったことが的中したのだ。俺は人か神か、俺はただ彼がその大隊の一畝あたりの生産量を二百二十斤から四百五十斤に増やし、それで県委員会副書記に抜擢されたと聞いただけで、彼も王振海と同じように、社会主義集団体制に代価を支払うことになったのだ）、さらに重要なのは、夢にも思わなかったことだが、趙秀玉も捕まり、監獄に入れられ半月もしないうちに、「土地の分配は王振海とは関係ありません、すべては私、趙秀玉がやったことです」（なんと幼稚な！）という告白の手紙を書き、尋問されたあと自殺したのだ。それから李林隊長は、彼が俺と紅梅を連れて各家を回り証言材料を記録させたために、王家峪大隊の数十人の農民に殴り殺されたという。王家峪の人は、もしこの李林隊長でなかったら、俺と紅梅が土地分配を発見することができなかったら、王振海は政府に捕まえられなかったし、趙秀玉が監獄の中で自殺することもなかったし、彼らの土地も、もちろん再び集団の揺りかごの中に回収されることもなかったと考えたのだ。しかし、彼女は自殺し、彼は殴り殺された。悲劇だ、痛ましい悲劇だ！　これはまったく農民の狭い思惟と見識の浅さで、閉ざされた愚昧と無知が共同で産み出した一大悲劇だ。しかし、趙秀玉を思い出すたび、李林を思い出すたび、徳貴老人や彼の正直でおとなしい息子や娘のことを思い出すたび、やはりすまないと思うし後ろめたさを感じる。そのとき俺は心で思った。俺と紅梅が県長、鎮長になったら、毎年王家峪大隊に放出食糧を数千斤多く支給し、必ず公定価格の化学肥料を彼らの村に送ってやろうと。これが俺と紅梅が唯一王家峪にできることで、俺たちは一対の革命者ではあるが、結局、革命的人道主義者なのだ。王振海と趙青に至っては、それぞれ二十年の懲役に処せられ、王県長は党籍を剝奪され党内外の一切の職務を解かれる可能性があるかもしれないとのことだったが、意外なことではあるが、それも革命の情理の中でのことのようだ。諸君、考えてもみてくれ、国家、民族、党と人民の共同の理想は多く、速く、立派に、むだなく社会主義を建設すること、早馬に鞭打って共産主義を実現することだ。『党章』と『憲法』には我々の国家は社会主義であると書いてあり、我々の党の最終目的は共産主義を実現し、社会主義と共産主義の基礎は集団主義であり、社会主義公有制を実行することで、これは蟻が隊列を組んで家に戻るがごとく、犬が道端でションベンを引っかけて道を覚えるのと同じような簡単な理屈なのに、王振海と趙青は人民公社の土地を改めて各家に分配し直したのだ、これが資本主義が社会主義の中で復辟することでないとしたら何なのだ？

取るに足らない鎮長と公社の書記が国家、民族、党と人民に張り合えば、プロレタリアートの鉄筋、鉄骨の独裁が制裁を下さないで誰が制裁を下すというのだ？　有名な劇映画『槐樹庄』（一九六二年）を見たことがあるだろう、あの有名な郭大娘が崔治国と真っ向から対決した場面を。

崔治国：（笑って）じゃあきくが、社会主義とは何なんだ？　おまえたちはトラクターを持ってるか？　水力発電があるか？

郭大娘：あたしたちには党の指導者がいる、あたしたちには毛主席がいるわ！　あたしたち貧農下層中農が心を一つにし、団結すれば、合作社は成功させることができる、永遠に毛主席とともに歩いてこそ、あたしたちは社会主義の道を歩み、共産主義の道を歩むことができるのよ！

崔治国：倉庫を一杯にするには、個人でやらないとだめだ、「三馬一犂」[*1]をやれば、それぞれの家を富ませることができる。槐樹庄で八割の農家が「三馬一犂」をやったら、いい暮らしができるようになるんだ！

郭大娘：あんたのその考えはどっから出たんだい？　ほんとにあんたが言う通りにやったら、貧乏人はますます貧乏に、金持ちはますます金持ちになって、貧農下層中農は相変わらず物乞いして、搾取されなきゃならないよ、それは旧社会に返るってことじゃないの？　それはあんたの父親の考えかい？

崔治国：いやいや違う！　おやじはそんなに賢くないよ、これはある大人物が言ったことで、おやじもその人の意見に賛成なんだ。

郭大娘：ほう、その大人物とやらは地主、資本家と同じ穴のムジナだったんだ……。

物語の最後、郭大娘が指導する合作社は勝利し、ずっと表に出ず舞台裏で規定や制限を作っていて、資本主義の道を堅持した鄧小平はつまみ出されたのだ。〈六月、草木が勢いよく繁茂するこの季節に、正義の軍隊が、腐敗しきった反動派討伐に向かう。それは、昔の人が自信にあふれて言いきったように、長いひもで敵を縛りあげるという気魄にみちている〉[*2]。

王振海と趙青が一部分の農民に土地を分配したことを、王県長は全部知っていて黙っていたのだ。詳細な分析、深い調査から、王県長と、王振海、趙青の三人はみんな軍人から幹部に転職していて、かつてそれぞれ朝鮮戦争と中印国境紛争に参加し、戦友で、同じ塹壕の上下の仲だったとわかった、彼らが反革命集団で

＊1　劉少奇は農業集団化を実行するには、一つの農村の中で、馬三頭、犂一本、車一台を持っている富裕農民が八割を占めることが前提条件であるとした。
＊2　毛沢東『蝶恋歌・汀州より長沙に向かう』（一九三〇年）より。原文「六月天兵征腐悪／萬丈長纓要把鯤鵬縛」。江西・湖南・湖北の三省にわたる大作戦をうたったもの。

ないわけがない。社会主義集団を顚覆させ、資本主義を復辟させようとしていなかったわけがない。この興奮に打ち震える驚愕のニュースが稲妻のように俺の目の前を走ったとき、俺は目を大きく見開き大きな口を開け、ぽかんとして、ちょうど庭で飯を食べているときで、口は茶碗くらい、目は茶碗の底くらい大きく開いていたが、趙秀玉、李林隊長、徳貴老人と王家峪の村人に深く同情した後、俺はすっくと立ち上がると、空に向かって、大声で吼えた。

赤旗西風に翻り／今日極悪人を縛る／道は狭く林深く苔すべり／ついに赤旗絵のごとく翻る／日の光は赤々と／鳥は鳴きさえずり／松、檜、エンジュ、桐／楡青くチャンチンは柔らかく／至るところウグイスの鳴き声にツバメの舞い／川の水はサラサラ流れ／山道は雲の端に入る／どこへいくのかたずねれば／スズメが答えて曰く、仙山玉楼／晴天を背負いて下を見れば／人間《じんかん》楼閣

2　革命の空前の成功

ニュースが伝わってきてまもなく、俺と紅梅を一台の車が迎えに来た。俺たちを迎えに来させたのは普通の幹部ではなく、長征に参加したことのある地区委員会の関書記（軍分区政治委員を兼任）で、痩せて浅黒く、髪には白髪が交じり、目は煌々と輝き、古い軍服を身につけ、その様子は俺たちが想像していた通りだった。その時、俺たちはすでに何が起こっているか知っていて、県のあまりよく知らない二人の幹部が、村人がちょうど朝御飯を食べているとき突然俺の家に飛び込んでくると、俺の茶碗を奪い取り、茶碗の中のトウモロコシのスープをちょっと見ると言った。「まだこんなものを飲んどるんですか？　早《はよ》う行かれんと、これからは最上級の食事を食べにゃならんのに」俺は訳がわからず二人を見ていると、二人はまたとりわけ親しそうに俺に向かって言った。「地区の指導者があんたと夏紅梅とじきじきに話がしたいんじゃそうじゃ、重大な反党、反社会主義集団があんたと夏紅梅につまみだされたんじゃ、きっとあんたと夏紅梅は鎮長か党

委員会書記になるんじゃ」

俺たちがなりたいのは鎮長や鎮の小さな書記じゃない。俺たちは二程牌坊の下に止まっている車を見て、車に乗って俺たちを迎えに来たのは地区委員会組織部で各県の班を専門に管理している劉処長（「処」は行政機関・団体などの部門、処長は局長の下、科長の上）だとわかった。劉処長は四十過ぎで、老練で温和、背中が少し猫背で五十を過ぎた年寄りみたいだったが、彼は遠くから出迎えてくれ、俺の手を握るとそっと一声、「高県長」と声を出した。この一声に俺は雷に打たれたように震え、すぐにはっきりさせたかったが、このときもう一人の県委員会の女性幹部が紅梅を連れて横町から出てきて、劉処長は思わせぶりな様子で言った。「乗りなさい、高県長、何もきかないで、県に行ったらわかります」

俺たちはこうして程崗から連れて行かれた。二程牌坊、程寺、程崗大隊の千人を超える人々と別れを告げ、革命と闘争、戦闘と友情、敵と友、程慶林と程天順、大通りと横町、地下道と麦打ち場、耙耬と木々、鶏、豚、茶碗、箸などなどもろもろと別れを告げた。俺は車の前の座席に座り、三人は後ろの座席に座った。車のバックミラーから、紅梅の顔に興奮した疑惑の雲が、まだできていない赤い霞のように漂っているのが見えた。そのとき俺は、後ろに彼女と一緒に並んで座り、体を寄せ合い、腿をくっつけ合い、お互い手をコッソリつなぎ合い、そうすることでお互いの感動と、跳びはねている喜びを抑えつけているのを伝えたくてしかたがなかった。しかし俺はすでに地区委員会組織部の処長に、革命の新星県長として前に座らされているのだ、正県長なのか副県長なのか、おそらく副県長だろう、なんといってもまだ三十歳になっておらず、もともと副鎮長に過ぎないし、戸籍もまだ程崗大隊にあったし、結局のところ農民の一人でしかない。社会ではあらゆる副職を呼ぶときに副の字を付けないのが流行っていたが、あの時はそれが俺を苦しめた。結局県長なのか副県長なのかはっきりさせることのできない幸せと苦悩が俺を落ち着かなくさせたが、一人の尊敬すべき革命家としての気概を見せるために、ただそこにじっと座っているしかなく、車が俺と紅梅が墓の中で狂ったように愛し合った程崗十八里の道を通ったときにやっと頭を窓の方に向けて、軽く咳をした。

紅梅は二回咳をして、俺の空咳と心を通じ合わせてくれた。それからその車――俺たち二人とも初めて乗った車で、シートの柔らかいことこの上なく、途中何度も、この黒光りする車は俺が県長になったら俺ののになるのだろうかと思った——は、黄家崗大隊を通り、紅庫公社を走り抜け、大坪公社を過ぎ、県城の旧市街区を抜け、七十九里を風のように走り、あっという間に県委員会の建物の裏の小さな院子へと入っていった。

そこは四角い敷地で、三面は機械製造の瓦の赤い建物で、正面は二枚の大きな鉄の扉が半分開いていた。俺たちが着くと、銃を持った歩哨が車のナンバープレートを見て、慌てて鉄の扉を広く開けた。その赤い瓦、赤い壁、赤い煉瓦を地面に敷き詰めた院子に車は止まった（俺たちは血の池に落ちたかのようだった）、劉処長がまず先に降りて、一つの部屋に入ってから、俺たちを別の棟の客間に連れて行き、恭しく俺たちにお茶を勧め、ソファーの上に座らせた。（俺も紅梅も初めてソファーというものに座ったが、ソファーが車のシートよりもっと柔らかいとは思いもよらず、腰を下ろしたとき俺たち二人は、まるで牢屋に入れられたように、同時に慌てて体を持ち上げ、お尻をソファーの端っこに押しつけた。幸い劉処長はちょうどお茶を入れに行っていて見ていなかった。地区委員組織部の処長が自ら俺たちのためにお茶を入れてくれるとは、これがまた何を説明し、何を証明しているのか？）彼は二つのお茶の葉の入ったガラスコップを俺たちの目の前のセンターテーブルの上に置き（俺は後になってその長い暗紅色の、背の低い机がセンターテーブルという名前だと知った）、それから彼は機械のような調子で言った。「地区委員の関書記はここに滞在しておられて、しばらくしたら二人と話をするので、先にお茶でも飲んでいなさい」言い終わると劉処長は外へ出て行った。

俺たちは九都の地区委員会の書記が関明正という名前だと知っていたが、地区委員会書記が自ら俺たち二人と話をするとは信じがたく、革命がそんな天地をひっくり返すようなことをしてくれるとは信じがたかった。言ってみれば俺たちは耙耬山へ行って、王振海が土地を分配した陰謀を革命の光の下にさらけ出しただけだ。俺たちの一番の目的は、できるだけ早く王振海を舞台から引きずり下ろし彼の手中にある権力を奪い返すということだったが、それと一緒に全国最大の資本主義復辟の大きな事件を告発することになるなんて思いもしなかったし、この事案が県長まで舞台から吹き飛ばすことになるなんて思いもしなかった。熱くたぎる成功の光が繰り上げでやってきて、俺たちの両目をまぶしさで見えなくし、心の中は不安で一杯だった。俺たちは繰り上げでやってきた成功にまったく心の準備ができておらず、まるで最初に程崗に戻って革命した時に革命幼稚病にかかったかのように、今回の革命の成功は俺と紅梅を徹底的に災難の深い淵へと押しやったのだ。

劉処長が行ってから、俺と紅梅は声を出して話ができなかった。俺たちはお互いのぼせあがって熱くヒリヒリし、喉はカラカラでお互いを見たが、鍛冶屋が炉の中の熱く真っ赤に焼けた鉄を急いで水に入れて焼き入れするように、二人とも相手から安らぎと落ち着きを得ることを求めていた。俺たちはソファーの上に座ったまま、劉処長が窓の前から曲がって向こうへ行くのを見て、二つの手（彼女の左手と俺の右手）を同時にがしっとつかみ合った。彼女の手は俺の手の中で熱くて火傷しそうで、ふんわり柔らかく、ビクビク震えていて、指の血管の血が、崖の上から落ちる瀑布のように、俺の手のひらを突いていた。

「愛軍、あたしたちの革命は成功したわ」

「委員会は俺たちをどこに配属してくれるかな？」

「程崗鎮の権力はきっとくれるはずよ」

俺は笑った。

「俺たちは最低でも副県クラスにしてもらわなくちゃ」

彼女は突然手を引っ込めると、まっすぐ俺を見つめた。

俺は声をさらに小さくした。

「もしかしたら正県クラスかも知れない。俺たちのトントン拍子の出世の始まりだ」

彼女は部屋の中と外を見て、信じられない様子で俺の方にゆっくり顔を向けた。

俺は劉処長の言動から彼女に、俺の推測と憶測を証明して見せようと思ったが、まるで木片が窓か机から落ちたような音が、どこからか伝わってきた。その灰をかぶったような音は俺たちをぞっとさせた。この時になって、この時になってやっと、俺たちは俺たちの向かいの壁に一つのドアが開いているのを見つけた。俺たちの座っている客間にはソファー、センターテーブル、机、電話、洗面器台と洗面器に入ったきれいな水のほかに、その洗面器台のそばに赤い一枚扉があって、その上には扉用の白いカーテンが掛かっていて、カーテンの上には「人民に奉仕する」の文字が刺繍してあった。カーテンの後ろのドアは隠されていたのだ。さっきの音が部屋の中から聞こえて来たのか、それともそのドアの向こうから聞こえて来たのかわからなかった。俺たちは委員会書記が突然ドアの向こうから出てくるんじゃないか、俺たちのさっきの話を聞いていたんじゃないか、俺たちの手が膠《にかわ》か漆のように一緒にくっついていたのを見ていたんじゃないかと恐れた。

俺たちはサッと手を離すと、お尻を二つの赤いソファーの端っこに置き襟を正して端座し、喉はカラカラなのに、コップのお茶に手を出すことはできなかった。俺たちはすぐに素っ裸になって一緒に転げ回りたくてしかたがなかったが、近寄って座ることもできなかった。地区委員会の関書記は会議室で会議中とわかっていたが、関書記があの白いカーテンを開けて入ってくるのではと恐れていた。俺たちはじっと動かず、一言も口をきかず、関書記が来るのを、酷暑に一陣の風を待ちわびるように、なかなか明けない長い夜の中国でひとつの灯りを待っているように、暗く太陽のない旧社会で一輪の赤い太陽が昇り天下が明るくなるのを待つように待ち続けた。時間は水門の向こうの奔流のようにかさを増し、俺たちは熱い鍋の上でじたばたする蟻のようにジリジリしていた。部屋の中は少し暑く、空気中に青いような赤いようなねっとりした匂いがあって、窓とドアから入ってくる日の光には、埃が金色にキラキラ光りながら舞っていた。埃がぶつかり合うチンという音が聞こえ、埃の影が地面で小さな黒い蝶のようにユラユラ動き、部屋の中の香りは関書記が特別に振りまいたもので、コロンの香りが部屋全体に爽やかに広がっているのがはっきりわかった。時間はますますねっとり粘り着き(俺は県長になったらこの建物のこの部屋に住むことに決めた)、空気はますます暑く濁ってきて(俺は革命がもう一度大きな成功を収めたら、紅梅と結婚すべきではないかと思った)、目の前の埃の粒はどんどん大きくなり、赤い金色はますます薄くなっていった(俺はこのとき、紅梅と二人だけで耙耬山の人っ子一人いないどこかの谷にいたらどんなにいいだろうと思った)。部屋の中の匂いはますます朝の草の匂い、暖かい馬糞とどこかの家で肉を煮ている匂いの混ざったもの(俺はこの時もし耙耬山か程崗鎮にいたら、絶対紅梅を裸にして、一糸まとわぬまま俺の目の前で踊らせたいと思った）。俺たちはまったくの手持ちぶさたで、堅苦しい状態のまま、お茶を飲みたくてもグラスに手を伸ばせず、涼しくなりたくてもボタンも外せず、ことに及びたくても手も伸ばせなかった。俺たちは何かやること（たとえば新聞を読むとか、文献を学習するとか）を見つけたくて、ちょっと話すのにピッタリな話題（最近世界で何が起こっているかとか、中央がどんな新しい指示を出しているかとか）を見つけたくて、センターテーブルから事務机に目を移すと、机の上の電話の下に『参考ニュース』が押さえつけてあるのが見えた。立ち上がってその『参考ニュース』を取ると、中からひらりと四寸四方のカラー写真が落ちた。拾って見てみると、それは端整な中年の顔を斜めに向けた女性の軍人の写真で、眼鏡を掛け、つばなしの帽子をかぶっていて、よく知っているようで厳格で、彼女は目の前の何かを見下げているような感じだった。その写真の下に、自然な感じで書いてあった。

我が親愛なる夫人！

俺はその写真の女性をよく知っている人だと思ったが、すぐには誰か思い出せなかった。彼女が誰であるかなんて信じたくなかった。彼女が誰だとしても、誰が写真の下に書いてあるような言葉を大胆にも書いたのか？　俺はその写真をしばらく見つめ、サラサラと流れるように書かれた「我が親愛なる夫人！」の文字を見つめ、興味津々といった様子でその写真を紅梅に渡した。

紅梅が写真を受け取って急いでチラッと見たとき、俺たちの待っていた荘厳な、忘れられない時が突然降臨してきたのだ。偉大なる時間がやってきたのだ。ドアの外から突然落ち着いた足音が聞こえて来た。その足音は落ち着いていてリズムがあり、優しく暖かく、永遠に忘れさせないといった感じで、窓の下に響いていた。俺たちは地区委員会の関書記が会議室から出てきたのだとわかった。俺たちを鎮の革命の後継者にするか、県の革命の舵手にするかの歴史的瞬間が目の前についにやってきたのだ。俺たちがトントン拍子にいくか、それともはしごか階段を一歩ずつ上がっていくかの、重要な談話がもうすぐ始まるのだ。俺と紅梅がお互いチラッと顔を見合わせ、同時にソファーから跳ねるように立ち上がると、すぐに俺たちが想像していた通りの中年の地区委員会関書記が戸口に現れた。前に話したと思うが、彼は痩せて浅黒く、頭は白髪交じりで、目は煌々と輝いていて、古い軍服を着ていて、その様子は俺たちが考えていたのとほとんど同じだった（さっきの写真の中年の女性軍人と彼はどういう関係なんだろう）、部屋に入ると彼は満面赤い光を放ち意欲を満ちあふれさせた顔で俺たちを見ると、手を振って言った。「座って座って。まあ、お茶でも飲みたまえ」（なんと心のこもった優しい言葉、一生忘れることはない！　さっきの写真の女性軍人とは一体どんな関係なんだろう？）関書記は俺たちにそう言いながら、自分で事務机の椅子を引いて座り、政務が多忙を極める中、三分ほどの短い話をした。

「君たちの檔案と活躍についてはわかっている、とてもすばらしい、革命は君たちのような後継者を求めている。

君たちは、王振海について発見し告発したことの意義がどれほどのものかわかっておるかね？　省は非常に重視し、中央の指導者はみな文書で指示を出した。これは非常に恐れるべき社会主義体制の下に埋められた時限爆弾で、君たちが発見しなければ、いつか爆発し、おそらく社会主義の青空を真っ暗にしたことだろう。

高君よ、よく考えてくれ、私と地区委員会組織部の同志は、君に県の仕事を全面的に司ってもらおうと思っている、県長か県委員会書記かはもう一度話し合うが。責任が重くなればなるほど、党組織が君に与える試練も大きくなる、恐れず、心配せず、大胆にやらなくてはならないが、方針と路線さえちゃんとつかんでいれば、仕事をやり遂げることはできよう」関書記はここまで話すと紅梅の方を見て言った。「夏さん、私は地区で仕事をして数年になるが、君のように自覚のある女性同志を見たことがないよ、ことに農村ではね。君と高君は非常に得がたい青年幹部で、有為の青年で、前途は無限、婦女聯合会の主任か副県長かは、これも検討してから決める。もちろん婦女聯合会主任も、県委員会委員も副県クラスだ」

最後に、関書記は俺たちが感動で震えながら感謝の言葉を述べ、上級組織の教育を無にすることがないようにがんばりますという意思表明をしているときに、その赤い漆の椅子から立ち上がると、低くしゃがれた力のある声で言った。

「会議がまだ終わっていないので、君たちは先に招待所に行ってくれ、今日の午後時間が空いたらまたゆっくり話そう」彼は俺たち二人を見ると、笑顔を浮かべて言った。

「君たちの家庭的事情もわかっている、二人とも不幸なことがあったようだな。しかし二人とも家庭の不幸に意志が押しつぶされることはなかった。君たちは本当に得がたいカップルだ、もし君たちがお互い同志愛を持ち、革命愛を持ち、志と信念を同じくするのであれば、この地区委員会書記である私が君たち二人の媒酌をやってもいい、条件は結婚したら同じ職場では働けない、一人は他の県か地区に行って仕事をしてもらう、これは党の規律だ。共産党は人が革命工作をするときに夫婦で店を出すことは許していない」

最後に、関書記は優しく友好的に俺たちとそれぞれ握手をし、俺たちを部屋の外まで送ると、部下に命令して俺たち二人を県委員会の招待所まで連れて行かせた。

3　陽光の下の陰影

花のつぼみが春風を思うのと同じよう、ひからびた大地が水の流れる時を待ちわびるのと同じよう、海燕が暴風を待つのと同じよう、奔流が水門が開くのを待つのと同じようだった。俺たちは県委員会の招待所の二つの部屋にそれぞれ案内されて落ち着くと、詳しい事情をわかっていない職員がすぐに立ち去るのを待っていた。しかし彼は俺と紅梅が県の未来の指導者たる人間だとわかっていたようで、招待所の部屋の中で、続けざまにタオルはどこで、石けんはどこで、水がなくなれば一声で持って来ること、枕元のスイッチはどれが壁のライトで、どれが枕元のライトで、どれがラジオかを俺に説明した（ラジオがあるとは驚いた、いつでも革命歌と音楽が聴けるのだ）。彼はあれこれ、あれこれ、熱心にぬかりなく、人をウンザリさせ、感動させた。彼が行ってから、俺はすぐに枕元のラジオのスイッチを入れた。革命現代京劇の一段が流れてきたので、俺は大急ぎで二号室から紅梅の八号室へと走っていくと、塵ひとつない廊下で、紅梅が俺の部屋に来るのに出くわし、彼女は俺を見ると、俺が彼女に言いたかったことを言った。

「愛軍、あたしの部屋の枕元にはラジオがあって、ちょうど革命現代京劇『智取威虎山』をやっているの」

「俺の部屋に来いよ、俺の枕元にもラジオがあるんだ」

俺は彼女を連れて二号室に戻った。

部屋に着くと俺たちはもう我慢できずドアに鍵を掛け、カーテンを閉めて、ラジオのボリュームを上げると服を脱いで、ベッドで狂ったようにことに及んだ。

俺たちは、それで俺たちの成功と喜びを祝い、それで俺たちの内心の興奮と波だった心を落ち着かせ、それで俺たちの同志の情と革命の愛を深めたのだ。

ラジオの伴奏を聴きながら、その愉快で気持ちのいい、魂が抜けそうな交わりの中で、紅梅はいつものように俺の体の下で絶頂の鋭い叫び声をあげ、いつものように顔は蒼白になり汗びっしょりで気を失うと思っていたが、結局彼女は真っ赤な絶頂の叫びをあげることもなければ、蒼白になって気を失うこともなかった。

彼女は俺の体の下で呆けたように俺の顔を見ながら、両手で俺の顔を撫で、突然ウーウー泣き始め、涙は土砂降りの雨のように枕にしたたり落ちた。俺は彼女の泣き声に驚いた。彼女が涙を流すのを見て、少し激し過ぎてどこか傷つけたのかと、慌てて動きを止めると、手で彼女の涙をぬぐった。

「どうしたんだ？」

彼女はますますいとおしいように俺の顔を撫でて、

「何でもないわ」。

「泣くなんて、枕カバーがびっしょりだ」

「愛軍、あたしたちがんばった甲斐があったわ、革命した甲斐があったわ、やっただけのことはあったわ」

俺は彼女の涙で濡れた髪を耳の後ろへやった。

「それで泣いてるのか？」

「昔のことを思い出したの、そのあと怖くなって泣いたの」

「何が怖いんだ？　俺たちには理想があり、抱負があって、奮闘でき、もうすぐ下部組織から正県レベルになったら、努力、努力、また努力、革命、革命、また革命しさえすれば、正県レベル、副地区レベル、正地区レベル、副省レベル、正省レベルへと、ひとつずつ上がっていくんだ。農民から高級幹部になれるんだ、高級幹部になれたら過去の事なんて何でもないじゃないか？　革命には犠牲はつきもの、君と俺だけが知っていることは天も知らないんだ、君が心配してどうするんだ？」

　話が厳粛な問題にまで行ってしまったため、彼女の涙はますますひどくなり、突然のその哀しみが俺の興奮した感情をすっかり覆ってしまったため、さっきまでの我慢できず焦っていた気持ちはすっかり消えてしまった。彼女の気持ちが落ち着いて、俺は残念この上ない顔で彼女を見た。彼女は本当に申し訳なさそうに言った。「愛軍、全部私が悪いの」俺はラジオのスイッチを切りながら言った。「だいじょうぶだよ、ここにはラジオがあるんだから、やりたいと思ったらいつでもできるよ」彼女はベッドに座ると、自分の服とシーツを整えた。服を着て、掛け布団を畳み、シーツを引っ張ってまっすぐにし、涙で濡れた枕カバーはひっくり返し、それからカーテンを開けた。四月の春の光がサーッと入ってきて、部屋の中を明るく照らし、革命者の心のようだった。

　すでにお昼時で、俺たちの部屋に射し込んでくる日の光に、同じようにキラキラ光る埃が舞い飛んでいた。壁に貼ってある毛主席の肖像画と『紅灯記』の一場面の絵は、日の光の中でぼんやりとしていたがまばゆかった。窓から外を見ると、招待所の庭の大きな花壇の常緑樹は初春の中、柔らかい緑ではなく青黒い色をしていた。それらの木は低く平らに切りそろえられ、よく見ると、植えるときに「忠」の字の形に並べられていることに気がついた。このときは木は生い茂っていて、その「忠」の字はぼんやりしていたが力があった。俺は窓を押し開けてその「忠」の字を見ながら、紅梅に言った。来てごらん、関書記は県の仕事についてはよく考えるようにって言ってたけど、俺は考えた。県長か書記になって、最初の仕事は県城の各十字路に大きな花壇を作って、それぞれの花壇に松や柏を「忠」の字の形に植えるんだ。紅梅はベッドを片付けるとやってきて、俺に寄りかかりながら花壇の中の緑の「忠」の字を見て、県城どこもかしこも「忠」の字じゃ単調すぎるわ、「三忠于」や「四無限」もいいわ、と言った。俺は言った。それじゃ、どれだけ木を植えなきゃいけないかわからないし、どれだけ大きな花壇がいる？　彼女はちょっと考えて笑うと、自然な感じで両手を交差させて俺の肩にかけて言った。あたしたち革命を起こすだけじゃなくて、農業も林業も水利事業も農村の牧畜業もやらなきゃね。林業なら大きな山の斜面に、木を「毛主席万歳」の五つの大きな字の形に植えるの。数十里先からでもその五文字が読めるようにね。飛行機からでも「毛主席万歳」がわかるようにすれば、あたしとあなたはあっという間に全国に名前が出て、北京からあたしたちのことを記録映画に撮りに来て、全国各地に放映されるかも。

　紅梅の考えに俺は惹きつけられ、体をひっくり返して両手で彼女の顔を挟んだ。彼女の両目は明るく輝いていたが、目の縁にはカラスの足跡があった。そのカラスの足跡は俺の心にトゲのように突き刺さった。彼女は俺の表情の変化に気がついた。「年取ったでしょ?」彼女は半分心配そうに、半分悲しそうにきいた。「〈人の命は老いやすく天は老いることを知らない〉[*1]、〈天にもし情があるなら、天も老いるだろう〉[*2]。あたしが年取ってしわくちゃになってもほんとにあたしのこと好きでいられる?」「俺たちは革命の伴侶、君と俺を一緒にしたのは革命だ、若さと美貌だけじゃない。革命が終わらなければ、君と俺の感情も永遠に終わらない」俺はこの答えに彼女が満足するかどうかはわからなかったが、無言で答えるだろうと思った。無言で答えて、彼女はベッドの端に戻って座った。彼女を慰めるため、俺は椅子を引いて彼女のそばに座り、彼女の手を俺の両手の中に握って言った。「婦女聯合会の主任になりたい? それとも副県長になりたい? 副県長は聞こえはいいけど、県長の指示には従わなくちゃならない。県長次第だ。婦女聯合会の主任は聞こえは悪いけど、婦女聯合会のことはすべて君が決めるんだ」

　彼女は俺が自分の手を好きに揉むに任せ、暖かく柔らかい鳥が巣の中にうずくまっているようで、視線は期待している感じで俺の顔と口に向けられ、口元の笑みは不安に震えていた。「あたしはあなたが県委員会書記になりたい、県長にはなりたくないってわかってる。我々の事業を導く核心的力は中国共産党よ。党がすべてを指導する。党は軍を指揮することもできる。だからあなたは書記になりたいのよ、じゃああたしが何になりたいか当ててみて? あたしは副県長兼婦女聯合会主任になりたいの。あたしたち二人は正々堂々結婚して一緒にいて別々にはならないの、そしていつかあなたは地区に行って、あたしを県長か書記にするの」

「そんなことできるか？」

「どうしてできないの？」

「関書記がうんて言うかな？」

「あたしたち結婚するときに関書記に仲人になってもらうだけじゃなくて、なんとか手を打って関書記と義理の親戚になるのが一番だわ」

　俺は彼女の手を俺の手の中から放り出した。「まったく、〈名声を求め覇王項羽を手本としてはならない[*3]〉かい？」

　彼女は笑った。「できないと思う？」彼女は俺の汗ばんだ手をシーツで拭くと、賢くて切れそうな目をして、姉が弟を見るように俺を見て言った。

「あたしは小さい頃から県の軍隊幹部休養所の元紅軍の軍人さんたちを見てて、彼らが孫の世代と義理の親戚関係を結ぶのが好きだってこと知ってるの。あなたとあたしが結婚するときに関書記が仲人をしてくれたら、あたしたちと関書記の関係は普通じゃなくなるでしょ？　普通じゃなくなるってことは、しょっちゅう関書記の家に行くことができるようになるってことよ。関書記の家に行くとき紅生、紅花、桃を順番に連れて行って、あの子たちに関書記のことを関おじいちゃんって呼ばせ、奥さんをおばあちゃんって呼ばせるの。それから、関書記がどこの出身かはっきりさせて、南方の人だったら唐辛子と漬け物を欠かさず持って行くの、高い物は絶対持ってっちゃだめ。もし北方の人だったら、アワかナツメを持ってって、子供たちによけいに甘い声でおじいちゃん、おばあちゃんって呼ばせれば、義理の親戚関係を結べるんじゃないの？　義理の親子になったらあなたとあたしを一緒に仕事させないなんてできる？　あたしを副県長兼婦女聯合会主任にさせないなんてできる？　今回あなたを書記にしないで、県長にしても、書記になりたければいつでも換えることできるじゃないの」

〈俺の魂、俺の肉、俺の革命伴侶、夫人！〉俺は紅梅の話に嬉しくてたまらず言葉が出ず、学生が先生の代わりに一生解けない謎を解明したかのようで、あっけ

＊1　毛沢東『采桑子・重陽《ちょうよう》』（一九二九年）より。原文「人生易老天難老」。この年、毛沢東は福建省・江西省で戦っていた。戦地で重陽の節句（九月九日）を迎えた感傷をうたったもの。
＊2　毛沢東『七律・人民解放軍南京を占領す』（一九四九年）より。前出。原文「天若有情天亦老」。
＊3　毛沢東『七律・人民解放軍南京を占領す』（一九四九年）より。前出。原文「不可沽名学覇王」。

にとられて紅梅の口を見つめ、紅梅の顔を見つめ、紅梅の髪と肩を見つめ、しばらく見つめたあと突然紅梅の両手を、さっき逃げた鳥を捕まえたかのように握って言った。

「関書記は北方の人みたいだ、もし東北の人なら、毎回欠かさず粉皮《リャンピー》か涼皮（きしめんのような幅の広い春雨）を、もし山東省なら、黄ニラか煎餅《ジエンピン》を、陝西省なら粟かトウモロコシ、山西省ならお酢を持って行かなきゃ」

　昼御飯前のひととき、俺たちは招待所の部屋の中で、革命と仕事、事業と未来、結婚と家庭、関係と友情について計画を立てていた。俺たちは就任したらすぐに結婚し、双喜臨門（めでたいことが重なって訪れる）になるようにして、俺たちの人生の輝きに錦上に花を添えて笑顔で一杯にし、俺たち二人の革命の船を帆を一杯に張って全速力で走らせ、草木はすくすく赤々燦々、朝日はぐんぐん世を照らし、一日千里天まで昇り、三十三か三十五までに県を離れて地区に行き、地区の副責任者か九都《きゅうと》市の正市長になるのだ。

　このとき、ちょうどこのとき、招待所の所長が俺たちを食事に呼びに来た。

　食事はもちろん最高の料理で、招待所は新任の県長待遇で食事を準備してくれ、焼き魚、鶏の煮込み、スペアリブ、鴨の塩煮と団子スープ、と様々な料理が四つのテーブルに並べてあった。しかし食事に同席したのは地区委員会組織部の劉処長だけだった。もともと県の指導班の指導者たちがみんな来て、関書記が食事のテーブルで俺と紅梅のことを「内部ニュース」の形ですべての県の指導者に発表し、できるだけ早く各部門の指導者と現場に周知させるはずだった。しかし関書記は来ず、県の班の指導者たちも来ていなかった。県委員会招待所の大きな食堂で、四つのテーブルに料理が並べられているのに劉処長と紅梅と俺の三人だけだった。思い出してみると、このとき俺たちの革命事業の地震はすでに足下で醸成されていて、硬い地面はすでに揺れ始めていたのだが、俺たちは勝利のせいで頭がぼんやりし、革命のこれからのすばらしい景色が今まさに発生した強大な悲劇を覆い隠していたのだ。招待所の二階から降りて曲がると、東側の平屋の大食堂で、劉処長を見ると、俺は新県長として丁寧に親しみのこもった様子で彼と握手し、紅梅は「処長さん、こんにちは」と、熟す時期を過ぎた赤いアンズのように、サクサク細やかに挨拶したが、劉処長は俺と握手をするとき、俺の指に軽く触れただけで、紅梅が挨拶したときも彼女をチラッと見てフンと言っただけだった。

俺はその大食堂の四つのテーブルと並べられたお酒や酒杯を見ながらきいた。

「関書記はまだ？」

劉処長は一つのテーブルの椅子に座ると、「来れなくなった」。

俺はちょっと変だなと思った。「それじゃ、県の他の指導者の方々は……」

劉処長は箸を取り上げた。

「先に食べよう、食べ終わったら話すから」

俺は足下が少し揺れ、足下から冷たい風が吹いてくるのを感じ始めていた。紅梅を見ると、彼女の顔はうっすら蒼白となっていて、言うまでもなく彼女も劉処長の態度と挙動の中に不吉と異様さを感じ取ったのだ。ひっきょう俺たちは闘争の風雨の中から出てきた、闘争の経験豊富な革命者であり、革命の中のどんな風雨も見てきたし、見たことのないものも聞いたことはあった。俺たちは知っていた、革命は時にちょっとしたことで成功し、ちょっとしたことで失敗するものなのだ。革命の成功は、闘争の終結と同じではない。階級が存在する限り、階級闘争は永遠に終わることはなく、プロレタリアートとブルジョア階級の間の闘争、各派の政治力学の階級闘争、プロレタリアートとブルジョア階級は権力の争奪とイデオロギーの占領において、長期にわたって紆余曲折があり、時には風雲急を告げ、異常なまでに過激なものになることがある。劉処長が箸を取って食べ始めると、紅梅が目配せをして来たので、俺たちはそれぞれ彼の両側に座った。

四つのテーブルのできたての料理は明るい食堂の中でほかほかと湯気を上げ、冬眠したあとの蝿たちと新しく生まれた蝿たちは残りの三つのテーブルでまったく気兼ねなく楽しそうに、灰色のブンブンいう音を響かせ、『奇襲白虎団』の中の低い二胡の音のようだった。日の光はギラギラと、テーブルから俺たちの顔と体に照りつけ、俺と紅梅の体は油で揚げた布で覆われたようだった。招待所の所長は何が起こったのかわからず、ビクビクと食堂の入口の外に立っていた。劉処長はごはんを半分食べると、肉の唐辛子炒めの皿のそばでずっと箸をブルブル震わせていた。俺と紅梅はごはんをよそったものの、食べるでもなく食べないでもなく、茶碗を宙に持ったまま、おかずを取るときも野菜をつまむだけで、魚やスペアリブや煮込みや鴨に箸をのばすことはできなかった。時間は豚の脂のように俺たちの箸の先で固まっていた。劉処長の咀嚼《そしゃく》する音は瓦のかけらがテーブルに落ちるようだった。紅梅はずっと俺の顔色をうかがい、顔には濡れた黒い布のような黒雲がかかっていた。

俺はついに茶碗を宙に止めたまま言った。「劉処長、何があったんでしょうか？」

劉処長は俺をチラッと見ると、「何が起こったかは君に、君たち二人にきかなくてはならん」。

俺は茶碗をテーブルに置くと、「私たちは党員で、同志で、一途な革命者で、すべては毛主席のため、共産党のためです、一体何が起こったのでしょうか、劉処長どうか私たちに話していただけないでしょうか」。

劉処長は疑惑の目で俺を見た。

紅梅も茶碗と箸を置いた。「劉処長、年齢からすればあなたと私たちは親子ほども違います、経験では言うまでもなくあなたは革命家として大先輩で、地位から言ってもあなたは私たちのずっと上の方です、私たちに間違いがあったらどうぞご指摘下さい、批判すべきことがあったら私たち二人をどうぞご批判下さい、何もおっしゃらなければ私たちも間違っていても改めようがありません」

劉処長はついに手にしていた茶碗を置いた。彼は自ら動いて食堂の扉をしっかり閉め、元の席に戻って座ると、手で口をぬぐい、歯の隙間に引っかかっていた米粒を足下に吐き出すと、「高君、夏さん」。劉処長の顔は青色の石の板のようだった。「これで私が正式に君たち二人に話したということ、組織が君たちに正式に話したことになる。君たちは前途有望な後継者だ。関書記は君たちの檔案を見て君たち二人を重点的に育てることに決めた。関書記は中央の指導者と行き来のあるお方だ。そのうえ関書記は早晩省に配属されるお方だ。しかし君たちは関書記の期待に背き、党組織の君たちに対する養成と教育に背いたのだ。一体何が起こったのかは、この私も知らない、しかし君たちは関書記を顔を真っ青にするほど怒らせたのだ、電話をたたき落とすほど怒らせたのだ。結局どうしてかは、君たち二人が一番よく知っているはずだから、ここで君たち二人の組織に対する、党に対する、毛主席に対する忠誠が本物か偽物なのかを見ることになった。言えばまだ間に合うが、言わなければ、少しでも出しおしみすれば、県長や婦女聯合会主任になれないだけではなく、政治的な前途は葬り去られしかもそれだけではすまない」ここまで話すと、劉処長はレストランの外に目をやり、俺たち二人を見ると、口をつぐみ、窓の外の二人が行ってしまうのを待ってから、半分啓発するように、半分脅すように言った。「この革命が一体どれほど厳しいものかは、君たちの方が私よりはっきり知っていて、階級闘争が複雑でどれほど容赦ないものかはわかっているはずだ。しかし一点、階級闘争においては決して自分が賢いなどと思わないこと、決して自分で持ち上げた石で自分の足をつぶしてはならないこと、自分で自分を革命陣営から反革命陣営に押しやらないことだ」

　それらを言い終わると、劉処長はまた茶碗を持ち上げると食べ始め、彼がやらなければならないことはやり終えたとばかりに、安心した様子で焼鳥の腿を一本口にほおばった。

（〈風雲突然変わり、軍閥あいついで戦争をはじめる〉[*1]。〈煙雨で景色はぼうっとかすみ、亀山と蛇山は長江を閉ざしている〉[*2]。〈この行軍はどこへ行くのか？　贛江《かんこう》の風雪に覆われたところへ〉[*3]。〈白雲山《はくうんざん》の頂上に雲が湧き上がろうとし、白雲山の下では呼び合う声が慌ただしい〉[*4]。〈突然人間《じんかん》から虎を退治したという報せが届いた。涙は飛ぶように流れ、盆を傾けたような雨となった〉[*5]。）俺たちにはきわめて重大なことが起こったとわかった、時間から推測して、俺たちが関書記と会ってすぐに発生したもので、俺たちが招待所で男女の快楽

＊1　毛沢東『清平楽・蔣桂《しょうけい》戦争』（一九二九年）より。原文「風雲突変／軍閥重開戦」。蔣桂戦争は一九二九年、蔣介石と江西省を地盤とする李宗仁・白崇禧の勢力が争った戦い。この軍閥同士の争いが毛沢東にチャンスを与えた。

＊2　毛沢東『菩薩蛮・黄鶴楼《こうかくろう》』（一九二七年）より。原文「煙雨莽蒼蒼／亀蛇鎖大江」。黄鶴楼は武昌にある楼の名前。亀山は漢陽に、蛇山は武昌にあって、長江を隔てて向かい合っている。国民革命混迷期の鬱屈した気持ちをうたっている。

＊3　毛沢東『減字《げんじ》木蘭花《もくらんか》・広昌路上《こうしょうろじょう》』（一九三〇年）より。原文「此行何去／贛江風雪迷漫處」。進軍途中に立ち寄った広昌でよんだもの。農村の革命根拠地を拡大し、都市へ勢力の伸長を図っていた時期のもの。

＊4　毛沢東『漁家傲《ぎょかごう》・反第二回大〝包囲討伐〟』（一九三一年）より。原文「白雲山頭雲欲立／白雲山下呼聲急」。湧き上がろうとしている雲は赤軍の士気を、ふもとの呼び合う声は、敵が右往左往している様子を表している。

＊5　毛沢東『蝶恋花・李淑一に答える』（一九五七年）より。原文「忽報人間曾伏虎／涙飛頓作傾盆雨」。虎を退治したとは革命が勝利したということ。

に浸り、未来について謀《はかりごと》をめぐらしていたときに発生したものだ。俺たちは、それはすなわち地下道のこと、程慶東の死のことだと予感した。劉処長を隔てて紅梅を見ると、彼女の顔は紙のように真っ白で、手はテーブルの端に置いたままブルブル震え、誰かが彼女の腕をつかんで揺すっているようだった。俺も彼女と同じように慌てていたが、俺は男で、鎮長で、新任の県長で、青年革命家で、まれに見る政治家で、無数の政治闘争を経た軍事家なのだ。紅梅が俺を見る目は水の渦に落ちた子供が岸の父親を見るようで、俺は決して彼女に俺が一人の男、一人の革命家、一人の軍事家、一人の政治家としてふさわしくないと思わせてはならなかった、彼女は俺の魂であり肉であり、俺の精神であり伴侶であって、もちろん彼女を失望させるわけにはいかなかった。俺はちょっと咳をして、彼女に慌てるな、落ち着くんだと暗示した。牢獄に陥れられようとも、釈放されるまで何もしゃべらぬ勇気と度胸を持たなくてはならない。

俺は目を紅梅から劉処長の脂でベトベトの両手に持っていき、「劉処長、毛主席はおっしゃいました、ことを成すには照準を合わせなくてはならない、根拠がなくてはならない、そうであってこそ、人を心服させ、心から信じさせることができる、と」。

劉処長はそれ以上鶏の腿を食べるのをやめると、冷たい目で俺を見て言った。「高君、君たちが怒らせたのは私ではなく、地区委員会の関書記なのだ。君たちがどうして関書記を怒らせることになったのかは、君たちしか知らない、食べないのなら部屋に戻って反省してるんだ、私が食事がすんで関書記に報告して指示を仰いでから、おそらく関書記ご自身が誠意をもって君たちと話をするはずだ」

俺と紅梅は一足先に食堂を離れた。

4　特別拘置室

王振海と趙青の牢獄行きと王県長の党籍と公職の剝奪がたった一か月しかかからなかったことを考えると、県長と婦女聯合会主任を前もって確保していた俺と紅梅が公安局の特別拘置室に入れられるのには、一日もいらないだろう。

昼御飯を食べ終わってしばらくもしないうちに、劉処長が俺の泊まっている部屋に来て、俺と紅梅に一言三言話すと、俺たちを特別審査を行うため公安局へ引き渡した。

劉処長は言った。「第一に、関書記は今日の午後省の緊急会議に出なくてはならなくなって、君たちと話すのはとりやめにした。第二に、君たちの犯した過ちの重大性は、おそらく君たちだけが最もはっきりわかっている。時間があったら関書記が自らこの件についてきくが、君たちが頑迷で非を認めないことがないように、プロレタリアート独裁の鉄の壁に頭をぶつけないようにと願っている。第三に、関書記はもし彼に時間がない場合は、最も信頼できる人を派遣して君たちと話させるが、隠し立てをせず、避けず、正直に話せば、君たちを許すとおっしゃっている」

その話が終わると、痩せっぽちの劉処長は二号室を出ていった。劉処長は良い同志だ、彼は入口の所で振りかえると、同情した様子で俺と紅梅を見て言った。

「君たちはまだ若い。隠し立てせず、言うことは全部話すんだ。今は、革命が理由で十数人殺しても、相変わらず官僚を続けている奴もいるんだから、君たちが言わない理由はあるまい?」

そのまま劉処長は行ってしまった。

劉処長が行ったのと入れ代わりに、四人の制服を着た豹のような図体の大男が俺たちの部屋に入ってくると、何も言わずに俺たちの全身をチェックし、紅梅の髪や耳の裏までチェックした後、俺と紅梅に手錠を掛けた。そのとき紅梅の目尻には涙が浮かんでいたが、彼女は自分の唇を噛みしめ涙はこぼれなかった。劉処長が来る前に俺と紅梅はすでに考えを統一していた。

「紅梅、後悔してる?」「あなたが心からあたしのことが好きなら、後悔なんてしないわ」「俺は後悔している。正々堂々君を妻にすることができなかった」彼女はワッと泣き出し、俺の体にしがみついて泣いた。

「愛軍、いいの、充分よ、今の一言であなたと一緒に革命してきた甲斐があったわ」俺たちはたとえ何が起ころうと涙をこぼさないと誓った。たとえ誰であろうと、この俺たち革命者を泥人形やかかし、張り子の人形とは決して言わせないと誓った。〈頭を割られ血流れようとも/革命の意志失うことなし/手枷《かせ》足枷の我らを見るな/両手両足枷あろうとも/天突く雄壮な志は縛れはしない/賊の鳩山、秘密の手紙、あらゆる拷問かけられて/筋骨砕け、皮膚裂けようと、意志ますます固し/刑場に赴き、意気揚々、顔を上げて遠くを見る／我々は見る——／革命の赤旗高く掲げ／闘争の狼煙は燎原の炎／しかしその時を待つ、風雨過ぎ、花咲き誇るを／新しき郷村は朝日のごとく、光は世界を照らす／その時来たりて、全中国にあまねく赤旗翻り／ここに至りて、我らが確信高まり、闘志は固く／我は党のため、彼女は民のため、貢献はまだまだ少なし／最大の気がかり、それは、革命の情、同志愛が、百年続き／子々孫々伝わること）[*1]。

手錠を掛けられ、そのうえ黒い布で目隠しされ、まるで本物の囚人のようだった。俺たちは一台の車に乗せられ二時間余り走り、黒い布が目から取られ、手錠を外されたとき、どこにあるかわからない監獄の特別拘置室に着いていた。拘置室は三部屋ほどの広さで、程崗鎮の党委員会の会議室と同じくらいで、違いは、会議室の窓は明るく大きかったが、そこの窓は毛主席の標準の肖像画の半分くらいの大きさで、三部屋分の広さの部屋に窓はその一つだけで、人の頭よりずっと高いところにあって、つま先立ちして手を伸ばしても窓枠の下にも届かないことだ。窓には指ほどの太さの鉄格子が、イバラのようにびっしりはめられ、間隔は指が入るか入らないかくらいだった。つまりこの特別拘置室は、帝国主義に反対し修正主義から防衛するための国家の穀物倉庫のようだった。さらに特別なのは、この拘置室の中は穀物倉庫とは違って、床、天井、四方の壁には、それぞれの隅にライトがついているだけでなく、びっしり整然とマルクス、エンゲルス、レーニン、スターリンそして毛主席の語録や肖像画（毛主席のものが八割以上を占めていた）が貼られ、赤、黄、緑、ゴシック、新魏体、新柳体の毛主席詩詞が、龍が飛び鳳凰が舞うように埋め尽くしていた。黒い布が俺と紅梅の目から外されたとき（彼らが俺たち二人を一つの部屋に閉じ込めるとは思わなかった）、俺たち二人はたちまちどうしていいかわからなくなった。赤く艶やかな、炎のように燃える革命の空気が俺たちを窒息させたのだ。俺たちの頭上の天井の一番真中に、巨大なキラキラ輝く赤地に黄色の星があって、星の五つの角に五つのライトが吊されていた。ライトのまわりにはぐるりとマルクス、エンゲルス、レーニン、スターリン、毛沢東の五枚の肖像画が貼ってあり、その五枚の肖像画の外側には、偉人の語録や言葉が天井の隅にまでびっしりと貼ってあった。四方の高い壁は、五行でひとつ、赤地に黄色で、大きさは同じで、内容の違う語録で埋め尽くされていた。一番上の天井の端から床まで、その五行の赤い海のような語録は四方の壁に煉瓦半分ほどの隙間も見せていなかった。そして最後に拘置室の扉に通じる床は、真中に一平方メートルのコンクリートの部分があって、二つの床には三尺の高さの、小さな紙ほどの面積の二つの椅子が置いてあって、そこ以外には毛主席の大小様々な石膏像がびっしり並べてあった。俺たちの目隠しを取り手錠を外した、襟章と帽章を付けた若い兵士は、チャラチャラと音をさせて手錠を左手に持ち、二枚の黒い布を右手に持ち、変な感じで俺たち二人を見ると、足で二つの高い椅子の間を三尺ほどに広げ、階級の情など微塵もなく、一言いった。「椅子の上に立つんだ！　正直に白状する気になったら我々を呼ぶんだ」

その言葉は青く紫で、黒々とした緑で、俺と紅梅は躊躇したあと木を植えるようにその二つの高い椅子の上に立った。上に上がってはっきり見えたのだが、椅子のちょうど真中に三本の大きなクギが反対から打ち付けられていて、椅子の表面から一寸ほど先が飛び出ていた。すなわちその椅子は、立つか、かがむかしかできず、座れない椅子だったのだ。座ればその三本のクギが肉を突き刺すのだ。俺は、我々は革命的人道主義を行わなくてはならないという言葉を思い出して、その兵士と二言三言話したいと思ったが、彼は腰をかがめて後ずさりしながら、大きな毛主席の肖像画の裏に糊を塗ると、俺たちの椅子の足下に貼り付け、さらに両側に集めて置いてあった様々な毛主席の石膏像をまるで手品のように、こっちを選んでは扉に通じる左側の道の上に、あちらを選んでは右側の道の上に置いた。彼の動作はキビキビしていて、口では何かブツブツ言っていて、なにかコツでもあるのか、彼が扉まで下がったときには、それらの毛主席の像は扉に通じる床に四列の波を描き、外へ出る道は完全に封鎖された。ここにきて、この時になって、俺はやっと自分たちが特殊な監獄である特別拘置室に閉じ込められたのだとわかった。俺たちはこれまで拘置室なんて聞いたことがなかった。大革命の世界に、こんな拘置室があるなんて想像すらできなかった。氷のように冷たいガチャンという音とともに、その兵士は分厚い木の上に鉄板が打ち付けられたドアを閉め切ると、部屋の灯りはアイヤァとばかりに暗くなり、そして静かになった。突

＊1　『紅灯記』より。

然俺たちは世界と徹底的に隔絶され、革命の環境の中にありながら、完全に別の革命に、別の雰囲気に放りこまれた。紅梅は西側の椅子の上に、俺は東側の椅子の上に立ち、椅子の間のその巨大な毛主席の肖像画が俺たち二人を隔てていた。黄昏の光が窓から入ってくると、紅梅の顔が前よりは落ち着いていて、この状況のすべてがわかっていて、このすべてに対応することができそうな、微かにきっぱり潔い感じが見えた。俺にはあのどんな車だったかわからない車で（お尻が四角い形をしたジープのようだったが）、彼女が俺のどちら側に座っていたか、車でブルブル震え、涙をポロポロこぼしていたのか、目に涙を溜めていたのか、それとも李玉和が刑場へ赴くように意気軒昂だったのかはわからなかった。そしてこのとき、太陽はちょうど西の山に沈もうとするところで、看守室のあの小さな窓から射し込んでくる赤い光は、至る所真っ赤な絵や文字が光り輝く中で、ますます真っ赤に燃え上がる炎となった。外を歩く見張りの兵士のゆっくりした足音が聞こえ、あの小さな窓に、しょっちゅう顔がのぞいては中を見て、その顔がのぞくとき（たぶん台か何かの上に立っている）、部屋の光はポキンと暗くなるのだった。光が暗くなると、俺たちが監視され、見張られているということを思い知らされた。拘置室の語録と文章をザッと見てみると、内容はほとんど革命のなか日常的に目にするもので、十人中八人はスラスラと暗誦できるものだ。たとえば「我々の事業を率いる核心的力は中国共産党であり、我々の思想を指導する理論的基礎はマルクス・レーニン主義である」とか「階級闘争、これで万事解決」とか「路線は大綱であり、ものごとの要点をつかめば全体は解決される」とか「学習、学習、また学習、進歩、進歩、また進歩」のごとくだ。しかし四方の壁の真中と目立つところは違っていて、内容は深く適切で、含意は深く悠遠で、味わい深く豊かだった。扉とは反対側の壁の最も目立つ場所には、「自白すれば寛大に、抵抗すれば厳罰に」があった。俺の向かいの壁には、「人民とは何か？中国では、現段階においては、労働者階級、農民階級、都市のプチブル階級と民族ブルジョアジーのことである。これらの階級は労働者階級と共産党の指導の下、団結し、自分の国を作り、自分の政府を選び、帝国主義の手先すなわち地主階級と官僚ブルジョアジーおよびこれらの階級を代表する国民党反動派とその共犯者どもに、専政、独裁を行い、これらを圧迫し、彼らを行儀良くさせ、勝手なことを喋らせたり好きなことをさせたりしてはならない」。俺の後ろ、紅梅の目の前の壁には、「我々の経験を総括すれば、この一点に集中する。それは即ち労働者階級が指導する工農同盟を基礎とする人民民主独裁である。この独裁は世界中の革命の力と一致団結しなくてはならない。これはすなわち我々の公式であり、これはすなわち我々の主要な経験であり、これはすなわち我々の主要な綱領なのである」。窓の下には、あの有名で力のある、雷管と爆薬のような二つの文章があった。左側には、「闘争し、失敗し、また闘争し、また失敗する、それがそのまま勝利に繋がる——これこそ人民の論理であり、彼らは決してこの論理に背くことはない」。右側には、「階級闘争では、ある階級が勝利すると、ある階級が消滅する、それこそが歴史であり、それこそが数千年の文明史なのである」。さらに天井にあるものはマルクスのプロレタリアート独裁に関する偉大で、社会主義の航路を灯台のように照らす未来を予見した英明な文章だった。「資本主義社会と共産主義社会の間には、前者から後者へ変わる革命の転換期があり、この時期はまた政治的過渡期でもあり、この時期の国家はプロレタリアート独裁でしかありえない」。床のレーニンの文章はさらに一歩深く、マルクス主義を発展させた偉大な学説の精髄で、階級闘争の革命学についてのもので、「プロレタリアート独裁は残酷な戦争である。プロレタリアートが一つの国家で勝利を得たとしても、国際的に見ればまだ弱者である……我々が今見ているこの闘争は歴史上いまだかつてなかったものであり……人民はこの戦争の経験をもちえない。我々はこの経験を創造しなくてはならないのだ」。

こういった語録や文章は革命の日常の中では、おそらくその雄大さや力を感じることはできないが、しかしこの監獄の中、特殊な尋問室や拘置室においてこれらの語録を見ると、足下に一つの強大な伏流水が流れ少し揺れているのを感じ、黄河や長江が足下の地下十メートルから五十メートルのところで轟々と流れているような、土石流が俺と紅梅の立っている椅子の下で荒れ狂い雄叫びを上げているような、もうすぐ爆発する火山の溶岩が、地殻の下で腹痛を起こしてのたうち回っているかのようだった。俺は地面が揺れているのを感じ、椅子の脚は揺れ、今にも椅子から転げ落ちてしまいそうだった。

俺が四面の語録や文章をざっと一渡り見終わると、紅梅も椅子の上で体をねじってそれらを黙って読んでいた。顔色は灰色で、落日の光のために、その灰色の上に暗い赤色が微かに掛かっていた。俺たちは一メートルちょっと離れ、間の床の毛主席の巨大な肖像画が、俺たちを雪山と草地を分けるように隔てていた。俺たちの前にはガラスの山かガラスの壁でもあるようで、お互いに見ることはできるのに手をつなぐことはできず、話すことはできるのに痰や唾の飛沫を目の前の床に散らすことはできなかった。俺たちをこの特殊な拘置室に彼らが閉じ込めたのは、俺たちが一組の徹頭徹尾の革命者で、思想的にも進歩して、業務にも精通している指導者で、もう一日か半日で県長、常務委員に任命されるからだと思っていたし、彼らは俺たちを本物の監獄に送らないで俺たちに対して革命的人道主義を行い同志としての愛憎をぶつけるのだと思っていたし、こうやって一種の革命的懲罰を行った後、俺たちを改めてどこかに送るのだと思っていた。

「紅梅、だいじょうぶか?」

彼女はちょっとうなずくと言った。「少し足が震える」

「震えたらしゃがむんだ、絶対下に落ちちゃだめだ」

「わかってるわ」

それから窓の向こうの影が揺れ、痩せた長い顔が拘置室の中を見た。彼の担いでいる銃の銃剣が肩の上で痩せて長い首と平行になっていた。俺と紅梅は彼を見て、俺たちが話すのを制止しないし、しゃがむのも制止しないので、革命的人道主義の温もりを感じた。俺たちはしゃがみ、両手でその半紙大の木の椅子(柳のようだ)をつかみ、俺は言った。「四方の壁の語録は俺たちを思想改造させるもの、床一杯に立っている毛主席の像は俺たちが逃げるのを防ぐため、俺たちは足を地面につけるだけで政治的過ちを犯し、罪一等重くなるというわけだ」床の毛主席像を見る彼女の顔には悲惨な感じがうっすら浮かび、何か言いたそうだったが何も言わなかった。

「革命の情誼があれば、〈心に霊犀《れいさい》一点の通ずる有り〉[*1]、言うべきでないことは君が俺に目配せさえしてくれたらすぐわかるよ」

「あたしたちをこの椅子の上に一晩しゃがませておく気かしら?」

「わからない」

「あたしたちを一晩しゃがませたら床に転げ落ち、毛主席の絵を踏みつけることになるわ」

「すると俺たちは向こうの思うつぼ、罪一等追加だ」

このとき部屋の最後の日の光が退き、暗さが昇ってくると、拘置室は突然ライトが点いて明るくなった。天井の五つのスポットライトと、四方の壁にそれぞれ二つずつ合計で八つのスポットライトだ。この十三のライトはすべて二百か五百ワットで、ラッパのようなフードは俺と紅梅に狙いを定め俺たちを白く明るく照らしていた。俺たちは突然全身が炙られたかのようで、目はチクチクと痛く、赤い針金が目の中に突き刺さったようだった。俺たちが慌てて目を揉み、その灼熱の強い光に少し慣れた頃、あの小さい窓はしっかりと閉められた。見張りの兵士が見張り台から降りる足音と木のギシギシたわむ音が聞こえ、俺たちを革命の溶鉱炉の中に放り込み、立ち去った後はまったくお構いなし、ただ俺たちが溶かされて反革命のカスになってから運び出し、さらに俺たち反革命のカスを踏みつけ、さらに踏みつけ、死地に置いて大喜びで満足し、俺たちを永遠、永久に人からさげすまれる犬のクソにするかのようだった。

俺は持ち前の鋭さでこの点を見抜いた。

俺たちは直感でそのすべてを見抜いた。

俺たちは百パーセント彼らの意図と目的を推測した。足下の毛主席の肖像画には汚れ一つなく、俺たちが椅子から降りて踏みつければ、毛主席の肖像画には必ず足跡が付くし、靴を脱いで踏んでも足跡が残ってしまうのだ。さらに扉に通じるあの四列の波のように並べられた毛主席の石膏像だが、灯りが点いてわかったのは、いくつかの像のそばに簡単な漢字があるということだった。「工」の字だったり、「十」の字だったり、「五」、「三」さらに「或」も。言うまでもなく、その大小様々の形も違う毛主席の像をどこに置くかはそこに記されているのだ。さらに陰険なのは、それらの毛主席の像の顔はどこかの方向を向いていて、その印がその像の座標だけでなく、その像をどっちの方向に向けて置くかの暗号になっているのだ。俺と紅梅は真剣に観察した。そこから二つから三つの毛主席像を動か

＊1　李商隠『無題』より。李商隠は晩唐の詩人。心と心が一筋通いあうのを、霊力があるとされる通天犀の角の、根元から先端まで通う白い筋にたとえた。互いの意志が通じ合うこと。

さないと、片足を下ろすこともできず、その木の椅子から降りようと思えば、五つか六つの毛主席像を動かして、やっと両足を下ろすことができ、一歩前に進むごとに、また必ず後ろの毛主席像を元の場所に戻さなくてはならないのだ。そこでやっかいなのは、三つ四つ、あるいは五つ六つくらいなら、毛主席像の位置がどこにあったか覚えることができたとしても、これらの毛主席像がどちらを向いていたかまでは覚えようがないのだ。同じ方向を向いているものはほとんどなく、方向も真東や真西、真北や真南を向いているものはなく、真東よりはちょっと北とか、ちょっと南だとか、東南、南西じゃなくてちょっとだけ北寄りとか。そのぎっしり立っている四列の波線の主席像はまるで革命の八卦陣のように、入り込んだらその謎を解かない限り決して出ることはできないかのようだった。

俺と紅梅はお互い見つめ合い、どちらも話をしなかった。季節はまだ真夏にはなっていなかったので、蒸し暑さもせいろの中のようというわけではなかった。黄昏の後（たぶんその頃だと思う）の静寂の中、町の工場の轟々いう音も、郊外の鉄道を毎晩通る石炭を運ぶ蒸気機関車の汽笛の音（忘れられない郊外の線路！）も聞こえなかった。微かに畑の生臭さが、シルクのようにドアの隙間、窓の隙間から入り込んできて、焼き煉瓦の窯の匂いに畑の匂いが混ざっているような（あるいは畑の匂いの中に煉瓦の窯の硫黄の匂いが混ざっているような）感じだった。俺には自分がどんな顔色をしているか見ることはできなかったが、心は灰色で冷たく水に濡らした青色か灰色の布のようだった。紅梅の顔はいつからか蒼白になっていて、慌ててどうしていいかわからなくなっているようだった。時間は澱んだ黄色い泥水のようで、ねっとり重く、だらだらとゆっくり、この空っぽで大きな、革命がぎっしりと詰まった部屋の中を流れていた。俺たちはそうやって一メートルちょっとの高さの所にしゃがみ、ちょうど足を二つ置くことができるだけの椅子の上で、足を見たり、足下の毛主席を見たり（いつも慈しみの微笑みを浮かべている）、お互い顔を上げて見たりした。お互い気持ちを鼓舞する話をしたかった（物質は第一、精神は第二、しかし一定の時、特殊の条件の下では、物質は精神に位を譲り、精神は物質に取って代わって第一になり、主導し統帥する——これは唯物主義弁証法で、歴史唯物主義の宇宙観だ）。俺たちは本当に自分たちの闘志を鼓舞する話を話したかった。俺はずいぶん考えてついに一つ思いついた。「紅梅、おなかは？」

彼女は俺に向かって首を振った。

「わかってたら、お昼があんなにごちそうだったんだから、二人とももっと食べときゃよかったな」

彼女は笑ったが、声は出さなかった。

「関書記はどうして俺たちのことを知ったのかな？」

彼女は目を丸くして、しばらく考えてからか細い声できいた。「あなたの部屋にいるとき誰か……」

はっきりきっぱりと言った。「それはない。カーテンも隙間なくきっちり閉めていたし」

「そしたら……誰かが密告したのかしら？」

「おそらく」

「誰が？　誰も知らないはずなのに……」

「君のお義父さん、程天民しかいないよ。王振海が捕まえられたとき彼は君と俺の革命が成功してトントン拍子に出世すると予感したんだ。彼が俺たちが二人仲良く出世していくのを許せると思うかい？　彼が息子の死に警戒心をもたないなんてありえるかい？　彼が君と俺の行動をコッソリ観察してなかったなんてありえるかい？」俺がまた窓をチラッと見ると、外の静寂が一陣の風のように耳元に吹き込んできた。

「俺たちが今日の午前中鎮を離れたときに彼は見たんだ」俺は言った。「たぶん、彼は君と俺が行ったあと、すぐに家に戻ったんだ。家に戻って君の部屋に入った。部屋に入って棚の下の穴を見つけた。穴を見つけたらすべてを見つけることができる。そのまま急いで県城に来て、ちょうど関書記と俺たちの話が終わってすぐあと、俺たちのことを告発したんだ」

紅梅は半信半疑で俺を見ていた。彼女はそこでしゃがんでいて足が痺れ、用心しながら立ち上がると、ゆっくり腰を伸ばしたが、椅子がグラリと揺れたので、また慌ててしゃがみ両手で椅子の端をつかんだ。ヒヤッとしたことで彼女の顔には汗が滲み、顔色はさらに蒼白となり、一枚の紙のようだった（最も新しい最も美しい絵が描けるだろうか？）。俺は言った。「充分気をつけるんだ」彼女は気持ちを落ち着けて言った。「あなたの足は痺れてないの？」「痺れてるよ」「あたし別棟の部屋には鍵を掛けてたのよ、お義父さんに入れるわけないわ」「程天民はタヌキだからな、おそらくとっくに合い鍵を作ってたんだよ」

彼女は呆然として俺を見ながら、「部屋の合い鍵は作れても、衣装ダンスの鍵は作りようがないわ。タンスの鍵はあたし以外、誰も持ってないんだもの」。

「今回出るときちゃんと鍵は掛けたかい？」

「掛けたわ」しかし彼女はちょっと考えて、自分の着ている薄い赤の半袖の開襟のブラウスを見て、自分が鍵を掛けたかどうか自信がなくなったようで、独り言のように言った。「あたし出かけるときにこのブラウスに着替えたけど、鍵は掛けたかしら？」

「よく思い出すんだ」

「たぶん掛けてないわ」

「間違いなく掛けなかったんだ。俺は何度も君が鍵を掛け忘れたのを見てるよ」

彼女はそれ以上言うのをやめた。彼女は結局自分が鍵を掛けなかったのを思い出したようで、顔に残っている後悔が土気色になり、きれいな顔に畑の黄土と実った作物の小さな粉末が積み重なったようだった。彼女は落ち込んだ様子でしばらく俺を見て、頭を深く垂れた。

「蟻の一穴だな」

彼女はまた顔を上げた。顔は涙でグシャグシャで、深く後悔し残念がっているようで、頭を地面にぶつけて死ぬことで自分の後ろめたさと後悔を表せないのが口惜しいようだった。電灯の白い光で、顔色は深い雪の陰のように青く、薄い赤のブラウスに落ちた涙が黒いインクのようだった。「本当に掛け忘れてたらあなたあたしを恨む？」そうきくときの許しを請う目は白々として、皮を剝いた麦わらが俺たちの間に掛かっているようで、声は震え、二滴の涙が足下の椅子の上に落ち、埃を舞い上げ、飛び散った小さい涙の粒が毛主席の像の上に落ち、細かい砂が数粒紙の上に落ちたようだった。「紅梅、頼むから泣いちゃだめだ、涙を毛主席の像の上に落としちゃだめだ」

そんなに多くはなかったが、依然彼女は涙を椅子の上に落とし、床の毛主席の肖像画を汚し、依然かたくなにこうきいた。「ほんとにそうで、あたしがあなたの政治生命を葬ったら、絶対あたしを恨むでしょ？」

俺も彼女が鍵を掛けなかったことが今のこの大悲劇を招いていると信じ始めていたが、彼女を恨みたくてもどうしても恨むことができなかった。彼女は俺の魂、俺の肉であり、俺の革命の伴侶で革命の情熱の偉大なる発動機なのだ。俺は一言ずつ大真面目で言った。

「紅梅、俺はこれっぽっちも君を恨んでないし、後悔してないよ。ただ自分を恨んでいるだけ、なんとか時間を見つけて君を正式に奥さんにすることができなかったのを後悔しているだけだ」

彼女は目に涙を溜めて俺を見ながら、俺の話がどれくらい本当でどれくらい嘘かはっきりさせているかのようだった。

俺はまた一言一句、心をこめて彼女に言った。「正式に君を妻にしていたら、たとえ君と俺が銃殺されたとしても、村の人は俺たちを一つの墓に入れなきゃならないだろ？」

彼女の目の二粒の涙が突然大豆よりもずっと大きくなり、キラキラ輝き、下まぶたに引っかかって今にも落ちそうになったが、彼女はこらえて下にこぼさなかった。俺は彼女の涙の中の濃い塩の匂いを嗅いだ。彼女は完全に俺の告白に感動していた。俺は完全にその二粒の涙に征服され、俺を見るときの彼女の哀愁の瞳に征服され、彼女の顔の蒼白に征服されてしまっていた。俺は本当に内心の深いところではっきり認めていた、もし本当に彼女がタンスの鍵を掛け忘れたことで、この特殊な監獄の特殊拘置室に送られたのだとしても、俺は政治家そして革命家としての度量で彼女を許し、許すだけでなく、さらにより一層彼女を愛し彼女を大切にしたかった。俺たちの革命の情を愛し、俺たちの同志愛を大切にしたかった。俺たちの革命の愛情を後代の人々の模範と栄誉に、後代の人々が賞賛する傑作、絶唱にしたいと思った。俺はさらにもう少しもう一言でもいいから情誼に忠誠を誓う気概のこもった言葉を言いたいと思ったが、胸の中に濃密な感傷がこみ上げてきて、一言も出なくなり、ただ下唇を咬んで、ひたすらじっと蒼白のせいで美しい顔、涙のせいでより心を揺さぶる両目を見ていた。俺たちは長い年月ずっとそうしているかのように見つめ合い、沈黙の深みにはまっていた。お互いの視線が湿って重くなっているのが見え、お互いの心が純潔で気高いのが見え、ライトの明かりに照らされた時間が、俺たちの目の前をポトポト通り過ぎていくのが聞こえ、草の葉の先、木の葉の上の夜露がひっきりなしに草地か枯れ葉の上に落ちるように、お互いの心臓が清く明るいポタポタいう音を立てるのが聞こえた。ドアの隙間や天井の方から湧いてくる煉瓦の窯の黄色い硫黄の匂いは、鼻や喉をしっとりさせ、大きな口を開けておなかの中に呑み込んでしまいたい感じだった。俺たちはそうやって見つめ合い、黙ったままで、お互いその沈黙に疲れたとき、彼女は突然手を上げると二粒の涙をぬぐって、俯くと燦然と笑って言った。「愛軍、あたしが今何したいかわかる？」

　俺は彼女に向かって首を振った。

　彼女は笑顔を引っ込めると真面目くさって言った。

「最後にもう一度あなたの前で服を脱いで、一糸まとわぬまま、狂ったように、あのお墓の中のように踊って、それからあなたの前に伸びやかに横たわり、あなたのさせたいようにして、あなたのしてほしいようにしてあげたい」

　その話を聞いて唐突とか意外とかは思わなかった。一番聞きたかったのは彼女のそういう話だったような気もした。俺は彼女の言葉に感動し、俺が彼女を百パーセント感動させたように、彼女も俺を百パーセント感動させた。その時俺はしっかり考えてから口に出すべきなのか、それとも彼女の真心を証明する言葉を口にすべきなのかわからなかった。俺は彼女の顔を見ながら、彼女の耳の後ろに掛かっている黒髪を見ながら、心は感動で揺れ少し気持ちが良かった。

「本当に？」

　彼女は俺がそんな風に言うことに驚きわからないといった様子で、「あたしを信じてくれないの？」。

「信じてるよ」俺は言った。「でも俺が今最もやりたいことは何だと思う？　今このとき、俺は爆弾を抱えて董存瑞[*1]のようにして程寺を爆破してやりたい。二人で一糸まとわぬ姿で、程寺の日の光が燦々と当たるところで、恐れもせず狂ったようにやりたい」

「どうしてそんなこと」

「どうしてかわからない、突然浮かんだんだ」

「程寺を爆破するのはあたしたちの革命の目的じゃないでしょ？」

「でも俺は小さい頃から、程家の人たちがあそこに集まって祖先を祀っているのを見たとき、いつか程寺と牌坊はぶっ壊してやりたい、程寺と牌坊を爆破したいと思ってたんだ」

　彼女はしゃがんで痺れた足をちょっと動かし、用心してちょっと立ち上がり、またしゃがむと俺の顔を見た。「どうして程寺であれをしたいの？」

「程寺であれが思いっきりできたら、程寺の横っ面を張り飛ばすより、程寺のみぞおちに蹴りを食らわすより気持ちがいいじゃないか」

「あたしたち、まだ出られるかも知れないの？」

「わからない」

「出られたらあなたの言う通りにしましょう！」

このとき、部屋の外で足音がして、一人の兵士が窓の下のはしごを登ってきた。窓の前まで来るとちょっと開けて中をチラッと見ると、またはしごを下りていってどこかへ行ってしまった。彼が来たことで、俺たちは外がすっかり真っ暗になっていて、晩御飯の時間をかなり過ぎているとわかった。俺たちは突然空腹を感じ、足がだるくて痺れているのを感じた。俺は見に来た兵士を呼び止めて、何か食べさせるか、水一杯でも飲ませて欲しいと頼みたかったが、彼の足音は近くから遠くへと消えていった。俺たちは今度誰か来たら、食べものか水を頼もうと決めたが、その夜それ以降は、誰も窓まで上がってきて俺たち二人を見ることはなかった。

俺はまだ特殊拘置室で受けている革命の歴史的意義のある懲罰がどんなものであるか、充分予測できていなかった。空腹が降臨してきたとき、話をして口や喉が渇いたとき、その椅子の上で立ったりしゃがんだり、しゃがんだり立ったりして夜中まで我慢したとき、俺たちが受けている懲罰の残酷性を思い知った。

睡魔が四方八方から俺たちを襲ってきた。きつい光が針のように俺たちの眼球に突き刺さっていた。椅子の上の三本の光る鉄クギの先端が、二本の足の間で牙を剝き爪を研いでいた。座ることができず、立っていると両足がだるくなり、しゃがむと両足が痺れる。その夜をどうやってやり過ごしたのかわからないが、しゃがんだり立ったり、立ったりしゃがんだり、本当に眠いときはしゃがんで両手で椅子の端をしっかりつかんでウトウトした。部屋は大きく空っぽで、窓のそばに見張りの兵士はおらず、一歩踏み出して椅子から降りさえすれば、床に横になって寝ることもできた。しかし、俺たちには降りられなかった。降りられるはずもなかった。俺たちにはっきりしていたのは、いったん床の主席の肖像画を踏んだり、床の石膏像を倒したり、『毛主席語録』の文字を一文字でも踏んだりしたら、それがどんな過ちと罪になるか、たとえ自分の犯した罪を一文字分も話さないとしても、踏んだり倒し

＊1　一九二九年生まれ。中国人民解放軍の兵士。爆薬を自分で捧げ持って敵のトーチカを爆破し十九歳で死亡した英雄。

たりした罪は、犯した罪よりはるかに大きいものとなるのだ。俺たちは革命の荒波をくぐり抜けやってきた、俺たちはまっとうな革命者だ、椅子から降りることがもたらす結果がどれほど重大か、最も深く理解し体得していた。俺たちは賢く、知恵があり、才能に恵まれていて、絶対に自分たちを政治の断頭台に送るわけにはいかなかった。

夜中を過ぎ、世界はほとんど物音がしなくなり、微かにどこかの方角から工場の機械の音と、蒸気機関車が線路をきしませて走るギシギシいう音を二度感じた。俺たちはその音から判断して、県城から少なくとも三十里か五十里は離れていると判断した。夜露の匂いが冷ややかに拘置室の中に侵入してきた。強烈なライトの灼熱で俺たちはますます睡魔に抵抗できなくなってきていた。俺たちは何度もウトウトし、もう少しで椅子から毛主席の肖像画へと転がり落ちそうになり、眠くて椅子に座ろうとすると、クギの先がお尻の肉に突き刺さった。紅梅にクギが刺さって、アッと鋭い声をあげると天井の埃が震えてパラパラ落ちてきたが、それで目が覚めても、眠気は依然まぶたにベッタリ貼り付いていた。「愛軍、あたしたち、この酷刑をやり過ごせそうにないわ」「眠くてたまらないのか?」「どのみちあたしたち二人、椅子から転がり落ちて現行反革命になるんだわ」「ものごとは往々にして最後の一分までがんばれば、転機が現れ、勝利が出現するものだ」「足は痺れるし、だるいし、まぶたは重いし、もうあと少しも持ちこたえられそうにないわ」「椅子の端をしっかり持って目を閉じて、安心して思い切って寝るんだ、注意して俺が数を数えるのを聞きながら、十まで数えたら目を開けるんだ、開けなかったら俺が君を呼ぶから」彼女は椅子の端を持って目を閉じ、俺は数を数えながら、彼女を見つめ、頭が少しでも傾いたら彼女を起こした。俺たちはこうやって、一人が寝て一人が数を数えながら観察し、十か十いくつ数えて相手が寝ていたら起こした。

俺たちは気力と知恵でついに長い一夜をやり過ごすことができた。

夜が明けると、歯を磨き終わったばかりのあの若い兵士が歯磨きと歯ブラシを持ったまま扉を開け、歯磨きと歯ブラシを扉の床に置き、あの四列の波の毛主席像を適当に両側に動かすと一本の道ができ、そこには二行の訳のわからない、少ない画数のチョークの漢字と部首が現れ、その漢字と椅子の間に立つと、椅子の間の毛主席の肖像画を確かめて、足跡もほかの痕跡もないのを見て、腰をかがめ入口から射し込んでくる日の光を借りて、足の指紋や手の指紋が付いていないか確かめた。彼は俺たちがその毛主席の巨大な肖像画を踏んでいないのを確認して、また椅子の後ろ、左、右の肖像画や語録も見た。彼は椅子のまわりを見るのに少なくとも十分はかけ、ついに俺たちが一晩椅子から降りなかったとわかると、驚いた顔を上げて俺たち二人を見た。

「俺たちは本当に一晩降りなかったんだ」

「この椅子の上で一晩持ちこたえたのは、あんたたちが最初だ」

「俺たちはおなかがすいているんだ、何か食べさせてくれないか、スープでもいいから」

「食べるものもあるし、飲むものもあるが、あんたたちに食べさせたら、俺がその椅子の上に立つことになる」

「ちょっとだけ人道主義を施してくれないか？」

「今すぐ白状するんだ。白状すれば椅子から降りることができるが、最後になっておとなしく白状したところで、更に罪一等加わり現行反革命になるぞ」

「俺たちに何を言わせたいんだ？」

彼は冷ややかに俺を見た。「私にきくのか？　どんな罪を犯したかはあんたが自分で一番よくわかっているはずだ、言いたくないのなら椅子の上で罪一等加えられるのを待ってるんだな」そう言い終わると、彼はまた後ずさりながら、端に寄せた石膏像を元の場所に戻し始めた。彼のその動きは、俺と紅梅を強烈に惹きつけた。俺たちには彼が口の中で何をブツブツ言っているのかははっきり聞き取れなかったが、彼は口をパクパクさせながら、何か唱えていて、彼がいるのは石膏像の真中から俺たち寄りの二列目の波の石膏像の間、第一列の前の五つは「五、山、委、辶、月」、第二列の前の五つは「人、氵、水、扌、云」、後ははっきり見えず、覚えることもできなかった。この二列の十個の漢字と部首を頭にたたきこむために、俺はすぐに二つのフレーズに変えた。「五山委走月、人水水手雲」。その若い兵士が部屋から出て行くのを待って、俺はこの二つのフレーズを頭の中で唱えて、紅梅の方を見た。

「君はあの石膏像の下の文字を覚えてる？」

「七、八個覚えたわ、前の四つが五、山、委となにか、後の四つが人、水、水と手だったわ」

「どういう意味かわかる？」

「わかったらあたしたち椅子から降りることができるってことね」

俺たちは推測を始めた。「五、山、委、辶、月」と「人、氵、水、扌、云」の十個の漢字と部首が毛主席像とどんな関係があるのか、それぞれの漢字と部首が代表している毛主席像はどうして西を向いたり、東を向いたりしているのか。それぞれの文字や部首が一つの石膏像を表しているのはわかるのだが、それぞれの文字と部首の間に何の関係があるのか？　俺たちは長い時間その推測する遊びに没頭し、空腹も喉の渇きも疲労も忘れ、辛い時間をやり過ごし、それができるだけ早く過ぎていくようにした。俺たちは画数の多い字は大きめの石膏像を代表していると推測したが、八画の「委」の字の上の石膏像は毛主席の半身像で、大きさは拳大くらいしかなかった。画数の少ないものが体積の大きい石膏像を代表しているのではと推測したが、一尺以上の高さの毛主席の全身像が四画の「云」の字の上に置いてあり、たった二画の「人」の字の上に普通の大きさの石膏像が置いてあった。字の上の像は全部東あるいは東南や東北を向いているのではと思ったが、部首の上の像にも東を向いているものがあった。部首の上の像はおおよそ西あるいは西南、西北を向いているのではと思ったが、「氵」の上の像は真東を向いていた。それぞれの文字と部首を組み合わせると意味のある文章や成語、あるいは詩になるのではと推測し、つきつめて考えてみたが、「五、山、委、辶、月」と「人、氵、水、扌、云」が一体どんな意味を含んでいるのか思いつくことはできなかった。しかし俺たちは上の句の「月」と下の句の「雲」は必ず対応していると定めた。俺たちは知っているあらゆる唐詩や宋詩を思い出し、暗誦できるわずかばかりの古詩の中に「雲」がないか「月」がないか当たってみたが、「五、山、委、辶、月」と「人、氵、水、扌、云」と関連づけ、何かの関係を見つけ出すことができず、革命の八卦陣の鍵が突然目の前に現れることはなかった。俺たちは毛主席のすべての詩と詞をそらんじることができたが、毛主席の詩は全人類を思い、気魄に満ちていて、毛主席の詩の中には雲や月を吟じた句や柳を歌ったものはまったく見当たらなかった。俺たちはその字と部首について推測しているうちに、ついに袋小路にはまり込み、暗い部屋の中に閉じ込められたような、谷の中で断崖絶壁にぶつかったような感じで、まわれ右してまた戻っていくしかなかった。

「あたしたちどうやってもあの字と部首の意味を見つけられないわ」紅梅はそう言うと、視線をあの四列の波の石膏像の方に移した。

このとき、いつのまにか押し開けられた窓の前で、また見張りの兵隊の影が揺れ動き、日の光がサーチライトのように窓から射し込んでいた。時間はもうすでにお昼時で、その光のなか、俺は炎熱が部屋の中に広がっていくのを感じた。紅梅は立ったまま膝を揉み、ふくらはぎを揉み、揉み終わると、拳で自分の足の甲や踵を叩いた。俺たちはすでに椅子の上で立ったりしゃがんだりして一晩と半日、少なくとも十五時間は経っていて、もし今日関書記が誰か話をしに寄越して来なければ、椅子の上でまた一日と一晩立ち、しゃがまなくてはならない。この一日と一晩は、いかに俺たちをしゃがんだり立ったり、立ったりしゃがんだりしてもちこたえさせても、最も残酷な敵との戦いになり、言うまでもなく最後に負けるのはおそらく俺たちだ。しかし俺たちは正式な話もしないまま――たとえ尋問であっても、すべてを話すことはできないし、大志未だならぬ時に自分たちを売り渡すことはできない。俺たちは地区委員会の関書記に会わなくてはならない。俺たちは関書記の認めた赤色後継者であり、おそらく俺たちの革命への功績と成果で、関書記は俺たちの過ちを帳消しにしてくれるはずだ。関書記は身分も高く度量も大きいので、きっと我々に寛大にしてくれるはずだ。劉処長は最後別れるとき俺たちにこう言ったのだ。「十人以上殺しても相変わらず官僚をしているものもいるのだ、君たちのしたことはたいしたことではない」革命には犠牲がつきものであり、人が死ぬこともよくある。この革命の中の規律と理屈を関書記がわからないはずがなく、通じていないはずがないのだ。重要なのは、俺たちは関書記を待たなくてはならない、少なくとも関書記が派遣してくる誰かを待たなくてはならないということなのだ。今、最も重要なのは、やり過ごすことの難しいこの時間をやり過ごし、なんとかしてその五寸かける八寸の広さの椅子の上で、喉の渇き、空腹、腰のだるさ、足のつらさ、筋肉の痛みとしびれを忘れ去り、決して椅子から落ちて毛主席の肖像を踏みつけてはならないということだ。

「愛軍、今日は誰かあたしたちを尋問に来るかしら？」

「尋問があろうとなかろうと、俺たちは椅子から降りるわけにはいかない」

「愛軍、今日は暗くなる前に、椅子から転がり落ちて、毛主席の肖像を踏みつけてしまうことになりそうよ、両足のふくらはぎと足首が腫れて、発酵して膨れた小麦粉みたいになってるわ」

紅梅にズボンの裾を持ち上げさせると、彼女の言う通り彼女の足首はふくらはぎと同じくらいの太さになっていて、明るく、まぶしく光を放っていた。「どうするの？　あたしたち椅子の上で死ぬのを待つの？」俺は彼女にひとつ話をしようと言ったが、彼女は聞きたくないと言った。「特別毛主席に忠実な、党に忠実な、君や俺より思想的覚悟の高い人がいた。彼は千万の学生たちが、みな天安門広場に行って毛主席に会ったというのを聞いて、北京の天安門へ行かなくてはと思った。そこで豚を売り、羊を売り、家の穀物や樹木を売り、お金を持って千里はるばる北京へ向かい、バスに乗り、汽車に乗り、車の通れない山道は歩き、秋から夏、夏から秋へと歩き、ついに北京の天安門城楼の前の大きな広場に着いた。彼はその広場の真中で何て言ったと思う？　当ててごらん」

紅梅は俺を見ていた。

「彼は何て言ったでしょう？」

「腕を振り上げ『毛主席万歳』と高らかに叫んだ」

「違う」

「『共産党万歳』かしら？」

「それも違う」

「天安門広場の真中にあるのは人民英雄記念碑だから、きっと記念碑を見上げながら『解放されても共産党を忘れない、解放されても毛主席を忘れない、水を飲むときは井戸を掘った人のことを忘れない、幸せになっても赤旗を挿すのを忘れない』みたいな詩を作ったとか？」

「もっと違う」

「それじゃ彼はなんて言ったの？」

「もう一度考えてごらん」

「本当にわからない」

「彼は天安門広場をぐるっと一回りして、最後に広場の最も中央に立って大声で言ったんだ。『なんとまあ、この広場のなんとも大きいことよのう、何畝あるか想像もつかんが、木もなく、きれいで、毛主席はなんで指示を出して全国の食糧をここに運ばせて日干しさせんのじゃ？』」

俺が話し終わると紅梅は笑い、両手で椅子の端を握りしめ、もう少しで椅子の下に転げ落ちるところだった。窓の見張りが彼女の笑い声を聞いて、訳がわからないという様子で中を見ると、手で窓を叩いて俺たちが楽しそうに笑うのを制止した。そこで彼は紅梅の笑いを止めたが、紅梅は足が腫れていることを忘れ、一晩寝ていないことを忘れ、俺たちが監獄の拘置室にいることを忘れた。彼女は言った。愛軍、もう一つ話して。俺はまた続けて三つ革命の笑い話をし、彼女はもっと聞きたがったが、もうどこをどう探しても出てこなかった（俺は自分が革命家であり、革命の噺家ではなく、革命のお笑い芸人でもなく、革命のユーモア作家でもないことを発見した）。そこで俺たちはお互いに詩で遊び始めた。俺が上の句を言って、彼女に下の句を要求する、彼女が上の句を言ったら、俺が下の句を言うのだ。

「南京の鍾山《しょうざん》に突然嵐が起こり」

「百万の精鋭部隊が長江を渡る[*1]」

「春風楊柳の小枝は千万条」

「六億の中国ことごとく舜と堯[*2]」

「私は誇り高き楊を失い、君は柳を失った」

「楊と柳は軽やかに舞い上がり、天の一番上までまっすぐに上がっていった[*3]」

「独り寒い秋にたたずめば、湘江は北に向かって流れ、橘子《きっし》洲頭」

「見よ、山々はすっかり赤に覆われ、重なる林はことごとく染まっていて、川は一面青く透き通っていて、たくさんの船が流れに逆らっている[*4]」

「山よ。駿馬に鞭を当てまだ鞍からおりず、驚いて振

＊1　毛沢東『七律・人民解放軍南京を占領す』（一九四九年）より。原文「鍾山風雨起蒼黄／百萬雄師過大江」。

＊2　毛沢東『七律・瘟神《えきびょうがみ》を送る』（一九五八年）より。原文「春風楊柳万千条／六億神州尽舜堯」。瘟神とは住血吸虫のこと。一九五八年六月三十日の『人民日報』に江西省の余江県で住血吸虫を根絶したというニュースが掲載され、それをよんだもの。

＊3　毛沢東『蝶恋花・李淑一に答える』（一九五七年）より。前出。原文「我失驕楊君失柳／楊柳輕颺直上重霄九」。

＊4　毛沢東『沁園春・長沙』（一九二五年）より。原文「独立寒秋／湘江北去／橘子洲頭。看　万山紅遍／層林尽染／漫江碧透／百舸争流」。毛沢東は青年時代を長沙の湖南第一師範で過ごした。当時を回想しながら権力者を圧倒しようとする気概をうたったもの。

り返って見れば、天と三尺三寸しか離れていない[1]」

「山よ。海を覆し川をひっくり返したごとく、巨大な波が逆巻き押し寄せて来る。その凄まじい勢いは、馬が猛然と駆け登っていくかのようだ[2]」


「革命の大地、革命の天」

「きらめく陽光、きらめく月」

「延安宝塔、航海の灯火」

「天安門城楼、民族の星」

「民族人民の心は党に向かい、我々の心は赤い太陽に向く」

「地球は太陽のまわりを回り、億万人民は党についてゆく」

「両手を開いて、新しい日の出を迎える」

「胸を開いて、革命の愛情を植えつける」

「我々は草のように素朴でなくてはならない、線路の砂利のように無私でなくてはならない、ネジのように永遠に錆びてはならない」

「我々は田野のように広くなくてはならない、山脈のように堅強でなくてはならない、長江、黄河のように流れて休まず、戦いを止めてはならない」


「手に赤いカンテラ捧げ持ちあたりを見渡す、上層部が隆灘《ロンタン》（駅の名前）に人寄越す」

「約束の時間は七時半、その列車が来るのを待つ」

「世間では骨肉の情誼が重いと言う」

「私にすれば階級の情誼は泰山よりも重し[3]」

「黄蓮胆嚢、味分け難し。車を押し、輿《こし》を担ぎ、同じく怨みは胸一杯、この世の道の平らでないことよ。恨むはこの道平らであらざるなし」

「服が破れたところには血の跡が、古傷の上にまた新しい傷、どうして我慢できようか？[4]」

「弾丸の雨あられも軍と民を分断することはできず、婦救会は先を争って軍を支持する」

「補給物資が何度も届かずとも、前線を支援するため大平原を歩き回る[5]」

「我らが工農兵、山奥に来たりて、反動派をやっつけ、天地をひっくり返す」

「数十年革命し、南北に転戦、共産党と毛主席が我々を前に導いてくれる。赤い星を頭上に抱き、革命の赤旗を両側に翻し、赤旗を挿すところ黒雲は散り、解放区人民は地主を倒して解放される……[6]」

「九龍江を戦場とし、お互い支援し情誼は長い」

「頭を上げれば、十里の長堤に人々は行き交い、天地と戦うべく意気高し。志を立て、英雄に学び、重荷は肩にずっしりと、畑の端に立ち、心は赤い太陽に向かい、時代の新しい荒武者となり、青春を美しい革命の光とす」[*7]

「愛軍、次からあたしがもとからある句を言うから、あなたは自分で作るのよ、短い間にね」

「天下のことは共産党員を困らせることはできない[*8]──さあ来い」

「家は安源の萍水頭、三代石炭を掘り牛馬のごとく使われる」[*9]

「うつむいて旧社会を思い起こせば、流れる涙を抑えることはできない」

「いいわ！　月は道を照らし風は爽やか、飛びゆく兵士沙家浜を奇襲する」[*10]

「進みながら歌う、月が黒く風強くとも、愉快な心は止められない、志強く意志堅固、闘志は高い」

「普通ね──どっかの歌詞から取ってきたみたい。次は注意してね、私が言った文字数に合わせて、対句を作って、韻を踏むの、自分で作るのよ」

「よしっ」

「ひとたび雄鳥が時を告げれば天下の夜は明ける」[*11]

俺はちょっと考えて、「一万の鶯の歌が月を讃える」。

彼女はちょっと考えて、「宿場のはずれ崩れた橋のあたり」[*12]。

俺はちょっと考えて、「寂しいところに花爛漫」。

彼女はまたちょっと考えて、「紅軍は遠征にどんな困難があろうと恐れない」[*13]。

＊1　毛沢東『十六字令　その一』（一九三四年から三五年）より。原文「山／快馬加鞭未下鞍。驚回首／離天三尺三」。

＊2　毛沢東『十六字令　その二』（一九三四年から三五年）より。前出。原文「山／倒海翻江捲巨瀾。奔騰急／萬馬戰猶酣」。

＊3　『紅灯記』より。

＊4　『杜鵑山』より。

＊5　京劇映画『平原作戦』（一九七四年）より。

＊6　『智取威虎山』より。

＊7　現代革命京劇『龍江頌』より。

＊8　『紅灯記』より。

＊9　『杜鵑山』より。

＊10　現代革命京劇『沙家浜』より。

＊11　毛沢東『浣渓沙・柳亜子先生に和す』（一九五〇年）より。原文「一唱雄鶏天下白」。共産党が声を上げたことで人民が解放されたことをうたっている。

＊12　陸游《りくゆう》『卜算子《ぼくさんし》・梅を詠ず』より。原文「駅外断橋辺」。

＊13　毛沢東『七律・長征』（一九三五年）より。原文「紅軍不怕遠征難」。

俺は笑って、「山も川もなんのその」。

「笑っちゃだめ、どっちが最後に笑うことになるのかしら、――〈五嶺の山はうねり小さな波を踊らせている〉[*1]

「山山脈脈泥《つち》の丸《たま》のごとし」

「それ詩じゃないじゃないの、早口言葉じゃない――〈金沙江の水は雲のかかった高い崖を打ち、崖は暖かく〉[*2]――対句を考えて七律詩にするのよ」

俺は考えながらすぐには言わなかった。

「よく考えて――兵隊だったころ『解放軍報』に詩を発表したことがあるって言ってたじゃない？」

俺は依然黙っていた。

「金沙江の水は雲のかかった高い崖を打ち、崖は暖かく――時間かかり過ぎよ」

「さっき言ったのはなんだったっけ？　五嶺の山はうねり小さな波を踊らせている、だった？」

「さっきのが『五嶺の山はうねり小さな波を踊らせている、』で、今のが『金沙江の水は雲のかかった高い崖を打ち、崖は暖かく、』よ」

頭の中を稲妻が走った。頭の中で山が崩れ地が裂けるようなメリメリいう音が聞こえた。俺は「五、山、委、辶、月」と「人、氵、水、扌、云」と「五嶺の山はうねり小さな波を踊らせている」と「金沙江の水は雲のかかった高い崖を打ち、崖は暖かく」に隠された秘密を捕まえ、それらと床一面の毛主席の座標の関係を探し当てたのだ。突然革命の八卦陣から逃れ出る金の鍵を手に入れたのだ。ほとんど一瞬、瞬きをする間に、俺は「五、山、委、辶、月」は「五嶺の山はうねり小さな波を踊らせている（五嶺逶迤騰細浪）」の五文字の部首と漢字であり、「人、氵、水、扌、云」はちょうど「金沙江の水は雲のかかった高い崖を打ち、崖は暖かく（金沙水拍雲崖暖）」の中の五文字の部首と漢字だということがひらめいたのだ。俺が頭を四列の波線の毛主席像に向けると、紅梅は「金沙江の水は雲のかかった高い崖を打ち、崖は暖かく、」に合わせられないんでしょ？と言ったが、俺は手を振って、手で押さえつけるようにして、彼女に喋るなと合図を送り、しゃがんで俺と同じように主席像を観察するように指示した。彼女は俺がその一面の像の中から抜け出す秘密の道を見つけたのだとわかり、視線をその小さな雪だるまの像の方に向けた。毛主席の像を数えると、全部で五十六体、ちょうど『七律』詩の五十六文字と同じで、その四列の像は、一列に十四体で、ちょうど詩の二句の字数と同じだ。すなわち、第一列の十四体の像は毛主席の七律『長征』の最初の二句「紅軍不怕遠征難、万水千山只等閒」に対応する。第二列の十四体は「五嶺逶迤騰細浪、烏蒙磅礴走泥丸」に対応する。第三列の像は『長征』の第五、六句に対応し、第四列は七、八句に対応するのだ。これを証明するために、俺は第一列七つ目の像のそばの床に「隹」の字があるのを見つけた。『長征』の第一句の七つ目の字の「難」にはまさに「隹」の字があり、第四列の二つ目の像のそばの床には「口」という字が見えていて、『長征』の第七句の二つ目の文字は「喜」でちょうど「口」という字が含まれている。

四列の毛主席像の配列がちょうど毛主席の七律詩『長征』の五十六文字の配列であることを検証したら、もうほとんど労力も使わず毛主席の像の東西南北の向きは七律詩の抑揚の四つの読み方に対応しているというのがわかった。一声は東、二声は西、三声は南、四声は北だと予想した。俺は小さい声で吟じて「紅軍不怕遠征難」の七文字の四声がそれぞれ二声、一声、二声、四声、三声、一声そして二声であり、それに対応する主席像は西、東、西、北、南、東そして西を向いているはずで、第一列の七つの主席像をもう一度見てみると、果たして向きは西、東、西、北、南、東、西だった。第八句を小さい声で吟じて「三軍過後尽開顔（紅軍三軍は通り過ぎた後、みな顔をほころばせた）」の七文字の四声がそれぞれ一声、一声、四声、四声、四声、一声、そして二声であり、それに対応する主席像は東、東、北、北、北、東、西を向いているはずで、その七つの主席像をもう一度見てみると、果たして向きは東、東、北、北、北、東、西だった。

俺はこの五十六の像からなる革命八卦陣と革命の地獄絵を完全に解読したのだ。

すべては自明のことだった。俺は再度自分が天才的な革命家、政治家というだけでなく、天才的軍事家であり占い師であることを証明した。俺は紅梅にこのことをそっと言うと、彼女は床の像を数え、「五、山、委、辶、月」と「五嶺逶迤騰」の関係を考え、三、四

*1 毛沢東『七律・長征』（一九三五年）より。原文「五嶺逶迤騰細浪」。
*2 毛沢東『七律・長征』（一九三五年）より。原文「金沙水拍雲崖暖」。

列の像の前のいくつかの像の向きを観察すると、俺の目はぱっと輝き、まるで死刑囚に特赦が出たようで、喉の渇ききった人が轟々流れる川を見たかのようで、一週間も十日も地下にいた人が朝の日の光を見たかのようだった。部屋のライトはとっくに消え、窓からは日の光が射し込んできて、ゴムタイヤの車が大通りを疾走するようなギュンギュンいう音が聞こえてきた。見張りは依然窓から頭をのぞかせるが、何を見ているのか、何を考えているのかはわからなかった。昨晩の煉瓦の窯の黄色い硫黄の匂いはなくなって、今は灼熱の畑の匂いと部屋の中の湿気が日の光で蒸発する湿った匂いがしていた。俺たちはこの発見に興奮してきて、お互い見つめ合いしばらく何も言わなかった。彼女の顔に赤く輝く興奮は収まる気配がなく、その興奮は俺たちがあれをしたときだけの、絶頂に到達したときだけのものだった。彼女のその赤く艶やかな心動かされる美しさとこの偉大な発見と解明は、俺の冷たく凍りついていた熱い血を瞬時に溶かし、俺の血はグツグツと沸騰しはじめ、俺の彼女への渇きは長江、黄河のように全身を、一瀉千里《いっしゃせんり》と駆け巡り、花々は一気に咲き始めた。俺は部屋中の語録、文章そして毛主席の像を見て、それらの像や語録が堤のように、俺の血管をあっちこっちで横になり縦になって、遮り堰き止めているのを感じた。俺は初めて会ったときの郊外の線路での束縛された美しさと無礼さ、墓の中での狂気と快感、二年余りにわたる地下道での温もりと勝手気ままを思い出し、その瞬間この監獄から逃げ出すことを決めた。彼女と一緒に逃げるのだ。それがたとえ逃げ出した後に野原のどこかで裸になり、気持ちを尽くし、力を尽くしてことに及ぶためだけ、それだけのためだったとしても、俺たちはここから逃げ出さなくてはならなかった。

逃げ出すことに思い至ったとき、俺の両手は汗で濡れ、顔はほてって火で炙られているかのように緊張した。窓の外の見張りがまた中を見て、俺たちが相変わらずそこにしゃがんでいるのを見て、また頭を元の方に向けた。俺は窓を見て、扉を見て、紅梅と宙で顔を見合わせ、指で「逃げる」の文字を書いた。俺はその三つの文字を宙に続けて五回書いた。紅梅はそれがわかっても、顔には恐れもなく、血の気も引かず、唇をキュッと閉めたまま俺をしばらく見てから、宙に「だいじょうぶ?」と書いた。

俺は彼女に向かってしっかりとうなずいた。

彼女はしばらく唇をキュッと閉めていたが、俺よりも力強くうなずいた。

（俺の魂、俺の肉、俺の精神、骨髄よ！）偉大で、危険で、奇怪で、空前絶後の、歴史書に残る計画が紅梅のうなずきの中で生まれたのだ。

第十二章　凱旋

1　『長征』詳細説明図

2　壮志未だ酬いず誓いて休まず[*1]

俺たちはついに『長征』の秘密の道から抜けだし、その監獄特殊拘置室から逃げ出した。その監獄は県の備蓄倉庫を改修したものだった。あとで知ったことだが、あの頃は政治犯が牛や馬のように多くて、監獄はぎゅうぎゅう詰めで、県から外へ監獄拡張の経験交流に行って、穀物倉庫を改修して政治犯専用の監獄にし、特殊な拘置室を作ったのだ。その日俺たちは食事もせず、一口の水も飲ませてもらっていなかった（人道主義は穀物倉庫の中で一粒の収穫もなかった）。俺たちは自分たちの発見に鼓舞され、自分たちの逃走計画に揺り動かされ、心臓は破裂しそうで、血は沸き立ち、波は押し寄せ、潮は押し寄せ、我らが神は勇んで至り、雄壮なこと山のごとし、雄壮なこと水のごとし、八卦陣の中から飛び出した。見張りが見張り台から降りて晩御飯を食べに行くとき、俺たちはそこにしゃがみ、一言も言わず、微動だにしなかった。見張りは晩御飯を食べ終えて、拘置室に通電し、俺たちのまわりのライトをつけ、ライトがギラギラ輝くと、「白状したいなら呼ぶんだ！」と叫んで、またすぐ下に降りていった。

すべての抗日戦争から見ると、敵方の戦略は進攻と外線作戦[*2]、俺たちは戦略防御と内線作戦[*3]の立場にあり、敵の戦略の包囲の中にあった。俺たちはこの包囲の中から突破しなくてはならない。それ以外に生きる道はない。

俺たちは行動を開始した。

俺はまず椅子のつっかえ棒を踏みながら毛主席像の一番前に降りると、最初の四つの像を持ち上げて下が「紅、烏、金、更」の四文字であることを確認し、それから紅梅を椅子の上から下ろして、そそくさと抱き合ってキスしてから、すぐにその大小様々の、向きもバラバラな主席像をすべて動かし、通り過ぎるとまた『長征』の暗号に合わせて元通り並べ、二、三歩でドアに着いた。俺たちはあんなにあっさりと監獄から逃げ出せるとは思っていなかった。特殊拘置室の鉄の扉は別に鍵もかかっていなかったし、掛けがねが引っかけてあるだけで、いわゆる監獄の大きな鉄の門も、もともとは食料庫の古い扉で、「二〇八食料庫」の文字がまだその鉄の扉の端っこに残っていた。まわりを細かく見る余裕はなく、向かいの部屋の鍵をかけずに閉まっているドアの向こうから聞こえるのが、ざわざわした話し声なのか兵士たちがトランプをして騒いでいる声なのか確かめる余裕もなかった。紅梅が彼女の細い指でその掛けがねを外し、俺たちがドアから出ると、正門の見張りがちょうど別の兵隊に水を持って来てくれと頼んでいたが、頼まれた兵士は自分でやってくれ、小隊長も大隊長もみんな部屋の中で遊んでるんだと言い、その見張りは銃を担いで大きな鉄の門から西の部屋へと歩いて行った（敵が麻痺しているときこそ、攻め込むべき時、勝利の時だ）。俺は震えている紅梅を引っ張って特殊拘置室から出て、またドアの掛けがねをかけると、壁の下を腰をかがめて正門までいき、正門の下の地面から半尺空いている隙間から外へ這い出した。

ちょうど旧暦の月半ば、月明かりはとりわけすばらしかった。監獄の鉄の門から這い出して立ち上がると、水に溶けたような月の色が涼しく顔や体や見上げた首筋に降り注ぐのを感じた。目は潤んで病気の目に目薬でも差したかのようだった。俺たちは軽い足取りで背を丸めて監獄の正門から東に向かって歩き始めた。足下の草やそばの木々は次から次へと俺たちに踏みつけ

＊1　大志が実現するまでは決してやめない――『智取威虎山』。
＊2　敵を挟んで位置する態勢での作戦。
＊3　複数の敵の間に位置する態勢での作戦。

られ抹殺され、見張りの足音が完全に聞こえなくなったとき、俺たちは山の斜面へと走って撤退し、全身汗みずくで、ゼイゼイと息をした。（遠き道のり任務は急／ムチを振り上げ馬を急がす／頭を上げてまわりを見れば／月と星が大地を照らし／それは明朝の朝日の輝きのために／今宵夜は暗く風強く、敵は隠れ、草木みな敵、風声鶴唳《かくれい》、頭割れ血流るるともなにをか惜しまん。）その山の斜面の中腹まで来たところで、紅梅はとうとう走れなくなり、立ち止まると、そこは一面エンジュの林の中だった。五月のエンジュはむっとした甘い香りをまわりに発散し、虫に喰われて落ちた葉っぱが、月の光の中クルクル回って舞い落ち、地面に落ちたとき、微かにパラパラとカサコソが合わさった音を立てた。木の枝の隙間から見ると、中空に昇った満月は雪のように銀白色で、お皿のようにまん丸で、月明かりの中の山脈や、木々や、川や、人影やウサギ、羊の動くのまではっきりと見ることができた。エンジュの林の中はこれ以上はないほど静かで、ウサギ、羊や人が月明かりのなか山の麓を歩く足音が聞こえたし、木々の間の蟋蟀《こおろぎ》の、陣太鼓を打ち鳴らすような、鳴き競う声、世界中を自分たちの鳴き声で覆ってしまうかのような楽しそうな賑やかな鳴き声も聞こえてきた。俺たちは自分たちがもう安全だとわかった。山の下の監獄のある方をチラッと見て、監獄がどこにあるのかその方向を確認する暇もなかったが、俺たちが来た方は、道のような道でないような月の光が作った影が、涸れた川の防波堤の形通りに走っていて、人っ子一人おらず、荒い息はすぐに収まった。俺たちはたちまちお互い見つめ合って祝い喜び、期せずして一致したかのように相手の胸に飛び込み、相手を自分の胸に抱き寄せると、狂ったようにキスし愛撫し、狂ったように抱きしめ嚙みついた。彼女にキスしたとき彼女の柔らかい下唇を咬みきって飲み下せなかったのが口惜しかった。彼女の頭、首そして胸を愛撫するとき、彼女は俺のシャツの上から肩の肉に嚙みつき、肩は熱くなり腫れ上がり、痛くてたまらなかったが、痛快無比で、自分も彼女に嚙みついて喰い千切り腹の中に飲み下したかった。俺たちは一言も口をきかず、呼吸のほかには、キスと愛撫、お互いに地面で転がり嚙みつくことだけだった。俺たちが監獄から逃げ出したのはこの林に来るため、ここに来て一言も発せず愛撫しあれをするためのようだった。地面には背の低い草や木の葉、枯れた木の枝や去年枯れたエンジュの葉っぱのかけらだった。それらはもともともう静まりかえり、すでに初夏の緑生い茂る中で溺れ死んでいたのだが、俺たちのせいで、それらはまたカサコソガサガサしゃべったり笑い声をあげたりしはじめ、また新しい青春の命を持ち、新しい快楽の意義を持った。名前を忘れたが、誰もが知っている外国人が、百パーセント偉大で英明で正確なことを言っていた。人生は最も大切なもので、人は生命の最後に昔のことを思い返し、年月を空しく送ったことを後悔することはないと。いま俺たちはまさにそれを実践している。俺は紅梅を体の下に押さえつけた（たぶん紅梅が俺を彼女の体の上にしたんだ）。すべての虫が鳴くのをやめ息を潜めて俺たち二人を見つめ、俺たち二人の音を聞き、俺たち二人の匂いを嗅いでいた。彼らは俺たち二人に触ろうとさえした。俺は両手を彼女の望むように服の下から胸へと伸ばし、彼女のそのよく知っているが、監獄から出てきたことで見知らぬ感倍増の、神秘的な乳房は俺の両手の中で熱く汗ばみ、飛びはね、俺の手の中から逃げ出しそうな、俺の手から俺の体のどこかに潜り込もうとしているかのようだった。頭上の月明かりは涼やかで清らかだった。そのとき俺たちは後ろに監獄があることを忘れ、監獄からは二里も離れていないことを忘れ、監獄から出てくる前に考えていたこと、話したことを忘れ、逃げてきた方向、路線と目標を忘れ、俺たちが革命家、政治家であるだけでなく、俺はさらに天才的な軍事家、占い師であることを忘れ、未来と運命を忘れ、複雑な革命情勢と逼迫《ひっぱく》した任務と目的を忘れ、国内の地主、富農、反動、悪人、右派を忘れ、国際的な反帝国主義、反修正主義を忘れ、そばの地形や様子や、情勢や敵を忘れていた。俺たちは一切を顧みず、すべてを忘れ、監獄から逃げ出したその一時、月明かりの中、監獄のそば、林の中、山の斜面でその偉大で、光栄な、間違いのない情事をしたのだ。俺たちは三日前程崗で、桃が学校に行っている時間に乗じて、裸で彼女の家の別棟にいたが、もう三か月もあれをしていなかったかのように、三年も会っていなかったのが突然会ったかのように、とにもかくにも先にあれをしなくてはならなかったのだ。今回俺たちには革命音楽は必要なく、一糸まとわぬ姿になってお互いを鑑賞しじらす必要もなく、母親が子供にするように俺の体のどこかをひっぱたいたりつねったりする必要もなく、ボタンさえ外さず、誘う言葉も一言もなしで、耐えがたき苦しみを乗り越え、心を通じ合わせて転がり、ことに及んだのだ。

俺たちは一番短い時間でそれを終えた。箸の長さの半分ほど、一滴の雨水が軒から地面に落ちるほどだった。ことを終えると、一言も、一字分の音も口に出さず、そそくさと片付けると、俺は本能的に彼女の手を引っ張って、林の中の陰があったりなかったりする一本の小道を早足で山の上の方へと歩いて行った。あれの最中、いつものように魂が抜けるような快感もなければ、いつものような慌ただしさ、短さの遺憾も怨みもなかった。俺たちはあのために監獄から逃げてきたと思っていて、あれをしなければ二人の心を落ち着かせることも、心を静めて革命や運命、情勢や人生について考えることなど到底できなかったのだ。それをやり終わって、徹底的に自分を静めた。喉が渇いて水をたらふく飲んだ後のように、歩き疲れて足を充分休ませた後のように、干魃のあと雨がしみ通ったように、飢えたときにおなか一杯食べた後のように、暑いときに大きな緑の木陰に入ったときのように。山を登るとき、足取りは焦っていたが、何の緊張も恐怖もなく、まるでこのとき誰かが追ってきていて、俺たちを捕まえて連れ戻しても何でもないかのようだった。

俺たちはすでにことをすませ、山頂をめざしそして山頂に着いた。

山頂はどこもかしこも透明な月明かりと静寂に覆われていた。俺たち二人は林から抜け出し、一面岩だらけの高いところに立ち、ほうっと長い息をつくと、振りかえって山の麓を一望して、ようやく監獄のあるあたりの灯りのついている窓やパラパラと散在している建物を心を静めてはっきりと見ることができた。月明かりの中、その機械製造の赤い瓦の建物は土のような褐色になっていて、山の麓に黄土を積み上げたようだった。何列かに並んでいる建物の一番向こうには、中庭の壁の上の鉄条網が見えたり隠れたりしてぼんやりした四角い枠のように揺らめいていた。その四角い枠の一番向こうの角には、煉瓦の窯が四つ地面から飛び出していて、二つの窯はちょうど火を落としたところのようで、ぼんやりとしか見えなかったが、たくさんの人——言うまでもなく罪人たちだ——が、ちょうど水桶を担いで窯の上に上がったり降りたりしていた。窯のてっぺんから昇る乳白色の濃い煙が月の下で重い青色になり、高く昇る前に月の色に溶かされていた。

窯の前からさらに向こうを望むと、一里か二里の所に、黒々とした村が静かに、音もなく眠っていて、そこに適当に家や林を投げ捨てたかのようだった。俺たちは幸せにもあの罪人の群れに入って煉瓦を作ったり、瓦を作ったり、窯に火を入れたりしなくてすんだ。俺たちは結局革命家であり、結局すべての中国郷村革命に成功した経験を提供する革命者であり、結局程崗鎮を澱んだ水たまりの封建村落から一面赤色の新しい革命根拠地にしたのだ。俺たちの革命経験は全県全地区十余りの所に押し広められ、省の指導者にも俺たちの経験材料に自筆で「編集者付記」と書かれ認められたこともあるのだ。程崗鎮は結局中国北方農村革命の大切な宝、灯台であり、俺たちは結局天才的で、まれに見る一組の郷村革命家なのだ。彼らは当然俺たちを普通の犯人と一緒にして煉瓦を焼かせるべきではなく、おそらくいつか、俺たちを監獄に入れていたときファシズムを行わなかったことで良かったと思うことになり、俺たちが監獄にいるときに食事も水も与えなかったため後悔することになるのだ。俺たちはもう少しで県長そして婦女聯合会主任になるのだ。俺が県長になったら、この監獄に入れたい奴を放り込むことができるのだ。その時にはプロレタリアート独裁の鉄の一面も、柔の一面も全部俺の指示次第だが、しかし今回は何かの間違いで俺たちが入ってしまったのだ。一度入ってしまうともう永遠に県長にはなれないのか？　紅梅は婦女聯合会のトップになれないのか？　時事は測りがたく、未来は量りがたく、中国革命の歴史の長い川の流れの中で、どれだけたくさんの先人たちが獄につながれたことか。彼らが偉大なのは、獄につながれたからではない。李大釗《りたいしょう》*1、瞿秋白《くしゅうはく》*2、それから教科書に挿絵のある葉挺《ようてい》将軍*3（人が出るための扉はいつも閉まっていて、犬が這い出すための穴はいつも開いているのだ）。監獄につながれたからこそ、彼らの人生の歴史はより一層光り輝いたのであり、革命の中で監獄に入ったからこそ、監獄の中から革命の奔流に入ったからこそ、後に軍隊や国家の指導者になれたし、後世の人々にとって革命の模範であり永遠に朽ちることのな

*1　一八八九～一九二七年。中華民国の政治家、中国共産党創設の主要メンバー、中国国民党第一回中央執行委員。

*2　一八九九～一九三五年。中華民国初期の革命家。中国共産党初期の指導者の一人。

*3　一八九六～一九四六年。中華民国軍人。南昌蜂起に参加。新四軍軍長として有名。

い、永久に光を放つ偉大な手本となったのだ。もし革命の奔流の中で監獄に入ったという歴史がなければ、彼らの運命は今日のようなものになっていただろうか？

俺たちは監獄に一昼夜入れられたからといって悲しんでいないし、あの革命の才知に満ちた特殊な拘置室で監視を受け、水も食事も与えられなかったことで憤激してもいなかった。たぶんこの、ほんの短い歴史が俺たちの未来の奮闘の中で、新しい意義を得て、俺たちの運命の損失を倍返ししてくれるのだ。残念なのは、これがもう一日遅かったら良かったということだ。もう一日遅ければ関書記は県に俺たちの任命を発表し、俺たちは正真正銘の県長と婦女聯合会主任になっていたのだ。俺たちが県長と婦女聯合会主任だったら、監獄の連中も食事を出さないわけにはいかなかったはずだ。扉までの道に『長征』の八卦陣を敷くこともなかったはずだ。月は北の空から南の空へと移り、山脈の静寂はますます天地を覆い、遠くの荒野は一面黒く深く沈んで、濃密な黒となり、灌漑の終わった小麦畑がどこから始まりどこからが膝まで伸びた草地なのかわからなかった。微かに大地の草や農作物が風の中で揺れているのが見え、部隊にいたときに見たことのある波打つ海の表面のようだった。俺は相変わらず紅梅の手を握っていた。彼女の顔色は雨か霧のようにぼんやりした灰色で、手の指は氷のように冷たかった。なんだかんだ言ったところで、彼女は女の同志であり、充分成熟した革命者ではなく、個人の損得にばかりこだわる革命脆弱症なのだ。俺は一人の大の男として、彼女の指導者、戦友として、胸に大志を抱く革命家として、彼女にとって得がたい優秀な伴侶、革命のために航路を指し示す者として、胸に遠大な計画を持った政治家として、彼女をしっかり支え、監獄に入ったことなどたいしたことではない、監獄から逃げてきたことなど恐るるに足らないと思わせ、これが革命と革命者のちょっとした冗談であって、小さな誤解が発生しただけのこと、革命の歴史の中で我が党が犯した「左」傾、右傾の日和見主義の誤りと同じで、それらの「左」傾、右傾の日和見主義の間違った路線がなかったら、我が党が今日のように成熟することも、偉大になることもなかったのだ。それと同じことで、革命の障害の中で少しも過ちを犯すことなく、曲がり角を間違うこともなく、革命が俺たちに冗談を言ったり、誤解を生じることもなければ、俺たちが成熟し壮大になることも、革命の経験をたくさん積み重ねることもできない。俺たちが革命に身を捧げた後、幾千幾万の人々が俺たちのために追悼会を開き涙を流してくれることもなく、俺たちが農村革命工作の卓越した政治家であり指導者だと認めさせることもできない。俺は、俺の夏紅梅を慰め、俺の夏紅梅を教育、鼓舞しなくてはならないのだ、彼女は俺の魂、俺の肉であり、俺の体、俺の心であり、俺の骨髄、精神であるからだ。俺は紅梅の手をギュッと握りしめ、彼女の指を俺の手のひらの中で揉んだ。俺は言った。「何考えてるんだ?」

「何も」

「海を見たことあるか?」

「ないわ」

「いつか君を青島へ連れて行って海を見せてあげるよ。北京に連れて行って天安門を見せてあげる」

彼女は俺の顔を見て言った。「そんな日があるかしら」

俺は彼女の目をじっと見ながら言った。「ないわけないじゃないか」

「愛軍、あたしたち逃げ出して一体何するの? 捕まえられたら罪一等重くなるんじゃないの?」

「さっきあの時間が短すぎたかな?」

彼女は手を俺の手の中から引き抜くと、「あたしたちが逃げ出したのはあのためだけ?」。

「もちろん違うよ。俺たちは家に戻って程寺と牌坊を爆破して、俺の小さい頃からの革命の宿願を果たさなくちゃならない。君は家に戻って、地下道の入口が見つかってないかどうか確認しなくちゃならない。そう、俺たちはありのままに間違いを白状し、革命が俺たちに寛大に対処してくれるように、新たに革命で手柄を立てる機会を与えてくれるようにするんだ。もしあの地下道が前のまましっかり隠されていれば、関書記が俺たちに関わっているのはあのことが原因じゃないんだから、別の手段とやり方で向こうに対応しなくちゃならない」

紅梅は少し慌て、顔を上げて空を見ると、自分たちがいる場所を確かめてから言った。「そうだとしたら、あたしたちのんびりしていられないじゃないの、ここでぼんやりしててどうするの、空が明るくならないうちに戻らなきゃだめじゃないの!」

「方角をはっきりさせるんだ、俺たちは県城の東?

それとも西？　程崗鎮に戻るのに俺たちは南に行く？それとも北？」俺がそう言うと、彼女の顔の困惑と焦りは薄らいだ。視線を林の向こうへ移すと、十里、二十里の夜空は、一面ぼんやりした光を大地に敷き詰め、さらにそこにはアーク溶接の丸い光が夜空の下でいくつか煌めいていた。俺は言った。「県に機械工場か車の修理工場は？」紅梅は言った。「あるわよ。ほかに農業機械製造工場も。でもみんな操業停止になってるわよ」「誰かが革命に力を入れれば、誰かが生産を推進させる、工場は麻痺すればするほど誰かが夜戦をやることになるんだ、これは革命の規律、闘争の規律が決定するものなんだ——間違いない、あっちが県城だ」それから、俺は一本の木のそばに行って、日の光の当たる面と陰の面を触って、監獄はちょうど県城の真北で、俺たちは監獄の南寄りにいて、程崗鎮は監獄と県城の間の北寄りにあると判断した。監獄、県城、程崗鎮が鋭角三角形を成していて、程崗と監獄はちょうど鋭角三角形の最も短い辺の両端だった。すなわち、学校で習った幾何学がまだ俺の頭に残っていたし、兵隊にいたときの、共通科目の中の方位と点の基本常識も忘れてはいなかった。いま俺たちは監獄のそばの山の頂上にいて、家からは遠いどころか近かった。俺たちはその夜すぐに程崗に行って、夜が明ける前に鬼神も気づかないうちに監獄の特殊拘置室の椅子の上に戻ることもできた。

イバラを除き、道切り開き、敵の牢獄から逃げ出す／遠くを望み、程崗を思う／さらに激しく闘志を燃やし／党は我々に無限の希望を託す／親しき人、同志諸君の深い思いやり／彼らの繰り返す言葉は、我々に無限の力を与えてくれる／ひとつひとつの火のような赤い心、人の胸を温める／大胆に慎重に、心にしっかり刻むのだ／勇敢にそしてさらに知謀に長けること／党の言葉は一言一句勝利への保障／毛沢東思想は永遠に光を放つ／勇敢な策略ありて果断なければ／広い道でメクラのごとし／威虎山の何重もの障壁だろうと／下りの山道万里あろうとも／銃列林のごとく、弾丸雨のごとく降ろうとも／トーチカ、地下道、至る所に張り巡らせ／智恵と計算、当を得て／薄氷踏むがごとく大道を行く／二日敵情探り、煙雨茫々／逃げねばならず詳細探査、事情明らかとなり／己を知り敵を知り、慌てず騒がず／百戦百勝、間違いなし／ほかに子供の頃からの夢もあり／程寺爆破し牌坊壊し、封建残余を一掃す／革命に徹底的に身を投じたからは／まことの忠誠を党に捧ぐ／逃亡の危険再三検証／一石二鳥成るには躊躇《ためら》うこと能《あた》わず／刀の草むら剣の林あろうとも、飛び込まねばならぬ／万難排し山を下る／戦機過ち、大計崩るれば、己にも党にも申し訳が立たぬ／運命を誤り、革命を過てば、人民・程崗に申し訳が立たぬ／山高かろうと遮ることはできず／危険な状況悲観せず／壮志を抱き革命し、決して迷わず／革命し壮志を抱けば、我々の胸には朝日が昇る／林海雪原突き抜け、意気天を突く／豪気壮志、群山に向かう／赤旗津々浦々に翻るを願う／火の海、刀の山、突進し／舞い散る雪は春の雨に／暗い夜を明るい昼に／春を迎え世の中を変え／朝日を迎え世界を照らす／洞房に招き華燭を灯し、人生を映す／新しい前途、新しい譜／命を喜んで捧げ、春秋を記す／壮志未だ実現せず／いつの日かともに祝い酒／赤旗全世界に翻るを見る。

「紅梅、急いで東北に向かって行くんだ」

「間違ってないわよね」

「間違いない」

俺は彼女の左手を引き、月明かりの小道を東北に向かって急いだ。監獄、林そして県城が俺たちの後ろでどんどん遠くなっていった。

俺たちは横道に一切それず、尾根を越え、月明かりの小道から程崗に通じるバス道に出て、路上で石炭運搬のトラックを止めて、十数里乗せてもらった。俺たち夫婦は同じく県城の工場の労働者で、年老いた母親が病気で、晩御飯も食べず、夜を徹して家に帰る途中だということにしたのだ。その運転手は四十過ぎで、俺たちの話に引き込まれ、十二分に心を動かされ、車に乗せてくれただけでなく、食べものまで分けてくれた。彼は言った。「いま、息子が何十里も夜通しかけて母親に会いに戻るのはめずらしいことじゃないが、嫁がなにも食べず、何十里も歩いて義理の母親に会いに帰るのはめったにないことじゃ——これ、全部いいから食べてくれ」

階級の情、兄弟愛は人の心を動かす。兄弟愛、階級の情は心に沁みる。俺たちは運転手に心からの感謝を何度も言い、二人は携帯用の三つの蒸しパンを全部食べてしまった（いつか俺が改めて県長になったときには、きっとこの運転手を機械工場の工場長か副工場長にする。俺は彼の名前を覚えた。楊紅立、庫内公社柳林大隊、小学校卒、貧農）。この十数里車に乗れたことで、俺たちは予定通り程崗鎮に戻ることができた。そのとき夜は深く、俺と紅梅は二程牌坊の前に立って、熟睡している村を見、程前街の道端の電信柱や木を見、家々の戸口の堆肥や肥だめを見、通りの真中に鎮座する古い粉挽きのローラーを見、第二生産隊の牛小屋の牛や干し草を見た。月の光は水のように清らかで静かで、平等主義のもと、村のどの屋根にも、どの土地にも、どんなものにも均等に降り注いでいた。うしろの畑からは熟した小麦のむっとする甘い香りが青白い色をして漂ってきて、たくさんの革命の挫折の痛みと哀しみがこみ上げてきた。俺たちは村に長く留まることはできないとわかっていた。俺たちは夜が明ける前に監獄に戻らなくては、あの特殊な拘置室の高い椅子の上に戻らなくてはならないのだ。俺たちは少しでも早く帰れば、おそらく見張りも居眠りしているか、夜明け前の寒さで部屋に戻っていて、俺たちにもう一度あの鉄の門の下をくぐらせてくれるだろうと願っていた。〈革命未だ成らず、同志諸君は引き続き努力しなくてはならない〉。時間は俺たちに対して一つかみの小麦粉で無限の飢饉に対するように長く、一歩先んじてそれをつかまなければ、その結果は想像に堪えないかのようだった。俺と紅梅はその牌坊の下に数秒、ほんの数秒立って、俺が牌坊の片側の柱にションベンをすると、彼女はもう片方の柱のところに行ってしゃがみこむとションベンをして、戻ってくると俺たちは二手に分かれた。

「あたしあなたとどこで会うの？」

「家に帰ったらしっかり細かく確認して、桃とおばさんがいたら絶対に起こさないように（彼女は家を離れる前に桃をおばさんに預けていたのだ）、出てきて程寺の庭の壁の下まで来て、俺の姿が見えなかったら三回手を叩くんだ」

「あなたはお母さんと子供たちを見に帰らないの？」

「時間が間に合わないよ」俺は言った。「君も窓から桃を見るだけだ、絶対起こすんじゃない。マッチを持ってくるのをくれぐれも忘れないように」彼女は程前街の高い瓦屋根の門に向かって行った。

3　司令部を砲撃せよ[*1]

俺は牌坊の前で曲がって程中街に入り、そのまま大隊部へと向かった。革命者の足音は犬の目を覚まさせたが、犬どもはちょっと吼えたらすぐに静かになり、村の通りには人っ子一人いなかった。月の光は通りを流れ音を立てた。大隊部の入口に着いて、大隊部の正門の鍵を開け、大隊部の便所のそばにある倉庫の扉を開けた。その倉庫には二百斤もの、水利工事や水路やトンネルを掘るためのダイナマイトと雷管があった。俺は倉庫から三十本の油紙に包まれたダイナマイトと、雷管を三つかみ、二巻きの導火線と新しいハサミを持って、倉庫の扉に鍵を掛け、大隊部の楡の正門に鍵を掛け、大股で流星のごとく程寺へと向かった（革命事業に他に活路はない。暴力によって根拠地を拡大しさえすれば、全中国を、ひいては全人類を解放できるのだ）。ダイナマイトの濃厚な湿った匂いが胸元から俺の鼻を突き、その時は意気上がり闘志が湧き、手のひらには熱く汗が滲み、心臓は高鳴り、自分のその激昂した心を静めるために、俺は声を張り上げて楊子栄が虎を退治して山を上がるあの一段、「林の海を突き抜け雪原を越え我が意気天を突く」か、『平原作戦』[*2]の趙勇剛の一段、〈数日来日本軍と平川でわたりあい／トーチカの村に移動し、もう魚が海に入ったようなもの／日本、汪精衛、蔣介石結託し凶暴、傲慢／村人たち水に溺れ火に焼かれ傷だらけ／部屋の中では家族が安らかに眠る／会いたい、会いたい、しかしおばさんを起こすわけに行かぬ／人民の安否、常に心に刻みつけ／気づけば雷雨過ぎさり満天の星〉を歌いたくてたまらなかった。これは完全に俺がやろうとしていることのためにあると感じ、言葉を少し変えれば、俺の心の内そのものだった。数日来敵と山脈でわたりあい／程崗鎮に移動しもう魚が海に入ったようなもの／陰険な敵は変わらず傲慢／我々陥れ傷つける／村では家族が安らかに眠っている／会いたい、会いに行きたい、でも息子と母親を起こすわけには行かぬ／人民の安否を常に心に刻みつけ／ただ見る頭上の満天の星を。

程寺へ向かっているとき歌いたかったが歌えず、この歌詞をどう変えてやろうかと考えていた。歌詞を考え始めると、心は別の方へ飛んで行き、「程崗鎮に移りもう魚が海に入ったようなもの」を思いついたとき、カタンという音とともに心がそこに止まって、心の乱

＊1　毛沢東は「司令部を砲撃せよ――私の大字報」（『人民日報』一九六六年八月）で、党の内部に存在するブルジョア階級の司令部である鄧小平や劉少奇らに対する攻撃を指示した。

＊2　抗日戦争を描いた京劇映画。一九七四年。

れもゆっくりと収まっていった。それが爆弾を抱えた人間の心を静めるとは思いもよらず、少しばかりその歌詞を書いた文芸戦士たちに感激していた。俺は彼らに敬礼したかった、そして彼らに、俺がどれほど冷静にダイナマイトを程寺に仕掛けるか、彼らのその目で俺が程寺を爆破するところを見てもらえたら、どんなにすばらしいだろうと思った。それは感動的な壮観なクライマックスになるはずだからだ。

ダイナマイトを埋め、雷管を装着し、導火線をつなぐのは、俺のように優秀な兵士にはお茶の子さいさいだった。俺は一時間も掛けずに、程寺でその一切を完成させた。程寺の大殿の裏の壁と四隅の壁の基礎の隙間を全部ダイナマイトと雷管で塞ぎ、四隅はそれぞれ二本ずつ一斤のダイナマイトで塞ぎ、それから庭の壁に半斤のダイナマイトを何か所か詰め込み、最後に残ったダイナマイトと雷管をシャツにくるんで肩に掛け、庭の壁のそばのエンジュの木に登って中節院の壁へと這い上がり、今度は柏の木から下に降りて、前節院の春風亭、立雪閣の柱の下にダイナマイトを仕掛けた。数分後、中節院に向かい道学堂大殿と「和風甘雨」、「烈日秋霜」の二つの建物の前の柱の下と後ろの壁の下にもダイナマイトを仕掛け、さらに道学堂大殿の柱の下にダイナマイトを仕掛けたとき、一匹のネズミが壁の下から飛び出してきて、俺の足下の雷管を踏みつけ、俺は雷に打たれたように飛び上がって驚き、ドッと汗が顔から炸裂した。つまらないことに驚かされ、俺はダイナマイトを一本そのネズミの穴につっこんだ。

程寺の中は無上の静けさで、乳白色の月明かりが寺の中を漂い、木の影が揺れ、神秘に充ち満ちていた。俺は程寺の二十二か所に二十八本のダイナマイトを埋めた。手に持った最後の何本かのダイナマイトと雷管をズボンのポケットに入れ、腰を上げようと思ったとき紅梅がやってきた。彼女が家に戻っていた時間は導火線よりも長かった。もう少し遅れれば、戦機を失うところだった。

そっと中節院と前節院の扉を開け、出ていくと紅梅が程寺の門の陰に入るのが見えたのだ。

「来てたんならなんで手を叩かなかったんだ?」

「あなたが中でやってる音が聞こえたから」彼女は言った。「あたしは見張ってたの」

「どうだった?」

彼女はうなだれ、月明かりの中で顔色は青白かった。

「あなたが言った通りだったわ」

そこまで言うとちょっと話を止めて、また顔を上げて俺を見て、胸の内を泣いて訴えることのできる、懺《ざん》悔《げ》して許しを求めることのできる人に向かっているように、ゆっくりか細い声で、悲しそうに言った。愛軍、ほんとにあなたの言った通りだったわ。桃はまだおばさんの家にいて、あたし家に戻ったらまず別棟へ行ったの、入口の鍵はかかってたんだけど、窓を押したらすぐに開いたから、驚いて慌てて扉を開けて中に入って、電気を点けたら、じゅうたんは誰かが動かしたような感じだったし、枕もずれているような感じだったし、衣装ダンスの扉は開いていて、服は全部あったけど、底の下の地下道の入口を覆っていた布団は前と置き方が違っているような感じだったわ。前にはっきり覚えているのはいつも布団の牡丹の花を真っ正面にしたということだけど、今回見てみるとその花が明らかに東の方に寄ってたの。そこまで話すと、紅梅は涙を流して、たしかな悔しさが土で編んだ灰色の布のように彼女の顔を覆い、悔恨の涙が溢れハラハラと地面に落ちた。月はすでに村の南側に移り、星もまばらになっていた。村のどこかの通りから牛の呼吸と反芻の音が地面に沿って響いてきて、風に吹かれた草が揺れ動くようだった。そのとき、俺は涙が雨のように流れる紅梅の顔を見ながら、その顔をひっぱたけないのが、その顔に噛みつけないのが残念だった。彼女が俺たちのことを暴露させたということだけでなく、もっと大切なのは、あと二、三日、おそらく一日で、俺が県長になっていたということ、彼女が副県長クラスの婦女聯合会主任に任命されていたということだ。しかし、これまでの一切は御破算、すべての努力は無駄になり、血と汗で築いた運命の堤防が、蟻の一穴、ネズミの一穴で決壊し、堤防の土も石も跡形もなく流されたということだった。それは俺が県長になれない、彼女も県婦女聯合会主任になれないということだけでなく、結局の所、俺たちは何年も革命してきたのに、俺も彼女も相変わらずまだ農民ということなのだ！　戸籍はまだ耙耬山脈の程崗村にあるままということなのだ。俺はまだ農民なんだと気づいたとき、両足の横にぶら下がっていた両手は少し震え、黒砂糖の匂いを加えた苦くて生臭い匂いが俺の両手から立ち上った。それが俺の手にねばりついているダイナマイトの成分が揮発したものだということはわかっていた。その匂いを嗅いだとき、俺は両手をぎゅっと握りしめていることに気づいた。汗とダイナマイトの匂いはその指の隙間から出てきたものだった。俺は汗とダイナマイトの匂いをズボンで拭き、二つのポケットに分けて入れていたダイナマイトと雷管をさぐり、顔を上げて空を見た。明けの明星がすでに村の端にかかっていて、毎年夏の終わりの夜半に耙耬山で見ることのできる赤い星が、遠く明るく輝き、青いシルクで包んだ炎のようだった。赤い星が出てきているということは、夜半を過ぎてもうだいぶ経っているということだった。紅梅は手で涙を拭き、額の前と耳の前の髪を後ろにやった。彼女は言った。「愛軍、あなたと同じようにさっさとあの入口を塞いでおけばよかったわ」

「布団をどけてタンスの底の板が動かされていないか確認した？」

「したわ。でもあたしもともと板がどんなだったか、はっきり覚えてないの」

「窓枠や机に程天民の足跡は付いてなかった？」

「今から戻って確かめて来ようか？」

「いいよ、賊もしたたかだから、足跡はきれいに拭き取ってるよ」

「じゃああたしたち二人でがんばってきた革命も無駄になったってこと？」

彼女のその問いかけは棍棒のように俺の頭の中に横たわり、俺の喉にひっかかった。俺は彼女の顔を見つめた。彼女の顔にはさっきの哀しみはなくなり、ただ革命成功直前にうっかり招いた失敗への後悔と苦悩だけが残っていた。その後悔で彼女の顔は乳白色になり、真夜中過ぎの月の光と同じで、完全にその中に溶け込んでいて、ピンクのブラウスと黒い髪がなければ、彼女の顔は柔らかい月の色になってしまっただろう。言うまでもなく、革命は革命者の優柔不断を許さないし、関与したものが挫折し弱気になるのを許しはしない。教訓は革命の未来への宝であり、闘争と戦争は、教訓を補う最高の良薬だ。俺は言った。「俺たちはもちろんこのまま前途を葬り去るわけにも、革命を葬り去るわけにもいかない。俺がなんで程寺と牌坊を焼き払おうとするのか？　幼い頃の理想であり宿願ということだけじゃなくて、俺たちの徹底的な革命の第一手であり、俺たちが革命に献上する最後のお礼なんだ。今、君のお義父さんが君と俺を監獄に送り、俺たちの県長と婦女聯合会主任になるという前途を台無しにするとしたら、程寺を爆破するだけで足りるかい？　それじゃあまりにも程天民が得のしすぎじゃないかい？」

「ほかにどうするっていうの？」

「人、我を犯さずんば、我、人を犯さず、人もし我を犯せば、我必ずや人を犯す、だ。その人の道を以て、またその人の身を治む、だ。あいつは俺たちが姦通していると知らせたんじゃないのか？　俺たちをめった刺しにしなくてはならないと訴えたんじゃないのか？　それならいい、俺たち姦通して、めった刺しにさせてやろうじゃないか。俺たち今から最後の二本のダイナマイトを二程牌坊の柱の下に埋めたら、戻って来て程寺の後節院に突入して、程天民の目の前であれをして、あいつ自身の目に俺たちが姦通しているところを見せつけ、あいつ自身の目にこの高愛軍がどんなに夏紅梅を愛しているか、夏紅梅がどんなにこの高愛軍を愛しているか見せつけ、俺たちが一対の革命者であるだけでなく、革命の伴侶であり、死ぬまで愛し合う者であることをはっきりと思い知らせ、彼に革命者の真の愛情と力を見せ、いかに革命が完全で徹底的か感じさせてやるんだ。俺たちが、一対の狂った革命家だということをわからせるんだ。彼に君と俺のことを知らせたことを後悔させ、後悔している中で死なせるんだ！」

俺はそう言ったのだが、話の前半分は考えながら紅梅に向かって話したもので、後半分は怒りのせいで歯をギリギリさせながら言った。紅梅はおそらく俺の計画に賛成しないだろうと思った。しょせん俺のような徹底的な革命者ではないし、これを行うときに向き合わなければならない敵は彼女の義理の父親であり、程慶東の実の父親だからだ。しかし、彼女は俺の話を聞いても、すぐに反対もしなかったし声も出さなかった。彼女は俺の顔から俺の話がすでに熟した計画なのか、それとも感情的な報復、怨恨なのかはっきりさせるように、俺の顔を横目で見た。俺の顔を月明かりの中で無表情なまま数秒間凝視すると、世の中でただ一人傑出した女性こそが言えることをきっぱりと言い放った。

「愛軍、ここまで来たら、革命のため、闘争のため、あたしたちそうするしかないわね」

驚天動地、鬼神も泣き叫ぶ計画が誕生し実行されることになった（俺たちの一切の計画はゆるがせにせず着実に行動しなくてはならない、言ってやらなければ、言わなかったも同じだ）。すなわちこういうことだ。革命者がなるべきは行動の巨人であって、非言語のコビトではないのだ。革命のため、闘争のため、俺たちは最後の武器を取り出すことに決め、まず程天民の目の前で天地を覆すごとくあれを行い、それから微塵も容赦せず程寺と牌坊を爆破するのだ。

俺たちは速やかに最後のダイナマイトを牌坊の下に埋めた。

牌坊から勝利の凱旋のように戻ってきて、彼女が残った半分の導火線を持って俺の後についていて、程寺の正門を入ったとき、革命闘争の峻厳と荘厳とが俺たち二人を雲霧のごとく覆った。俺たちは最も偉大なときの到来を前に緊張と神秘を感じ、失敗を挽回して勝利し歓喜に浸ることへの期待に血が大河のごとく轟々と流れ、心臓は陣太鼓のようにドクドク跳びはねているのを感じた。前節院の古い柏の木の影は黒く太く、巨大な死体が庭に横たわっているようだった。紅梅は俺の後ろで正門の扉を閉めた。庭には乳白色のかびた匂いが集まってきた。その匂いを嗅ぐと、ちょっと心がざわついたが、一人の革命者として、俺が今まさに行おうとしているのは偉大な革命の一部分であり、後代の人には誤解される可能性もなくはないが、しかし後代の人が歴史に書き入れてくれるだろうと思うと、その恐怖は感激と感動の力に転化し、俺を冷静にさせ、かつ興奮させた。俺たちは中節院に入った。中節院の葡萄棚はテントのように俺たちの頭上を覆ったが、庭の四隅には棚のないところがあって、月が石灰の粉のような光をまき散らしていた。道学堂大殿の下に埋めたダイナマイトが外に剝き出しになっていたが、雷管は浅くしてあって、導火線は縄のように壁の下に沿ってクネクネと伸びていた。その導火線の長さは慎重に測った。点火の順番は中節院、前節院で、それから寺の中から飛び出して、後節院大堂の外周、そして最後に二程牌坊の二本の柱、全部点火して、二十六本のダイナマイトの導火線の長さはすべて一尺五寸で、その一尺五寸の燃焼時間は、俺と紅梅が悠々と耙耬山の尾根の端まで登って北国の風物詩、万里花火を見るのに充分なものだった。ただその雷管が少し浅かったので、もうちょっと深くしたかったが、紅梅が中節院の扉を閉めて、道学堂の方に向かったとき、後節院の扉がギイッと音を立てて開いたのだ。

「誰じゃ?」

程天民は白いズボンとボタンを留めていない白いシルクのひとえの上着を着ていて(新中国成立前の地主

や富農がこのシルクを着ていた）、門柱の下に立って、紅梅がいるとわかると、慌てて胸の前のボタンを留めると、驚いた様子で淡々と続けざまにきいた。

「紅梅じゃないか？　どうしてここにおるんじゃ？あそこにおるのは誰じゃ？」

紅梅は葡萄棚の下で固まって、話すことができなかった。言うまでもなく、これは動く時だった。今動かず程天民が一声叫べば、村人たちが集まってきてまた来たるべき成功が断ち切られることになる。紅梅が顔をこっちに向けた。俺は程天民、この程崗鎮の老いさらばえた元鎮長である敵に向かって近づいていった。

「彼女はあんたの息子の嫁の夏紅梅じゃない」俺は冷ややかにしかし熱をこめて言った。「彼女は優秀な革命工作者にして、農村工作革命家、政治家であり指導者、そしてこの俺、高愛軍の最も親密な友人そして夫人であり、生死をともにする戦友であり同志だ」俺はそう言いながら程天民の目の前まで行った。彼の顔はちょうど三節院の門柱の影に遮られ、俺には彼の顔にどんな変化が現れたかは見えなかったが、ボタンを留めていた手は胸の前で強ばっていた。彼が驚いて固まっているその瞬間、俺は矢のように飛び出て、彼を羽交い締めにすると、左手で彼の口を覆い、彼の驚いた叫び声を口から出る前に喉の中に塞いだ。

彼がこんなに軽いとは思わなかった。まるで干涸びた枯れ枝のようだった。俺が部隊にいたとき帝国主義防衛、修正主義反対のために習った技が、こんなとき瞬時に俺の手足に蘇るとは思わなかった。俺が綿でも挟んでいるように程天民を後節院東堂の門まで引きずって行くと、紅梅は相変わらずぼんやりして中節院の葡萄棚の下に立っていて、あの縄にするために用意していた導火線はいつの間にか彼女の足下に落ちてしまっていた。

「紅梅、早くその縄をくれ」

彼女は依然そのまま動かなかった。

俺は叫んだ。「闘争が死ぬか生きるかの時に、何ぼんやりしてるんだ？」

紅梅は俺のその声にハッと気がついた。彼女は突然腰をかがめると、その導火線を拾い上げ、走ってきて俺の手に押し込み、またすぐに啓賢堂大殿の西に向かって走っていき、たちまち西講堂の部屋から枕カバーを持って、椅子を一脚運んできた。彼女は椅子を後節院の真中に置くと枕カバーを俺に渡し、これを使ってと言うと、また足で地を蹴って西講堂の北の建物へと走って行った。俺には彼女が何をしに行ったのかわからなかった。枕カバーを受け取ると、黒く脂で汚れた髪の毛の匂いがして、西講堂の北の建物が程天民の住居であることがわかった。俺は紅梅がその部屋に駆け込んでいくのを見ていた。部屋の灯りが、窓を通って庭に白く光る四角い薄い板のように落ちていた。俺は目をパシッと元に戻すと、テキパキとその枕カバーを程天民の口の中に突っ込み程天民を椅子の上に座らせ、快刀乱麻を断つごとく彼の手を椅子の後ろに縛り付けた。程天民を縛るのはまるで母親が子供に乳をやるように簡単で自然で、彼は六十過ぎで頭はまだはっきりしているが、体には水分も力もなくなっていた。この年だったら、おとなしく養生していればいいものを、俺と紅梅に宣戦布告し、革命者を監獄に送り込もうとしたのだ。しかたがなかった、本当にどうしようもなかったのだ、これは彼の階級的立場とイデオロギーが決定したものだ。イデオロギーもまた物質世界が発展した一定の段階の産物で、社会闘争がここまで発展したこととの必然的な結果で、彼の大脳のこの高度に組織された特殊な物質の機能であり、長期にわたる社会活動の中で形成され、教育改変できないブルジョア階級の司令部なのだ。今その司令部が俺たちに向かって目を剝いて宣戦布告し、彼も予想しなかった勝利と収穫を得たわけだが、俺たちは座して死を待つわけにはいかず、彼に予想もしなかった失敗と後悔をさせなくてはならないのだ。俺は彼の手を縛り、彼の体を縛り、彼の両足を椅子の前の方の脚に縛り付けた。程顥、程頤の自慢の弟子だった朱熹、この宋代の反動哲学者は、程顥、程頤の臭い学問を受け売りし発展させ、たくさんの本を書き、たくさんの話をし、今やみんなに忘れ去られた。誰も覚えてはいないが、ただひとつ俺たちが忘れていないのは、「人の道を以て、またその人の身を治む」だ。俺たちはこう学び、またこうするのだ。俺たちはこうするしかないんだ。此《か》くの如き而已《のみ》、豈《あ》に他有《ほかあ》らん哉《や》！　革命の独裁と反革命の独裁は、性質が相反するもので、前者は後者から学んだものだ。この学習はとても重要だ。革命人民がもしこの反革命階級の統治方法に学ばなかったら、彼らの政権は反動派にひっくり返され、反動派はたちまち、まず郷村において復辟を果たし、革命人民はひどい目に遭うことになる——これは度重なる経験教訓が証明していることだ。今、俺たちはまた程寺の後節院でこの理論と学問の実践を始めるのだ。俺には程天民が俺に縛られているときどうして身動きもせず、反抗もせず、あがきもせず、枕カバーの詰まった喉の奥からウーウーうめき声を出すこともしないのかわからなかった。おそらく彼は早くにいつかこんな日が来ると思っていたのかも知れないし、おそらく彼の年齢が、反抗すればするほどいいことにはならないと告げていたのかも知れない。反抗――失敗――また反抗――また失敗。彼はこの理屈と規律から逃げ出せないとわかっていたのだ。彼は一生のほとんどにおいて反革命の舞台裏で指示する輩であり、陰謀を企む名人だったが、実際にこうして真剣、実弾を持った俺たちと対峙させられると、打つ手もなく、なんの力もないのだ。これこそ多くの地主階級、封建ブルジョアジーの共通の欠点であり、俺たちが彼らを壊滅させ、彼らに独裁を行う有利な条件なのだ。見るがいい、程天民は椅子の上で、後ろ手に縛られ、あがくこともせず、反抗もせず、まるで俺が彼に縛られているかのように、俺が面白い芝居であるかのように見て、その痩せて黄色い顔は月明かりの下で、落ち着き払った様子を強め、両目は熱く燃えもせず、怒りも争う様子もなく、ただいつもより少し目を大きく見開き、白目が少し多く額の皺が少し深く、首を少し長く伸ばしていた。ほかにどこが違う？　ああ、彼の白いシルクのひとえが、よれて固まって、ぐるぐる巻きにした導火線の下で、ぞうきんのようで、それから靴の片っ方が三節院の入口に落ちていて、裸足の片足は本当に革命者の捕虜のようだった。今日のようなことになると思わなかったのか？　革命が最終的におまえの頭上に独裁を行うとは思わなかったのか？　俺たちがその人の道を以て、またその人の身を治めるとは思わなかったのか？　人、我を犯さずんば、我、人を犯さず、人もし我を犯せば、我必ずや人を犯す。俺はおまえに倍返しにして犯し、倍返しにしておまえを害し、倍返しにしておまえを打倒しなくてはならない。これが闘争の規律であり、これが革命闘争の方法であり、これが戦闘の手段なのだ。銃を持った敵は死んでも、銃を持たない敵は依然として存在し、いつか彼らはより残酷で無情なやり方で俺たちに向かって進攻してくる。これらの銃を持たない敵に対し、俺たちはただ厳格にも厳格、残忍にも残忍でやるしかないのだ。俺たちに選択の余地はない。俺たちに他の方法はないのだ。鎮長、程天民、おまえはここに座って俺と紅梅がおまえの前であれをするのを見ているのだ！　おまえは俺とおまえの息子の嫁がおまえの目の前で丸裸であれを楽しむのを見ているのだ！　県や関書記に俺たちが姦通したなどと言いに行くんじゃなかったと後悔し続けるんだ！

紅梅はどうしてまだ西講堂から出てこないんだ？

俺は西講堂の北側の部屋に歩いて行った。その広くもない部屋に入ると、紅梅は程天民のベッドの上の青い布団を引き裂いていた。俺は何をしてるんだと言った。「早く見て」彼女は半分に引き裂いた敷き布団を指さして言った。ベッドを運ぼうと思って来てみたら、布団の組み合わせがおかしいと思って、触ってみたら中に本が入っているみたいだったので、引き裂いてみたら、もともとは蔵経楼にあった『二程の著作』と朱熹の本が全部この布団の中に縫い込まれていたの。俺は暖かい灰のカビ臭い匂いを嗅いだ。冬に誰かが湿った麦わらの山をかきわけたようだった。その匂いのする方を見ると、窓寄りのベッドはすでに紅梅によって動かされていて、ベッドの上の引き裂かれた布団の中には糸とじ本が敷き詰められ、どの一冊も湿気で傷むのを防ぐために、ビニールの膜で包まれていた。

俺は敷き布団を持ち上げると穀物袋をひっくり返すように逆さにして本を出した。一冊一冊、縦長の、一律に青い布の表紙で縦書き、旧字体で石刻影印本の程家の祖先の本がばらばらとベッドと床に落ちた。『遺書』、『外書』、『文集』、『易伝』などが、黄色い灯りの中に横たわり、ビニールの袋から出て、頁がめくれ、まるで寝ぼけているように、ぼうっとしたまぶたをパチパチしているもの、袋の中で安穏としていて、まだ布団の中に入っているようなものもあった。彼らの主人がすでに庭で縛られているのも知らず、今日まさに寿命を迎えようとしていることも知らなかった。俺がそれらの本を全部ビニールの袋から取り出すと、これまで職人に話したのとは別に、さらに『経説』や『粋言』、『上仁宗皇帝書』、『三様看祥文』、『顔子所好何学論』、『為家君上宰相書』など程頤の単行本や、さらに程顥の『上殿札子』、『答横渠張子厚先生書』や『顔楽亭銘』など数冊の単行本があった。それらの本は一冊のものも、何冊もあるものもあったが、どれもきれいなもので、誰も読んだ痕跡がなかった。俺は小さい頃から程天民は彼の祖先のたくさんの著作をすべて暗記していて、新中国成立前に鎮で校長をやっていたときは、一日中『二程全書』を読んでいたと聞いていたが、そうするとこれらの本が一頁もめくられていないというのはどういうことだ？　部屋の中を見回してみると、驚いたことに程天民の部屋の中は庶民と変わらず雑然としていて、こちら側の机とベッド以外には、後ろの長机の上に竹籠に入った魔法瓶と茶碗が二つ、箸が何膳か置いてあり、机の下には鍋と野菜鉢、そばには木の箱が置いてあった。その木箱を開けてみると、中には掛け布団と服以外には何もなかった。引き出しを開けてみると、中には筆、ペンそして青のインク、さらに古い硯《すずり》が入っていた。別の引き出しを開けてみると毛主席の本がきちんと並べてあり、すべて赤い色のカバーがかけてあり、カバーには柳体で『毛沢東選集』、そして第何巻かが書かれていた。その『毛沢東選集』の上と引き出しの端には、さらにポケット版のビニルの表紙の『毛主席語録』と『毛主席詩詞』およびいくつかの毛主席のバッジなどがあった。こんな並べ方、こんな風景は、程崗鎮のどこの家とも違いがなく、違っているのは、毛主席の本を枕元に置く人もいれば、窓ぎわに置く人もおり、机の上に置く人もいることくらいだった。

俺は引き出しを閉めた。

閉めてから突然また引っ張り出した。俺は一瞬その『毛沢東選集』が少し長く、変な感じだと思ったのだ。そのなかの一冊を開いてみると、赤い字で旧字体で縦書きの楷書体の毛筆文字が俺の目の中に飛び込んできた。

人君の道は誠仁愛に至るをもって本と爲す

さらに他の字や文を見ても、全部ありけりべけんやの古文調だった。すぐにカバーを外すと、そこには表紙に『二程全書』の文字があった。その何冊かの『毛沢東選集』と書かれている『二程全書』を紅梅に渡し、またベッドの枕を探ってみると、予想に違わず、枕の中から小さな楷書で毛筆で横書きの分厚い二ダースほどの紙が出てきた。一緒に束ねられて指ほどの厚みがあり、横書きの二重線の便箋で、頭には「人民に奉仕する」という文字が書いてあったが、下は程天民の最近十年の著述だった。アホンダラが、俺はまだ本を書いたことがないっていうのに、こいつが書いているとは！　クソッ、こいつをやっつけないで誰をやっつけろというんだ？　その墨で書いた字で一杯の便箋の空白の一枚、二枚をめくると、数行の文字が目に飛び込んできた。

程学の新しい意味

一、程学の宋代における治国の作用について
二、程朱哲学の宋代以後歴代の治国の作用について
三、程学は新社会でどのような作用を及ぼすべきか？
四、程学は河南省西部の耙耬山岳地帯でどのような影響を及ぼすことができるか？

（蓮花落[*1]）舞台裏で竹のカスタネットを鳴らしながら歌う。

えらいことだ、たいへんだ、神様、仏様、毛主席。鳥は地面に潜ろうとし、ネズミは空を飛びたがる。草は穀物になって虹に変わりたがり、蟻は海を渡って英雄ぶり、もともと鶏の実家は鳳凰の巣、乞食も国を建て朝廷を成す。

（一人の蒼白で、痩せ衰えた老人が数人に摑まれて舞台の前にひざまずかされる）

甲（一歩前に出て）――解放され、新中国が成立し、銃を持った敵は俺たちに追い払われた、しかし、銃を持たない敵（ひざまずいている老人をチラッと見て）、彼らは一日も休まず社会主義祖国を覆そうと夢み、プロレタリアート政権を簒奪する陰謀を止めない。木々は静まりたいのに風は止まない……。

丙（隠し台帳を取り上げて、感慨深げに）――もしこの隠し台帳がなかったら、我々はこの正直でおとなしい農民の王老五が、蔣介石の大陸反攻が残していったスパイだなどとわかりはしない。

乙（怒りの目でひざまずいている王老五を見て、拳で自分の膝を打って）――まったくなんてことだ……昨日だ、王老五が家に食べものがないというので、俺は自分で放出食糧の袋を担いでこいつの家まで送り届けたんだ。

甲――それもいい、こうしてしっかり目を擦って、階級の敵の顔かたちをはっきりさせることができたのだから。（みんなに向かって）同志諸君、村人諸君、今、隠し台帳はすでに我々の手の中にあ

る、我々はこの王老五をどうする？

乙（憤慨して）――皮を剝いでやれ！

丙（歯をギリギリ言わせて、両手で宙を引き裂くようにして）――筋を引き抜いてやれ！

丁（噛みしめた歯の隙間から絞り出すように）――あいつの頭をかち割って村のとりでに吊すんだ！

戊――ガソリンかけて火を付けろ！

庚――虎の腰掛け[*2]に座らせろ！

（王老五はみんなの驚きと怒りで、表情をクルクル変え、最後には革命の怒号で引きつり舞台の上に昏倒する）

甲（大声で止めて）――わかった、みんな感情的になってはならない。我々には民主があり、我々には法律があり、我々には独裁がある――さあ、王老五を連行するんだ！

（大衆はブルブル震える王老五を連行していく。拍手[*3]）


俺たちは程天民のベッドを三節院の庭の真中に運び、彼の目の前に設置した。たぶん、その時はまだ俺たちが何をしようとしているのか、革命情勢の次の一歩がどう発展するのかわかっていなかったと思う。彼は椅子の上に座って俺たち二人を見ながら、首は俺たちが部屋を出入りする足音につれて動き、顔はベッドの下に何年もほったらかされていた板のようで、埃っぽい土気色のほかに表情はなかった。月はこの日の夜ほど明るかったことはなく、寺院の地面の煉瓦の隙間の草のいろんな色さえ見分けることができるほどで、たまに浮き雲がシルクの糸のように月から遠く離れた空に掛かっていた。村は依然もともとと同じ静けさで、足音もしなければ、犬や鶏の鳴き声もなかった。寺の前節院の古い柏のカラスの巣の中の、薄い氷のような鳴き声がひっきりなしに巣から落ちてきて伝わってくると、また庭の静寂に溶け込み、それによって三節院啓賢堂大殿の軒下のスズメの寝言の鳴き声が、庭の中にしっとりとあふれ出ていた。俺たちは掛け布団も敷き布団も持ってこず、程天民のシーツさえ使わなかった。俺彼のベッドには竹で編んだムシロが敷いてあった。

*1　竹のカスタネットを打ち鳴らして調子を取りながら歌う俗謡。
*2　細長い椅子の上に両足を伸ばして座らせ、膝を縛った上で踵の下に煉瓦を入れていく拷問のひとつ。
*3　この脚本は作者自作。

たちはその竹の敷物を敷いたが、紅梅は敷き布団は？ときいた。汚くないか？　彼女はあの敷き布団は程天民の妹が数日前に実家から持って帰ったもので洗ったばかりよと言った。俺は洗っても階級の敵が使ったものだと言った。彼女は竹のムシロだけじゃだめよと言った。

「二程の著作と程天民の原稿を全部ベッドに並べよう」

「それもいいわね——程家の経典どもに目にもの見せてやりましょ」

俺たちはさっそく程頤、程顥の著作と朱熹の数冊の注釈本を草のように抱えて出てくると竹のムシロの上に並べた。俺たちが本を並べているとき、程天民の目はさらに大きくなり、ずっと喉の奥から白濁したウーウーいう音を出し、俺たちに何かきいているようだった。俺たちは彼に何も言わなかった。彼は俺たちが何をするのか見ることはできた。最後に彼のあの『程学新意』のいわゆる原稿を持って来て、引き裂いては揉んでベッドのクッションにするに至って、彼は俺たちが引き裂いているのが何かはっきり見えたようで、椅子の上で頭を振って喉からさらに大きなグルグルウーウーいう音を響かせ、月明かりで『程学新意』であるとはっきりわかると、突然つま先で地面を蹴って立とうとし、尻の下の椅子が地面から浮き上がった。椅子が地面に落ちたときに、カタンと軽やかな音を立て、庭の月明かり、星の光と建物の影、木の影をブルッと震わせた。

「程天民！」俺は厳しい声で彼に向かってドスをきかせて叫んだ。「動くんじゃない。こんなクソ本書いて世の中変えようとでも思ったのか？　社会主義政権とプロレタリアート独裁をひっくり返せるとでも？」そう言いながら、俺は彼の原稿を、雪が落ちるべき所に落ちるかのように、一枚一枚ベッドの上に落としていった。

程天民はもうそれ以上動かなくなり、喉の奥のグルグルいう音も止まった。彼はどうやら動いたことでやっとプロレタリアート独裁によって椅子に縛り付けられているのだと、彼が向き合っているのは若くて体力も気力も充実している革命家であるということだけでなく、革命者の強大な陣営であり、彼が代表しているのは没落し腐りきった封建資本主義であるのだということに気がついたようだった。〈蟻がエンジュの樹に孔をあけて大国だと威張っても／大蟻が樹をゆさぶるとわめいても、大口叩くのは簡単だ〉[*1]／ちっぽけな世界／蠅数匹壁にぶつかり／真理に向き合う／屁をしてはならぬ／威虎庁にて欒《らん》平を尋問し／楊子栄は虎穴に入りて英雄となる／欒平を庁外の西南の角に引きずっていき／銃口を彼の背中に向ける／「欒平、おまえは何十年も悪事の限りを尽くし／血の債務は積み重なりその罪許しがたし／我、人民を代表しおまえを処刑する！……」／「ダダダ」銃声響いて欒平もんどり打って倒れたり。俺たちは『二程全書』をベッドの上に並べた。俺たちは『程学新意』を千切って宙に撒いた。星の光は寺をキラキラ明るく照らし、クソ程学は宙に舞い、一面雪が地面に降り注ぎ、愛情のベッドはさらに神聖なものとなり、程天民、その目をしっかりひん剝いて、俺と紅梅が風花雪月を楽しみ天空を騒がすのをしっかり見るんだ。おまえが陰で凶暴になろうが恐れず、おまえが陰で凶悪になろうが恐れず、おまえが俺たちが姦通したと言おうが俺たちを革命者でないと言おうが恐れない。本物の革命か、偽の革命か、歴史がおのずとはっきりさせる。〈風と雨は春が帰るのを見送り、吹雪は春が来るのを出迎える。山の花々が爛漫と咲き誇る時になれば、彼女は草むらの中で微笑む〉[*2]。

　ベッドの用意が終わって、紅梅はベッドの端から一歩動いて、俺を見ていた。まるで俺の命令の一声で、世界中の灯りのスイッチが入り明るくなるのを待っているようだった。月はすでに西南に傾いていて、どうやらベッドの準備に時間をかけすぎたようで、中節院のあちらから投げかけられる壁の影も、もとよりずっと長く厚くなり、ここまできてやっと俺は後節院のまわりをゆっくり見る時間を持つことができた。啓賢堂大殿はやはり俺が小さい頃見たのと同じように、高々と大きく、屋根と軒が宙に走り、月夜がその神秘と威厳をより際立たせていた。二畝あまりの庭の両側には、四つの講堂が相対して建っていて、当時は二程の弟子たちがここで授業を聞くのに使われたそうだが、後に

＊1　毛沢東『満江紅・郭沫若同志に和す』（一九六三年）より。前出。原文「螞蟻縁槐誇大国／蚍蜉撼樹談何易」。

＊2　毛沢東『卜算子・梅を詠ず』（一九六二年）より。原文「風雨送春帰／飛雪迎春到。已是懸崖百丈冰／猶有花枝俏」。陸游の『卜算子・梅を詠ず』にもとづいて作ったもの。大躍進政策が失敗し、三年の自然災害、ソ連との対立で国家主席を辞任し一線を退いた毛沢東が文化大革命発動前夜に作った、今の境遇を堪え忍んでいるのをうたったもの。

は程学の末裔たちが茶を飲み議論をするところになった。新中国が成立してからは、それらの講堂はまったく使われることなく、ガランとした空気と歴史の埃で一杯になり、二程をあがめ奉る閑人どもが視察見学に訪れ、古今を論じ、滔々と尽きることなくご託を並べ上げ、その赤い口と白い歯が人心を惑わし、封建王朝が復辟するための輿論の準備をしていたのだ。今、啓賢堂大殿、四つの講堂と建物の上の黄色い丸い瓦、軒の風鈴、柱の龍や鳳凰の彫り物、庭の生い茂った夏草、さらにベッドの下の煉瓦を敷き詰めた地面、彼らは寿命がもうすぐ尽きること、革命がもはや彼らがここに隠れて悠々自適にするのを、反攻の時を逆算するのを許さないことをみんな知っていた。彼らは音を立てず、声も上げず、翼を広げたような大殿の軒の四隅につり下げられた風鈴も押し黙ったままだった。

　程天民はここに至ってもまだ俺たちがなぜ彼のベッドを引っ張り出したのか、なぜその上に『二程全書』と彼の『程学新意』を並べたのかわかっていなかった。殴り殺されようとも、俺と紅梅が彼の目の前であの風花雪月を楽しむつもりだとは思いつかなかっただろう。ブルジョア階級が最後にこの世から消滅しても、社会主義が星のような小さな火から燎原の火のような勢いになることを信じられないのと同じように。真理はこんなにも不思議な力を持っていて、攻撃すればするほど、真実を証明し真実を充実させることになり、さらにより一層輝かせることになるのだ。真理の力の源泉は、その人、こと、ものを攻撃することなのだ。程天民は永遠にそのことがわからない、というのも彼の役柄は真理を攻撃することだからだ。彼はずっと政治がわからず、社会がわからず、人類がわかっていなかった。程天民の目の前のベッドの上からは、濃厚なカビの匂いが立ち上り、ベッドの敷き布団を三年か五年も洗っていないかのようだった。その匂いが襲ってきたとき、紅梅は鼻をつまみ、頭を上げて空の月星を見て言った。愛軍、シーツを敷きましょう。俺も空を見て言った。敷くことはないよ、俺たちは革命しなくてはならないんだ、この腐ったものを直接俺たちの攻撃に曝し消滅させなくてはならないんだ。

「もう時間がないわ」彼女は疑り深そうに俺を見ながら、程天民をチラッと見て、俺に何か求めるように言った。「あなたが先に脱いで」

　俺には、彼女はそのとき女性の羞恥心がまたこみ上げてきて、俺たちが進めているのは闘争であるということ、俺たちの一言、一挙手一投足が敵の攻撃に対する防御と反攻であり、すべては革命が順調に進み、革命の戦果と成果を拡大するためだということを忘れてしまっているとわかった。

俺は服のボタンをはずし始めた。

「君もはずさなきゃ」

彼女もボタンをはずし、ポツポツポツ、それは麦を刈るようだった。

彼女の方が先に一枚脱いだ。俺たちが服を脱ぎはじめると、程天民にもついに俺たちが彼の目の前でどうしようとしているのかわかったようだった。彼の顔は呆然としはじめ、紅梅がブラウスを脱ぎ捨てた時には、顔色がカタンと蒼白になり、また喉の奥からウーウーグルグル音をさせ始め、水のなくなった麦畑のカエルが夏の夜の暑さに我慢できないような様子だった。ウーウーグルグルの叫び声を上げながら、彼は体を揺らして尻の下の椅子をガタガタいわせた。俺たちは服をすっかり脱いで、それをベッドの枕元にかけた。紅梅は素っ裸で程天民から遠いベッドの端に立つと、地面に落ちている『程学新意』の原稿の一枚を裸足で踏んでいた。監獄で苦しい目に遭ったにもかかわらず、彼女の体は依然として透き通ったように美しく、肌は依然柔らかく白く、この日の月の色と比べてもまったく遜色なかった。彼女の白さ、彼女の柔らかさ、彼女の裸が程天民の喉から、突然奇怪で荒々しく、十里はあろうかという鈍い長い叫び声を出させたが、彼はそれ以上声も上げず、椅子も動かさず、まるで何か罵るような言葉を発して、落ち着き、怒りも収まったかのようだった。しかしながら、静かではあったが、彼の顔は逆に青ざめ、首には青筋が浮かび上がり、紅梅を睨みながら、目の玉が今にも飛び出しそうだった。

彼の憤激はおそらく最高潮に達していた。

怒るがいい、怒鳴るがいい、長江は渦巻き、黄河は吼える。俺は三八銃を磨き上げ弾丸を込め、背中には銃弾を入れた袋を背負い、勇ましく前に進んでいる。俺は手榴弾をぶら下げ、あの蔣介石の匪賊どもを消滅させる。銃剣の鞘を払い、刃はキラキラと輝いている！　しかし、しかしこの時、紅梅が服を全部脱ぎ終わったとき、俺は全身の革命への情熱と復讐の欲望以外、体にあれをするための何の激情も力もないようだった。また昔の口に出せない病気がやってきたようだった。俺のあのクソッタレはこのとき股間で眠り込んで目を覚まさない鳥のようだった。最後にパンツを脱いだときに気がついたが、あまりにも革命と程寺のことを考え過ぎ、二程の本と程天民の原稿に注意力を集中したためだとわかった。

紅梅は俺のパンツを脱ぐ手が股の所で止まっているのを見て、何事が天から降ってきたかわかったようで、気まずい表情が顔を掠めると、すぐにベッドの端に座って、背中を程天民の方に向けた。俺の魂、俺の肉、俺の精神、骨髄よ。彼女はベッドの端に座って、突然また立ち上がると俺のパンツを引きはがし、俺のあれに向かって青天の霹靂の二発を喰らわせた。そのしばく音は青く白く、真っ白な氷のように寺の四方にビュンビュン飛んでいき、月の光とぶつかってガチャンガチャンとガラスが割れる音を響かせ、壁にぶつかってドンドンと棍棒で殴り合っているような音を立てた。俺は驚いて叫んで一歩下がり、まだ何が起こったのかわかっていなかったが、紅梅は俺に追いすがると、半分しゃがみ半分ひざまずいて体を弓なりにして、髪を振り乱して、狂ったように俺のあれに向かって一発また一発と喰らわせ、腿を一回また一回とつねり上げた。彼女はしばきつねり、ひねりえぐり、そのうえ口では続けざまに罵っていた。

「あたしたちのことを言いつけるがいい！　あたしたちのことを密告するがいい！　あたしたちのしたことが姦通で殺人で反革命だと告げ口するがいい！　でもあんた自身が正真正銘の反革命、陰険悪辣な首切りをしても、人を殺しても目を閉じもしない陰謀家なのよ！」彼女は罵りながらしばき、俺は後ろに退却し続け、彼女は俺を追いかけ続けた。股間に熱い痛みと腫れが出てきた。俺の股の付け根は発酵させた小麦粉のように腫れ上がり、全身の血液がそこに向かってどっと流れ込んだ。

俺のあれはその腫れの中で硬くなってきた。

俺はすぐに紅梅を抱きあげてベッドに行った。

俺が紅梅を抱き上げている間中、彼女はまだムニャムニャ、「あたしたちのことを言いつけるがいい！　あたしたちのことを密告するがいい！　あたしたちのしたことが姦通で殺人で反革命だと告げ口するがいい！」と繰り返していた。

あの最も神聖な誘惑の時が訪れた。

月明かりは静かで、星は瞬き、木々は粛然と立ち、大殿はうなだれ、風鈴は音を立てず、松も柏も腰をかがめ、葡萄は注目し、庭の壁は胸を張り、瓦は腕を広げ、影は動かず、村は息を潜め気を静め、山脈は呼吸を停止し、牛も羊も首を伸ばし、鳥は目を大きく見開き、蚊は宙に浮いたまま、空気は流れることを止めた。俺が紅梅に突入したとき、彼女はいつもと同じように全身を震わせ、喉を押さえて灼熱の強烈な赤い叫び声を上げ、まるで初めてであるかのようで、初めて人生のこの神聖なるひとときを貪るかのようだった。彼女のこの叫び声は、半分は気持ち良くて叫ばずにいられないためで、半分は義父にわざと誇張して聞かせるためだとわかった。しかし彼女の激烈な赤い叫び声は俺を鼓舞し、俺は一切を顧みず、それにのめりこんだ。俺は程天民を見なかった。俺には程天民が歯ぎしりするギリギリいう音が聞こえ、彼が俺たちに背を向けようとして椅子の脚と地面の煉瓦がぶつかるガタガタいう音が聞こえた。それよりさらに耳に突き刺さり、心を揺さぶったのは程天民の出す音ではなく、俺が紅梅の体の上でうねるのにあわせて、ベッドが響かせる高かったり低かったりするギシギシゴソゴソいう音で、それは俺たちの体の下の本や紙が出す筋骨断裂の泣き叫ぶ声だった。空気中に乳白色の生臭い匂いが瀰漫《びまん》し、キラキラ輝く汗が飛び散り、薪の赤茶色の肉の香りがあたり一面に溢れた。響く音は飛び交いぶつかり、月の光は青白く、星は赤に緑に輝いた。俺はもう程寺や程天民のことを考えたくなかった、ただ硬くなったあれと革命のことを考え、快感と失神のことを考え、俺と裸の紅梅のこと、さらに今のこの硬さがいつまでもつのかだけを考えていたかった。どれだけ持ちこたえられるか考えたとき、恐れてはだめだ、山は崩れ地は沈み、あっという間に崩壊してしまうとわかっていた。このとき、俺はそばに落ちている壁の影がまだもとのところにあって、ベッドの影がまだあの煉瓦の隙間の所にあるのを見て、硬くなっている時間はまだほんの煙草一本の半分の長さ、男が煙草の煙を吸い込み、しばらくしてまた吐き出すくらいの長さでしかないとわかった。俺はこのまま持ちこたえられず、放出したあと轟然と崩れ落ち、沈没するのではないかとビクビクものだった。なんといっても監獄に一昼夜閉じ込められ、脱出した日に蒸しパンを一個食べただけだったし、今夜は数十里も歩いたのだ。全身ガチガチで、喉はカラカラ、体は熱い汗でびっしょりだった。ほんとに今にもへたりそうで、今にもだめになりそうで、今にも終わってしまいそうだった。俺にはわかっていた、ここでへたったらそれは俺と紅梅だけのことでなく、革命が中途で潰《つい》えるということであり、敵に向かっての反撃が戦闘を始めたばかりなのに食糧も弾も尽きるということであり、敵が俺たちに敗走させられUターンして逃げようとしたとき手をこまねいて彼らに道を空けてやるということなのだ。

俺は放出してへたってしまうのではとビクビクだった。

俺は放出する快感の誘惑と挑発に我慢できなかった。

俺はますます狂ったように速く動いた。

紅梅は俺の体の下で明らかに何かを感じたようだった。俺たちは膠か漆のようで、夫婦ではなかったが、夫婦に勝っていた。彼女は何でもわかっていて小さなことも見逃さず、俺の動作がもう絶頂を迎えようとしていると感じて、突然叫ぶのを止め、両手で俺の両肩を揺さぶって言った。「愛軍、聴いて、早く聴いて!」

俺は全身を震わせて言った。「何を?」

「どこかで誰か歌を歌っているみたいよ」

俺は耳をそばだてたが、果てしない静けさが寺に向かって押し寄せてくるのが聴こえるだけだった。

俺はまた動き始めた。

彼女は俺の背中を思いっきり叩いた。

「もう一度聴いて、山の方から聴こえてくるのは『革命戦士は武器を突き上げる』じゃない?」

俺はようやく聴いてみた。

山のあたりで月の光が落ちる音の中にシルクの糸のような音楽が聴こえ、その音楽の歌詞は、〈九月の木《もく》犀《せい》、花かおり/軍歌四方に響き渡り/貧しい者は解放のために戦い/労働者農民は武器を突き上げる〉[*1]、だった。紅梅は言った。聴こえたでしょ? 俺はちょっとうなずいた。紅梅は言った。もう一度よく聴いてごらんなさい、音はどんどん大きくなっているわよ、水のように流れてくるわ。俺は両手を彼女の乳房に預け、宙に聞き耳を立てた。今度俺に聞こえて来たのは耙耬の山からの『革命戦士は武器を突き上げる』ではなく、南から聞こえてくる途切れ途切れの『新しい勝利に向かって進軍だ』だった。その歌声はとても遠く、十万八千里も距離があるかのようで、歌を放送している拡声器の電気回路の接触が悪いのか、しばらく聴こえたかと思うと、聴こえなくなった。俺はその歌声に沿って聴きたかったのだが、その歌声は突然『瀏陽河』に変わり、しかも音もずっと大きくなり、山の泉から流れる水のような喉の女性が程崗鎮の南の川の砂州に立って歌っているようで、三線と笙の笛か何かの楽器は砂州の柳の林の堤に掛けてあるかのようだった。ふだんから俺は『瀏陽河』が好きだった。いつも『瀏陽河』を聴くと、麗しく美しい村の娘が竹籠と鎌を提げて小川に沿ってやってきて、歩きながら歌い、歌いながら草を刈り、籠が一杯になったら、暑くなったのか、裸になって小川に入って体を洗い、川の水を自分の白く豊かな体にかけながら歌うように感じるのだ。瀏陽河は何回曲がる？　何十里流れて湘江に着く？　川沿いにはどんな村？　どんな指導者が現れて人民は解放される？　今、その情景がまた現れ、まだ十七、八の娘は、一番を歌いながら服をすっかり脱いで、笑顔を絶やさず俺に向かってこっちへおいでと手招きする。俺は彼女に向かって行くしかない。水を踏みながら歩きながら、視線はその娘のまだ蕾の体から決して離さず、彼女の目の前まで来たら手で葡萄の上の露に触れるようにおそるおそるその娘の深い紫の、米粒のような青い乳首を撫でながら、彼女の声にあわせて二重唱をするのだ。俺が歌う――瀏陽河は九度曲がる、五十里の水路は耙耬山に至り、山の麓には程崗鎮があって、高愛軍が出て、人民を指導し解放する。それから、その十七、八の娘は、頭を俺の肩にもたせかけて、両手は俺の胸を撫で、『瀏陽河』の三番を俺に歌ってくれる――瀏陽河は九度曲がる、五十里の水路は程崗に至る、川の水は滔々と流れるが、高愛軍の人民に対する恩情には比べるべくもない。

俺は完璧に彼女の歌に打たれ、完全に彼女の艶やかで、柔らかく、白い体に征服される。彼女の歌声には夏と秋に照りつけられて暑くなったあとの水の流れの音があり、さらに初春の草木が萌える時の草の匂いと乳の味わいがあった。彼女は若くて、体には皺ひとつなく、唇の上の細かい産毛には柔らかい光が輝き、まるでそこに水蒸気の固まりがあって、ちょっと触れさえすれば水滴になって消えてしまいそうだったが、彼女はまた成熟していて、歌ったり笑ったりするときは、顔中が実りの秋の輝きだった。彼女の胸と尻はピンと張り、腰は細く足は長く、水の中に立っていると川縁の柳のようだった。それ以外に、魂を揺さぶられるの

＊1　革命歌『八月木犀が一面花開く』。

は、彼女の俺に対する尊敬と崇拝、忠節と賞賛だった。俺は彼女の髪に口づけ、彼女の鼻筋に口づけ、彼女の唇に口づけ、彼女の舌を咬む。彼女は俺のその愛撫を受けて、裸のまま岸に上がり、甘い声を響かせ、滔々と流れる水のように『瀏陽河』の四番、五番を俺に聞かせてくれるのだ。高愛軍は太陽のよう／私たちを前に導く／私たちは永遠にあなたに付いていく／幸せの山河は万年続く。瀏陽河は広くて長い／両岸の歌声四方に響き／甘い歌声歌は尽きず／幸せの生活は万年続く……歌い終わると、彼女の顔は赤く燦然と輝き、目は期待に満ちあふれている。俺は彼女の俺に対する賛美に感動の熱い涙が溢れ、全身に戦慄が走り、どうしていいかわからない、しかしその時、ちょうどその時に、彼女は急になくし物でもしたような様子で俺にきくのだ。「あなたあたしが嫌い？　あたしよりもっときれいな体の女性を見たことがあるの？」俺はついに大声を上げて泣き、涙をボタボタ地面に落とし、彼女に突進すると胸に抱きしめ、彼女をベッドの上に置くのだ。そのベッドは紙だらけで、カビ臭い匂いがするのだが、彼女はあなたがあたしのことを好きなら、ここでも、どこでもいいのと言うのだ。俺たちはそのベッドに横になり、お互い愛撫し合い、お互い囁き合い、昼から夜まで、夜の初めから深夜まで、他の村や野原の革命歌を聴きながら、あれをし、それは力強く、硬く、長い。俺はことに及びながら、四方八方から聞こえてくる音楽を聴く。東から来る歌は『天山の青い松は根と根が連なる』、南からの歌は『高山流水は真っ赤に染まる』、北からの歌が映画の『艶陽天』〔一九七三年〕の主題歌『万の民は一斉に前に向かって駆ける』、東南から来る歌は『公社も大隊も大寨に学べ』、東北から来る歌は『南京路の第八中隊』、西南から来るのは映画『南京長江大橋』〔一九六九年記録映画〕の主題歌『聳える鐘山が朝日を迎える』で、西北からの歌は映画『沙石峪』〔一九七一年記録映画〕の主題歌『当代の愚公が新しい天下に変える』、天井から落ちてくるのは『射的の歌』、地面から湧きだしてくるのは『雷鋒のように』、『七億人民は七億の民兵』と『全世界の人民団結せよ』だった。俺たちは完全に歌声に包囲され、歌声に鼓舞された。歌は天に満ち、曲は地に満ち、音符は米粒のようで、美しい歌詞は咲き誇る花のようで、戦闘の曲は刺股のようだ。歌い舞い戦い、話し笑い吼える。天を恐れず、地を恐れず、ただ銅鑼が鳴り止み太鼓が途絶え、歌声の止むのを恐れる。程寺が天を突くほど高く聳えようが恐れず、程天民が神を崇めようと恐れず、ただ奔流が途絶えるのを恐れ、奔流の水門が閉じるのを恐れる。歌をベッドに、曲を布団に、勇敢に戦って眠らず。曲は布団、歌はベッド、革命歌は光を放つ。闘争闘争また闘争、勝利、勝利また勝利。闘争とはすなわち攻撃、攻撃とはすなわち勝利、勝利とはすなわち凱旋、凱旋とはすなわち咲き誇る花だ。紅梅が言った。「愛軍、あれは何の曲だったかしら？　アコーディオンが激しく演奏されてる」俺は言った。「わからないのか、あれは『遊撃隊行進曲』だよ」「この二胡の演奏は何？」「『地道戦』の中の日本軍が村に入る場面じゃないか？」彼女は言った。まだあるの、耳を東南の方に向けて。俺は彼女の体の上に馬乗りになって耳を少し東南の方に傾けた。二胡と笙と、それからピアノ、洋楽器の笛か何かの音が聞こえ、中洋入り交じり、両者結合した何かの協奏曲のようで、小川の流れのようだったり、大きな川が東へ流れていくようだったり、高い山に白雲がかかっているようだったり、洪水が暴れているようだったりした。俺は言った。これは何の曲だろう？　彼女は言った。どっちみち革命行進曲だわ。俺は言った。俺はこんな革命行進曲は聴いたことがない。彼女は言った。あなたの顔の汗があたしの目の中に入っちゃったわ。俺は言った。今何時だろう、まだ鶏の鳴き声はしてないよな？　彼女は言った。何時だろうと構わないじゃないの、今夜あたしたちベッドの上で死ぬのが一番だわ。俺は言った。ちょっと元気がなくなってきた。彼女は言った。あたしの下になって少し休みなさいよ。

俺は彼女の下になり、彼女を俺の体の束縛から解放した。横になると俺の汗が『二程全書』と程天民の『程学新意』の原稿に染み通って、その紙は俺の背中の下で、一枚一枚枯れて濡れた木の葉に変わり、墨汁の匂いと紅梅の肉の香りがごっちゃになって俺の鼻の穴に流れ込んできた。月の光は薄くなり、星もまばらになってきたようだった。ただ寺の真夜中の夜露の感じが強くなってきた。俺たち時間を忘れ、まわりのことも忘れ、革命と世界のことも忘れ、敵と戦いのことも忘れ、村で鶏や犬が鳴き始めるのも聞こえず、星の半分が沈み月の光が前よりもっと薄くしっとりとなっていることも見えず、程天民がそこでずっと長い間俺たちを見ているか、あるいは歯ぎしりしながら頭を一方に傾けていることにも考えが及ばなかった。天地長久、歳月は流れる、彼の喉の奥にはまだ俺たちを罵るグルグルいう音はあるのか？　歌声は満天を飛び交い、愛情は地に起こる。ベッドはギシギシきしみ、本や紙は泥となってそこら中に滴る。紅梅が俺の体に這い上がる。紅梅が俺の上にまたがる。俺は紅梅の前から。俺は紅梅の後ろから。紅梅の両足を天に向かって開かせ、俺はベッドの横に立つ。紅梅にベッドの上で四つん這いにならせ、尻を空に向けさせ、俺は彼女の後ろに立つ。紅梅の体を横にして、俺も彼女の後ろから横になる。紅梅の片足を曲げ、俺の片足を彼女の片足の下にする。彼女が俺をベッドの端に座らせ、俺の腿の上に座る。彼女が俺をベッドの端で横にならせ、ベッドのそばに立つ。彼女は手を使い、口を使い、手、口、体を一緒に使い、俺の手、口、体にも共同作業をさせる。俺たちはできることはすべてやり、できないことはなかった。脳みそを絞り尽くしてあのやり方を考え、全世界のありとあらゆる方法を試した。俺たちは豚、犬、鶏、鳳凰だった。柔らかくやさしい柳絮、狂った虎、豹だった。〈天が作った一個の仙人洞、無限の風景は険しい峰にある〉[*1]、生命は東に流れる川のごとし、命を投げ出して恐れもせず革命を起こす。俺たちは豚、俺たちは犬。俺たちは鶏に如《し》かず、鳳凰とは比ぶべくもなし。俺たちは実はロバ、俺たちは実は二頭の牛、俺たちは実は二頭の馬、俺たちは実は二頭のラバ。狼の方がまだ俺たちよりましだ、獅子の方が俺たちより恥ずかしがる、虎の方が俺たちより暖かく、豹の方が俺たちよりやさしい。俺たちは素っ裸で、息もつかず休まず、俺たちは始めただけで、永遠に終わりはなかった。一糸まとわぬのは闘争の最高の武器だ。隠し遮り、恥ずかしがる必要もなく、革命のため敵がションベンを俺たちの頭から浴びせようと恐るるに足らぬ。革命とは愛、革命と愛情は同じ一本の深い井戸だ。女は革命によってこそ可愛らしく、男は革命によってこそ英雄となる。素っ裸より力のある武器はなく、素っ裸より光栄な革命はない。革命せよ、闇夜に向かって。戦え、黎明を迎えながら。豚だと言うなら俺たちは豚、犬だと言うなら俺たちは犬だ。俺たちを畜生と罵るなら、俺たちは笑い返す、俺たちを畜生にももとると罵るなら、俺たちはうなずく。革命者の胸ほど広いものはなく、革命者の意志より強固なものはない。我々は革命し、我々は戦う。命は止まず、戦いも終わらず。

戦闘の御旗を肩に担ぎ、革命に命を捧げた先人の銃を受け継ぎ、英雄の足跡を辿り、永遠に革命は前に進んでいく。勇敢に戦い、決して戦場から引き下がらず。目を天下に向け、雷鳴八方を揺るがす。燎原烈火のごとく、労働者、農民は武装し、世界の反動派を残らず埋葬し、我々を照らすのは永遠に沈むことのない太陽！　天の北斗星、地の月明かり。耙耬の静かな夜、人々は夢の中。程崗は軽い寝息を立て、牌坊は目を大きく見開く。ダイナマイトはすでに埋められ、程寺は穏やかならず。夜明けはいつ来たる、轟音とともに烏《う》有《ゆう》に帰す。愛軍と紅梅は、永遠に愛し合う。ベッド一杯のカビ臭い本と紙、その未来はすでに明らか。命は土、愛の草は青々。風雨も雷も霜も、満開の花を遮ることはできない。世界中一面赤に染まる未来を待つ。美しさは変わらぬだけでなく、笑い声はより明るく。見よ、東方はすでに微かな朝の光が。聞け、進軍ラッパはすでに寺院に響き渡り、嗅げ、火薬の匂いは空中に充満している。触《さわ》れ、愛の肌は艶やかで美しい。肉と肉がぶつかり合い、火花を散らし、一面の赤い光が、天空を焼き尽くす。口づけと口づけがぶつかり合い、荒い息は休まず、チリチリパチパチいう音は、火の付いた麦わらか熟した豆のサヤが弾ける音か。ベッドの脚のきしむ音が宙に飛び、四方八方から飛んでくる歌とぶつかり、音符は秋の木の葉のように舞い、歌詞は冬のあられのように降り注ぐ。紅梅の鋭いあの声は、雲を突き抜け月星を揺るがせ霧を吹き飛ばし、四方八方から湧いてくる歌とぶつかり、歌詞は熟した果実のごとく地面に落ち、音符は決壊した水のように庭を水浸しにする。入れたり出したり意志は固く、入れたり出したり闘志は燃える。イバラの道を切り開き、敵の懐で戦い、追い風に乗って波を蹴って進み、さらに闘志を燃え上がらせる。日夜苦労し続け、激情で胸を一杯にし、刀を研ぎ銃を磨き、風の中波の中、狼の巣だろうが虎穴であろうが飛び込んでいく。囚われの身になるも、策を講じて獄より出ず。情は万里、依然戦場。身を挺して豹虎を滅し、勇気を奮い起こし山犬、狼と戦い、体強く意志固く、威風堂々勇ましく、深海に臨

＊1　毛沢東『李進同志のために、その撮《うつ》した廬山仙人洞の照《しゃしん》に題す』（一九六一年）より。原文「天生一個仙人洞／無限風光在険峯」。李進とはのちの毛沢東夫人・江青のこと。大躍進が失敗し自己批判して国家主席を辞任したころのもの。中国の伝統的な自然美をうたいあげながら、当時の鬱屈した心境を重ね合わせている。

みて顔を高々と上げる。敵の狡猾に甘んじ伎倆《ぎりよう》を尽くし、革命者は山のごとく屹立して揺るがず、頑強に高く聳え立つ。紅梅に目をやり思いを馳せ、革命の情と同志愛を深く心に刻みつける。雲隔て天に軍歌の声が響き、夜空には革命の大旗が高く翻る。耙耬山脈は光り輝き大道は壮麗で広々と、一曲の恋歌が人類の新たな一章を切り拓く。美しい体、麗しい顔が、俺の心を震わすが、より大切なのは志を同じくすること、革命のために命を捧げるのを望むこと。時間は流れ、月明かりもひっそり退く。朝露がそっと降り、朝日はまさに醸造中。ぼうっとしている間に、歌の音も遠くへと戻る。ただ、俺たちの荒く強い息が聞こえるだけ。精も根も尽き果てるとも、最後の力はまだ残っている。力はほとんど尽きるとも、百メートル突撃、曙光を迎える。全身汗みずくで、俺たち二人は水で洗われたよう、筋骨はぐんなり、最後の絶頂を遮ることはできない。潮を迎え、彼女は狂ったように呼吸する。潮の波に立って、我が胸に朝の太陽あり。死にものぐるいで命の曲を書き、あらゆる種類の動きに彼女は死するがごとしだった。空を見て、彼女の快感の鋭い叫び声は雲を散らし霞を吹き飛ばした。その声を聞き、俺の攻め込む進軍ラッパはさらに明るく大きくなった。俺は一秒早く一瀉千里にしてしまったと思っていたが、彼女はばっちり、ちょうどぴったりだったわよと言った。俺は、今回が最高、魂を奪われた、すばらしいことこの上なかった、死んでもいいくらいだったと言った。彼女は言った。百回しても千回しても、これまでこんなに男と女の絶頂が同時に降臨したことはなかったわ、絶頂が幾重にも重なって、心は引き裂かれ、肉体は霧に包まれ、心は雲に乗り、ふわふわと漂い、仙人のごとく酔い、魂は天に昇り、魂は四方に漂ってるの、今夜のこの一度の愛で、甘美な思いは永遠に心に残り、一回が百回に勝り、数秒の異形の愛が百年の平板より長いわ。一夜の雲霧雨露は風霜と化し、明日の朝は監獄に戻り、笑いを含んで看守に向かい、他日刑場に赴こうとも、革命からすばらしい機会を賜り、愛情の大木がしっかり育ち、革命を肥やしに実を付ける。愛情は網の目、革命は大綱、網の大綱を持ち上げれば網の目は開く。愛情は俺たちの革命の力を無限大にし、意志はより強固なものとなり、革命は俺たちの情感を誠実にし、死んでも変わらぬ情愛は永遠に続く。盾がなければ矛もない、網の目もなければ大綱もない、月は太陽の光があって明るく輝くし、月の光がなければ太陽の光の意味はどこにある？　互いに助け合って革命を起こし、革命の意義の光は千秋を照らし万代を照らし、万代を照らして四方を照らす。事態を収拾しベッドから下りる。寺の中はこの上なく静かで、一面朦朧とし、月影はしっとりし、木の影は揺らめき、目覚めた世界の露がポタポタ響き、東方に白い光が現れる……。

ああ――

ああ――

ああ――

最後だ、最後だ、最後の時は縄のごとし、俺たちの手や足を縛る。最後だ、最後だ、最後の時は刀のごとし、俺たちの心臓を突き刺し、血が吹き出て流れる。

最後だ……

最後だ……

最後に俺たちは程天民の方を振りかえった。彼は依然そこで椅子に縛られ、口には枕カバーが突っ込まれていたが、椅子はもう俺たちの方を向いていなくて、椅子の背が俺たちの側になっていた。椅子の背をこちら側に向け、程天民は、俺たち二人は見なくて良くなっていたが、頭を肩に寄せ、両目はしっかりベッドを睨み付け、喉を青い竹のように引きつらせ、口はわずかに開いて、歯を固く食いしばり、すでに老眼の両目をカッと見開き、死ぬほど見開き、瞬きもせず、ねっとりした黒い血の筋が二本流れ出て鼻の両側に固まり、旗竿の上の赤い房のようだった。

最後に俺たちは手に手を取って寺を出た。程崗鎮の社員も大衆もまだ起きておらず、起きていてもまだ布団の中でグズグズしていた。俺たちはダイナマイトの導火線にすべて火を付けた。

しばらくして、突然巨大な轟音が響き、立て続けにドカンドカンという音が続いた。続いて雨のように瓦や煉瓦がバラバラと降り注いだ。その轟音が続いた時間は充分に十里ほどの長さがあった。音が止むと、程崗鎮は突然ダイナマイトの硫黄の匂いに沈没し、一面死の静寂に覆われ、程寺と牌坊が破壊され死んだのではなく、全世界が轟音とともに死に、消え去ったかのようだった。

革命は新たな段階へと突入した――それは海岸に立ってはるか沖合を眺めたときにマストの先だけが見え

る船であり、母親の腹の中でもうすぐ形になろうとしている胎児であり、高山の頂きに立って東方を眺めたときの、四方に光を放とうとしている朝日だ。朝日が昇った。朝日はダイナマイトで飛び出したかのようで、血のような、鮮やかな赤だった。夜が明ける前までに監獄に戻って椅子の上に立つことはすでにできなくなっていたため、俺たちは戻ってからすべてのことをさらけ出して、党に対して何一つ隠し立てしないことにした。俺たちは一対の誠実な人間になろうと固く決め、一対の高尚な人間、一対の純粋な人間、一対の道徳的人間、一対の低俗な趣味から離脱した人間、一対の人民のためになる人間になろうと固く決めた。そうであるなら、大急ぎで行く必要はない。

俺たちは手に手を取って、新婚夫婦のように、慌てず騒がず美しい朝の霞の中を、城外の監獄に向かって歩いて行った。

第十三章　エピローグ

1　エピローグ（1）

俺たちは監獄に戻った。

俺たちが監獄に戻った時はすでに正午だった。

正午の少し後、地区委員会関書記が人を派遣してきて俺たちの一昼夜にわたる百里に及ぶ長い話が始まった。関書記は慌ただしく県城を離れ、俺たちと最後に面談する暇もなかったが、それは党中央が全国の各県の連隊以上の幹部に緊急の電報を打ったからだ。それは中ソ国境の情勢が緊迫し、敵は我らが珍宝島に昼夜を分かたず兵を派遣し、戦闘機、大砲、戦車、百万の兵士を派遣しあきらめず、全国全軍がしっかり団結し、いつでもどこでも敵の侵入を防ぎ、全国人民はみな兵となって長城を築き、ソ連修正主義の狼の野心を徹底的に打ち砕けというものだった（一九六九年）。関書記はすぐに地区の民間防空工事建設の調整会議、民兵の戦闘技倆競技大会に参加する以外に、さらに当地の駐留軍の中から中ソ国境の兵士の交代要員を組織するなど多くのことをしなくてはならなかったのだ。ことは民族の安全、国家の命運に関わること、関書記はもちろん自ら出向いて俺たちの話を聞くことなどできるわけもなく、自筆の手紙を託した地区機関保安課の趙処長を派遣して俺たちと、耙耬山脈から海南島に達するほどの長い長い話をさせたのだ。

俺たちはまるまる一昼夜話した。

俺と紅梅（俺が主だったが）は彼に一昼夜をかけて報告した。

話し終わったときには口も喉もカラカラ、唇は痺れ、腕にも足にも力が入らず、そのまま床に横になって三日三晩、一週間また一週間、眠れたらと思った。聞かされていた方は泥人形のようで目はぼんやりとし、驚天動地の芝居を見たか、泣き出してしまいそうな歌を聴いたか、気分が高まる詩を読んだかのようだった。このとき、また日の光が窓から特殊看守室のそばの部屋に射し込んできて、俺の顔、口、眉に落ちた。

　東方に赤い太陽が昇り、革命青年の闘志は高まり、天を恐れず地も恐れないが、ただ俺たちのことを政治路線のことにまで引き上げること、原則問題に引き上げて批判することを恐れている。それさえなければ、俺たちは依然赤旗を掲げ、大寨の畑に種を蒔き、虎山（大寨にある山の名前）で銃を振り回せる。革命は依然突撃し、戦闘は続き殺し合う声が響き、一つの土地に一つの心、ひとつひとつの赤い心は党に向き、陣地を守って志は移ることなく、死を恐れずに前に向かって突き進む。もし俺たちのことが政治路線、原則問題にまで引き上げられるなら、月は昇っても光は見えず、満天の星空は真っ暗で、東方の朝日は雨に煙り、革命の情愛は牛のクソに変わり、革命の熱情はクソスープになり、革命の精神は邪《よこしま》な毒の心となり、革命の熱血はクソの缶詰になり、革命への意気込みは糞便となり、革命のための覚悟は大腸となり、革命の足音が反革命の身となり、革命の赤い爪は悪の見本となり、革命のぞうりは草木の灰となり、革命のズボンは偽の装いとなり、革命の上着は束縛する鎖となり、革命の帽子は臭い肥たごになり、革命のスカーフは重い鎖となり、革命の顔は西に向かう。革命の両膝はひざまずき、革命の背中は党に背を向け、革命の赤い心は涙を流し、革命の首はもたげること能わず、革命の頭蓋骨は的となり、革命の心臓には黒い血が流れる。天よ天、地よ地、革命者が革命者の頭の後ろを撃とうとするのだ。血は怖くないし、死ぬことも怖くない、しかし革命の赤旗を担ぐ者がいなくなることが恐ろしい。頭がかち割られ、血が流れようとも、必ずや太陽は東から昇り光を放ち、雲が切れれば太陽が顔を出し、日が西に沈めば月が出て、頭を上げれば北極星、一夜の夢から覚めれば東の空は明るい。俺たちは犠牲となるのは怖くない、人民の幸せな生活が万年続くならば。話が終わって紅梅は涙を流し、趙処長はそばで黙って考えていた。話が終わって俺ががっくりしていたのを見て、趙処長が口火を切った——。

「それで、続きは？」

「終わりました」

「全部話したのか？」

「全部終わりました」

「程寺と二程牌坊を爆破してここに戻って来たのは何時だ？」

「もうちょうどお昼時になっていました。ちょうどこの人たちが俺たちを探して大わらわでした」

「君たちはどんな動機があって、主体的に監獄に戻ってきたんだ？」

「革命者は公明正大、清らかで、陰謀をめぐらしたり、まわりをペテンにかけて隠れているわけにはいきません」

「程天民が死んだことは知っているか？」

「天から雨が降れば地に流れる、あれは彼の当然の結末です」

「程寺は跡形もなく爆破され、程天民はその下敷きとなり、全身ひとかけらも残らなかったが、それもおまえたちはわかっているのか？」

「そんなこと知りません、知ったことじゃありません、でもそれが何か？」

「今それがわかって何か感想は？」

「程寺の砕け散った瓦や煉瓦で埋葬するのが彼にとっては一番です、残った革命の黄土には種を蒔き苗を植えるのにちょうどいいじゃないですか」

「高愛軍、他に何か言うことは？」

「いえいえ、何もありません、赤い心はすべて党に向いています」

「もう一度考えてみてくれ、何か他に話すことはないか？」

「そうですね、補足することと言えば、党に対して私は少しも隠し立てしていないということです」

「君は？　夏紅梅」

「あたしが言いたいことは愛軍が全部言いました。彼の話はあたしの話、彼の考えはあたしの考えです」

「自分のやったことに後悔は？　恥ずかしいとは？」

「ただ一心に革命し、満腔の熱い血で党を愛し、愛軍の情は革命の情であり、愛軍の愛は革命の愛であり、血が流れたとしても後悔はしませんし、頭をかち割られたとしても悲しんだりはしません」

「それじゃ……君がずっと涙を流しているのはどうし

てなんだ？」

「私が泣いているのは、革命のために革命の船が波にさらわれ、革命の斧が革命の銃をたたき折ったためです。敵が私に血を流させ、含み笑いをさせ、革命者が私を獄につながせたのです、これで泣かずにいられますか？　天下の幸せは敵の銃口のもとで死ぬこと、天下の悲劇は父親、母親が娘を殺す悪しき心です」

「わかった、今回の話はここまでにしよう、君たちは誠実で、党に対しても忠誠を尽くしている。少しも隠し立てをしていない。私は戻って君たちのことをありのままに関書記に報告し、君たちに対して寛大な処置をするよう提案し、君たちが新たに生まれ変わり、新たに革命するチャンスを得られるようにしよう」

「それはありがとうございます、趙処長、あなたの恩情は忘れません、党の愛を忘れません、上級組織の我々への無限の思いやりを忘れません。いつか新たに革命の荒波にこぎ出すことがあれば、我々二人はそれを何倍にも大事に、大切にします。命を投げ出し革命し、粉骨砕身して新たな曲を書き上げます」

「私は今日戻らないといけないので、行く前に最後に一つ、関書記が私を派遣して君たちに話をさせた根本的な原因でもあるので、きいておきたいのだが、君たち二人なら隠さず、ありのままこたえられるはずだ」

「趙処長、何でもきいてください、知っていることは何でも、包み隠さずお話しし、間違いなく心の中のものを組織の皆さんに披露して差し上げ、関書記におはかりいただきたいと思います」

「よろしい――では君たちにきくが、君たちが最初に組織部の劉処長に程崗から県城まで呼ばれたとき、少しのあいだ関書記が不在にして、君たちだけで関書記の泊まっている部屋にいなかったか？」

「はい」

「三十分くらいだったか？」

紅梅がこたえた。「半時間くらいです」

「その半時間の間、君たちは何をしていた？　関書記の机の上に一枚の写真があるのを見なかったか？　女性の同志の、軍服を着て、中年の」

俺は言った。「見ました、見ましたよ」

趙処長は慌てて俺を見据えた。

「その写真は？　君が持って行ったのか？」

俺は紅梅を見た。

「彼は持って行ってないです。二人とも持って行っていません。彼はその写真を見て、その写真を私に渡して、私がちょうど見ているときに関書記が入ってこられたんです。その写真の下には『我が親愛なる夫人！』と書いてあって、ちょうどその言葉を味わっているときに関書記が来られて、私は慌ててしまい、その写真を落としてしまいました」

「どこに落としたんだ？」

「たぶんソファーの隙間だと」

「ようく思い出すんだ、ソファーの隙間だな」

紅梅はしばらく考えて、「間違いなくソファーの隙間に落ちました」。

趙処長は椅子から立ち上がると、すぐに行こうとした。

「その写真の女性が誰だか知っているか？」

俺と紅梅は首を振った。

趙処長は言った。「本当に知らないのか？」

「本当に知りません」

「顔はよく知っていたのですが、誰だか思い出せませんでした」

「ここまで来たら君たちに本当のことを話そう」趙処長は言った。「あれは偉大な指導者、毛主席の親密な戦友であり夫人の江青同志の写真だったのだよ。写真の言葉は関書記が書いたものなのだ。あの写真が見つかれば、君たちの命はだいじょうぶだ。あの写真が見つからなかったり、もし誰か別の人の手に渡ったりしたら、関書記は職を失うだけでなく、命を落とすことになりかねない。関書記が失職し命を失って、君たちが生きていられると思うか？　その時は君たちは本当に徹底的に革命されることになる。そうなったら、もう革命しようと思ってもできやしない」

趙処長は言い終わると、大慌てで、早馬に鞭打つスピードでその写真を探しに行った。

前に進め、前に進め、我々は革命し、我々は戦わなければならない。革命は船、我々は舵手、革命は車輪、我々は車軸だ。革命は収穫、我々は土だ。革命は土、我々は実りの秋だ。革命は戦場、我々は弾丸だ。革命は高山、我々の高山は美しい。革命は水の流れ、我々は水中を泳ぐ。革命は草原、我々は牛馬。革命はゴビ灘、我々はオアシス。革命は大海、我々は波。魚は水から離れられず、革命を離れれば我々は鉄の錆のごとし。馬は草から離れられず、革命から離れれば我々の命はない。春は日の光から離れられず、我々は雨露から離れられない。革命は旗から離れられず、我々は旗手だ。前進には進軍ラッパがなくてはならず、我々はそのラッパ手だ。汽車は車輪から離れられず、我々は永遠に錆びない車軸である。航海は灯台から離れられず、我々はその高く聳える灯台だ。我々は革命し、戦わなくてはならない。我々は赤旗を高く掲げ、前進の進軍ラッパを敵の山に鳴り響かさなくてはならない。革命は止まず、戦闘は止まず、流れる水は腐らず、鉄の車輪は錆びない。前進、前進、前進、戦闘、戦闘、戦闘。戦闘、戦闘、戦闘、革命の赤旗を実りの秋に照り輝かせるのだ。輝かせ、輝かせ、輝かせ、実りの秋、実りの秋、実りの秋。

2 エピローグ（2）

写真、写真、写真……

写真、写真、写真……

写真、写真、しゃ……

写真、写真……しん……

写真だ！　写真、クソッタレが、写真と言ったら写真だ！

3 エピローグ（3）

俺たちは誠実で、俺たちは清らかだった。俺たちは革命的で、俺たちは高尚だった。しかし彼らは俺たちに対して何の寛大な処置もしなかった。もともと彼らは俺たちが一対の天才的革命家で、郷村革命に卓越した貢献をしたので、革命で志を同じくする者として我々を許し、我々を新たに革命の溶鉱炉に戻そうと思っていた。しかしながら、彼らは俺たちを別々に本物の監獄に放り込んだ（革命急性病にかかった同志たちは間違って革命の主観的力を大きく見て、反革命の力を小さく見る。これはだいたい主観主義から始まっている。その結果、疑いもなく、妄動主義の道を歩き、人を害し、己を害し、革命を害するのだ）。これは俺たちの血の教訓だ。血の教訓——俺が入れられたその監獄は、ベッド一つとおまるが置けるだけで、一匹の蟻さえ入る余裕がないほどで、厚い煉瓦の壁で、太い鉄格子で、食事は小さな窓から渡され、用事があったら鉄格子の外に向かって叫ぶのだ。俺はその部屋に八か月、たぶん一年八か月いた。もう放り込まれた時間も季節もほとんど忘れ、紅梅と別れたときの顔の表情や様子も忘れてしまっていた。毎日枕元の毛主席の著作と模範劇の脚本を読んで思想改造をして過ごす以外は、ベッドに横になってシラミとノミに餌をやっていた。もう少しで天を、地を、ソ連修正主義をアメリカ帝国主義を忘れてしまいそうだった。年もわからず、何月かもわからず、革命の情勢の急激な変化もわからず、革命の奔流の波がどんなに高いかも忘れ、大波が砂をさらっていってしまったこともわからなかった。乾坤入れ替わり時代が変わり、太陽は西から昇る。朝も晩も天を望まず、晩も昼も地を望まず、朝晩ただ誰かが取り調べてくれることを望み、地を望まず、天を望まず、ただ紅梅の消息を望んだ。

紅梅の消息は何もわからなかった。

俺は毎晩夢の中で紅梅と一緒だった。

しかし彼らが突然ぶっ続けで俺を取り調べたとき、すでに俺と紅梅を銃殺するビラは街の大通りにも横町にも程崗の街中にびっしり貼られ、程前街の井戸や程中街のローラーにも俺と紅梅の名前があったのだ。俺たちの名前の上にはすべて赤い「×」が付けられていた。廃墟となった程寺は村の中で半身不随のごとく横たわっていたが、もともと啓賢堂と蔵経楼だったところの柱がまだ残って宙に向かって立っていて、その柱に貼ってある俺たち二人を銃殺にするというビラが風に吹かれてカサカサ音を立てていたのだ。これらの状況は程慶林が監獄に訪ねてきてくれたときに俺に教えてくれ、そして彼が帰った後、彼らはすぐに水門の扉を開いたように怒濤の取り調べを始めたのだ。

彼らは部隊から程崗鎮に戻るまで、郷村革命を始めた最初の日から最後の程寺の爆破まで、程桂枝と程慶東の死から、程天青の気が狂ったことと程天民が寺の瓦と煉瓦で生き埋めになったことまで、俺の話を一度ならず何度も話させた。取り調べ席に座って話を聴いている彼らに対して、俺は最初から最後まで組織への忠誠と信仰を抱き、一切包み隠さずよけいなことも一切言わなかった。彼らは俺と紅梅は出会った最も誠実な囚人だと言い（残念なことに、俺たちのことを一対の革命者とは言わなかった）、俺たち二人が白状した犯罪は（革命的行為のはずだ）、まったく同じで、唯一違うのは俺と紅梅の男女関係を話すとき、紅梅は大ざっぱで恥ずかしがっていたのに対し、俺が率直に詳しく話したことだと言った。（革命の情、同志愛は、燎原烈火のごとく異彩を放ち、すっきり清らかに党に話し、微塵も隠し立てせず、巨大な穴は革命で補い、大きな過ちは改め、革命の溶鉱炉は許容できるはず。革命の情はすべての愛を包むことができる。）しかし、彼らはやはり俺たちに向かって引き金を引いたのだ。

その日は、またひとつの冬が終わり新しい春が始まる日で、世界は青い草と緑の芽の青く柔らかい匂いに溢れていた。銃殺執行の場所は俺たちの程崗十三里河から二里上流の川の砂州で、そこは広く、水はサラサラ流れ、至るところ赤と白の丸い石だった。至るところに「四人組は打倒され、人民は解放された」とか「高愛軍、夏紅梅の反革命姦通殺人罪を徹底的に批判し、彼らの万年臭い匂いが残る死体を踏みつけろ」のスローガンや罵倒があった（〈もの寂しい秋風が吹いているが、世の中は変わってしまった〉）[*1]。堤の上にも、柳の木の上にも、石の上にも、しつらえられた審査台の柱の上にも、それらの興奮に満ちたスローガンが秋の落ち葉のように漂い、その罵る言葉の墨汁は夏の雨のようだった。審査台は五尺ちょっとの高さで、川の堤を使って川岸に設置され、台の下は四方八方社員大衆が黒山の人だかりで、人の頭は野原や山の地面のそこら中に散らばっている羊の群れのクソのようで、道をこちらに向かってくる人々は囲いから散らばった牛や馬や豚のようだった。台の上は荘厳で厳格、台の下は一面ガヤガヤ大騒ぎで、程崗鎮の十数大隊の数万人の社員、大衆たちは公開審査を見に東西南北からやってきたのか、それとも程崗の川縁のお祭りに四方八方から集まってきたのかわからなかった。公開審査のメンバーがかん高い声で拡声器で威風堂々命令を下し、俺をホロの掛かったトラックから公開審査台に上がらせると（監獄人民警察は狼のように吠え、俺は歩いて監獄から出た）、台の下の人の頭は揺れ動き、川の波、海の波となり、スローガンを叫ぶ声は波打ち、叫ぶ声、飛び散る唾、宙ではスローガンとスローガンがぶつかり、潮はうねり、地面の話し声と話し声は押し合いへし合いし、声は青く音は白かった。スローガンを叫んでいるものは腕を振り上げ、一面腕、一面林だった。見物にきた連中のペチャクチャ、ピーチクパーチクいう音は、洪水が猛獣に襲いかかるように降り注いでいた。前の者は台の上を見ようと首を伸ばし、後ろの者はつま先だって前の者を怒鳴りつけていた。足を踏まれた者はカエルのように叫び、頭をぶつけられた者は野生の狼のように吼える。俺は蒼白で高ぶった気持ちで母親と息子の紅生、娘の紅花がどこにいるのか、紅梅の娘の桃が来ているのかどうか見たかったが、一面真っ黒な人の頭の中で程崗大隊の顔見知りの顔さえ見つけられなかった。日の光は燦然と輝き、彼らは草むらの中に隠れた小さな草のようだった。天は蒼々、地は茫々／風吹き草揺れ牛、羊／地は茫々、天は蒼々、家族たち、今どこにいる／星を望み、月を望み、ただ深山に太陽が昇るのを望む／ただ舞台の下に家族を見たい／ただ紅生が大きく丈夫に育っているのを見たい。紅花が紅梅のように寒い冬の日に花開いているのを見たい／ただ革命事業の後継者が長江の波のように次から次へと押し寄せるのを望み／ただ彼らが革命の銃を受け継いでくれるのを／赤旗を肩に担ぎ、党とともに風雨の中を歩き振りかえらず／雨の中、波のなか闘志をなくさずに／何かをするときはこのように／人としてはこのような人に／息子や！　娘や！　おまえたちは大きくもないが小さくもない／もっと父親に手を貸して、ともに苦労を分かつべきでは？／〈父親が千斤の重荷をせおうなら、おまえたちは八百斤かつぐ〉[*2]／台の上は厳粛、厳格、天蒼々、台の下は人の頭揺れて地茫々／スローガンはうねり雷鳴のごとし／話し声は逆巻き黒雲のごとく湧き／人同士ぶつかり一面血の光、戦況急を告げ、拳と拳がぶつかり殺戮の声が天を震わせ情勢は緊迫／天下を見れば四海荒れ狂い雲水怒る／全世界を望めば五大陸は揺れ動き風雷激しく／忽然と風止み波収まり一面の静寂／言葉少なく音止む……俺には結局何が起こったのかわからず、ただ一面糊のような頭の中に高い音で拡声器からの突き刺すような叫び声が聞こえ、台の下は突然静まり、紅梅が高い音の拡声器からの叫び声の中、俺と同じように縛られたまま、どこか——どれかの車から支えられ押されながら台の上にひざまずかされた。

　これが程寺を爆破してから初めて見た俺の夏紅梅（俺の魂、俺の肉、俺の精神、骨髄よ）、彼女はやはりあのピンクの開襟のブラウスを着ていて、やはり少し踵の高い平織りの先の四角い靴を履いていた。下にひ

＊1　毛沢東『浪淘沙《ろうとうさ》・北戴河《ほくたいが》』（一九五四年）より。原文「蕭瑟秋風今又是／換了人間」。新中国が成立してから世の中が変わりつつあることをうたっている。

＊2　『紅灯記』より。

ざまずかされたその時、俺たちの目はカチンという音を立てて出逢い、彼女はハラハラと痩せてしまってい て、しかし以前にも増してきれいで美しかった。俺を見て、彼女の蒼白で黄ばんだ、強ばって硬くなってい た表情に少し赤みが差した。このとき、俺は彼女にききたくてたまらなかった、この半年、いやこの一年と 数か月、君はどこに閉じ込められていたのか？　監獄の中で彼らは毎日君に何をさせたのか？　しかし俺た ちの視線は巡り合ったばかりで、彼女は涙ぐんでいたが涙が流れ落ちるところまでは行かず、二人の銃を持った兵士が彼女と俺の間に立ちはだかり、壁のように俺たちの視線を遮り、俺の思考は遮断されてしまった。

公開審査大会では革命の中での批判闘争大会と同じように半日俺たちをひざまずかせると思っていたが、思いがけないことにいわゆる公開審査大会はたった十分か数分使っただけだった。俺たちをそこにひざまずかせ、県の裁判所の裁判官が会議を仕切り、今から公開審査を開始すると言って、別の裁判官が『毛主席語録』と俺たち二人の判決文を読み上げると、その公開審査大会はピリパラハラリと解散してしまったのだ。

彼は俺たちが反革命姦通殺人犯で、数々の罪を二人一緒に罰し、死刑に処し即時執行すると判決を下した。俺たちに死刑判決を下した裁判官の声は太く重く、威風堂々としていて、「即時執行」の四文字を詰まることなく読み上げ、その四文字は弾丸となって俺と紅梅の体を打ち抜いた。俺はその四文字を聞いたら、台上に崩れ落ちるだろうと思っていたが、その四文字が拡声器から爆発すると、全身はブルッと震え、心はゾワッと波だったが、すぐに落ち着き、英雄が川を渡ったかのようで波風を立てることはなかった。俺は李玉和が銃殺になったときの意気軒昂な様子を思い出した。

監獄人民警察は狼のごとく前に進めと吠える――

（舞台に出て、見得を切る。）監獄を出た。

（日本の憲兵二人に押したり突いたりされ前に出てくるが、李玉和は大義のために潔く、どこまでも耐え抜く。両足を踏みならしながら横歩きし、続いて片足になってケンケンで後ずさり、止まり、片足で体を回転させ、片足を大きく蹴り上げてから見得を切る。何も恐れず前を向き、日本の憲兵二人をひるませる。）

（李玉和は胸の傷に触れ、足を踏ん張り膝を揉み、足枷を見下し、浩然の気は雲をもしのぐ。）

［つなぎの調子で］我を見るな、足枷をはめられ、手枷はめられ／両手両足をつながれようとも／我が雄心と壮志が天を突こうとするのをつなぎとめることなどできやせぬ／［元の調子で］賊、鳩山は秘密文書を手に入れようとあらゆる拷問で責め立てる／筋骨断たれ皮膚裂けようとも心は鉄のように堅い／刑場に赴き意気軒昂、頭を上げ遠くを見れば革命の赤旗が高々と掲げられているのを見る／抗日の戦火はすでに燃え広がっている／しかしこの風雨が過ぎるのを待つ、［ゆっくり］百龍天を舞い／新中国は朝の光のごとく世の中を照らす／そのとき中国全土に赤旗が翻る／それを信じて闘志はますます堅く／我党に対し貢献少なし／革命者はすっくと立ちて勇敢に前に向かう……[*1]

しかし紅梅は「即時執行」の弾丸に打ち抜かれてしまっていた。彼女はもともと兵士の足の横にしっかりとひざまずいていたのだが、「即時執行」の判決があると、大木が倒れるように高山が崩れるように、台の上に倒れてしまい、この時になってやっと銃殺されなくてはならないと知ったかのようだった。俺はその二人の兵士を隔てて叫んだ。「紅梅！　どのみち二人とも死ぬんだ、生きているときは人としてりっぱに生きたんだ、死んでもりっぱでなくちゃだめだ！」

一面の大騒ぎの中、紅梅は俺が叫ぶのを聞いて、顔を上げて俺を見ると、俺が台の前に立って、胸を張り、首をまっすぐ伸ばし、雄々しく、意気高らかにしているのを見て、鼓舞されたかのようで、倒れた体をまっすぐ起こそうとした。その時、音の高い拡声器が会終わったときに音楽を流すように、革命の曲を流し始めたのだ（まるで慈雨が降ったかのようだった）。公開審査大会の台上の四隅の音の高い拡声器以外にも、俺たちを護送してきた車の宣伝用の拡声器からも放送が流れ始め、村や鎮の拡声器でも放送を始めた。あっという間に、伝染病のように、四方八方、村々の拡声器ではみな判決のあと放送を始めたのだった。審査大会の台の拡声器は『勝利はすべて党の指導による』、護送してきた車は『プロレタリアート独裁の旗を高く掲げて前進せよ』、程崗鎮は『民族大団結を歌え』、鎮の南のどこかは京劇の『紅色娘子軍』の中の『新しい

＊1　『紅灯記』より。

太陽と月が山河を照らす』、十三里河の川の東は京劇の『龍江頌』の中の『人類のために解放を求め終生奮闘する』で、さらに天からは『奇襲沙家浜』、西から突撃してくるのは『革命の赤旗を四方にあまねく挿せ』、北から攻めてくるのは英雄、趙勇剛が吼える『血には血を、歯には歯を』だ。音楽の音は風のようで雨や雪のようにたゆたい、歌詞は縄のようで冷たくサラサラしていて、芝居の一段は逆巻く大波、怒濤の洪水だ。審査台は音楽で全身びしょ濡れで、台の下の写真や大衆は歌声で頭を雪に覆われ、十三里河は芝居の一段で水が堰き止められ、程崗鎮は水に溺れてアップアップで、息も絶え絶えだ。人々は音楽の中でなぜかわからず狂ったように叫び、喜んで叫んでいるのか、審査大会が短過ぎて、わざわざ十里、二十里、数十里の道のりをやってきた甲斐がないと罵っているのかわからなかった。俺と紅梅は四方八方、天と地の歌と音楽に囲まれ、浸っていた。もともと尻の下に敷いていた靴を宙に投げる者がいた。大勢の人の流れが川の対岸（そこは俺たちを銃殺する準備を整えた刑場だ）へと押し寄せ、一人、程天青のような男がその人の流れのなか足を踏まれたらしく、突然拳を挙げて殴りかかろうとしていた。紅梅はその春風が雨になったような音楽の中、人の助けを借りずに立ち上がり、顔にはさっき判決が出たときのような蒼白で黄ばんだ色はだんだんと融けていき、代わって薄くもなく分厚くもない赤みと興奮が覆った。音楽が増えるにつれて、歌詞は熟した果物のように地面に落ち、彼女の顔は興奮を抑えきれない深紅の激情で鮮やかな紫色になった。彼女は顔をこちらに向け、その兵士の肩越しに俺を見て、目はたいまつのように輝き、炎は激しく揺れていた。俺は、彼女の血が、俺と同じように全身で狂ったように暴れ出して止められなくなっているのがわかった。心が乱れていても立ってもいられなくなって額は熱を帯びて光っていた。

俺は彼女の方に足を少し動かした。

彼女も俺の方に足を少し動かした。俺たちは突然それぞれの目の前にいる兵士を越えて、相手めがけて飛び出し一緒になると、体と体を貼り付け合って狂ったように接吻し、気がふれたように接吻し始めた。二人とも後ろ手に縛られていたので、抱き合うことも撫であうこともできず、彼女は胸を俺の胸に貼り付け、俺は肩を彼女の肩に押しつけていた。そうやって貼り付いていたため、俺たちは審査台で頭を宙に上げ、彼女の唇は俺の唇に押しつけられ、冷たいこと火のごとく、俺の舌は彼女の舌に絡みつき、炎のごとく氷のごとしだった。革命の情は千年の雪を焼き尽くし、戦友の愛は万年の雪を融かした。太陽は東から昇り四海を照らし、ヒマワリは太陽に向かって花開く。春風雨露は苗を育て、海が涸れ石が溶けようと変わりない。俺の心、俺の肉、俺の魂、俺の愛……。

それがああなんてことだ、そんなことがあるのか。その時、狂ったように流れていた赤色音楽や革命歌だけでなく、台の下の人々も突然パタッと音を出さなくなってしまったのだ。対岸に押し寄せていた人々も一斉に振りかえり、体の向きを変え、視線を審査台の上で強ばらせ、全身全霊で俺と夏紅梅を見つめていた。俺たちの情を見つめ、俺たちの愛を見つめ、革命者の唇と舌を見つめていた。台の上の銃を持った兵士も目を大きく見開き口をぽかんと開けていた。判決後、席から離れていた裁判官もふぬけていた。台の下の大衆の目はガチガチに固まり、宙を飛んでいた埃も固まって動かなかった。砂州の丸い石は俺たち二人の接吻を見ることができず跳びはねた。川の魚や蟹は水面から躍り出た。俺と彼女の舌は彼女の口の中でまるで二匹の蛇のようにじゃれ、彼女と俺の濡れた唇は俺の唇の上で二匹の魚が激しく戦っていた。俺の肩は彼女の肩を押さえつけ水が押し寄せて土を覆うようで、彼女の胸は俺の胸を押し上げ倒れかかった家を柱が支えているようだった。俺たちの愛情は灼熱のごとく熱くなり、俺たちの愛は燦然と光を放った……。

しかし、しかしその時、その瞬間、おそらく一分、おそらく一晩、一日、百年、いやたったの数秒だったかもしれないが、革命者が革命者に向かって引き金を引いたのだ。

彼らは俺たちを、対岸の穴を掘って準備していたところで銃殺しなかった。彼らは俺たちを、余韻さめやらぬ審査台の上で殺したのだ。しかし、俺たちは犠牲となって血を流しながら倒れるとき、俺たち二人はしっかりとくっつき合い、唇をしっかり合わせたままだった。そしてついに血生臭い匂いが俺たちの息の根を止め、俺たちは死んだ。

〈人が死ぬのはいつでも起こること、泰山より重いものもあれば、鴻毛より軽いものもある〉、〈革命未だ成らず、同志諸君は引き続き努力せよ〉。

4　エピローグ（4）

　それからずっとずっと後のことだが、俺と紅梅は温柔の郷から一度耙耬山脈に帰ることを許された。俺たちはそこで人々が『硬きこと水のごとし』という小説を読んでいて、字の読めない人々も俺と紅梅の話をしているのを発見した。俺たちが銃殺された程崗の西の十三里河の砂州に行ってみると、あの審査台はとっくになくなっていて、俺たちが血を流して倒れたところは草や苔に覆われ、そこだけとりわけ緑が濃くなっていた。その上で、ちょうどひと固まりの男の子たちと女の子たちが、牛には草を食べさせておき、お互い遊びながら相手の秘密を探りあっていた。探り終わって、大人のまねをして太陽の下で裸になり、一組一組が男女の遊びをしていると、猫背で白い頭の老婆が村のはずれから、ごはんだよ、帰っておいでと叫び、彼らは草むらから慌てて起き上がると、服を着て、草籠を担いで、牛や羊を追いながら家へ帰っていった。

　俺と紅梅もまたあの世に戻るしかなかった。

〈革命は未だ成らず、同志は引き続き努力せよ！〉

革命よ、また会おう！

さらば、レイトン！[*1]

*1　毛沢東『さらば、レイトン』。ジョン・レイトン・スチュアート（一八七六～一九六二）は漢口生まれ。宣教師・教育者大使として漢口・北京などで働いた。中華人民共和国成立直前にアメリカに召還され、毛沢東はこれをアメリカ帝国主義の失敗の象徴とした。

二〇〇〇年三月から七月、第一稿
二〇〇〇年九月から十月、第二稿
二〇〇〇年十一月、第三稿

私は文学の憲章の中を歩む――『硬きこと水のごとし』日本語版に寄せて

閻連科

文学で最も難しい任務と目的、それは孕《はら》み、育てて形にし、彼らに血の流れと魂を与え、ある「民族」に属する「民族人」にすることだ。数百年来、これはあらゆる偉大な作家の物語の目標であり、文学作品が合格できるか、勝つか負けるかの最大の基準である。ディケンズ、フローベール、トルストイたちは、文学の憲章の中で最も重要なこの目的と条項を我々のために最終的に確定した。そして紫式部と曹雪芹、シェイクスピアとセルバンテスたちは、この憲章に初めて取り組み起草した。これ以降、二百年のあいだ、この偉大な文学の憲章と条項に対して提案したり、修正したり、削除したりする者はどの国にもいなかった。二十世紀のあらゆる偉大な作家たちは、みな反逆の野心を胸に抱いていたが、誰もこの憲章の中の「民族人」の偉大な条項を、本当に揺るがしたり奪い取ったりしなかった。ジョイスやカフカなど西洋の現代文学の祖と呼ばれる人たち、東洋の日本の近現代作家たちや中国の魯迅らの中にも、この「民族人」を超えるのを自分の任務、夢、野心、最終目標とした者はいなかった。目的地は簡単に変えることはできない。

『硬きこと水のごとし』もまたそうだ。

この作品にも、すべての先人たちの作品と同じく、憲章に背く反逆の思想は微塵《みじん》もない。自分の創作の道の上で、自分の歩みを確立し、「民族人」を迎え入れたいと強く望んだだけだ。魯迅の描いた「民族人」の代表者である阿Qを、さらに中華民族に属する「狂人」に変換することで、中国に属する世間の人々が自分の姿を照らし出すことのできる「民族の狂人」を生み出したかったのだ。これこそがこれまで人に話すことのできなかった私の秘密、野心、夢であり、そのあくなき努力の中で、他人と違う、どの主義とも違う、神実主義でもない、道と橋を見つけ出すことができた。

どうか私に『硬きこと水のごとし』とリアリズムとの関係、神実主義との関係、この作品と中国の歴史や現実との関係についてきかないでほしい。私は、創作の道の上では中華民族に属するが、他の土地や他の民族の影を映し出すことのできる「民族の狂人」を出迎え、抱きしめたかっただけなのだ。

これはもう捕まった盗賊が正直にペラペラ白状するようなもの、人が死の間際に、平然と、さっぱりとしているようなものだ。

この作品が、日本の関係者の皆さんの努力のおかげで日本の読者にお目見えしたとき、「おめでとう」とか「大成功ですね」と言われることももちろん嬉しいが、読者の中に、「この中国人作家は文学の憲章の中で独自の道を探し確立しようとしたんだな」と言ってくれる人がいてくれたらと思う。

もしそのようなことがあれば、これ以上の満足はない。ただ日本の読者の皆さんへ感激の気持ちがあふれるばかりだ。

二〇一七年九月三十日
北京にて

訳者あとがき

閻連科《えんれんか》の著書の邦訳はこれまで『人民に奉仕する』（拙訳、二〇〇六年、文藝春秋）、『丁庄の夢——中国エイズ村奇談』（拙訳、二〇〇七年、河出書房新社）、『愉楽』（拙訳、二〇一四年、河出書房新社）、『父を想う——ある中国作家の自省と回想』（飯塚容訳、二〇一六年、河出書房新社）、『年月日』（拙訳、二〇一六年、白水社）、『炸裂志』（泉京鹿訳、二〇一六年、河出書房新社）の六冊が刊行されています。二〇一四年にはフランツ・カフカ賞を受賞し、また二〇一五年には『愉楽』が日本のTwitter文学賞海外編で一位を獲得し、二〇一六年には二度にわたって来日して講演や交流を精力的にこなし、閻連科の名前は日本の海外文学愛好家の中ではすでになじみのあるものになっています。彼の作品はすでに三十種類以上の言語に翻訳され、海外でも高い評価を得ています。

邦訳された作品を本書を含め原作の発表された年代順に並べると以下のようになります。

『年月日』（雑誌『収穫』一九九七年第一期）
『硬きこと水のごとし』（雑誌『鍾山』二〇〇一年第一期）
『愉楽』（二〇〇四年、単行本）

『人民に奉仕する』（雑誌『花城』二〇〇五年第一期）
『丁庄の夢』（雑誌『十月』二〇〇六年第一期）
『父を想う』（二〇〇九年、単行本）
『炸裂志』（雑誌『収穫』二〇一三年長篇小説秋冬特別号）

今回訳出した『硬きこと水のごとし』（原題『堅硬如水』）は、文学雑誌『鍾山』の二〇〇一年第一期に掲載され、同年長江文藝出版社から単行本として出版され、二〇〇九年には台湾の麥田出版からも繁体字版が出版されました。国内では出版された二〇〇一年に「九頭鳥」長篇優秀小説奨を受賞し、国外ではベトナム語版（翻訳：阮氏明商）が二〇一五年にベトナム国家翻訳賞を受賞しました。

閻連科の創作活動を改めて振り返ってみると、その旺盛な執筆活動に頭が下がります。一九七九年から二〇一六年まで三十七年の間に、小説では、長篇が十五編、中篇が五十編余り、短篇が四十編余り、エッセイでは、長篇が三編、散文集は五冊あり、映画やTVドラマの脚本も十本余りあり、字数の総計はなんと一千万字を超えていると言います。彼は自宅ではいつも午前中を創作の時間に充て、毎日数千字ずつ、とにかくうまずたゆまず書き続けています。

閻連科は一九八〇年代後半から創作活動を本格化させました。文革のくびきから解放された八〇年代の文学界には「ルーツ文学」や「先鋒文学」という大きな流れがあり、莫言《ばくげん》や余華《よか》など日本でもなじみのある作家が次々と登場し、中国現代文学の豊穣期でした。しかし改めて見てみると、閻連科は最初から一貫して文学界の大きな潮流からは距離を保ち、ひたすら自分の書きたいことを書きたいように書いてきた、ほかにあまり例のない作家なのだと思わされます。

一九八八年に書かれた『両程故里』は作者の農村生活への熟知と深い洞察力が評価され、『解放軍文藝』優秀作品奨、崑崙《こんろん》青年作家奨を受賞しました。この作品のタイトルの「両程」はもちろん本作にも登場する程顥《ていこう》・程頤《ていい》のことです。九〇年代に入ると毎年長篇も含めて数本ずつという驚異的なペースで作品を発表し続けます。一九九二年に発表した『夏日落』は軍営で自殺してしまう気弱な農村出身の若い兵士を描いたことで論争を巻き起こし発禁処分になりました。しかしそれもどこ吹く風、彼の創作のペースが衰えることはありませんでした。一九九八年に書かれた彼の代表作にもなっている長篇『日光流年』は、ストーリーが時間を遡っていくという独特の手法で農村の現実を描きあげました。閻連科はつねに生まれ故郷の農村、そしてそこに生きる人々、農村出身の人々を意識して物語を描いています。

そして二〇〇一年に発表した本作『硬きこと水のごとし』は、再び論争を巻き起こすことになります。発禁処分にはならなかったものの、発表当時は原著の「再版への序文」にもあるように「赤くて（革命的で）黄色い（猥褻な）」小説だとして批判の対象になりました。

革命歌を聴くことで性的興奮を感じる――。この作品は革命運動に身を投じる高揚感と性的絶頂感を融合させた小説と言えます。これはそのまま『人民に奉仕する』で毛沢東に関する神聖な物を破壊することで性的興奮を感じることにつながっています。革命と恋愛という精神的なものではなく、革命とセックスそのものを直接結びつけ、そして執拗《しつよう》なまでに女性の体の描写、セックスの描写をしたところに閻連科の独自性があります。革命を侮辱したと思われてもしかたがないかも知れません。

しかしこの作品は同年、九頭鳥長篇小説優秀作品奨を受賞し、評論家・文学研究者のあいだでは高い評価を得ます。その高評価の重点は、彼が文革をどう描いたかというところにあります。

陳思和《ちんしわ》は「悪魔性」をキーワードにしてこの作品を論じています。

これまでの「文革」を描いた作品は、歴史の真実と思想の批判に重点を置きすぎていて、人間性の堕落は政治批判と思想の反省の次に来るものだった。しかしながらこの小説はそのすべてをひっくり返し、悪魔性を主要な描写対象としたのだ。閻連科はもともとあの世の話の達人であり、彼の耙耬山脈シリーズの小説はあの世の雰囲気に満ちており、語り手はあの世とこの世の境を行き来しているかのようだ。彼の筆の下では、普通の人と同じ空間にいる幽霊たちがよく出現するし、しかもその多くは普通の中原の農民と同じく、善良で弱く、ビクビク、コソコソしていて、時に世俗的な救いに助けを求めるしかないのだ。しかし『硬きこと水のごとし』ではそれとは打って変わり、感情がとりわけ濃厚で、凄まじい物語性を持った、気がふれ狂ってしまった、生死を超えた一組の悪霊が登場するのだ。語り手は銃殺刑を目前にした罪人で、小説の叙述は、語り手があの世とこの世の境を彷徨《さまよ》いながら語っていると考えることができる。しかもこの語り手はエピローグで出てくるときにはすでに死んで数年たった幽霊で、彼は耙耬の幽霊の世界の退廃的感傷をきれいに吹き払い、悪魔性の恐ろしさと魅力をとりわけ際立たせて現したのだ。高愛軍には魯迅の狂人の形象に比べてさらに「悪」の一面を発展させ、邪悪な欲望にその悪魔性の中の主導的な位置を占めさせている。あの世の物語から悪魔性へ、閻連科の小説のインスピレーションは根本的な飛躍を獲得し、彼はもはや現実に対してチマチマ生ぬるい風刺をしたりなどせず、気魄をみなぎらせ、人間性の深いところから、「文革」時代の致命的な精神的急所をはっきりと突いて表現したのだ。

――陳思和「閻連科の『硬きこと水のごとし』の中の悪魔性の要素についての試論」
（『当代作家評論』二〇〇二年第四期）

中国を大混乱に陥れた文化大革命の十年間、中国文学界は死んだも同然の状態でした。作品の中にも出てくる革命現代京劇など一部の作品しか見ることも読むこともできなかったのです。中でも現代京劇の『紅灯記』『沙家浜』『智取威虎山』『奇襲白虎団』『海港』と革命バレエの『紅色娘子軍』『白毛女』、交響楽の『沙家浜』の八つの演目は「革命模範劇」と呼ばれました。文革が終わると文学界も少しずつ息を吹き返してきます。劉心武《りゅうしんぶ》『クラス担任』（原題『班主任』、一九七七年）、盧新華《ろしんか》『傷痕』（原題『傷痕』、一九七八年）、王亜平《おうあへい》『神聖な使命』（原題『神聖的使命』、一九七八年）、そして本作一二九頁にも小説の中のエピソードが登場する張弦《ちょうげん》の『記憶』（原題『記憶』、一九七九年）……。次から次へと文革を題材にした小説が発表され、それまで決して報道されなかった想像もできない凄まじい実態が明らかになっていきました。そして今でも文革は文学作品の中に出てきます。しかしそれらの作品が明らかにしたものは何だったのでしょうか。陳思和は同じ論文の中で次のように述べています。

> 文革の災難が最初に襲ったのは中国共産党内の高級幹部や知識分子だったため、通常の「文革」研究や「文革」に関する文学作品は、すべて幹部や知識人の災難を広げて見せることにその目的があり、「文革」中、ずっと積極的に支持者として登場していた一般大衆が演じていた役割に対しては関心が薄かった感がある。……閻連科の『硬きこと水のごとし』が「文革」を背景として書かれ、悪魔性を通して「文革」時代の精神の特徴を描いたものだとするなら、その価値はまさに普通の農民の欲望と反抗の悲劇的な宿命と「文革」を結びつけたところにあると言える。

閻連科がほかの作家と一線を画している点、それはまさにこの「普通の農民」というところにあります。閻連科は普通の立身出世を望む貧しい農民の若者が文革でどのように「悪魔」に変わっていったかを彼と同じ目線から描いたのです。高愛軍がその「悪魔」の正体に気がついた一節があります。

軽々と目的を達成し、王鎮長を打倒しただけでなく、彼を監獄に送り、彼を現行反革命分子にし、二十年の刑にしたのだ。これは意外なほど簡単で、俺と紅梅は革命の魔力と刺激を心から感じることができ、俺は紅梅を慶東の死の影から完全に徹底的に抜け出させ、再び日の光の下の闘争の舞台の上に戻すことができ、そしてどうしてこの時期、メクラも半身不随も、どんくさい豚も犬のクソ野郎も革命をやりたがり、みんな革命を起こすことができ、みんな革命家になりたいと思い、革命家になることができたのかという根本的な原因がどこにあるかわかったのだ。（本書二三一頁）

文革当時は多くのまだ年端もいかない子供たちまでもが、その権力と暴力のあらがえない魅力にとりつかれ「悪魔」になっていったのです。しかも高愛軍や夏紅梅と同じように天真爛漫《てんしんらんまん》に。これこそ陳思和のいう「『文革』時代の致命的な精神的急所」なのでしょう。

文革をどう描くかでもうひとつ、王徳威《おうとくい》は次のように述べています。

『硬きこと水のごとし』の出版は、「文革の記憶」とその「文革」をいかに描くかということの重要な突破口のひとつとなった……（中略）。

ある世代の中国人にとって、「文革」の残酷さとデタラメさは一言では言い難いものだ。この大災害をどのように追記し訴えても、後から来る者の道義的負担となってしまう。閻連科が選んだやり方は、傷痕文学のお涙ちょうだいでも、先鋒文学の虚無主義・冷笑主義でもなかった。彼は「文革」は血と涙と笑いが錯綜するドタバタ劇であり、どんな人でもその中に身を置けばその本性を現し醜態を見せることになると見なしたのだ。閻連科は一九三〇年代の「革命に恋愛を加える」という小説の公式を借りて、この二人の造反派の闘争史にロマンスを加えて大いに描いたのだ。しかし彼の筆の下では、革命と暴力は切っても切り離せず、恋愛とセックスは別物ではないのだ。

――王徳威「革命時代の愛と死――閻連科の小説を論じる」
（『当代作家評論』二〇〇七年第五期）

「血と涙と笑いが錯綜するドタバタ劇」。まさにその通りです。そして閻連科はこの『硬きこと水のごとし』で「ドタバタ劇」こそが中国のハチャメチャな現実を描き出すことができることに気がついたのです。そしてそれは世界の文学愛好者の心も捕らえました。続いて出た長篇『愉楽』、『人民に奉仕する』、『丁庄の夢』、『炸裂志』は、いずれもその設定からストーリー展開など、ドタバタ劇を意識して書かれています。日本でも『愉楽』や『炸裂志』は、そのドタバタぶりが読者の心をわしづかみにしたのです。

しかしそのドタバタの中には高愛軍と夏紅梅の真実の愛があります。二人の愛は共に不倫、いわゆる密通ですが、その一途さ、ひたむきさには心を打たれます。やはりロマンチストですね、閻連科は。審査台での最後のシーンは何度読んでも感動します。高愛軍と夏紅梅は、どこかしら映画『俺たちに明日はない』のボニーとクライドを彷彿とさせます。

『硬きこと水のごとし』は、紅衛兵が組織され十代の若者たちが次々にこれに加わって拡大していく一九六六年から、江青ら四人組が捕まって文革が終結する一九七六年まで、文化大革命の十年間を主な背景にしています。

文化大革命は、毛沢東が劉少奇や鄧小平ら実権派を倒すために起こした権力闘争ですが、それは上層部だけのことにとどまらず、中国全土、上から下まで中国人民のすべてを巻き込みました。毛沢東のお墨付きをもらった紅衛兵たちが我が物顔に暴れ回り、多くの人が批判闘争にかけられ、三角帽を被され街を引き回され、拷問を受けました。生徒が先生を、子が親を吊し上げることも当たり前でした。数え切れない人々が命を落とし、その数は一千万人とも言われています。本書にも出てきますが、「階級闘争」という大義名分さえあればやりたいほうだいだったのです。また「破四旧（人民を毒する旧思想・旧文化・旧風俗・旧習慣を徹底的に取り除け）」というスローガンも出され、多くの貴重な文化財が打ち壊されました。高愛軍が程寺と二程牌坊を爆破したのもこれです。この「四旧」を代表するものとして多くの知識人・文化人たちも迫害を受けました。日本でもよく知られている作家の老舎（代表作『駱駝祥子――らくだのシアンツ』立間祥介訳、岩波文庫）も紅衛兵に吊し上げられ湖に身を投げ自殺しました。映画『さらば、わが愛／覇王別姫』（監督・陳凱歌、日本公開一九九四年）の中には京劇の俳優が群衆に吊し上げられるシーンが出てきます。また多くの学生たちを強制的に農村に移住させる「下放政策」も行われました。閻連科の『父を想う』の中にも当時のエピソードが出てきます。やがて闘争は武装化され、この革命を発動した毛沢東自身にも制御できない無政府状況に陥ります。本書に出世頭の例として高愛軍のセリフの中にもたびたび登場する林彪は文革中に毛沢東に次ぐナンバー2にまで登り詰めた人ですが、原因不明の飛行機事故で死んでしまいます。文革末期は江青ら四人組と周恩来の権力闘争になります。毛沢東夫人となった江青はもともと女優出身ですが、彼女の過去を知っている多くの映画人が迫害を受けました。高愛軍と夏紅梅が特別拘置室に入れられるそもそもの原因だったのがこの江青の写真です。この江青ら四人組が逮捕され、文化大革命はようやく終焉を迎えます。

この文化大革命について理解するための絶好の解説書がタイミング良く出版されました。『文化大革命――〈造反有理〉の現代的地平』（明治大学現代中国研究所・石井知章・鈴木賢編、白水社、二〇一七年九月五日）です。文化大革命から現在の中国の政治体制まで論じられています。中にはたくさんの文革期の宣伝ポスターがフルカラーで掲載されており、本書に出てくる革命模範劇などのポスターも掲載されています。当時の雰囲気を絵で感じながら文革を知ることのできる絶好の入門書です。ほかにも中国連環画研究第一人者の武田雅哉氏の『中国のマンガ〈連環画〉の世界』（平凡社、二〇一七年二月二十四日）と『よいこの文化大革命――紅小兵の世界』（廣済堂出版、二〇〇三年一月一日）も連環画が豊富に掲載されていますので、中国現代史のことを知りたい方にはうってつけの内容になっています。本書をぐっと身近に感じていただけるはずです。ぜひご覧いただければと思います。

また本書には毛沢東詩詞がたくさん引用されていますが、これについては『毛沢東　その詩と人生』（武田泰淳・竹内実著、文藝春秋、一九六五年四月二十日）およびインターネットの「詩詞世界　碇豊長の詩詞」（http://www5a.biglobe.ne.jp/～shici/index.htm）を参考にさせていただきました。

作品中にはたくさんの政治スローガン、革命現代京劇などのセリフや革命歌の歌詞、毛沢東詩詞や漢詩が混在していますが、本文中に紛れ込んでいる毛沢東詩詞と漢詩、革命現代京劇などのセリフ、革命歌の歌詞などについては〈　〉で括りました。毛沢東詩詞と漢詩については基本的にあえて書き下し文は使わず、現代文に直したものを使いました。翻訳に当たっては特にリズム感に留意したつもりですが、読者の皆さんに伝わっていることを祈るのみです。

私は文革が終わってまもない、一九七八年に大阪外国語大学（現大阪大学）で中国語の勉強をはじめましたが、当時の中国語の教材は文革の匂いでいっぱいでした。中国語入門の教科書の課文にも『愚公山を移す』や革命現代京劇『紅灯記』などの脚本の一部が載っていましたし、「農業は大塞に学べ、工業は大慶に学べ」といった政治スローガンもいたるところに出てきました。大阪外大では毎年大学祭で語劇をやるのですが、私が一年生の時の出し物は革命現代バレエの『白毛女』でした。当時は中国の現状を伝えるニュースはほとんど入ってこず、私は何が何だかわからないまま、文革の雰囲気だけはなんとなく味わっていました。音楽も手に入るものといえば革命歌ばかりで、『東方紅』、『国際歌（インターナショナル）』、『三大紀律八項注意』などが入ったカセットテープを一生懸命聴いていました。そういう意味では私にとって『硬きこと水のごとし』は親近感のある作品と言えます。

最近、閻連科の作品には文化人類学の用語がぴったり当てはまるなと感じています。「祝祭」、「蕩尽」は彼の書くストーリーそのものです。ドタバタ劇の末、一気にきれいさっぱり終わってしまうラスト。人間は「負のエントロピー」をひたすら増大させる自然界の反逆児ですが、閻連科はそのひたすら増大・膨張していく人間の姿を描いています。「中心と周縁」、「トリックスター」。彼は中国の文学界の主流からははずれた周縁にいます。彼は中国文学の周縁にいて、世界文学と中国文学をつなぐトリックスター的存在です。彼がこれからも今の立ち位置を維持したまま創作活動を続けていけることを願っています。

それからもうひとつ、彼の描写に関してです。彼の作品には色や匂いなど、五感を駆使した独特の表現があります。ある一つの刺激が、それ本来の感覚だけでなく、別の感覚をも同時に生じさせる現象のことを「共感覚」というのだそうです。閻連科の作品には匂いに色がついていたり、音がカーテンを揺らしたり壁にぶつかってさらに別の音を立てたりします。まさに共感覚的表現と言えるのではないでしょうか。

今回、翻訳に当たっては、文化大革命時、母親の国である中国で過ごし、現在、愛知県立大学で非常勤講師をしておられる吉田陽子さんに大いに助けていただきました。吉田さんは研究対象が革命模範劇ということもあり、この作品についての疑問を解決するには最高の助っ人でした。質問に答えていただいているときに、革命模範劇の歌の一節が吉田さんの口からふいに出てきたことも。ああ、そうか、そういう感じなんだなと実感させられた瞬間でした。

また河出書房新社の島田和俊さんをはじめ編集部の皆様には、今回も本当にお世話になりました。いつもたくさんの方に助けていただいていることを実感します。この場を借りて厚く御礼申し上げます。

名古屋経済大学教授　谷川毅

著者略歴

閻連科（えん・れんか、Yan Lianke）

1958年中国河南省嵩県の貧しい農村に生まれる。高校中退で就労後、20歳のときに人民解放軍に入隊し、創作学習班に参加する。80年代末から小説を発表。軍人の赤裸々な欲望を描いた中篇『夏日落』（92）は、発禁処分となる。その後も精力的に作品を発表し、中国で「狂想現実主義」と称される長編『愉楽』（2003）は、05年に老舎文学賞を受賞した。一方、長篇『人民に奉仕する』（05）は２度目の発禁処分となる。さらに「エイズ村」を扱った長篇『丁庄の夢』（06）は再版禁止処分。大飢饉の内幕を暴露した長篇『四書』は大陸で出版できず、2011年台湾で出版された。09年には父の世代への追憶を綴ったエッセイ『父を想う』がベストセラーとなる。2013・16年国際ブッカー賞最終候補、2014年にはフランツ・カフカ賞受賞。近年はノーベル文学賞候補としても名前が挙がっている。

訳者略歴

谷川毅（たにかわ・つよし）

1959年広島県大竹市生まれ。名古屋経済大学教授。訳書に、閻連科『人民に奉仕する』（文藝春秋）、『丁庄の夢』『愉楽』（ともに河出書房新社）、『年月日』（白水社）、労馬『海のむこうの狂想曲』（城西国際大学出版会）など。

硬きこと水のごとし

2017年12月20日　初版印刷
2017年12月30日　初版発行

著　者　閻連科
訳　者　谷川毅
装　丁　木庭貴信（Octave）
発行者　小野寺優
発行所　株式会社河出書房新社
東京都渋谷区千駄ヶ谷2-32-2
電話　(03) 3404-8611〔編集〕(03) 3404-1201〔営業〕
http://www.kawade.co.jp/
組版　株式会社創都
印刷　株式会社亨有堂印刷所
製本　小高製本工業株式会社

Printed in Japan
ISBN978-4-309-20736-0

河出書房新社の海外文芸書

愉楽

閻連科　谷川毅訳

うだるような夏の暑い日、大雪が降り始める。レーニンの遺体を買い取って記念館を建設するため、村では超絶技巧の見世物団が結成される。笑いと涙の魔術的リアリズム巨編。カフカ賞受賞。

炸裂志

閻連科　泉京鹿訳

市長から依頼された作家・閻連科は、驚異の発展を遂げた炸裂市の歴史、売春婦と盗賊の年代記を綴り始める。度重なる発禁にもかかわらず問題作を世に問い続けるノーベル賞候補作家の大作。

死者たちの七日間

余華　飯塚容訳

事故で亡くなった一人の男が、住宅の強制立ち退き、嬰児の死体遺棄など、社会の暗部に直面しながら、自らの人生の意味を知ることになる。『兄弟』の著者による透明で哀切で心洗われる傑作。

血を売る男

余華　飯塚容訳

貧しい一家を支えるため、売血で金を稼ぐ男が遭遇する理不尽な出来事の数々。『兄弟』『ほんとうの中国の話をしよう』など、現代中国社会の矛盾を鋭くえぐる著者による笑いと涙の一代記。